위너 1

프레드릭 배크만
장편소설

이은선 옮김

위너 1

다산
책방

『위너』의 인물들

벤야민 오비크 ◦ 전 베어타운 하키팀 최고의 공격수. 누구보다 섬세하고 따뜻한 영혼의 소유자. 거칠고 외로운 눈빛이 트레이드마크다. 성 정체성이 폭로된 뒤, 하키를 그만두고 해외를 떠돌아다니다 2년 만에 베어타운으로 돌아온다. 누나 아드리, 가비, 카시아가 있다.

마야 안데르손 ◦ 전 베어타운 하키단 단장 페테르 안데르손의 딸. 하키보다는 기타를 좋아한다. 타고난 음악 실력으로 고향에서 멀리 떨어진 대도시의 음악대학에 다니며 기숙사에서 살고 있다. 학기 중이지만 중요한 소식을 듣고 베어타운으로 돌아온다.

아나 ◦ 사냥꾼의 딸이자 마야의 가장 친한 친구. 어머니가 떠난 뒤로 사냥꾼 아버지 밑에서 베어타운의 숲을 집처럼 여기며 자랐다. 면허가 없지만 어떤 자동차, 어떤 트럭이든 거침없이 운전할 수 있다. 현재는 격투기 선수로 활동하고 있다.

보보 ◦ 베어타운 하키단 A팀의 보조 코치. 코치 엘리사베트 사켈을 도와 하키단을 꾸려 나가고 있다. 요리와 자동차 정비 등 손재주가 뛰어나다. 덩치는 크지만 마음만은 여리고 다정한 남자다.

아맛 ◦ 베어타운 하키단 A팀의 최정예 선수. 베어타운 사람들의 기대를 한 몸에 받으며 세계 제일의 하키 선수들이 모인다는 NHL에서 선수 생활을 할 뻔했지만, 모종의 이유로 선발되지 않아 낙심하여 두문불출하고 있다.

페테르 안데르손。전 베어타운 하키단의 단장. 이전에는 베어타운의 하키 선수였다. 현재는 아내 미라 안데르손이 세운 변호사 사무소에서 일을 돕고 있다. 폭력을 두고 보지 못하는 평화주의자로, 오래전부터 베어타운 주민들의 신임과 존경을 받고 있다.

미라 안데르손。베어타운에서 가장 유능한 변호사. 페테르의 아내이자 마야의 엄마. 남편과 아이들 때문에 미뤄왔던 자신의 꿈을 실현하기 위해 이전 회사의 동료와 함께 변호사 사무소를 창립했다. 하지만 항상 가족들을 신경 써주지 못한다는 죄책감에 시달린다.

수네。전 베어타운 A팀 코치. 은퇴한 뒤 탕이라는 개를 키우며 하키에 푹 빠진 알리시아라는 여자아이와 시끌벅적한 일상을 보내고 있다.

알리시아。세상에서 하키를 제일 좋아하는 일곱 살 여자아이. 자기 집보다 아이스링크장과 수네의 집에서 보내는 시간이 더 길다.

엘리사베트 사켈。베어타운 하키단 A팀 코치. 무뚝뚝한 말투를 쓰며 감정이 엿보이지 않는 사람이지만, 하키팀의 코치로서는 나무랄 데가 없다.

라모나。베어타운보다 오래되었다는 주장이 있을 만큼 역사가 깊은 펠센 술집의 주인. 아침으로 맥주 두어 잔을 마시면서 욕을 퍼붓는 게 일과다. 검은 재킷을 입는 '그 일당'과 끈끈한 관계를 유지한다.

티무 리니우스。베어타운의 아이스링크에서 경기가 열리는 날이면, 검은 재킷을 입고 스탠딩석을 가득 메우는 '그 일당'의 수장.

프락。베어타운 슈퍼마켓 체인점의 사장이자 베어타운 하키팀의 가장 거물급 후원자 중 한 명. 베어타운의 부흥을 위해서라면 어떤 일도 불사하는 기회주의자.

마레오。 버려진 컴퓨터를 조립하거나 이웃집의 와이파이를 해킹하는 등, 하키보다는 컴퓨터에 관심이 더 많은 베어타운의 청소년.

루트。 동생 마레오를 끔찍이 아끼는 평범한 누나. 마레오가 성인이 되면 함께 베어타운을 벗어나고 싶어 한다.

한나。 헤드의 병원에서 일하는 조산사. 작고 가냘픈 체구와 다르게 불같은 성격의 소유자. 어디든 도움이 필요한 곳이라면 망설이지 않고 곧바로 달려가는 사람이다.

요니。 헤드의 소방관. 고등학교 때까지는 하키 선수였다. 터프하지만 섬세한 성격으로, 한나와 마찬가지로 도움이 필요한 사람이 있다면 곧바로 달려가야 한다고 생각한다.

테스。 한나와 요니의 딸. 토비아스, 레드, 투레까지 세 남동생을 돌보면서도 전교 1등을 놓치지 않는 야무지고 똑똑한 고등학생.

옹알이。 헤드 출신의 하키 선수. 현재는 베어타운 하키단 A팀에서 골키퍼로 뛰고 있다. 말을 잘 하지 않아서 '옹알이'라는 별명으로 불린다.

리샤르드 레오。 베어타운 지역구 의원. 원하는 것을 이룰 수만 있으면 누구와도 같이 일할 수 있다. 사람들 사이에 갈등을 일으키는 데 타고난 재주가 있다.

레브。 헤드 외곽의 폐차장을 차지한 쓰레기 깡패단의 우두머리. 아맛과 같은 지역 출신으로, 아맛을 NHL에서 활동하는 선수로 만들어주겠다며 접근한다.

대도시。 하키 실력만큼은 뛰어난 선수지만 태도 문제로 인해 팀 여러 곳에서 방출된 과거가 있다. 엘리사베트 사켈의 안목으로 베어타운 하키팀에 영입된다.

인물 관계도

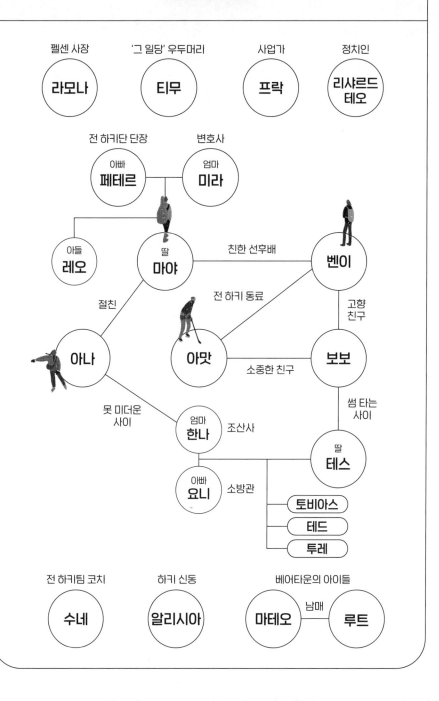

펠센 사장
라모나

'그 일당' 우두머리
티무

사업가
프락

정치인
리샤르드 테오

전 하키단 단장
아빠 **페테르**

변호사
엄마 **미라**

아들
레오

딸
마야

친한 선후배

벤이

절친

전 하키 동료

고향 친구

아나

아맛

소중한 친구

보보

못 미더운 사이

엄마 **한나**
조산사

썸 타는 사이

아빠 **요니**
소방관

딸
테스

토비아스

테드

투레

전 하키팀 코치
수네

하키 신동
알리시아

베어타운의 아이들
마테오
남매
루트

말을 너무 많이 하고, 노래를 너무 크게 부르며,
너무 자주 울고, 살아가는 동안 무언가를
너무 많이 사랑하는 그대들에게

차
례

일러두기
이 책의 주석은 모두 역자 주입니다.

1
이야기

벤야민 오비크를 아는 사람들, 특히 그를 벤이라고 부를 만큼 잘 아는 사람들은 어쩌면 벤이가 해피엔드가 어울리지 않는 인간이라는 사실을 내심 알았을 것이다.

그래도 우리는 바랐다. 얼마나 열심히 바랐는지 모른다. 순진한 꿈은 사랑의 마지막 방어선이기에 우리는 사랑하는 사람들에게 끔찍한 비극은 닥치지 않을 거라고, 우리 편은 운명을 피하는 데 성공할 거라고 항상 어찌어찌 자기 자신을 설득한다. 그들을 위해 영생을 꿈꾸고 초능력을 소망하며 타임머신을 만들려고 한다. 우리는 바란다. 얼마나 열심히 바라는지 모른다.

하지만 벤이와 같은 남자아이들의 이야기는 그들이 장성한 이후에 막을 내리는 경우가 거의 없다. 그들의 이야기는 길지 않으며 그들은 요양원에서 폭신한 베개에 머리를 누이고 평화롭게 눈을 감지 않는다.

벤이 같은 남자아이들은 비명에 죽는다. 그리고 횡사를 당한다.

2

폭풍

"단순하게 생각해."

이건 인생뿐 아니라 하키에도 적용되는 흔한 충고다. 일을 필요 이상으로 복잡하게 만들지 말 것. 너무 깊이 생각하지 말 것. 아예 생각하지 않으면 가장 좋고. 어쩌면 이런 이야기에도 적용해야 할지 모른다. 이 이야기는 바로 지금 여기에서 시작되어 2주도 걸리지 않으니 길어질 이유도 없다. 그동안 하키 타운 두 곳에서 뭐 그리 많은 일이 벌어지겠는가? 많을 수가 없다.

다만 그렇지 않다는 것이 문제일 뿐.

하키와 인생의 문제점이 있다면 단순한 순간이 드물다는 것이다. 거의 모든 순간이 힘겨운 몸부림이다. 이 이야기의 시작점은 오늘이 아니라 2년 전이다. 마야 안데르손이 이 마을을 떠난 그때다. 그녀는 베어타운을 떠나 남쪽으로 가는 길에 헤드를 지났다. 숲으로 둘러싸인 두 마을은 서로 워낙 붙어 있고 외부 세상과는 다른 나라로 느껴질 만큼 워낙 멀리 떨어져 있다. 미래의 어느 날, 마야는 이렇게 나 황야와 가까운 곳에서 자란 사람들은 자기 안의 황야에 더욱 쉽게 닿을 수 있을지 모른다고, 우리를 둘러싼 거의 모든 것이 그렇듯 그것 역시 과대포장인 동시에 과소평가일지도 모른다고 노래할 것이다. 하지만 당신이 이곳을 여행하다가 길을 잃고 펠센 술집에 들어가게 되어서, 바를 지키는 가게 사장 라모나에게 멍청하게 나이를 물어보거나 음료에 레몬을 넣어달라고 했다가 뺨을 얻어맞지만 않는다면, 중요한 이야기를 들을 수 있을지도 모른다.

"여기 이 숲에서는 대도시에서보다 사람들이 서로 더 영향을 주거니 받거니 하지. 좋건 싫건 간에 딱 붙어 지내거든. 어느 정도인가 하면 말이지, 한 놈이 잠결에 몸을 너무 후딱 돌리면 그 동네 저편에서 어떤 놈이 셔츠를 잃어버리는 식이야."

이 마을에 대해 알고 싶은가? 그렇다면 모든 사람과 모든 것이 관계, 의리, 빚이라는 보이지 않는 끈으로 어떻게 서로 연결되어 있는지 알아야 한다. 아이스링크와 공장, 하키팀과 정치인, 리그 순위와 돈, 스포츠와 일자리, 어린 시절 친구와 팀원, 이웃과 동료와 가족. 이곳 사람들의 끈끈함과 생존력은 이와 같은 것에서 비롯됐지만 이는 곧 서로에게 끔찍한 범죄를 저지르는 원인이 되기도 했다. 라모나가 아니라 다른 누구라도 모든 이야기를 들려주지는 않을 텐데, 이 마을에 대해 알고 싶은가? 진심으로 알고 싶은가? 그렇다면 우리가 무엇 때문에 이 지경에 이르렀는지를 알아야 한다.

2년 6개월 전 어느 겨울날, 마야는 파티에서 케빈 에르달에게 성폭행을 당했다. 케빈은 그 일대에서 어느 누구도 본 적 없는 발군의 하키 선수였다. 물론 요즘은 아무도 '성폭행'이라는 단어를 쓰지 않고 '그 사건'이라거나 '그때 있었던 일'이라거나 "그 왜 있잖아…"라고 한다. 다들 부끄러워하고 아무도 잊지 못한다. 그날 파티에서 시작된 일련의 사태가 결국에는 정치적인 판단에까지 영향을 미쳤고, 돈이 이 도시에서 저 도시로 옮겨갔다. 이는 다시 끔찍한 배신의 봄과 여름, 폭력으로 가득한 가을과 겨울로 이어졌다. 처음에는 아이스링크에서의 싸움으로 시작돼 길거리 전쟁으로 끝날 뻔했고, 경찰에서는 '훌리건'이라고 하지만 베어타운에서는 '그 일당'이라고 불리는 검은 재킷을 입은 남자들이 헤드에서 적을 공격하자 헤드 사람들은 펠센 술집에 불을 지르는 것으로 응수했다. 그 일당은 복수를 도모하다가 세상 무엇보다 사랑했던 비다르라는 아이를 교통사고로 잃었다. 그것이 모든 사태의 정점, 몇 년 동안 이어진 갈등의 최종 결과였고, 이후로는 어느 누구도 더는 감당할 수 없는 지경에 이르렀다. 비다르는 땅에 묻혔고, 헤드의 두 남자는 철창신세를 졌으며, 양쪽 훌리건뿐 아니라 양쪽 도시 간에도 휴전이 맺어졌다. 그 뒤 휴전은 대체로 유지됐지만 이제는 날이 지날수록 점점 아슬아슬해지는 느낌이다.

케빈과 그 가족은 이 도시를 떠났고 다시는 돌아오지 않을 것이다. 아무도 그들의 귀환을 용납하지 않을 것이다. 베어타운은 케빈에 얽힌 모든 기억을 지우기 위해 다 같이 최선을 다했다. 아무도 시인하지는 않겠지만 마야마저 떠나자 그 작업이 훨씬 수월해졌다. 마야는 수도로 건너가기까지 하면서 음악대학에서 공부를 시작해 거의 다른 사람이 되었다. 그러니까 남겨진 사람들이 '그 사건'을 언급하는 횟수가 점점 줄어서 거의 없던 일이 되었다는 뜻이었다.

케빈의 절친이었던 벤이 오비크도 짐을 쌌다. 벤이의 짐은 마야의 짐보다 훨씬 단출했다. 마야는 다른 곳으로 가기 위해 떠났지만 벤이는 그냥 떠났다. 마야는 빛에서, 음악에서 해답을 찾으려 했다면 벤이는 어둠에서, 술병 바닥에서 해답을 찾으려 했다. 양쪽 모두 성공했을 것 같지는 않지만.

그들이 떠난 뒤에 남겨진 베어타운 하키팀은 붕괴 직전에 이르렀다. 항상 불가능한 꿈을 꾸었던 마을에서 이제는 아무도 감히 꿈을 꾸지 못했다. 마야의 아빠 페테르 안데르손은 단장직을 사임하고 아예 하키를 때려치웠다. 후원자들은 도망쳤고, 심지어 의회에서는 베어타운 하키팀을 없애고 모든 자원과 보조금을 헤드 하키팀에 양도하자는 논의까지 이루어졌다. 마지막 순간에 베어타운을 구제한 주인공은 새로운 자본과 고집스러운 지역 사업가였다. 공장의 새로운 주인은 하키팀을 이 지역 주민에게 인정받는 수단으로, 리샤르드 테오라는 낙천적인 정치인은 표를 얻을 수 있는 기회로 보았다. 그 둘이서 하키팀의 사망을 막을 수 있을 만한 자금을 조달할 수 있었다. 이와 동시에 운영위원들이 물갈이되었고, 하키단의 '브랜드'를 선정하는 회의가 열렸으며, 이내 완전히 새로운 '가치 체계'가 당당하게 선포됐다. 이렇게 그럴듯한 문구가 적힌 팸플릿이 배부됐다. "베어타운 하키팀을 후원하는 것은 쉽고도 당연한 일입니다!" 그리고 모두의 예상을 깨고 처음에는 얼음판 위에서, 그다음에는 아이스링크 밖에서 반전이 일어났다. 베어타운의 엘리사베트 사켈 코치는 좀 더 규모가 큰 하키팀에 지원했다가 미끄러졌고, 대신 낙점을 받은 헤드의 코치가 그 팀에서 가장 실력이 좋은 선수 몇 명과 함께 숲을 떠났다. 갑자기 코치를 잃은 헤드 하키팀은 그런 상황에 놓인 모든 팀의 숙명이라 할 수 있는 음모와 힘겨루기에 휘말렸다. 그 틈에 사켈은 베어타운에서 새로운 팀을 결성하고, 보보라는 아이를 보조 코치로 임명하고, 아맛이라는 열여섯 살짜리를 구심점 삼아 오합지졸을 꾸렸다. 이제 열여덟 살이 된 아맛은 그 지역에서 가장 엄청난 스타다. 지난겨울에 NHL의 선택을 받아 북아메리카에서 프로로 데뷔한다는 소문이 돌았을 만큼 탁월한 재능을 자랑한다. 지난 시즌 내내 모든 경기를 지배하다가 봄에 부상을 입었는데, 마을 주민들은 다들 그가 부상당하지만 않았어도 베어타운 하키팀이 우승해서 상위 리그로 승격됐을 거라고 확신했다. 그리고 헤드가 막판에 기적적으로 포인트를 쌓지 못했다면 꼴찌로 시즌을 마감해 하위 리그로 강등됐을 거라고도.

그러니까 마야와 벤이가 떠났을 때만 해도 일어날 수 없게 느껴지던 모든 일들이, 2년이 지난 지금은 단순한 시간문제가 되었다. 초록색 마을은 오르막길을, 빨간색 마을은 내리막길을 걷고 있다. 베어타운에는 매달 새로운 후원자가 등장하는 것처럼 느껴지는 반면 헤드의 후원자는 점점 줄고 있다. 베어타운의 아이스링크는 보수 공사를 마쳤지만 헤드 링크의 지붕은 무너지기 일보 직전이다. 베어타운의 사업체 중에서 가장 규모가 큰 공장과 슈퍼마켓은 또다시 직원을 뽑고 있다. 헤드의 사업체 중에서 가장 규모가 큰 병원은 해마다 인원을 감축하고 있다. 이제는 베어타운에 돈이 있고 여기에 일자리가 있으니 우리가 승자다.

당신도 이해하고 싶은가? 그렇다면 이건 단순히 지도상의 문제가 아니라는 것을 이해해야 한다. 하늘에서 내려다보면 우리는 평범한 숲속의 두 마을이고, 어떤 사람들 눈에는 작은 시골 동네로 보일 수 있다. 나무 사이로 구불구불 이어지는 길이 베어타운과 헤드를 가르는 유일한 경계가 된다. 심지어 그 길은 길어서 끝이 보이지도 않는다. 하지만 기온이 영하로 떨어지고 맞바람이 불 때(이곳에 다른 기온이나 다른 바람은 없다) 걸어보면 쉽게 걸을 수 있는 길은 아님을 이내 알 수 있을 것이다. 우리는 헤드를 증오하고 헤드는 우리를 증오한다. 우리가 전 시즌의 나머지 경기를 모두 이기더라도 헤드와의 경기에서 지면 실패한 시즌처럼 느껴질 것이다. 우리가 잘되는 것만으로는 부족하다. 그들이 지옥을 맛보아야 우리가 제대로 행복해질 수 있다. 베어타운의 유니폼은 곰이 그려진 초록색이고 헤드의 유니폼은 황소가 그려진 빨간색이라 언뜻 보기에는 단순하지만, 그 색깔 때문에 어디에서 하키 문제가 끝나고 다른 문제가 시작되는지 구분할 수 없게 된다. 집주인이 하키에 관심이 있거나 말거나 베어타운에는 빨간색 울타리가 한 개도 없고 헤드에는 초록색 울타리가 한 개도 없다. 그러니 하키팀 유니폼 색이 먼저인지 아니면 울타리 색이 먼저인지 알 길이 없다. 증오로 인해 하키팀이 생겼는지 아니면 하키팀으로 인해 증오가 생겼는지도. 하키 타운을 이해하고 싶다고? 그러면 여기에서는 하키가 단순한 스포츠가 아니라는 것을 이해해야 한다.

하지만 이 사람들을 이해하고 싶은가? 그들을 진심으로 이해하고 싶은가? 그러면 조만간 끔찍한 자연재해로 우리가 사랑하는 것들이 파괴될 예정임을 알아야 한다. 이곳은 하키 타운이기는 하지만, 그보다 더 중요하게도 이곳은 숲속 마을이다. 수천 년 동안 온갖 종이 발생하고 멸종되는 것을 보아온 나무와 바위와 땅이 우리를 에워싸고 있다. 우리는 장대하고 힘이 센 척할 수 있을지 몰라도, 자연을 상대로는 싸움이 안 된다. 어느 날 여기서 바람이 불기 시작하면 그날 밤에는 바람이 절대 멈추지 않을 것만 같다.

얼마 안 있어 마야는 안팎으로 황야와 가까운 우리에 대해 노래할 것이다. 그녀가 나고 자란 곳은, 그곳을 강타한 비극과 그곳 사람들이 유발한 비극으로 규정된다고 노래할 것이다. 숲이 온 힘을 다해 우리를 등진 올해 가을에 대해 노래할 것이다. 모든 공동체는 선택이 합산된 결과며, 결국 우리를 하나로 묶는 것은 우리의 이야기라고 노래할 것이다. 이렇게 노래할 것이다.

그 일은 폭풍에서 시작됐지

이 일대에서 몇십 년 동안 본 적 없는 최악의 폭풍이다. 폭풍이 올 때마다 하는 소리가 아니다. 이번 폭풍은 비교의 수준을 넘어섰다. 올해 첫눈은 늦게 내려도 바람은 일찍부터 시작될지 모른다더니, 후덥지근하고 기분 나쁜 무더위와 함께 8월이 끝나자마자 문을 박차고 들어선 가을이 시작되면서 기온이 뚝 떨어진다. 우리를 둘러싼 자연환경이 변덕스럽게, 공격적으로 변한다. 처음에는 개와 사냥꾼들만 이 변화를 느끼지만 이내 모두가 느끼게 된다. 우리는 위험한 전조를 감지하지만, 막상 폭풍이 들이닥치자 그 기세에 숨이 턱 막히고 만다. 폭풍은 숲을 헤집어놓고 하늘을 덮고, 어른이 애를 때리듯 우리의 집과 마을을 공격한다. 고목이 쓰러지고, 바위처럼 미동 없이 한자리를 지키던 나무들이 갑자기 누군가에게 짓밟힌 풀잎처럼 맥을 추지 못하는데, 바람 소리가 하도 커서 바로 옆에 있어도 나무가 갈라지는 소리를 듣지 못하고 쓰러지는 것만 보인다. 지붕 패널과 타일이 뜯겨서 집과 집 사이 허공으로 묵직하게 내동댕이쳐지고, 뾰족한 것들이 날아다니며 귀갓길에 오른 사람을 노린다. 도로 위로 숲이 무너져 이곳을 드나드는 것이 불가능해지고, 전기가 끊겨 밤이면 온 마을이 장님 신세를 면치 못하며, 휴대전화는 간헐적으로 터진다. 사랑하는 사람과 어찌어찌 연락이 닿으면 누구든 전화기에 대고 똑같은 말을 고래고래 외친다. 바깥에 나가지 마, 바깥에 나가지 마!

하지만 베어타운에서 겁에 질린 한 남자가 조그만 차를 몰고 좁은 길을 따라 헤드에 있는 병원으로 향한다. 밖에 나갈 엄두가 나지 않지만 어쩔 수가 없는 것이, 폭풍이 불거나 말거나 옆에 앉은 임신한 아내가 산기를 느끼고 있다. 그는 참호 안에서 무신론자들이 하느님을 찾듯 기도한다. 나무가 인정사정없이 차를 강타해 보닛을 종잇장처럼 우그러뜨리자 아내는 앞 유리창으로 내팽개쳐지며 비명을 지른다. 하지만 아무도 그들의 소리를 듣지 못한다.

3

소방관

당신은 양쪽 하키 타운에 사는 사람들을 이해하고 싶은가? 진심으로 이해하고 싶은가? 그렇다면 그들이 가장 끔찍하게는 어떤 일까지 할 수 있는지를 알아야 한다.

✳

바람이 헤드 외곽의 건물을 헤집으며, 그냥 휘파람 소리를 내는 것이 아니라 울부짖고 있다. 바닥이 진동하고 벽이 밖으로 빨려 나오면서 벽에 빙 둘러져 걸려 있던 헤드 하키팀의 빨간색 유니폼과 삼각 깃발이 흔들거린다. 집 안에 있던 네 명의 아이들은 나중에 온 세상이 자기들을 죽이려고 하는 것 같았다고 할 것이다. 맏이인 테스가 열일곱 살이고 그 아래로 토비아스가 열다섯 살, 테드가 열세살, 투레가 일곱 살이다. 이들 사 남매는 여느 아이들처럼 겁에 질렸지만, 여느 아이들과는 다르기에 정신을 똑바로 차리고 마음을 다잡고 있다. 어머니가 조산사, 아버지가 소방관인 이 가족은 가끔 위기

상황에서만 제대로 돌아가는 것처럼 느껴지기도 한다. 아이들은 사태를 파악하자마자 마당으로 달려 나가서 마당용 가구나 그네와 정글짐이 유리창을 박살 내며 집 안으로 날아오지 않게 한자리에 모았다. 아빠 요니는 인력 지원을 위해 한 블록 옆에 있는 소방서로 달려갔다. 엄마 한나는 모든 지인에게 연락해서 필요한 게 있느냐고 물었다. 두 사람 다 헤드에서 나고 자랐기 때문에 전화할 지인이 정말 많다. 한명은 소방서에서, 다른 한 명은 병원에서 일하다 보니 그들을 모르는 사람이 없다. 여기가 그들의 공동체다. 아이들은 그들이 나고 자란 골목에서 자전거를 배웠고, 단순한 원칙에 따라 교육을 받는다. 가족을 사랑하고, 열심히 일하고, 헤드 하키팀이 이기면 기뻐하고, 베어타운 하키팀이 박살 나면 더 기뻐하라. 도움이 필요한 사람들을 돕고, 훌륭한 이웃이 되며, 네가 어디에서 왔는지 절대 잊지 말라. 사 남매의 부모는 이 마지막 원칙을 말이 아니라 행동으로 아이들에게 가르친다. 어느 것에나 이의를 제기할 수 있지만 결정적인 순간이 되면 똘똘 뭉쳐야 한다고, 뿔뿔이 흩어지면 가망이 없다고 가르친다.

창밖의 폭풍으로 집 안의 다른 폭풍이 중단됐다. 엄마와 아빠가 또 아주 격하게 싸우고 있었던 것이다. 키가 작고 가냘픈 한나는 부엌 창문 앞에 서서 뺨 안쪽을 깨물며 멍을 문지르고 있다. 그녀는 바보와 결혼했다. 요니는 키가 크고 어깨가 넓고 수염이 덥수룩하며 주먹이 묵직하다. 그는 하키 선수로 뛰었을 때만 해도 맨 먼저 장갑을 벗어 던지고 싸움을 시작하는 것으로 유명했다. 헤드 하키팀의 상징인 성난 황소가 그의 캐리커처럼 보일 정도였다. 요니는 불같은 성격에 고집이 세고, 고지식한 데다가 편견이 심하며, 목소리는 크고 절대 철이 들지 않는 전형적인 남자 고등학생으로, 팀에서 받아주는 동안에는 하키 선수로 뛰다가 소방관이 되어서 라커 룸만 바뀌었을 뿐 모든 것을 두고 경쟁하는 삶을 이어나갔다. 누가 벤치프레스 중량을 가장 무겁게 치고, 누가 숲속을 가장 빠르게 달리며, 누가 바비큐 파티에서 맥주를 가장 많이 마시는지. 한나는 요니의 매력이 어느 날 위험 요소로 변할 수 있다는 것을, 화가 난 루저는 공격적인 인간이 될 수 있다는 것을, 혈기 왕성한 성격은 폭력으로 나타날 수 있다는 것을 그를 만난 첫날부터 알게 되었다.

"도화선은 길어도 화약이 가득 담긴 폭탄이 최악이지." 그녀의 시아버지도 이렇게 얘기하곤 했다. 현관홀에는 산산조각이 났다가 한나가 잊지 않으려고 다시 붙여놓은 꽃병이 있다.

요니가 소방서에서 돌아온다. 아직 화가 풀리지 않았는지 흘끗 그녀의 안색을 살핀다. 그들의 싸움은 항상 이런 식으로 끝난다. 한나가 말을 듣지 않는 바보와 결혼했기 때문에 항상 뭔가가 박살 난다.

한나는 요니가 터프한 척하지만 실은 얼마나 예민하고 섬세한지에 대해 생각할 때가 많다. 헤드 하키팀이 지면 그도 진 거나 다름없다. 지난봄, 지역 일간지에 "베어타운 하키팀은 미래를 상징하지만 헤드 하키팀은 시대에 뒤떨어지고 한물간 모든 것을 대변한다"는 기사가 실렸을 때도 자기 일생과 모든 가치관이 틀렸다는 평가를 받기라도 한 것처럼 발끈했다. 하키팀이 곧 헤드고, 헤드는 곧 그의 가족이다. 이런 확고부동한 충성심이 요니의 가장 극단적인 측면을 이끌어낸다. 그는 항상 터프하게 행동하고 무엇이든 절대 무서워하지 않으며 참사가 벌어지면 언제나 맨 처음 달려가는 사람이 되려고 한다.

몇 년 전에 끔찍한 산불이 났을 때 헤드와 베어타운은 직접적으로 타격을 입지는 않았지만, 두세 시간 떨어진 곳은 사태가 정말 심각했다. 요니와 한나와 아이들은 몇 년 만에 처음으로 워터파크로 휴가를 가던 길에 라디오로 그 소식을 접했다. 요니의 전화벨이 울리기 전부터 말다툼이 시작됐다. 전화벨이 울리자마자 그가 차를 돌리리라는 것을 한나는 알았기 때문이었다. 아이들은 차 뒷자리에서 웅크리고 있었다. 전에도 본 적 있는 광경이었다. 그때도 엄마와 아빠는 지금처럼 다투고, 소리를 지르고, 주먹을 쥐었다. 바보와 결혼한 자의 숙명이랄까.

요니가 산불을 진압하러 나가 있는 동안, 텔레비전에서는 날이면 날마다 점점 더 끔찍한 장면이 방송되었다. 아이들은 저녁마다 울다 잠이 들었고, 한나는 전혀 걱정하지 않는 척하다가 밤마다 부엌 창문 앞에서 혼자 무너졌다. 그렇게 백 년처럼 느껴지던 일주일이 지나, 마침내 그가 야위고 먼지를 뒤집어쓴 꼬질꼬질한 모습으로 돌아왔다. 한나는 부엌 창문 앞에 서 있다가 그가 교차로 근처에 차를 대고 내린 뒤 당장이라도 폭삭 바스러질 듯이 혼자 집까지 비틀비틀 걸어오는 것을 보고 부엌문 앞으로 달려갔지만, 이미 아빠를 본 아이들이 계단을 내려와 서로 발에 걸려 휘청거려 가며 그녀를 지나쳐서 달려 나간 뒤였다. 한나는 창문 앞에 그대로 서서 네 아이가 원숭이처럼 요니의 거대한 몸에 매달리는 것을 지켜보았다. 토비아스와 테드는 목에, 테스는 등에, 막내 투레는 한쪽 팔에. 아이들 아빠는 꾀죄죄했고 땀내가 났고 기진맥진했지만 그래도 가뿐하게 아이 넷을 안고 업어서 집 안으로 데려왔다. 그날 밤에 요니는 투레의 방에서 매트리스를 깔고 같이 잤고 결국에는 다른 아이들까지 그 방에 자기 매트리스를 끌고 갔다. 한나는 나흘이 지난 다음에야 요니를 되찾을 수 있었다. 나흘이 지난 다음에서야 그의 품속에서 다시 그의 스웨터 냄새를 맡을 수 있었다. 마지막 날 아침에는 아이들에게 너무 질투가 나서, 자기 자신에게 너무 화가 나서, 온갖 감정을 참고 있느라 너무 지쳐서 빌어먹을 꽃병을 바닥에 내동댕이치고 말았다.

그녀는 그 꽃병을 다시 붙였고 그러는 동안 감히 아무도 말을 붙이지 못했다. 작업이 끝나자 남편이 평소처럼 바닥에 나란히 앉아서 조그맣게 속삭였다.

"화내지 마. 당신 화내면 못 견디겠어."

간신히 대답을 할 수 있게 됐을 때 한나는 갈라지는 듯한 목소리로 말했다.

"당신이 꺼야 하는 불도 아니었잖아. 심지어 여기서 난 불도 아니었잖아!"

요니가 조심스럽게 몸을 기울여 한나의 손바닥에 입을 맞추자 숨결이 느껴졌다. 그가 말했다.

"어디서든 불이 나면 다 내가 꺼야 하는 거야."

그녀는 이런 바보를 얼마나 미워하고 얼마나 존경했던가.

"당신 임무는 집으로 돌아오는 거야. 집으로 돌아오는 게 당신의 유일한 임무야."

한나가 짚고 넘어가자 그는 미소를 지었다.

"그래서 이렇게 돌아왔잖아, 안 그래?"

그녀는 있는 힘껏 그의 어깨를 때렸다. 한나는 자기는 불이 나면 맨 먼저 뛰어들 사람이라고 생각하는 바보 같은 남자들을 숱하게 만났지만, 그녀의 바보는 그걸 실천에 옮기는 부류의 바보다. 그렇기에 요니가 일하러 나갈 때마다 같은 말다툼이 반복된다. 한나가 번번이 겁에 질리는 자기 자신에게도 그만큼 화가 나기 때문이다. 말다툼을 벌이면 그녀는 항상 뭔가를 박살 낸다. 그때는 꽃병이었고 오늘은 자기 손마디다. 폭풍이 시작되자마자 요니는 준비 차원에서 휴대전화를 충전하러 갔고 한나는 주먹으로 싱크대를 내리쳤다. 그래서 지금 멍을 문지르며 욕을 하고 있다. 그가 가야 한다는 걸 알지만 보내고 싶지 않기에 꼭 이렇게 되고 만다.

요니가 부엌으로 들어오고, 한나의 목덜미에 닿는 그의 수염이 느껴진다. 그는 자기가 터프하고 강한 줄 알지만 실은 어느 누구보다도 세심하다. 그녀가 소리를 지를 때 절대 같이 소리를 지르지 않는 이유도 그 때문이다. 폭풍이 유리창을 흔든다. 조만간 전화벨이 울릴 테고, 그러면 요니는 나가야 할 테고, 그러면 한나는 다시 화가 날 것이다.

"그 아이가 너한테 더는 화를 내지 않는 날이 오는 걸 걱정해야 해. 화를 내지 않는다는 건 너를 더 이상 사랑하지 않는다는 뜻이니까." 두 사람이 결혼식을 올렸을 때 요니의 아버지는 아들에게 이렇게 말했다. "도화선이 길어도 그 아이 안에는 화약이 가득하거든, 그러니까 조심하라고!" 그의 아버지는 폭소를 터뜨리며 말했었다.

한나는 바보와 결혼했을지 모르지만 그녀 역시 별반 다르지 않은 바보다. 감정 기복으로 요니를 탈진 직전까지 몰고 가기도 하고 대책 없는 행동으로 그의 뚜껑이 열리게 만들기도 한다. 요니는 소방차와 자기 옷장과 부엌 서랍에 이르기까지 뭐가 어디에 있는지 알지 못하면 당황하는 성격인데, 침대에서 어느 쪽에 누울 건지 정할 필요성도 못 느끼는 사람과 결혼하고 말았다. 한나가 어느 날 밤에는 이쪽에, 다음 날 밤에는 저쪽에 누워버리니 그는 어디에서부터 분통을 터뜨려야 할지 알 길이 없었다. *세상에 침대 어느 쪽을 쓸 건지 정하지 않고 사는 사람도 있나?* 그런가 하면 한나는 집 안까지 신발을 신고 들어오고, 세면대를 쓰고 난 뒤에 물로 씻지 않고, 버터나이프와 치즈 슬라이더를 한데 섞어 쓰는 바람에 아침을 먹을 때마다 빌어먹을 보물찾기가 펼쳐진다. 애들보다 더 심하다.

하지만 그녀가 손을 올려 그의 수염을 쓰다듬고 그의 손이 그녀의 배 위에서 깍지를 끼고 있는 지금은 어떤 것도 중요하지 않다. 그들은 서로에게 점점 익숙해져 가고 있다. 한나는 소방관과 같이 살려면 남들은 절대 이해하지 못하는 리듬을 따라야 한다는 것을 받아들였다. 일례로 그녀는 불을 켜지 않고 볼일 보는 법을 터득했다. 동거를 막 시작했을 때, 한밤중에 화장실에 가느라 불을 켜면 요니가 소방서에서 호출하느라 점등한 줄 알고 번쩍 눈을 떴기 때문이다. 침대에서 벌떡 일어나 부랴부랴 옷을 입고 차 앞까지 간 요니를 한나가 이게 무슨 일인가 의아해하며 속옷 바람으로 나가서 붙잡은 게 여러 번이다. 그녀는 혼란스러운 밤을 몇 번 더 보낸 다음에서야 그는 그럴 수밖에 없다는 사실을 인정했고, 그녀도 내심 그가 그런 사람이길 바란다는 사실을 깨달았다.

그는 불이 나면 불이 난 곳으로 달려가는 그런 부류의 사람이다. 망설임 없이, 의구심 없이 달려간다. 그런 사람은 귀하지만 보면 알 수 있다.

✹

아나는 열여덟 살이다. 그녀는 베어타운 외곽에 있는 집에서 창밖을 유심히 내다보고 있다. 얼마 전에 동갑 남자아이가 여자애들은 제대로 발차기를 할 줄 모른다고 하는 말을 듣고 바로 무술 대련을 했다가 무릎을 다치는 바람에 다리를 살짝 절고 있다. 발차기로 그의 갈비뼈에 금이 가게 한 다음 머리를 무릎으로 찍었는데, 그 남자아이는 머리에 든 게 없는데도 단단해서 아나가 이렇게 다리를 절게 됐다. 그녀는 원래 몸은 번개처럼 빠르지만 판단은 더디고, 인간을 파악하는 데에는 젬병이지만 자연을 파악하는 데에는 도사다. 이제 창밖으로 나무가 움직이는 것이 보인다. 나무의 움직임을 오늘 아침에 알아차렸다. 대부분의 사람보다 한참 전에 태풍이 다가오고 있음을 감지한 것이다. 훌륭한 사냥꾼을 아빠로 둔 아이들은 그런 감을 터득하기 마련이다. 이 일대에서 아나의 아빠보다 더 훌륭한 사냥꾼은 없다. 아빠는 숲속에서 시간을 워낙 오래 보낸 터라 사냥용 무전기와 전화기를 종종 헷갈리고 집에서 전화를 받으면 모든 문장 끝에 "오버"를 붙인다. 그렇기에 아나는 숲속에서 기어다니고 걷는 법을 배웠다. 아빠 곁에 있으려면 그러는 수밖에 없었다. 숲은 놀이터이자 학교였다. 아나는 아빠에게 야생 동식물과 땅과 공기의 보이지 않는 힘에 대한 모든 것을 배웠다. 그것이 사냥꾼이 딸에게 준 사랑의 선물이었다. 아빠는 어린 아나에게 표적을 추적하는 법과 총 쏘는 법을 가르쳤다. 그녀가 좀 더 자란 뒤에는 사냥 사고가 벌어졌다는 의회의 연락을 받고 다친 동물을 찾아서 죽여야 할 때 데리고 다녔다. 숲속에서 살면 숲을 보호하는 법을 배우지만, 어떤 식으로 움직여야 숲의 보호를 받을 수 있는지도 배우게 된다. 그래서 결국 식물처럼 봄이나 따뜻한 날씨나 기타 등등 매번 같은 것을 손꼽아 기다리는 한편 매번 같은 것을 두려워하게 된다. 당연히 불을, 하지만 이제는 어쩌면 불보다 더 무서운 바람을. 바람은 막거나 끌 수 없다. 나무줄기나 껍질로는 어쩔 방법이 없다. 바람은 뭐든 닥치는 대로 박살 내고 부러뜨리고 죽여버린다.

그렇기에 아나는, 저 밖의 모든 것이 아직 고요하고 잠잠하더라도 우듬지에서 들려오는 바람의 소리를 듣고 가슴으로 폭풍을 느낄 수 있었다. 그래서 모든 대야와 양동이에 물을 받아놓고, 지하실에서 파라핀 스토브를 들고 오고, 전조등 배터리를 교체하고, 양초와 성냥을 찾아놓았다. 그런 다음 몇 시간 동안 기계적으로, 결연하게 장작을 패서 큰방으로 끌고 갔다. 이제 폭풍이 베어타운에 도착하자 창문과 문을 닫고, 부엌에서 요란하게 설거지를 하고, 단짝 친구 마야의 노래를 스테레오로 듣는다. 그 목소리를 들으면 아나는 차분해지고, 아나가 집안일하는 소리를 들으면 개들이 차분해지기 때문이다. 어렸을 때는 개들이 그녀를 지켜주었지만 이제는 그 반대다. 누가 마야에게 아나가 어떤 사람이냐고 물으면 그녀는 "투사"라고 대답할 것이다. 아나는 누구든 두들겨 패서 납작코로 만들 수 있을 뿐 아니라, 태어난 순간부터 삶이 그녀를 납작코로 만들려고 했지만 번번이 실패했기 때문이다. 아나는 천하무적이다.

그녀는 베어타운에 있는 고등학교 3학년생이지만 이미 오래전에 어른이 되었다. 술병을 피난처로 삼는 부모 밑에서 자란 딸들은 일찍 철이 든다. 아나는 어렸을 때 아빠에게 적절한 타이밍에 장작을 넣어서 난롯불을 꺼뜨리지 않고 지키는 법을 배웠다. 그는 병이 찾아오면 며칠이고, 몇 달이고 비슷한 방식으로 주량을 조절한다. 절대 성질을 부리지 않고 절대 언성을 높이지 않는다. 그저 술기운에 취해 있을 뿐이다. 그는 자신이 그토록 자랑스러워하는 아나의 무술 트로피와, 아나가 엄마 부분을 조심스럽게 도려낸 그녀의 유년기 사진으로 도배된 거실에서, 자기 의자에 앉아 코를 드르렁드르렁 골며 폭풍이 지나갈 때까지 잠을 잘 것이다. 아나의 아빠는 너무 취해서 전화벨 소리를 듣지 못한다. 아나는 스테레오를 크게 틀어놓고 설거지를 하느라, 개들은 그녀의 발치에 누워 있느라 마찬가지로 전화벨 소리를 듣지 못한다. 전화벨은 울리고 울리고 또 울린다.

결국에는 초인종이 울린다.

"걱정할 필요 전혀 없어. 그냥 바람일 뿐이잖아."

요니는 조그맣게 속삭인다. 한나는 그 말을 믿어보려고 한다. 이번에는 화마와 싸우러 출동하는 것이 아니라, 다른 소방관들과 함께 전기 톱을 들고 나가 응급 차량과 응급구조사가 지나다닐 수 있도록 쓰러진 나무를 치워 통행로를 확보하려고 출동하는 것이다. 요니는 소방관 일의 90퍼센트가 벌목이라며 투덜대지만 그녀도 알다시피 그래도 거기에 자부심을 느낀다. 이 숲이 그의 집이다.

한나가 몸을 돌려서 까치발을 하고 이로 요니의 뺨을 깨물자 그의 무릎에서 힘이 풀린다. 그는 어딜 가든 가장 덩치가 크고 힘이 센 편이지만, 남들은 어떻게 생각할지 몰라도, 아이들이 불구덩이 속에 있다면 먼저 달려가는 쪽은 한나일 것이다. 그녀는 복잡하고 제멋대로인 데다가 따지기도 좋아하며 정말이지 비위를 맞추기가 쉽지 않다. 하지만 요니는 한나의 잔인할 만큼 타협을 모르는 보호 본능을 가장 사랑한다.

"우리는 도울 수 있는 사람을 돕는 거야."

인명 피해가 발생한 날, 요니나 한나가 직장에서 가장 끔찍한 하루를 보내고 나면 한나는 항상 그의 귀에 대고 이렇게 속삭인다. 소방관으로 일을 하다 보면 수많은 연령대의 죽음을 맞닥뜨릴 수밖에 없는 한편 한나는 조산사다 보니 생후 몇 분이라는, 가장 끔찍한 순간의 죽음을 목도한다. 이 말은 위로인 동시에 두 사람 모두에게 그들의 임무를 주지시키는 수단이다. 도울 수 있는 경우에, 도울 수 있을 때, 도울 수 있는 데까지 돕는다는 것. 그건 특별한 성격의 직업인 동시에 특별한 성격의 사람이라는 말이기도 하다.

요니는 천천히 한나를 잡았던 손을 놓는다. 그녀처럼 골치 아픈 사고뭉치가 오늘 이때까지도 그를 헤집어놓을 수 있다니 절대 적응이 되지 않는다. 요니는 가서 휴대전화가 충전되고 있는지 확인하고 한나는 그를 한참 동안 지켜본다. 20년이 지난 지금까지도 그처럼 잔소리 심한 원칙주의자가 자신을 쳐다보기만 해도 옷을 잡아 뜯고 싶어질 수 있다니 전혀 적응이 되지 않는다.

부엌 밖, 현관홀에서 전화벨 소리가 들린다. 그녀는 눈을 감고 속으로 욕을 하며 이번에는 싸우지 말자고 다짐한다. 그는 절대로 무사히 돌아오겠다고 약속하지 않는다. 그러면 재수 옴 붙는다고 생각하니까. 대신 항상 사랑한다는 말을 몇 번이고 반복하는데, 그러면 한나는 "다행이네"라고 한다. 전화벨이 계속 울리는데도 받지 않는 걸 보면 그는 화장실에 있는 모양이다. 창문이 이미 바람 때문에 요란하게 덜커덩거리고 있어서 한나는 큰 소리로 그의 이름을 부른다. 아이들은 아빠더러 잘 다녀오라고 안아주려 계단에 일렬로 서 있다. 테스가 남동생 셋을 감싸 안고 있다. 토비아스, 테드, 투레. 넷 다 똑같은 알파벳으로 시작하는 이름이라니 아이들 아빠는 말도 안 된다고 생각하지만, 맨 처음 사랑에 빠졌을 때 개 이름은 그가 짓고 아이들 이름은 그녀가 짓기로 합의했었다. 그들은 개를 키운 적이 없다. 협상에는 원래 한나가 더 소질이 있다.

투레가 테스의 스웨터에 얼굴을 묻고 울고 있는데, 누나도 형들도 그만하라고 하지 않는다. 다른 아이들도 어렸을 때는 번번이 울곤 했다. 한집안에 소방관이 한 명 있으면 온 식구가 소방대다. 그들은 '우리한테는 그런 일이 벌어지지 않는다'고 생각하는 호사를 누리지 못한다. 그렇지 않다는 것을 안다. 그렇기에 이들 부모의 합의안은 단순하다. 양쪽이 동시에 위험한 일에 뛰어들지는 않는다는 것. 최악의 상황이 벌어지더라도 아이들에게 엄마나 아빠 중 한 명은 남아 있어야 하지 않겠는가.

요니는 현관홀에 서서 휴대전화에 대고 언성을 높이다 고함을 지르지만 아무 소리도 들리지 않는다. 실수로 버튼을 잘못 눌렀나 싶어서 통화기록을 확인한다. 하지만 자신이 10분 전에 어머니에게 전화한 이후로는 아무도 그에게 전화한 적이 없다. 전화벨이 몇 번 더 울리고 나서야 그는 자기 전화가 아니라 한나의 전화가 울리고 있다는 사실을 깨닫는다. 한나는 조금 어리둥절해하며 전화기를 집어서 번호를 확인하고 상사의 전화를 받는다. 그리고 30초 뒤에 달리기 시작한다.

당신은 인간을 이해하고 싶은가? 진심으로 이해하고 싶은가? 그렇다면 인간이 가장 훌륭하게는 무슨 일까지 할 수 있는지를 알아야 한다.

4
야만인

벤이는 쿵 하는 소리에 잠에서 깰 것이다. 일어나 앉기는 하지만 자신이 어디에 있는지 모를 테고, 숙취 때문에 공간지각이 엉망이 돼서 인형의 집에서 자다 깬 것처럼 방이 너무 작게 느껴질 것이다. 전에 없던 현상은 아니다. 그런 현상이 시작된 지 한참 됐다. 요즘 그는 아침에 눈을 뜰 때마다 자신이 아직 살아 있다는 데 놀라는 느낌이다.

그날은 폭풍 다음 날이겠지만 그는 아직 그런 줄 모를 것이다. 그가 꾸던 꿈을 잊어버렸는지 아니면 아직 꿈을 꾸고 있는지도 모를 것이다. 긴 머리가 눈을 덮을 테고 사지 육신이, 모든 근육이 욱신거릴 것이다. 하키 위주로 돌아가던 시절의 단단한 근조직이 아직 남아 있어도 벤이는 이제 스무 살이고 거의 2년 동안 스케이트를 신지 않았다. 담배는 너무 많이 피우고 밥은 너무 굶는다. 그는 침대에서 일어나려다 비틀거리며 한쪽 무릎으로 주저앉을 테고, 바닥에는 담배 마는 종이와 라이터와 은박지 조각 사이로 빈 술병이 굴러다닐 테고, 어마어마한 두통이 찾아와 손바닥으로 양쪽 귀를 꽉 막아도 그 소음이 밖에서 들리는 건지 자기 머릿속에서 들리는 건지 알 수가 없을 것이다. 그러다 다시 쿵 하는 소리와 함께 벽이 심하게 흔들리면 침대 머리맡의 유리창이 박살 나서 유리 조각 세례가 퍼부어질까 봐 몸을 웅크릴 것이다. 그리고 방 한쪽 구석에서는 전화벨이 울리고 울리고 또 울릴 것이다.

벤이는 2년 전에 베어타운을 떠났고 그 뒤로 계속 떠돌고 있다. 그는 나고 자란 마을을 떠나 하키팀이 없는 마을이 나올 때까지 기차와 배로 이동하고 트럭을 얻어 탔다. 일부러 길을 잃었고 상상할 수 있는 모든 방법으로 자기 자신을 파괴했지만, 스스로가 갈망하는 줄도 몰랐던 것을 찾기도 했다. 흘끗거리는 눈빛과 손길, 목으로 느껴지는 숨결, 아무도 뭘 묻지 않는 댄스플로어. 벤이는 혼돈을 통해 자유로워질 수 있었고 외로움을 통해 더는 혼자가 아닐 수 있었다. 돌아갈 생각은, 집으로 돌아갈 생각은 한 번도 한 적이 없었다. 이제 벤이에게 집은 다른 행성이나 다름없었다.

그래서 행복하냐고 묻는다면 당신은 벤이를 전혀 이해하지 못하는 것이다. 그는 절대 행복을 바란 적이 없었다.

벤이는 숙취를 달래며 비몽사몽간에 조그만 호텔 방 창문 앞에 서서 방관자의 시선으로 바깥세상을 내려다볼 것이다. 아래 도로에서 두 대의 차량이 충돌하는 사고가 벌어져 있을 테고, 그 소리가 그를 깨웠을 것이다. 사람들이 비명을 지르고 있을 것이다. 벤이의 귀가 울릴 것이다. 따르릉, 따르릉, 따르릉. 그는 한참 만에 그게 전화벨 소리라는 것을 알아차릴 것이다.

"여보세요?"

벤이는 너무 한참 동안 쓰지 않아서, 그전에는 너무 많이 써서 쉬어버린 목소리로 간신히 전화를 받을 것이다.

"나야."

큰누나의 무겁고 피곤한 목소리가 들릴 것이다.

"아드리 누나? 무슨 일이야?"

아드리는 조심스럽게 말을 고를 것이다. 이런 소식을 전할 수밖에 없는 상황에서 누나답게 안아주고 싶지만 동생은 너무 멀리 있다. 벤이는 잠자코 얘기를 들을 것이다. 안에서 뭔가가 죽을 때마다 티 내지 않는 법을 평생 몸에 익힌 사람답게.

"죽었다고?"

동생은 마침내 이렇게 물을 테고, 누나는 모국어를 잊어버린 사람을 대하듯 처음부터 다시 설명해야 할 것이다.

결국 벤이는 "알았어"라고 조그맣게 속삭이는 게 끝일 테고, 전화선을 긁는 그의 거친 숨소리가 심장에 금이 가면서 발생한 파동의 유일한 증거일 것이다.

그는 전화를 끊고 가방을 쌀 것이다. 언제든 모든 걸 두고 떠날 수 있도록 가볍게 여행하는 중이니 시간은 별로 걸리지 않을 것이다.

"무슨 일이야? 지금 몇 신데?"

침대에서 다른 누군가가 조그맣게 물을 것이다.

"나 가야 돼."

벤이는 이렇게 대답하며 웃통을 벗은 채 이미 문밖으로 빠져나가고 있다. 팔에 큼지막하게 새긴 곰 문신은 몇 달 동안 햇볕을 쪼여서 그런지 희미해진 것 같다. 야만인들이 그렇듯 수많은 흉터가 까무잡잡하게 탄 살갗 위에서 분홍색으로 반짝인다. 다른 사람보다 야만인 같은 짓을 잘 저지르기 때문인지 얼굴보다는 손마디에 흉터가 더 많다.

"어디를?"

"집."

그 누군가가 뒤에서 뭐라고 소리를 지를 테지만 벤이는 이미 계단을 반쯤 내려갔을 것이다. 뒤를 돌아보며 2층에 있는 남자에게 연락하겠다고 큰 소리로 약속할 수도 있을 테지만, 벤이가 나이를 먹으면서 터득한 게 하나 있다면 이제 더는 아무에게도 거짓말을 할 마음이 생기지 않는다는 것이다.

5

조산사

오늘 밤, 폭풍이 양쪽 하키 타운을 덮쳐 나무와 사람들을 쓰러뜨린다. 내일은 팔에 곰 문신을 새긴 젊은 남자와, 팔에 기타와 산탄총 문신을 새긴 젊은 여자가 장례식에 참석하기 위해 집으로 돌아올 것이다. 이번에는 모든 사태가 그렇게 시작된다. 거친 숲으로 둘러싸인 공동체에서는 사람들이 보이지 않는 실뿐만 아니라 날카로운 갈고리로도 연결되어 있기에 누군가가 몸을 너무 빨리 돌리면 다른 누군가는 셔츠만 잃어버리는 게 아니다. 모두의 심장이 뜯겨져 나올 수도 있다.

❄

요니는 헤드의 집에서 아내와 함께 안방으로 계단을 달려 올라간다. 아내는 가방을 챙기며 기본적인 사항을 알려준다. 베어타운 북쪽의 어느 농장에 첫 아이의 출산을 앞둔 젊은 부부가 살고 있는데, 양수가 터지자 폭풍이 얼마나 심해질지 모르는 상태로 헤드에 있는 병원으로 출발했다. 간선도로가 아니라 샛길을 타고 동쪽으로 향했고, 두 마을 사이 숲속 한가운데서 쓰러진 나무를 피하려다 도로에서 이탈했다. 다음 나무가 쓰러지는 걸 못 보는 바람에 차가 숲속 어딘가에서 오도 가도 못하게 됐다. 부부는 어찌어찌 병원에 연락하긴 했지만, 근처에 구급차도 없고 숲길도 막혀버렸으니 그 아수라장을 헤치고 나올 수 있을지 알 길이 없다. 그 차에 타고 있는 임신부와 태아의 유일한 희망은 오늘 비번이고 가까운 곳에 사는 조산사가 출동하는 것뿐인데, 마지막 구간은 도보로 이동해야 한다.

요니는 안방 문 앞에 서서 아내에게 미쳤느냐고 묻고 싶지만 20년 지기인 아내가 뭐라고 대답할지 안다. 한나는 몸을 홱 돌리는 바람에 그의 가슴을 이마로 들이받는다. 요니가 두 팔로 다정하게 감싸 안자 한나가 그 안으로 사라져 버린다.

"사랑해, 젠장. 사랑한다고. 이 한심한 바보야."

한나가 조그맣게 속삭인다.

"다행이네."

요니가 대답한다.

"다락방에 담요 몇 개 더 있고 손전등은……."

"아니까 우리 걱정은 하지 마. 하지만 당신은…… 아니 그러니까 내 말은……."

요니가 뭐라고 말을 꺼내는데, 그녀가 스웨터에 얼굴을 묻고 보니 그가 떨고 있다.

"나한테 화내지 마. 화를 내는 쪽은 나고 당신은 이성적인 사람이라야 하잖아."

그녀는 그의 갈비뼈에 대고 중얼거린다.

"사람을 한 명 데려가야 해. 숲길을 아는 사람을. 이제 날이 어두 워질 텐데……."

"당신은 안 돼. 당신도 알잖아. 둘이 절대 한 비행기에 타지 말 것, 폭풍이 불 때 절대 같이 나가지 말 것. 아이들한테는……."

"알아, 알아."

요니는 암담하게 속삭인다. 평생 이런 무능감은 처음이다. 소방관 으로서는 끔찍한 경험이다.

한나는 그의 바보 같은 미신 때문에 출동하는 그를 붙잡고 "무사 히 돌아오라"고 할 수가 없기에, 대개 그가 그 일을 하러 집으로 돌 아오겠다고 약속할 수 있도록 다음 날 해야 하는 평범한 일을 생 각해 낸다. "내일 당신이 쓰레기 버리는 날인 거 잊지 마"라든지 "12시에 어머님 댁에서 점심 먹기로 한 거 알지?" 하는 식이다. 이 것이 둘만의 깜찍한 의식이 되었다.

그래서 요니는 "무사히 돌아오라"고 하지 않는다. 심지어 가지 말 라고도 하지 않는다. 입장이 바뀌면 그 말에 자기가 뭐라고 대답할 지 알기 때문이다. 요니는 힘이 셀지 몰라도 부는 바람을 막을 수 있 을 만큼은 아니다. 지금 필요한 사람은 아이를 받을 줄 아는 한나다. 우리는 도울 수 있는 경우에, 도울 수 있을 때, 도울 수 있는 데까지 돕는다. 방에서 나올 때 그는 그녀의 팔을 잡는다. 내일이 있다는 걸 기억할 수 있게 뭔가 평범하고 일상적인 말을 건네고 싶은데, 생각 나는 게 이것뿐이다.

"나 내일 당신이랑 잘 거야!"

한나는 남편 바로 앞에서, 면전에 대고 폭소를 터뜨린다.

"당신, 뭘 잘못 먹어도 단단히 잘못 먹었네."

"내가 내일 당신이랑 잘 거라는 사실만 분명히 알아둬!"

그의 눈에는 눈물이 고여 있고 그녀도 마찬가지다. 밖에서 바람이 휘몰아치는 소리가 들리고 그들은 자신을 불멸의 존재로 착각할 만큼 어리석지 않다.

"그쪽 숲 일대를 잘 아는 사람이 혹시 있을까?"

한나는 애써 침착하게 묻는다.

"응, 내가 아는 사람이 한 명 있어. 전화해서 당신이 그쪽으로 가고 있다고 알릴게."

요니는 대답하고, 떨리는 손으로 주소를 적는다.

그녀는 밴을 몰고 어둠 속으로, 자기 마음대로 나무줄기를 부러뜨리고 사람을 죽이는 폭풍 속으로 나선다. 그녀는 무사히 돌아오겠다고 약속하지 않는다. 그는 아이들과 함께 부엌 창문 앞에 선다.

❅

누가 찾아온 것에 반응을 보인 쪽은 개들이다. 어쩌면 녀석들은 초인종 소리를 들었다기보다 본능적으로 짖기 시작했을지 모른다. 아나는 경계하며 현관홀 쪽으로 나가 창밖을 내다본다. 이런 날씨에 도대체 누구지? 계단에 여자 혼자 서 있는데, 우비 모자를 뒤집어 썼고 바람을 막느라 야리야리한 몸을 반으로 접고 있다.

"아빠 집에 계시니?"

아나가 억지로 문을 열자 여자가 고함을 지른다. 숲 전체가 울부짖는 중이라 거인들 발에 이리저리 차이는 유리병 안에 서 있는 느낌이다.

몇 미터 거리의 풀밭에 세워둔 여자의 밴이 바람에 흔들리고 있다. 폭풍을 뚫고 집 밖으로 나설 수밖에 없는 상황이라 한들 폭풍을 뚫고 저런 바보 같은 차를 타고 오다니. 아나는 이런 생각을 한다. 게다가 이 여자가 빨간색 우비를 입고 있는 걸 보면 *헤드*에서 여기까지 온 걸까? 실제 인간이 맞긴 한 걸까? 아나는 이런 생각을 하느라 정신이 없어서 여자가 좀 더 가까이 다가와 고함을 한 번 더 지를 때 거의 아무 반응도 보이지 못한다.

"어떤 차가 숲속에서 오도 가도 못하게 됐는데, 이런 날씨에 나를 거기까지 데려다줄 사람이 있으면 너희 아버님이라고 남편한테 들었어!"

여자가 이 말을 내뱉는 동안 아나는 계속 영문을 몰라 하며 눈을 깜빡이기만 한다.

"잠깐…… 네? 뭐라고요? 아니, 이런 날씨에 차가 숲으로 나갔다고요?"

"아이가 태어나려고 해서! 아빠 집에 계시니, 안 계시니?"

여자는 짜증 섞인 투로 쏘아붙이며 현관홀로 한 발을 들여놓는다.

아나는 그녀를 막으려고 하지만 여자는 겁에 질린 아나의 눈빛을 알아차릴 겨를이 없다. 식기 건조대에 빈 맥주 캔과 보드카 병이 일렬로 놓여 있다. 재활용품 수거함에 넣었을 때 냄새를 풍겨서 이웃들 앞에서 민망해질 일이 없도록 딸이 물로 꼼꼼하게 헹군 것이다. 아빠의 팔은 거실 안락의자의 양옆으로 힘없이 늘어져 있지만, 혹사당한 폐는 숨을 쉴 때마다 알코올중독자 특유의 냄새를 풍기며 가슴을 오르락내리락한다. 긴장감으로 오그라들어 있던 조산사의 심장이 철렁 내려앉는다. 마음의 준비를 했던 것보다 더 심한 충격을 받았다.

"아…… 이래서 그랬던 거구나. 내가…… 내가 괜히 번거롭게 했네, 미안."

한나는 당황스러워하며 중얼거리고는 몸을 휙 돌려서 허둥지둥 마당을 지나 밴으로 돌아간다.

아나는 일말의 망설임도 없이 그녀를 따라 나가 차창을 두드린다. 여자가 경계하는 눈빛으로 창문을 연다.

"지금 어디 가세요?"

아나는 큰 소리로 묻는다.

"숲속에 갇힌 그 산모한테 가야 해!"

여자는 그렇게 외치며 시동을 걸려고 하지만 그 망할 고물 차는 털털거리기만 한다.

"미쳤어요? 이런 날씨에 그게 얼마나 위험한 짓인지 알아요?"

"아이가 태어나려고 한다는데 내가 조산사야!"

여자는 갑자기 분노의 고함을 지르며 먹통이 되어버린 계기판을 두 손으로 내리친다.

아나는 나중에 이 순간을 돌아볼 때 자신의 안에서 무슨 일이 벌어졌는지 정확히 설명하지 못할 것이다. 영화에서 사람들이 "거룩한 소명을 부여받은" 느낌이었다고 시적으로 표현하는 그런 현상이었을지도 모른다. 하지만 여자의 표정이, 남들이 아나를 가리켜 "미친 것 같다"고 할 때의 표정과 똑같았기 때문이었을 가능성이 크다.

아나는 집 안으로 달려 들어가 개들에게 밥을 주고, 녀석들이 제일 좋아하는 마야의 노래가 잘 들리게 스테레오 볼륨을 높인다. 그러고는 녹슨 픽업트럭 열쇠를 손에 쥐고, 너무 커서 뒷자락이 바람에 망토처럼 펄럭이는 재킷을 입고 다시 나온다.

"아빠 트럭을 타고 가면 돼요!"

"너를 데리고 갈 수는 없어!"

"이 똥차는 못 써요!"

"나도 알거든?"

"저랑 같이 가야 훨씬 안전해요!"

여자는 미친 열여덟 살짜리를 빤히 쳐다본다. 조산사 교육을 받을 때 이런 상황에 대해서는 가르쳐주지 않았다. 결국 그녀는 체념 섞인 한숨을 내쉬며 가방을 들고 아이를 따라 아이 아빠의 트럭으로 자리를 옮긴다.

"내 이름은 한나야!"

그녀는 고함을 지른다.

"저는 아나예요!"

아나도 쩌렁쩌렁하게 외친다.

둘의 이름이 이 정도로 비슷하다니 지금 상황과 좀 어울린다. 한나는 이 미친 십 대를 보고 자기를 닮았다는 생각이 얼마나 들었는지 모른다며, 나중에는 수도 없이 욕을 하다가 폭소를 터뜨리기를 반복할 것이다. 그들이 앞좌석으로 기어 올라가 끙끙대며 문을 제대로 닫는 동안 바람이 우박처럼 차대를 때린다. 뒷좌석에 놓인 산탄총이 아나 눈에 들어온다. 민망해진 그녀는 얼굴을 시뻘겋게 붉히며 총을 얼른 집어 들고 집 안으로 달려간다. 다시 돌아와서는 시선을 피한 채 이렇게 말한다.

"아빠가 가끔 산탄총을 픽업트럭에 두고 내릴 때가 있어요. 그러니까…… 상태가 안 좋을 때요. 아마 내가 잔소리만 백만 번은 했을 거예요."

조산사는 불안해하며 고개를 끄덕인다.

"내 남편은 몇 년 전에 산불이 났을 때 너희 아빠를 만났대. 숲을 잘 아시니까 소방서에서 연락했나 봐. 그 뒤로 몇 번 같이 수색 작업을 했다고 하더라고. 내 남편이 베어타운에서 존경하는 유일한 사람이 너희 아빠일 거야."

분위기를 띄우려는 한심한 발언이라는 것을 아나도 느낄 수 있다.

"네, 아빠는 누구든지 좋아할 수 있을 만한 사람이에요. 가끔 스스로를 별로 좋아하지 않아서 그렇지."

퉁명스러운 아나의 말투에 조산사는 속에 뭔가가 얹힌 것 같다.

"아빠랑 같이 집에 있어야 하는 거 아닐까, 아나?"

"뭐 하려요? 아빠는 술을 마시고 곯아떨어졌어요. 내가 없어진 줄도 모를걸요?"

"남편은 나더러 숲속으로 들어가야 한다면 너희 아빠 말고는 믿을 사람이 없다고 했어. 그리고 너랑 같이 간다고 생각하니까 내가 영 마음이 불편해서……."

아나는 콧방귀를 뀐다.

"나이 많은 사람들만 숲속을 안다고 생각하는 아주머니 남편이 바보네요!"

조산사는 체념한 듯 미소를 짓는다.

"내 남편이 바보인 이유가 그것밖에 없다고 생각한다면 네가 남자를 잘 모르는 거야……."

그녀는 1년 전부터 밴을 제대로 된 정비소에 맡기라고 닦달했지만 요니는 계속 모름지기 소방관이라면 자기 차를 스스로 고쳐야 하는 법이라고 중얼거리기만 했다. 한나는 진실을 지적하려고 애써 왔다. 모든 소방관이 자기 차를 스스로 고칠 줄 안다고 착각할 따름 이라고 말이다. 결혼 생활은 쉽다. 그녀가 종종 생각하는 바로는 그렇다. 잘 싸우는 주제를 하나 정해서 일주일에 최소 한 번씩 평생 반복하기만 하면 된다.

"아이를 낳게 생겼다는 여자가 지금 어디 있는데요?"

아나가 조바심을 내며 묻는다.

조산사는 망설이다가 한숨을 쉬며 지도를 꺼낸다. 그녀는 헤드에서 베어타운까지 간선도로를 타고 왔지만 그 길을 통과한 마지막 사람이었다. 뒤에서 길 위로 나무가 쓰러지는 것을 보았다. 그걸 보았으면 두려움에 질렸어야 하는데, 흥분이 공포를 덮어버렸다. 그녀는 지도를 가리킨다.

"이 어디쯤에 있어. 어딘지 알겠니? 간선도로가 아니라 오래된 숲속 샛길을 따라 지름길로 가려고 했다는데, 지금은 그 길이 대부분 나무로 막혔을 거야. 거기까지 갈 수나 있을까?"

"알아보죠."

아나는 이렇게 대답한다.

한나는 헛기침을 한다.

"이런 질문해서 미안한데, 너 운전면허 딸 만한 나이는 된 거야?"

"그럼요! 그러니까, 네, 그럴 *만한* 나이는 됐어요."

아나는 애매하게 대답하고 액셀을 밟는다.

"하지만…… 면허는 있고?"

아나가 미끄러지듯 도로로 나서는 동안 조산사는 살짝 불안해하며 이렇게 묻는다.

"음, 아뇨. 그건 아니에요. 하지만 아빠한테 운전을 배웠어요. 아빠가 조금 취할 때가 많아서 기사가 있어야 하거든요."

이 말을 듣고 조산사의 불안이 해소되지는 않는다. 절대 그렇지는 않다.

6

슈퍼히어로

마테오는 이제 겨우 열네 살이다. 그는 이 이야기의 주요 인물이 아니다. 아직은 그렇다. 뒤에서 지나가는 사람, 공동체를 구성하는 수천 명 가운데 한 명에 불과하다. 그는 폭풍이 시작되려는 시점에 자전거를 타고 베어타운을 돌아다니지만 아무도 그에게 눈길을 주지 않는다. 다들 집 안으로 피신하느라 정신이 없어서 그렇기도 하고, 마테오가 워낙 눈에 띄지 않는 아이라 그런 것도 있다. 남들 눈에 띄지 않는 것이 슈퍼파워일지도 모르지만 그가 원한 슈퍼파워는 아니다. 누가 그에게 물었다면 가족을 보호할 수 있도록 슈퍼맨처럼 힘이 센 쪽을 택했을 것이다. 아니면 누나를 구할 수 있도록 과거를 바꿀 수 있는 능력. 하지만 그는 슈퍼히어로가 아니다. 이 마을이 자연 앞에서 아무 힘이 없듯이 마테오도 자기 존재 앞에서 아무 힘이 없는 인간에 불과하다.

그가 혼자 집을 지키고 있을 때 바람이 나무를 후려치기 시작했다. 인가가 끊기고 숲이 시작되는 경계선에 자리 잡은 조그만 셋집의 전기가 나간다. 부모님은 누나를 데려오려고 외국에 갔다. 마테오는 혼자 지내는 데 익숙하지만 불 꺼진 집 안은 견딜 수 없기에 자전거를 타고 밖으로 나선다. 머릿속에 들어앉은 반항적인 십 대는 도움을 청하길 거부하지만, 가슴속에 들어앉은 겁에 질린 아이는 그에게 보살핌이 필요하다는 사실을 알아차려 줄 사람이 등장하길 바란다. 하지만 아무도 그럴 여유가 없다.

키가 크고 뚱뚱한 양복쟁이가 반대 방향으로 그를 쌩하니 지나쳐 간다. 마테오는 그의 본명을 모르지만 '프락'이라고 불리고, 대형 슈퍼마켓 사장이며, 베어타운을 통틀어 가장 돈이 많은 사람 중 한 명인 것은 안다. 남자는 바로 옆을 지나가면서도 그 소년의 존재를 알아차리지 못한다. 아이스링크 바깥 깃대에 매달린 초록색 곰 깃발이 갈기갈기 찢기기 전에 얼른 치우려고 정신이 없다. 위험이 닥쳤을 때 그 남자의 일차적인 본능은 그것이다. 인간이 아니라 깃발을 구하는 것.

마테오는 베어타운 곳곳을 누비며 이웃끼리 서로 도와서 날아갈 만한 물건을 마당에서 집 안으로 들이고, 막다른 골목마다 설치되어 있던 기둥과 네트를 치우는 모습을 구경한다. 이 동네 아이들은 해마다 이맘때쯤이면 인도에서 테니스공을 가지고 논다. 그러다 첫눈이 오기만 하면 아빠들은 둘 중 한 명꼴로 마당에 물을 뿌려 하키장을 만든다. 마테오는 "이 마을에는 좋은 친구와 형편없는 마당이 있다"며 사람들이 자랑하는 것을 숱하게 들었다. 남쪽 사람들은 완벽한 잔디밭과 깔끔한 화단을 자랑하지만, 여기에서는 눈이 녹았을 때 모래가 흩뿌려진 땅과 흙에 박힌 퍽이 드러나면 떠받들린다. 땅이 어느 몇 달의 기간을 제대로 썼다는 뜻이니까.

마테오는 다른 곳에 가도 여기에서처럼 겉도는 외돌토리로 지낼지 궁금해질 때가 많다. 그에게 말을 거는 사람이 있을지, 친구가 생길지, 투명 인간 신세에서 벗어날 수 있을지. 어디에서 태어나고 어떤 인간으로 자랄지는 제비뽑기와 같다. 여기에서는 맞는 것이 다른데서는 틀릴 수 있다. 하키에 집착하면 전 세계의 거의 모든 곳에서 아웃사이더나 괴짜 취급을 당하겠지만 여기에서는 아니다. 여기에서는 하키가 날씨와 같아서 모든 사회적 대화의 화제가 하키 아니면 날씨다. 베어타운에서는 폭풍도 스포츠도 피할 방법이 없다.

날이 금세 어두워지고 추워진다. 눈은 아직 내리지 않지만 바람은 이미 살과 힘줄을 파고든다. 그는 장갑이 없어서 손가락의 감각을 잃어가고 있다. 정처 없이 페달을 밟던 마테오는 다시 피가 통하게 하려고 핸들바에서 한 손을 놓느라 잠깐 정신이 팔리는 바람에 그 차를 너무 늦게 발견한다. 엄청난 속도로 달려오는 차의 불빛 때문에 눈이 부시다. 마테오가 브레이크를 세게 밟자 자전거가 모로 미끄러진다. 전조등 때문에 앞이 보이지 않는다. 그는 충격을 예상하지만 아무 충격도 느껴지지 않는다. 처음에는 자기가 이미 죽었나 보다고 생각하다가 막판에 어찌어찌 체중을 옮겨 자기 몸과 자전거를 옆으로 던진다. 데굴데굴 구르느라 손과 팔이 쏠려서 비명을 지르지만 바람 때문에 아무도 그 소리를 듣지 못한다.

그 차를 모는 젊은 여자도, 옆에 앉아 있는 조산사도 어두워서 그를 보지 못한다. 눈 깜빡할 새 벌어진 아주 사소한 해프닝이지만, 범퍼가 열네 살짜리의 몸을 스치고 지나가기만 했더라도 마테오는 어마어마한 속도로 숲속에 내동댕이쳐졌을 것이다. 폭풍이 부는 와중에 거기서 정신을 잃고 쓰러졌다면 그의 시신은 며칠 뒤에서야 발견됐을 테고, 그와 앞으로 벌어질 모든 일을 연결하는 보이지 않는

끈은 잘렸을 것이다. 하지만 그는 멍이 들긴 했어도 멀쩡히 살아 숨 쉬며 비틀비틀 일어선다.

우리는 마테오라는 이름을 들어본 적 없을 수도 있었지만 이 간발의 차로 인해 조만간 그의 이름을 앞으로 절대 잊을 수 없게 될 것이다.

7

아이들

베어타운과 헤드는 오랜 역사를 자랑하는 마을이고 그보다 더 오랜 역사를 자랑하는 숲으로 둘러싸여 있다. 사람들 말로는 나이를 먹으면 지혜로워진다고 하지만, 대부분은 나이를 먹을수록 좋은 것이든 나쁜 것이든 경험만 쌓일 뿐이다. 그 결과 지혜로워지기보다는 시니컬해질 가능성이 더 크다. 젊었을 때는 어떤 최악의 상황이 우리에게 닥칠 수 있는지 전혀 알지 못한다. 오히려 그래서 다행이긴 하다. 그걸 안다면 절대 집을 떠나지 않을 테니까.

그리고 사랑하는 것들을 절대 놓지 않을 테니까.

✳

"지금…… 뭘 알고 가는 거 맞지?"

한나가 불안해하며 묻는다.

조산사 입장에서는 되도록 빨리 그곳에 도착하고 싶지만, 목숨을 유지하고 싶은 인간의 입장에서는 아나가 픽업트럭을 방금 훔친 사람처럼 운전하지 않기만 바랄 수밖에 없다.

여자아이는 대꾸가 없다. 그녀가 입고 있는 아빠의 밝은 주황색 재킷은 야광 스티커로 뒤덮였다. 등판에는 '사냥 사고'라고 적혀 있다. 차에 치인 동물을 찾으러 나설 때 입는 옷이다. 트럭에는 어두운 숲속에서 이동할 때 필요한 장비가 잔뜩 실려 있다. 아나의 어린 시절의 절반은 아빠와 개들을 따라 어두운 숲속을 달린 기억으로 이루어져 있다. 그녀는 지금까지 눈을 감고도 길을 찾을 수 있을 거라고 생각했는데, 이번 폭풍이 시험대가 될 것이다.

"저기…… 알면서 가는 거 맞지?"

한나는 다시 묻지만 이번에도 대답을 듣지 못한다.

한나의 발치에서 테니스공 두 개가 굴러다닌다. 그녀는 하나를 집어서 머뭇머뭇 미소를 짓는다.

"저…… 키우는 개가 몇 마리나 돼?"

이번에도 대답이 없자 그녀는 헛기침을 하고 다시 말한다.

"아니, 이 동네에서는 아무도 테니스를 치지 않잖아. 그러니까 헤드하고 베어타운에서 테니스공이 필요한 경우는 개를 키울 때, 필드하키를 연습할 때, 이불을 건조기에 넣고 돌릴 때……."

아나는 말없이 핸들 너머를 응시하며 속도를 높일 따름이다.

"그 녀석들 견종이 뭐야?"

조산사가 집요하게 물고 늘어지자 아이는 마침내 한숨을 쉰다.

"아주머니는 불안하면 말이 많아지는 타입이죠?"

"응……."

조산사는 솔직히 시인한다.

"저도 그래요."

아나는 이렇게 얘기하고, 몇 분 동안 아무 말도 하지 않는다. 조산사는 눈을 질끈 감는다. 말을 하지 않으려고 기를 쓰지만 심장이 점점 더 심하게 쿵쾅거리자 입이 주인을 배신한다.

"내 남편은 개를 키우고 싶어 해! 맨 처음 만났을 때부터 그랬어. 솔직히 나는 동물을 별로 좋아하지 않지만 깜짝 생일선물로 사냥개를 한 마리 사줄까 고민 중이었거든. 심지어 브리더하고 상담까지 했어! 괜찮은 사냥개는 '온 앤드 오프'가 확실해서 사냥할 때야 엄청 열심이지만 집에 들어오면 곧바로 얌전해진다며? 맞지? 그 말을 듣고 내가 얼마나 웃었는지 몰라. 소방관이랑 하키 선수들도 그랬으면 좋겠다는 생각이 들어서……."

픽업트럭은 점점 속도를 높인다. 아나는 그녀를 흘끗 쳐다보고 중얼거린다.

"개를 좋아하지 않는 사람치고는 많은 걸 알고 계시네요."

"고마워!"

조산사는 이렇게 외치면서 두 팔을 들어 얼굴을 가린다. 쓰러진 나무를 들이받을 것 같았기 때문이다.

아나는 막판에 핸들을 틀어서 나무를 피하고는 툴툴거린다.

"베어타운에 오면서 그런 재킷을 입다니 정말 겁이 없네요. 나는 길바닥에 서 있다가 차에 치이지 않으려고 이런 재킷을 입고 나왔는데, 아주머니 재킷 때문에 사람들이 우리를 겨냥해서 달려들게 생겼어요."

"응?"

조산사는 큰 소리로 되물었다가 자기가 가슴팍에 헤드 하키 로고가 찍힌 빨간색 재킷을 입고 있다는 사실을 깨닫는다. 아무 생각 없이 큰아들의 재킷을 집어 들고 집에서 뛰쳐나온 것이다.

토비아스에게는 이 옷이 작아졌지만 그녀에게는 여전히 너무 크다. 세월이 이렇게 빠르게 지날 줄이야.

"개똥 같은 팀이잖아요."

아나가 딱 잘라서 선언하자 한나는 발끈한다.

"말조심해! 우리 애들이 거기 선수로 뛰고 있으니까!"

"애들 잘못은 아니죠. 엄마가 개똥 같은 팀에서 뛰게 내버려둔 거니까."

아나는 어쩔 줄 몰라 하며 이렇게 대답한다.

조산사는 그녀를 빤히 쳐다보다가 억지로 미소를 짓는다.

"하키 좋아하는구나?"

"하키 싫어요. 하지만 헤드는 더 싫어요."

"우리 A팀이 이번 시즌에는 너희 팀을 이길 거야."

조산사는 분위기를 전환할 만한 화제가 생겼다는 데 다행스러워하며 희망을 담아 얘기한다.

콧방귀를 뀌던 아나는 어둠 속에서 방향을 파악하느라 잠깐 속도를 늦춘다.

"카펫도 못 이기는 팀이요? 그 팀 후위가 이쪽에서 저쪽으로 이동할 때 얼마나 걸리는지 재려면 달력이 필요하지 않나……?"

한나는 실눈을 뜨고 앞 유리창 너머를 확인하며 중얼거린다.

"내 남편 말이 맞았네. 세상 왕재수 중에 베어타운 왕재수만 한 게 없다더니. 하키단이 파산을 겨우 면한 게 엊그제 일인데 벌써 이렇게 잘난 척이야? 지난 시즌에 성적이 좋았던 것도 아맛이라는 선수를 발굴해서 그런 거잖아? 아맛이 없으면 어떤 상대든 그리 만만치 않을걸?"

"아맛 아직 있거든요?"

아나는 콧방귀를 뀌고 트럭을 관성에 맡긴다.

"걔 미국 가서 NHL에서 뛰고 있지 않아? 지난봄 내내 지역 신문에서 계속 걔 기사만 본 것 같은데. 베어타운 청소년 팀의 조직력이 얼마나 훌륭한지 모른다느니, 재능 있는 선수들을 키워내고 있다느니, 너희는 새로운 스타일의 하키를 추구하는데 우리는 시대에 뒤떨어졌다느니······."

자기 목소리에서 남편의 씁쓸한 말투가 느껴지자 조산사는 깜짝 놀라지만 요즘 헤드의 분위기가 그렇다. 모든 것에 예민하게 반응한다. 베어타운의 성공이 마을 경계선을 넘으면 패배가 된다.

"아맛은 드래프트 안 됐고 다시 고향으로 돌아왔어요. 그냥 좀 다친 것 같던데······."

찾던 장소가 눈앞에 등장하자 아나는 말을 하다 말고 멈춘다. 나무 사이로 난 좁은 오솔길이라서 어쩌면 트럭이 통과하지 못할 수도 있다.

"하키를 좋아하지 않는 사람치고는 아는 게 많네?"

조산사는 미소를 짓는다.

아나는 트럭을 세우고 오솔길의 폭을 눈으로 가늠한 뒤에 숨을 크게 들이마신다. 그런 다음 이렇게 얘기한다.

"아맛이 뛰건 말건 상관없어요. 아맛이 없어도 우리 팀이 이길 테니까. 왜 그런지 알아요?"

"글쎄?"

아나는 아랫입술을 깨물고 천천히 클러치에서 발을 뗀다.

"왜냐하면 헤드 하키팀은 개똥 같으니까요. 꽉 잡아요!"

그녀는 도랑에 빠지지 않을 만큼 빠른 속도로 나무 사이를 휙휙 헤치며 나간다. 오솔길의 너비가 딱 트럭이 통과할 수 있을 만큼이라 나무줄기에 차체 쓸리는 소리가 들린다. 울퉁불퉁한 땅 위를 덜커덩거리며 내달리는 동안 조산사는 숨을 참고 횡설수설을 멈춘다. 앞 유리창에 머리를 부딪혀 가며 끝없이 달리는 듯한 느낌이 들 무렵, 아나가 갑자기 차를 세운다. 창문을 내려서 밖으로 고개를 내민 아나는 나무가 쓰러지더라도 덜 위험하도록 몇 미터 후진한다.

"여기예요!"

아나는 이렇게 외치며 지도와 창밖을 턱으로 번갈아 가리킨다.

트럭에서 내리고 보니 바로 앞에 있는 자기 손조차 보이지 않을 정도다. 하지만 아나가 자기 재킷을 펄럭이자 조산사는 그 옷을 잡고 바람에 맞서 몸을 웅크린 채 따라간다. 어찌나 길을 잘 아는지 냄새로 파악하나 싶을 정도인데, 불현듯 자동차가 눈앞에 등장하고 한 여자의 비명에 이어 남자가 이렇게 외치는 소리가 들린다.

"여보, 사람이 오고 있어! 구급차가 도착했어!"

이윽고 남자는 구급차가 아니라는 걸 알고 노발대발한다. 공포가 엄습할 때 어떤 사람들은 영웅으로 변신하지만, 대부분은 그 어둠 속에 갇혀 가장 못난 모습을 드러내기 마련이다. 조산사는 그 남편이 단순히 등장한 차량의 종류를 보고 그러는 게 아니라 남자 응급구조사가 아니라서 더욱 짜증이 난 게 아닐까 하는 선명한 예감을 피할 길이 없다.

"뭘 제대로 알고 하는 거 맞아요?"

한나가 뒷자리로 올라타 여자에게 소곤소곤 말을 건네자 남자가 따져 묻는다.

"어떤 일을 하세요?"

조산사는 감정이 실리지 않은 목소리로 묻는다.

"도장이요."

남자는 헛기침을 하고 대답한다.

"그럼 부인의 출산을 어떤 식으로 거들면 좋을지는 내가 정하고 다음에 우리 집에 페인트를 칠할 때는 그쪽이 맡으면 어때요?"

그녀는 이렇게 말하고 남자를 살살 밀어서 옆으로 비키게 한다.

아나는 앞자리에 올라타 미친 듯이 사방을 두리번거린다.

"저는 뭘 하면 돼요?"

그녀는 숨을 헐떡이며 묻는다.

"이분에게 말을 걸어줘."

조산사가 대답한다.

"무슨 말을요?"

"아무 말이나."

고개를 끄덕인 아나는 당황스러워하다가 산고에 돌입한 여자를 등받이 너머로 쳐다보며 이렇게 외친다.

"안녕하세요!"

여자는 진통을 겪는 와중에도 어찌어찌 미소를 짓는다.

"안, 안녕…… 너도 조산사니?"

남자가 짜증을 내며 끼어든다.

"여보, 지금 장난해? 보니까 열두 살이나 됐을까 싶은데!"

"알겠으니까 가서 어디 색칠이나 하세요, 바보 아저씨!"

아나가 쏘아붙이자 조산사는 깔깔대고 웃는다.

엄청나게 면박을 당한 남자가 차에서 내려 문을 쾅 닫으려고 하지만 바람 때문에 드라마틱한 계획이 어그러진다. 바람이 어찌나 심하게 부는지 똑바로 서 있기도 힘들 정도다. 하지만 덕분에 두 눈에 눈물이 고인 이유는 공포 때문이라며 자기 자신을 좀 더 쉽게 설득할 수 있을지도 모른다.

"이름이 뭐니?"

뒷자리에서 여자가 헐떡거리며 묻는다.

"아나요."

"고마워…… 와줘서 고마워, 아나. 그리고 미안해. 남편은…….''

"아주머니를 사랑하는데, 아주머니와 아이가 죽을지도 모르는 상황에서 자기는 할 수 있는 일이 아무것도 없으니 화가 나서 그러는 거죠."

아나는 불쑥 내뱉는다.

조산사가 못마땅한 눈빛으로 노려보자 아나는 변명조로 중얼거린다.

"말을 걸어주라면서요!"

여자는 힘없이 미소를 짓는다.

"나이도 어린데 남자에 대해서 아는 게 많네?"

"남자들은 우리가 시도 때도 없이 자기들의 보호를 받고 싶어 한다고 생각하잖아요. 누가 그런 빌어먹을 보호를 바란다고."

아나는 콧방귀를 뀐다.

그 말에 조산사와 여자가 뒷자리에서 조용히 쿡쿡거린다.

"남자친구 있니?"

여자가 묻는다.

"아뇨. 아, 전에는 있었어요. 그런데 죽었어요!"

여자가 그녀를 빤히 쳐다본다. 아나는 후회한다. 기침을 하고선 이렇게 덧붙인다.

"하지만 음, 아주머니는 절대 죽지 않을 거예요!"

잠시 후에 조산사가 다정하지만 단호하게, 잠깐 조용히 있는 것도 괜찮을 것 같다고 말한다. 조금 뒤, 여자가 비명을 지르자 남자가 달려 들어와 아내의 손을 잡는다. 하지만 아내가 그의 손가락을 거의 부러뜨릴 기세로 잡자 같이 비명을 지르기 시작한다.

❅

요니는 밤새도록 부엌 창문 앞에 앉아 있다. 소방관으로서는 견디기 어렵다. 네 명의 아이들은 그의 주변 바닥에 매트리스를 깔고 그 위에서 잠이 들었다. 가장 어린 투레는 큰누나 테스의 품에 안겨 있다. 둘째 토비아스와 셋째 테드는 처음에는 멀찌감치 떨어져 있었지만 지금은 나머지 둘과 최대한 바짝 붙었다. 위기가 닥치면 인간은 본능적으로 잠결에서조차 가장 중요한 걸 찾게 되어 있다. 타인의 숨결, 같이 박자를 맞출 타인의 맥박. 아이들 아빠가 어쩌다 한 번씩 딸이나 아들의 등에 조심스럽게 손을 얹어 숨을 쉬고 있는지 확인한다. 숨을 쉬지 않을지 모른다고 걱정할 이유가 전혀 없지만 부모 노릇에는 논리가 적용되지 않는다. 아이가 태어나기 직전에 그가 모두에게 들은 말은 딱 하나뿐이었다. "걱정 마." 얼마나 의미 없는 말인가. 아이의 울음소리를 맨 처음 들은 그 순간, 가슴에서 어마어마한 사랑이 폭발하고 그동안 겪었던 모든 감정이 말도 안 되는 수준으로 증폭된다. 아이들은 우리 마음속의 수문을 연다. 때로는 위로, 때로는 아래로. 평생 느껴본 적 없는 행복과 공포가 몰려온다. 그런 입장에 놓인 사람에게 "걱정 마"라고 해도 될까? 누군가를 이 정도로 사랑하면 모든 것을 평생 걱정할 수밖에 없다. 그래서 가끔 가슴이 아프다. 실제로 육체적인 고통이 느껴져 요니는 허리를 숙이고 숨을 헐떡인다. 사랑을 담을 공간이 항상 부족해 머리가 빠개지고 몸이 욱신거린다. 아이를 넷이나 낳지 말았어야 했다. 낳기 전에 고민했어야 했다. 하지만 다들 걱정 말라고 했고 그는 태생적으로 귀가 얇은 바보였다. 얼마나 다행인가. 우리는 사랑하는 사람을 지킬 수 있다는 착각을 하며 살아간다. 그런 착각을 하지 않으면 그들을 눈에 보이지 않는 곳으로 내보낼 수가 없다.

요니는 밤새도록 부엌 창가를 지키며, 처음 서로를 사랑하게 된 이후로 그가 집을 비운 날마다 아내가 밤새 어떤 심정으로 시시각각을 보냈을지 난생처음 제대로 경험한다. 당신이 돌아오지 않으면 나는 앞으로 어떻게 해야 할까?

＊

한나는 이상한 낌새가 보이면 알아차린다. 훈련과 경험의 결과기도 하지만 연차가 쌓이다 보니 생긴, 다른 어떤 것이기도 하다. 만약 그녀가 잘 몰랐다면 초자연적인 예감에 가깝다고 했을 것이다. 피부색이 눈곱만큼 달라진다든지, 금방이라도 부러질 것 같은 조그만 갈비뼈가 눈곱만큼 느리게 위아래로 움직인다든지 하는 식의 사소한 힌트일 수도 있다. 그녀는 그런 사태가 벌어지기 전부터 알아차린다. 아기를 낳는다는 것은 불가능한 일일 수밖에 없다. 바다는 그렇게 넓고 우리가 탄 배는 허술하기 짝이 없으니 어느 누구에게도 승산이 있을 수 없다.

이제는 아나조차 두려움에 떨고 있다. 1미터 뒤에서 나무가 부러지자 차 안에서 권총이 발사된 것 같은 소리가 들리고, 이 차와 손바닥 하나 정도 거리를 두고 나무가 쓰러지면서 차체를 긁자 그 날카로운 소리가 그녀의 머릿속에서 몇 분 동안 울린다. 땅이 흔들린다. 바람은 어찌나 심하게 부는지 나무가 그들 위로 몇 그루 더 떨어진 게 아닌가 하는 생각이 숱하게 들 정도다. 뭔가가 날아와 앞 유리창을 때린다. 유리창이 깨지지 않은 게 기적이었다. 돌멩이나 커다란 나뭇가지에 불과할지 몰라도 기세가 어찌나 센지 소리만큼은 큰사슴을 시속 160킬로미터로 들이받은 것처럼 컸다.

하지만 이렇듯 정신없고 시끄러운 와중에도 조산사는 여전히 침착하고 다정하게 아무 문제도 없을 거라고 속삭인다. 남자는 이제 사색이 된 얼굴로 앞자리의 아나 옆에 앉아 있다. 잠시 후에 아이가 첫울음을 터뜨리자 빙글빙글 돌아가던 세상이 멈춘다. 조산사는 아기 엄마와 아빠에게 따뜻하게 미소를 지어 보인 뒤 아나를 흘끗 쳐다본다. 그 순간, 아나가 이상한 낌새를 느꼈다는 것을 알아차린다. 조산사는 뒷자리에서 앞으로 몸을 숙여 조그맣게 묻는다.

"아빠 트럭을 얼마나 가깝게 댈 수 있겠니?"

"엄청 가깝게요!"

아나는 장담한다.

"무슨 일이에요? 왜 둘이 속닥거려요?"

겁에 질린 남자가 외치며 조산사의 팔을 잡는다. 조산사가 비명을 터뜨리자 아나는 본능적으로 남자의 턱을 강타한다.

남자는 뒤로 쓰러져 옆 유리창에 부딪힌다. 조산사는 그를 가만히 쳐다보다가 아나에게 시선을 옮긴다. 그녀는 당황해서 눈을 깜빡이고 있다.

"죄송해요. 그렇게까지 세게 때릴 생각은 없었는데. 트럭 몰고 올게요."

남자는 아파서 좌석과 바닥에 몸을 반씩 걸친 채 웅크리고 있는데, 입술에서 피가 뚝뚝 흐른다. 조산사의 목소리는 부드럽지만 하는 말은 그보다 모질다.

"아기와 엄마를 병원으로 옮겨야 해요. 지금 당장. 당신이 우리를 거기까지 데려다줄 수 없는 건 분명하고. 저 아이가 정상이 아닌 건 맞지만 지금 우리의 유일한 희망이에요. 무슨 말인지 알겠어요?"

남자는 절망을 달래며 고개를 끄덕인다.

"혹시…… 솔직히 얘기해 주세요. 아기가, 아기가……?"

"병원으로 가야 해요."

조산사가 조그맣게 속삭이며 그의 눈을 똑바로 쳐다보자 남자의 심장이 멎는다.

아나는 그들의 위치를 손끝으로 기억할 수 있게 두 팔을 벌린 채 나무를 헤치며 달려간다. 아빠의 트럭을 무턱대고 나무줄기 사이로 후진시킨다. 조산사와 아빠는 아주, 아주 조심스럽게 갓 태어난 아기와 아기 엄마를 이 차에서 저 차로 옮긴다. 아나는 어둠을 가르며 본능적으로 차를 몬다. 시야가 몇 미터밖에 되지 않지만 그걸로 충분하다. 이번에 몇 미터, 그다음에 몇 미터, 이렇게 가면 된다. 그들은 어마어마하게 커다란 나무가 흔들리다가 부러져, 방금까지 그들이 타고 있었던 자동차를 무지막지한 기세로 덮치는 것을 보지 못한다. 어쩌면 차라리 잘된 일일지 모른다. 때로는 얼마나 아슬아슬하게 죽음을 모면했는지 모르는 것이 축복일 수 있다.

뒷자리에서 아기 엄마가 겁에 질린 목소리로 힘없이 뭐라고 속삭이자 조산사가 허리를 숙여서 귀를 갖다 댄다.

"아기 엄마가 네 남자친구 일이 참 안됐대."

조산사는 말하고 아나의 어깨에 다정하게 손을 얹는다.

조수석에 앉은 남자는 칼라에 피가 묻은 채 부끄러워서 어쩔 줄 몰라 한다.

"네 남자친구가…… 어떻게 됐는데?"

"음, 죽었어요. 하지만 2년 전 일이라 괜찮아요. 뭐, 걔를 사랑하긴 했지만 가끔은 진짜 꼴통처럼 굴 때도 있었거든요!"

아나는 불쑥 내뱉고 두 나무줄기 사이로 핸들을 튼다. 몇 초 동안 바퀴 네 개가 모두 지면을 이탈한 것처럼 느껴지고 남자 쪽 앞 유리창 너머로 어둠 말고는 아무것도 보이지 않지만, 불현듯 트럭이 오솔길 같아 보이는 곳으로 진입한다.

"이름이 뭐였는데? 네 남자친구 말이야."

남자는 소리를 지른다. 그냥 그 핑곗김에라도 소리를 지르고 싶기 때문이다.

"비다르요!"

아나는 큰 소리로 대답하고 액셀을 밟는다. 다들 허둥지둥 문을 붙잡았으니 사인을 밝히기에 타이밍이 적절하지 못했을 수도 있다.

"교통사고로 죽었어요!"

8

사냥꾼

"앞 좀 보고 다녀! 이런 젠장······."

차가 급정거를 하자 타이어가 보도를 필사적으로 할퀴고, 남자가 열린 차창 밖으로 고함을 지르며 클랙슨을 세게 누른다. 하지만 젊은 여자는 아무 일도 없었다는 듯이 침착하게 계속 길을 건넌다. 여기 이 수도는 저녁이고 바람이 거의 불지 않는다. 북쪽의 숲을 덮친 폭풍에 대해 아무도 모른다. 심지어 마야 안데르손조차. 당신은 베어타운을 이해하고 싶은가? 그렇다면 거길 떠나온 그녀부터 이해해야 한다.

운전자가 이번에는 화가 났다기보다 체념에 가까운 몸짓으로 다시 클랙슨을 누르지만, 마야는 자기가 표적이라는 것조차 바로 알아차리지 못한다. 그녀는 신호등이 빨간불인데도 고층 건물과 도로 보수 공사장 사이를 헤쳐가며 길을 건너서 반대편 인도로 폴짝 올라간다. 다른 사람으로 변신하기까지, 대도시 인간으로 변신하기까지 2년이 걸렸다.

운전자가 그녀를 향해 소리를 지른다. 그녀는 뭐라는지 알아듣지 못해도 고개를 돌려 번호판의 앞쪽 절반을 눈에 담는다.

SDS.

마야는 그 글자에 대해 생각해 본 지 한평생이 지난 느낌이다. 그만큼 그녀는 많이 달라졌다. 운전자는 포기하고 시위하듯 쌩하니 사라지고, 마야는 몇 초가 지나고서야 자기가 인도 한복판에 서서 몽상에 잠겨 있었다는 사실을 깨닫는다. 사람들이 그녀를 밀치며 지나간다. 오늘따라 왜 이런지 모르겠다. 저녁 내내 기분이 너무 좋아서 마치…… 허공을 날아다니는 것 같다. 마야는 가벼운 기대감에 몸을 싣고서 음악대학 동기들과 함께 파티를 즐기러 가는 길이고, 그에 대해 죄책감을 느끼지 않는 법을 이제 막 터득한 느낌이다. 그녀는 행복해해도 된다고, 재미있게 지내도 된다고 지난 몇 달 동안 계속 속으로 중얼거리고 있다. 앞으로 몇 시간 뒤면 그랬던 자신을 증오하게 되겠지만. 자신의 음악적인 재능으로 어디까지 갈 수 있을지 전부터 항상 궁금했었는데, 이것이 해답이다. 베어타운이 박살 나기 직전이라는 것도 모르는 채 파티장에 갈 수 있을 만큼.

아나로부터 전화가 걸려 왔지만 나중에 연락하면 된다. 요즘은 둘이 워낙 멀리 떨어져 있어서 곧바로 연락하지 않는다. 이제는 전처럼 떼려야 뗄 수 없는 사이가 아니다.

다시 마야는 좀 더 빠르게 발걸음을 재촉한다. 맨 처음 여기로 이사 왔을 때는 다들 왜 그렇게 빨리 걷는지 이해할 수 없었는데, 이제는 베어타운으로 돌아가면 사는 속도가 너무 느려서 답답해 돌아버릴 것 같다. 좀 전의 차량 운전자는 벌써 잊었다. 그녀는 대도시 생활에 아주 익숙해졌다. 여기에서는 누굴 만나든 금세 잊어버려야 한다. 그 많은 인상을 머릿속에 담을 공간이 없으니 어느 누구에게도 의미를 부여할 수 없다.

그녀가 어린 시절을 보낸 북쪽의 숲에서는 폭풍이 불고 있지만 여기에서는 얇은 외투의 단추조차 여미지 않았고, 바람에 박살이 난 집과 사람들에 대해 전혀 알지 못하는 축복을 누리고 있다. 파티에 참석한 동기들이 보낸 문자메시지가 도착하는데, 문장부호를 보니 다들 이미 취했다는 걸 알 수 있다. 마야는 웃음을 터뜨린다. 대학에 입학하고 네 학기도 안 지났는데 벌써 전혀 새로운 인생을 살고 있다니. 가끔 정말이지 놀랍다는 생각이 들 때가 있다. 그녀는 마지막으로 베어타운에 갔을 때 여기를 '집'이라고 부르는 실수를 저질렀다. 그 말에 아빠가 얼마나 상처를 받았는지 알 수 있었고 이제 그 둘 사이에는 일종의 침묵이 자리 잡았다. 아빠는 그녀를 떠나보낼 마음의 준비가 되어 있지 않았다. 그건 어떤 부모든 마찬가지다. 그저 선택의 여지가 없을 뿐.

사람들은 모두 마야가 어른이 되고 싶어서 여기로 온 줄 알지만 사실은 그 반대다. 케빈은 그녀에게서 설명할 수도 없을 만큼 많은 것을 앗아갔다. 그에게는 성폭행이 몇 분으로 끝났을지 몰라도 그녀에게는 끝나지 않는 악몽이다. 그 때문에 눈부신 여름날의 아침, 산뜻한 가을날의 공기, 발에 밟히는 눈밭, 가슴이 아플 정도로 웃는 웃음, 단순했던 모든 것이 날아갔다. 대부분의 사람은 어린아이에서 어른으로 건너간 정확한 순간을 알지 못하지만 마야는 안다. 그녀는 여기로 왔을 때 케빈에게 빼앗겼던 어린 시절의 한 조각을 찢고 뜯고 긁어내 되찾았다. 아직은 어른이 되고 싶지 않았기에, 환상이 없는 삶을 살고 싶지 않았기에 다시 천진난만해지는 법을 스스로 터득했다. 자기 아이들을 보호할 수 없는 날이 찾아올 수도 있다는 것을, 여자들은 모두 피해자가, 남자들은 모두 가해자가 될 수 있다는 것을 알고 싶지 않았기에.

결국 그녀가 떠난 이유를 엄마만 진심으로 이해하는 것 같았다. 베어타운을 떠나는 날 아침에 미라는 딸의 귀에 대고 이렇게 속삭였다.

"네가 내 곁을 떠나서 무지 화가 나지만, 네가 떠나지 않으면 더 화가 날 거야. 항상 조심하겠다고 약속해 줘. 하지만…… 음…… 가끔은 조심하지 않아도 돼. 너무 많이는 말고!"

마야는 울고 웃으며 엄마를 끝에서 두 번째로 안아주었다. 마지막은 아빠였다. 열차가 움직이기 시작할 때까지 아빠는 그녀를 부둥켜안고 놓지 않았다. 열차에 풀쩍 올라타자 창밖은 곧 숲으로 포위됐고 베어타운은 이제 타지가 되었다.

그녀는 이곳의 인파와 교통체증과 익명성이 부여하는 자유로움에 이내 익숙해졌다. 그것이 모든 문제의 해답처럼 느껴졌다.

"네가 누군지 아무도 모르면 너는 네가 원하는 무엇이든 될 수가 있어."

그녀는 첫해 봄에 아나와 통화를 하면서 이렇게 말했다.

"난 관심 없어. 나는 지금의 너를 사랑하는데 넌 어떤 사람으로 바뀌고 싶다는 거야?"

아나는 쏘아붙였다. 어렸을 때 처음으로 불을 지펴보려는 마야를 보고 "수백만 개의 정자를 이기고 태어난 애가 너라고? 믿을 수가 없네!!!"라고 외쳤던 아이치고는 작지 않은 칭찬이었다. 아나는 절대 숲을 떠날 일이 없을 것이다. 나무보다 더 깊게 뿌리를 내리고 있다. 마야는 이해할 수 없는 동시에 질투를 느낀다. 솔직히 그녀는 이제 어디가 '집'인지 더는 알 수 없는 지경에 이르렀고, 집에 대해 생각할 때면 따옴표를 쓰는 지경에 이르렀다. 그녀는 아나에게 이제 자신이 유목민이 된 느낌이라고 설명하고 싶지만 아나는 그게 무슨 말인지 이해하지 못한다. 유목민은 베어타운에서 겨울을 날 수 없다고, 거기서 집을 찾지 못하면 해가 뜨기 전에 얼어 죽을 거라고 한다. 결국 마야는 이렇게 얘기하는 수밖에 없었다.

"여기에서는 내가 한 일로 평가를 받을 수 있지만 베어타운에서는 나에게 벌어진 일로 평가를 받잖아."

아나도 그 말은 이해했다.

파티에 참석한 동기들이 다시 문자메시지를 보낸다. 마야는 넓은 공원을 가로질러 가려고 다시 길을 건넌다. 거기로 가면 더 빠르기 때문인데, 그 안에 뭐가 숨어 있을지는 의식하지 않는다. 그녀가 그만큼 달라졌다.

SDS.

모래가 뿌려진 좁은 인도를 따라 공원을 반쯤 지났을 때 번호판의 그 글자가 굉음과 함께 마야의 의식 안에서 부상한다. 그녀의 기억은 어떤 감정을 소환할지를 두고 싸움을 벌인다. 아나가 떠오르자 웃음이 터질 것 같기도 하고 울음이 터질 것 같기도 하다. 한참 그녀를 잊고 지낸 느낌인데, 요전 날 통화를 하지 않았던가. 요전 날이 아니라 일주일 전이었나?

공원을 비추는 조명의 간격이 길어지고 자동차와 사람의 소음도 점점 희미해져 가는 가운데, 그녀는 자기도 모르는 새 걷는 속도를 늦춘다. 주위를 살피는 것을 깜빡한 바람에 조금 뒤에서 따라오는 남자도 걸음을 늦췄다는 것을 알아차리지 못한다. 그녀가 다시 빠르게 걸음을 옮기자 남자도 따라 한다.

아나와 떨어져 지내는 기간이 길어질수록 아나에 대한 그리움도 점점 옅어져야 할 텐데 정반대인 것 같다. 마야는 "알지? S, 쏘고…… D, 덮고…… S, 쉿. SDS!"라고 외쳤을 때 아나가 어떤 표정을 지었는지 아주 작은 부분까지 생생하게 기억한다.

"뭐라고?"

마야가 되묻자, 그녀가 모르는 세상사가 있을 때마다 놀라움을 감추지 못하는 아나는 이렇게 외쳤다.

"너 진짜 그 단어 못 들어봤어? 네가 살았던 토론토라는 곳이 지구에 있는 거 맞아? 가끔은 네가 실험실에서 만들어진 애가 아닐까 싶을 때도 있어. 이렇게 예쁜데 여기에 심각한 문제가 있으니까!"

그녀는 씩 웃으며 마야의 정수리를 톡톡 두드렸다.

마야는 외계인이 된 느낌이었다. 그녀는 베어타운에서 보낸 첫 1년 내내 그 거친 숲뿐 아니라 사람들까지도 혼란스럽고 무서웠던 걸 기억한다. 이 새로운 마을은 항상 격한 기운이 허공에 맴돌고 있는 듯했을 뿐 아니라 심장 안에 고통을 품고 있는 듯했다. 집들이 옹기종기 모여 있고 어둠과 추위와 나무, 나무, 나무. 오직 수많은 나무로 온 사방이 포위당한 그런 곳을 자발적으로 선택해서 사는 사람들을 죽어도 이해할 수 없었다. 마을로 가려면 지나야 하는 숲속의 좁은 길은 지평선이 없는 세상 속으로 끝없이 이어지는 느낌이었는데, 하도 길고 깊숙해서 막판에는 아래로 구부러져 깊은 구렁텅이 속으로 사라지는 것 같았다. 마야는 어린아이였고 그때까지 읽은 모든 동화책에서는 마녀들만 그런 데서 살았다. 그래서 절대 적응하지 못할 줄 알았지만 아이들은 원래 거의 모든 것에 적응하기 마련이다.

어린 시절을 지나 십 대 청소년이 되었을 때 그녀는 자신이 베어타운에서 사는 동안 얼마나 달라졌는지 알아차리지 못했다. 심지어 여기로 오기 전까지 자기가 사투리를 쓰는 줄도 몰랐다. 그 숲속에서 마야는 모음을 이상하게 발음한다고 아나에게 놀림받았지만, 음악대학에서 새로 사귄 동기들은 마야를 놀리고 싶을 때마다 동사 활용을 제대로 하지 않는다며 문법을 가지고 트집을 잡았다. 그녀는 재미있게 넘기는 척하려고 했지만 동기들은 베어타운 사투리를 흉내 낸답시고 전혀 엉뚱한 말투를 썼다.

그래서 그녀는 교수님들이 원하는 방식으로 노래를 부르려고 했다. 남들과 똑같아질 때까지 거친 모서리를 다듬었다. 같은 과 친구들은 대부분 예술고등학교를 졸업했고 어렸을 때부터 비싼 과외를 받았기 때문에 그 바닥의 비밀 코드가 무엇인지도, 어떤 결과물을 도출해야 하는지도 정확히 알았다. 마야는 순전히 재능 하나만으로 그 학교에 입학했기 때문에 처음 몇 달 동안은 밤마다 숱하게 울었다. 처음에는 불안했고, 그다음에는 화가 났다. 이 학교에 입학한 다른 아이들은 돈 많은 부모 밑에서 태어나 적당히 노래를 부를 줄만 알면 됐던 것 같은데, 마야는 최고라야 했다. 그들 가운데 최고라야 했다.

첫 학기 때 한 교수님이 음악 업계에 대해 이야기하며 "우리가 얼마나 작은 나라에 살고 있는지" 잊지 말아야 한다고 한 적이 있었다. 지도의 3분의 1밖에 보지 못하는 사람이 할 만한 이야기라는 생각이 들었다. 마야는 여기가 실제로는 이 나라의 맨 아래쪽에 가까운데도 정중앙인 줄 아는 동기가 더러 있다는 사실을 알았을 때 얼마나 놀랐는지 모른다. 아나의 아버지가 생각났다. 그는 남쪽에서 왔다는 여행객을 숲속에서 가끔 만날 때가 있는데 한참을 걸어도 집이 한 채도 보이지 않는다고 놀라워한다며, 집으로 돌아왔을 때마다 항상 이렇게 중얼거렸다.

"그 인간들은 자기들이 이 나라의 주인인 줄 알아. 70퍼센트가 숲이라는 것도 모르면서 말이지. 건물이 지어진 곳은 3퍼센트뿐이라고! 딱 3퍼센트!!!"

또 한번은 마야 앞에서 이렇게 으르렁거린 적도 있었다.

"이 나라에는 농지보다 습지가 더 많지만 그 인간들은 습지가 뭔지도 모를 테지!"

그러자 아나가 마야에게 습지가 뭔지 조그맣게 알려주었고, 덕분에 그녀는 맞장구치며 고개를 끄덕일 수 있었다. 이제는 마야가 아무것도 모르는 사람들에게 둘러싸여 있었다. 따지고 보면 정말로 무식한 인간들은 그녀가 아니라 비싼 옷을 떨쳐입고서 득의양양한 미소를 짓고 다니는 동기들이었다. 그 사실을 깨닫자 마야는 더는 밤마다 울지 않게 되었다. 더는 기다리지 않고 자기만의 공간을 만들기 시작했고, 더는 남들 목소리를 흉내 내지 않고 자기만의 목소리로 노래를 부르기 시작했다. 그러자 모든 게 달라졌다.

지난겨울, 마야는 출퇴근 시간이면 차가 막히는 아파트 단지 한복판에서 조그만 인공 스케이트장을 발견했다. 다음 날 동기들 몇 명을 데리고 갔다가 심지어 스케이트조차 탈 줄 모르는 친구들이 그렇게나 많은 걸 보고 충격을 받은 적이 있다. 베어타운에서는 스케이트를 탈 줄 모르는 아이가 없다. 아마 자전거를 탈 줄 모르는 아이를 찾는 편이 더 빠를 것이다. 아니, 어떻게 스케이트를 탈 줄 모를 수가 있을까? 가을이 찾아오자 새로 사귄 친구들은 춥다고 투덜거리며 날이 어두워서 우울해진다고 했다. 마야는 자신이 사람들을 너무 쉽게 단점을 기준으로 판단한다는 사실을 깨달았을 때 부끄러워졌다. 24시간 조명이 꺼질 줄 모르는 대도시에서 날이 어두워서 우울해진다고? 춥다고? 이 정도는 추운 것도 아닌데!

그녀는 여섯 살 때 베어타운에서 혼자 스케이트를 타다가 빙판 사이로 빠졌을 때 어떤 식으로 숨이 턱 막혔는지 기억한다. 그 동네로 이사한 직후였고, 아무도 마야가 호수에 나간 걸 몰랐다. 어디에선가 그 손이 등장해 잡아당겨 주지 않았다면 아마 그녀는 거기서 죽었을 것이다. 집에서 한 끼도 제대로 먹지 못한 것처럼 비쩍 말랐으면서도 그때부터 이미 힘이 어마어마하게 셌던 아나가 눈을 동그랗게 뜨고 마야 옆 빙판 위에 앉아서 뭐 하는 짓이냐며 의아해했다. 빙판의 색이 서로 다른 게 보이지도 않니? 넌 아무것도 모르니? 아나는 마야가 멍청하다고, 마야는 아나가 바보 같다고 생각했다. 둘은 그 자리에서 당장 단짝이 되었다. 아나는 마야에게 산탄총 쓰는 법을 가르쳤다. 아나의 아빠는 둘을 가리켜 "이 일대에서 아마도 가장 규모가 작고, 가장 위험한 사냥 팀"일 거라고 중얼거렸다. 가끔 마야는 아주 잠깐이나마 자신이 베어타운에 걸맞는 인물이라고 자신했지만 그 생각이 오래가지는 않았다.

한번은 어렸을 때 마야가 아나의 집에서 잔 적이 있었다. 대개는 아나가 마야의 집에서 자는 편이었는데, 이번에는 숲에서 야영을 하려다 날씨가 받쳐주지 않아서 가까운 아나의 집으로 가게 된 것이었다. 그날 저녁에 그들은 아나의 아빠가 전화 받는 소리를 들었다. 누군가 늑대를 봤다는 거였다. 아나의 아빠는 거두절미하고 물었다.

"아직 신고하지 않았지?"

마야가 무슨 뜻인지 몰라 하자 아나가 소곤소곤 설명해 주었다.

"늑대를 보면 관계 당국에 신고하게 되어 있거든. 하지만 신고를 하면 늑대가 존재한다는 뜻이 돼. 무슨 말인지 알겠지?"

여전히 알아듣지 못하는 마야를 보고 아나는 한숨을 쉬었다.

"늑대가 존재한다고 인정해 버리면, 늑대가 사라졌을 때 관계 당국에서 놓쳤다는 뜻이 되잖아. 하지만 존재하지 않으면 사라질 수도 없으니까 SDS 하는 거야."

잠시 후에 어떤 남자가 와서 아나의 아빠를 데려갔다. 픽업트럭 앞자리에는 산탄총을, 뒤에는 삽을 싣고서. 다음 날 새벽에 돌아왔을 때 그들의 부츠에는 흙과 피가 묻어 있었다. 쏘고, 덮고, 쉿. 마야는 이렇게 해서 그게 뭔지 배웠다.

미라가 몇 시간 뒤에 데리러 왔을 때 마야는 아무 일도 없었던 척했고, 몇 년이 지나고서야 엄마도 모르는 척했다는 걸 알아차렸다. 그녀는 늑대가 어떻게 됐는지 정확히 알고 있었다. 베어타운의 모든 주민이 그랬다. 마야는 지금도 엄마가 그때 기억을 떠올리는지 궁금해졌다. 그 '쉿'이라는 단어 속에는 베어타운의 아이들이라면 배우는 모든 침묵이 담겼다는 것을 엄마는 여전히 곱씹고 있을까?

침묵하지 않는 딱 한 사람이 바로 라모나였다. 마야는 그걸 얼마 전에서야 기억해 냈다. 머릿속에 보관되어 있다가 이 나라의 반대편 끝에서 어느 날 불쑥 떠오르는, 그런 종류의 기억이었다. SDS가 무슨 뜻인지 배우고 며칠이 지났을 때, 마야는 아나와 함께 그녀의 아빠가 타고 다니는 트럭 열쇠를 받으러 펠센 술집으로 찾아간 적이 있었다. 그가 가끔 술이 떡이 되면 맥주 두어 잔에 차를 팔아넘기기 때문이었는데, 라모나는 항상 그걸 받아주었다. 맥주를 두 잔 덜 마시고 집까지 운전해서 가느니 두 잔 더 마시고 걸어가는 편이 낫기 때문이었다. 안타깝게도 아나의 배낭이 그 차 안에 있었기 때문에 다음 날 아침에 수학 수업을 들으려면 술집까지 걸어가서 찾아오는 수밖에 없었다. 마야가 술집에 갔다는 걸 알면 그녀의 부모님은 당연히 노발대발했을 것이다. 하키 시합이 열리는 날 밤이면 상대 팀 응원단과 싸우고, 시합이 없는 날 밤이면 서로 싸우는 검은 재킷의 남자들로 득시글거리는 곳이니 말이다. 라모나는 바 카운터 너머에서 아나에게 열쇠를 건네주며, 아빠가 평소처럼 산탄총을 트럭에 두고 갔으니 그것도 잊지 말고 가져 가라고 했다. 아나는 그러겠다고 약속했다. 그러자 라모나는 마야를 내려다보았다. 그 할머니가 너무 마녀를 닮아서 마야는 눈을 마주칠 수가 없었다.

"네가 삽을 봤다며? 바보 같은 노인네들, 조심 좀 하지 않고. 하지만 너도 언젠가는 포식동물을 처리해야 한다는 걸 깨닫게 됐겠지. 다른 데는 어떨지 모르겠지만 여기서는 그러니까."

라모나는 날카롭게 속삭이고는 두 아이에게 초콜릿 쿠키를 한 개씩 주었다. 그러면서 기침을 하도 심하게 해서 하마터면 담배를 더는 피우지 못할 뻔했다. 하마터면.

잠시 후에 바 카운터 바로 옆에서 맥주 열여섯 잔을 두고 두 남자 사이에서 싸움이 벌어지자 라모나는 욕을 하며 빗자루를 휘둘렀고 마야는 겁에 질려서 아나를 끌고 나갔다. 두말하면 잔소리지만 아나는 눈 하나 깜빡하지 않았다. 나가는 길에 초콜릿 쿠키를 떨어뜨렸다고 짜증을 냈을 뿐이다. 두 아이는 서로 전혀 다른 부모 밑에서 자랐고, 어른들에게 전혀 다른 것을 기대하는 데 익숙해졌다. 마야는 속도가 더디기는 했지만 그래도 결국에는 깨달았다.

쏘고. 덮고.

마야는 이제, 라모나의 말이 틀렸다고 생각한다. 베어타운에서 사람들이 제거한 것은 포식동물이 아니라 골치 아픈 문제였다. 그로부터 몇 년 뒤에 마야가 케빈의 방에서 뛰쳐나왔을 때 대부분의 사람은 포식자가 아니라 그녀를 공격하려고 했다. 케빈이 아니라 그녀가 그냥 사라져 버리면 훨씬 수월하게 두루두루 상황이 해결될 테니까. 마야가 그 골치 아픈 문제였다.

쉿.

마야는 걷는 속도를 늦춘다. 공원이 하도 조용해서 신발에 모래 알갱이 밟히는 소리마저 들릴 정도다. 그녀는 어깨 너머를 흘끗 돌아본다. 아니다, 착각한 게 아니다. 저 남자가 따라오고 있다. 젠장. 갑자기 바보가 된 느낌이라 잠깐 무서움마저 잊는다. 넋 놓고 추억 속에서 허우적거리느라 위험한 상황을 알아차리지 못하다니.
'정신 차려, 마야 안데르손! 머리를 써!'
그녀는 속으로 으르렁거린다. 가로등 하나가 먹통이 돼서 빛의 동그라미를 따라 이동하던 그녀가 그림자 속으로 삼켜졌다.

'도대체 무슨 짓을 저지른 거야? 공원을 가로질러서 지름길로 가야겠다고 생각한 이유가 뭐야? 정신을 차려야 할 사람이 있다면 바로 나야!'

그녀는 속으로 소리를 지른다. 그녀가 이 정도로 달라졌다. 이 정도로 다시 순진해지자고 세뇌를 잘한 것이다. 바로 뒤에서 따라오는 남자가 곁눈으로 보인다. 아까보다 간격이 조금 좁아졌고 검은 재킷을 입고 후드를 썼다.

젠장 젠장 젠장.

그녀는 잠깐 엄마를 떠올린다. 여기가 집이면 좋겠다고 생각한다.

9

어머니

"집."

집을 뜻하는 단어는 여러 개라야 한다. 하나는 장소를 가리키는 용도로, 또 하나는 사람을 가리키는 용도로. 어느 정도 시간이 지나면 한 개인과 그가 사는 마을과의 관계는 점점 더 결혼 생활과 비슷해진다. 둘 사이의 공통적인 이야기, 자기들밖에 모르는 사소한 것들, 자기들만 재미있다고 생각하는 농담, 상대가 내 앞에서만 터뜨리는 웃음 같은 것들로 유지된다는 점에서 말이다. 어떤 공간과 사랑에 빠지는 것과 어떤 사람과 사랑에 빠지는 것은 서로 연관 있는 사건이다. 처음에는 같이 키득거리며 온 동네를 쏘다니고 서로의 몸 구석구석을 탐험하다가 세월이 흐르면 길바닥에 깔린 자갈 하나, 머리칼 한 가닥, 코 고는 소리까지 모르는 게 없게 되고, 시간이라는 물줄기로 은은해진 열정이 한결같은 사랑으로 변모하고, 결국 우리가 아침에 눈을 떴을 때 곁을 지키고 있는 사람의 눈과 창밖으로 보이는 지평선이 하나가 된다. 집이 된다.

그러니까 단어가 두 개라야 한다. 가장 힘든 시기를 버틸 수 있게 하는 집을 뜻하는 단어와 나를 구속하는 집을 뜻하는 단어. 가끔은 이 마을에 머물고 이 결혼 생활을 유지하는 이유가 단순히 그러지 않으면 아무 이야기도 남지 않기 때문일 때도 있다. 공통점이 너무 많기에. 다른 사람들은 아무도 우리를 이해하지 못할 것 같기에.

❄

미라 안데르손이 헤드의 사무실을 혼자 지키고 있을 때 폭풍이 본격적으로 들이닥친다. 쓰러진 나무들이 도로를 덮쳤다는 뉴스가 라디오에서 나오기 시작했을 때, 그녀는 직원들을 모두 귀가시켰다. 막판에는 공동대표이자 동료인 미라의 단짝 친구조차 퇴근했다. 그 친구도 처음에는 당연히 "라디오의 그 노인네들은 바람 한 줄기만 스쳐도 호들갑을 떤다"고 선언하며 퇴근을 거부했지만, 미라가 폭풍이 불면 여기저기서 식료품 쟁이기에 돌입해 와인이 없어질지도 모른다며 짚고 넘어가자 전전긍긍하며 회사에서 나갔다.

미라의 남편 페테르도 당연히 같이 남고 싶어 했지만 레오 혼자 집을 지키지 않도록 베어타운의 집으로 보냈다. 물론 별 차이가 없긴 하다. 한창 사춘기인 그 아이는 헤드폰 아래 숨어서 컴퓨터 앞을 지킬 테고, 전기가 끊기지 않는 한 폭풍은 외계인의 침략과도 같아서 아무것도 알아차리지 못할 테니까. 한 지붕 아래서 지내기는 하지만 엄마, 아빠는 아들을 거의 볼 수 없다. 이제 열네 살인 레오는 아들이라기보다 하숙생에 가깝다.

페테르는 반항을 포기하고 말다툼으로 발전하기 전에 집으로 출발했다. 떠나면서 그가 실망하는 눈빛을 지었는지 안도하는 눈빛을 지었는지 미라로서는 알 수가 없다. 그는 2년 전에 베어타운 하키팀 단장직을 사임하고 미라의 회사에 합류해 하키 말고는 아무것도 없었던 일생에 종지부를 찍었다. 이제 집에서는 남편이지만 회사에서는 부하 직원이다. 가끔 두 사람 모두 그 둘의 차이를 깜빡할 때가 있다. 미라가 어쩌다 한 번씩 괜찮으냐고 물으면 페테르는 미소를 지으며 고개를 끄덕인다. 하지만 그녀는 그가 행복하지 않다는 것을 알 수 있다. 그것 때문에 그에게 화를 내는 자기 자신에게 화가 나서 견딜 수가 없다.

오늘은 몇 가지만 마무리하고 퇴근하겠다고 페테르에게 약속했지만, 미라는 사실 그가 나가고 문이 닫힌 뒤로 컴퓨터조차 켜지 않았다. 창밖에서는 대자연이 스스로를 찢어발기고, 그녀는 아이들 사진이 담긴 액자 위에 손끝을 얹은 채 유리창 이편에 앉아 있다.

얼마 전에 정신과 의사는 미라에게 '나는 나쁜 엄마'라는 생각으로 돌아갈 때가 많다고 했다. 나쁜 엄마가 된 것 같다고 느끼는 게 아니라 나쁜 엄마라고 *단정 짓는다고* 말이다. 그녀는 그 말이 옳다고, 그냥 일만 할 수도 있었는데 성공을 선택했으니 그럴 수밖에 없다고 대답했다. 일은 가족을 위한 것이지만 성공은 자기 자신을 위한 것이다. 그녀는 시간 배분에 있어 이기적이다. 가족을 위해 살 수도 있었지만 그걸로는 부족했다.

"모든 걸 극단적으로 통제하려는 성향에 대해서는 전에도 이야기를 나눈 적이 있지만……."

"극단적이지는 않아요!"

그녀는 이 의사에게 상담을 받기 시작한 지 두세 달밖에 되지 않았다. 심각한 문제가 아니니까 아무에게도 알리지 않았다. 그냥 공황발작이 다시 시작됐을 뿐이다. 페테르가 이메일로 온 청구서를 보고 무슨 문제가 있나 보다고 여기지 않게 비용은 현금으로 결제한다. 그녀에게는 아무런 문제가 없다.

"좋아요. 하지만 아이들은 둘 다 이제 컸잖아요. 레오는…… 열네 살이에요. 맞죠? 그리고 마야는 열여덟 살이지요? 이미 독립도 하지 않았나요?"

정신과 의사는 물었다.

"독립이라니요! 음대 다니느라 잠깐 기숙사에서 지내는 건데, 그게 독립은 아니죠!"

미라는 눈물을 참으며 쏘아붙였다. 의사에게 아이가 둘이 아니라 이삭, 마야, 레오, 이렇게 셋이라고 고함을 지르고 싶었다. 하나는 하늘에 있고 둘은 전화를 거의 받지도 않는다고. 하지만 대신 이렇게 중얼거렸다.

"제가 이 병원을 찾은 이유에 집중하면 안 될까요?"

"공황발작이요? 제가 생각하기에 그건 아무래도 원인이……."

"뭔데요? 제가 엄마인 거요? 사업을 하면 엄마이길 포기해야 하나요?"

정신과 의사는 미소를 지었다.

"그 댁의 아이들은 엄마가 자기들을 과보호한다고 생각할 것 같은가요?"

미라는 뚱하니 입을 다물었다. 과보호하는 엄마에게 가장 끔찍한 시나리오가 뭔지 아느냐고 의사에게 고함을 지르고 싶었다. 가끔은 그 말이 옳을 때도 있는 거라고! 하지만 그녀는 잠자코 있었다. 이삭이 어떻게 됐는지, 마야가 어떻게 됐는지 그에게 말하지 않았기 때문이다. 그녀는 두 아이가 어떻게 됐는지 밝히고 싶지 않다. 그냥 약을 먹든 다른 수단을 강구하든 공황발작만 해결하고 싶을 따름이다. 심지어 정신과 의사를 상대할 때도 그녀는 효율성을 따지며 자신의 지적 능력을 과시하고 싶어 한다.

하지만 의사의 말이 맞는다. 회사 책상에 놓인 사진 속 아이들은 죄다 어려서 지금은 얼마나 커버렸는지 잊을 수 있게 한다. 레오는 십 대고 마야는 조만간 십 대 시절마저 졸업할 것이다. 끔찍이 사랑하는 음악대학에 다니겠다며 대도시로 떠난 지 2년째다. 2년. 딸아이가 그렇게 오랫동안 떠나 있다니. 미라가 '대도시'라는 단어를 쓰기 시작한 것에 버금갈 만큼 상상이 안 되는 일이다. 그녀는 페테르와 아이들과 함께 여기로 이사 왔을 때 이곳 주민들이 그 비슷한 단어를 쓰면 시골 사람 같다고 생각하며 혼자 빙그레 웃곤 했다. 이제는 그녀가 그들과 같은 사람이 되었다. 숲속 마을에 사는 주민. "남쪽에 가면 심지어 큰사슴마저 게을러진다"라며 중얼거리는 그런 사람. 농담 반 진담 반으로 "대도시에는 아무 문제가 없어. 다만 거기까지 가기가 엄청 힘들 뿐이지"라고 하는 사람.

"십 대들은 모두 자기 엄마가 과보호한다고 생각해요. 내가 감옥에 갇혀도 그 아이들은 나를 너무 자주 본다고 생각할걸요?"

결국 그녀는 정신과 의사에게 이렇게 중얼거렸다.

의사는 깍지 낀 손을 무릎 위에 올려놓고 있었다. 뭐라도 끼적였다가는 미라가 뭐라고 썼느냐며 당장 따지고 들 사람이라는 것을 이제는 알기 때문이었다. 그녀가 통제 본능 때문에 그러는 건 아니었다. 그건 절대 아니었다.

"꼭 우리 어머니처럼 말씀하시네요."

그가 다정하게 말했다.

미라의 속눈썹이 떨렸다.

"선생님이 이해하지 못해서 그렇게 말씀하시는 거예요. 우리가 선생님의 어머니예요. 우리가 선생님을 제일 먼저 사랑했다고요. 지금은 남들도 모두 선생님을 사랑할지 몰라도 우리가 제일 먼저 사랑했어요."

"그럼 좋은 엄마인 거 아닌가요?"

"그냥 엄마인 거죠."

정신과 의사는 빙그레 웃었다.

"뭐, 당연히 그 말씀은 맞죠. 제 나이가 환갑에 가까운데도 어머니는 아직도 제가 끼니를 제대로 챙겨 먹질 않는다고 걱정하세요."

미라는 턱을 들었지만 목소리는 낮췄다.

"우리는 엄마니까요. 어쩔 수 없어요."

정신과 의사는 그 말을 받아 적고 싶은 마음이 간절했다.

"남편 페테르에 대해서 얘기해 볼까요? 당신은 남편의 성공을 위해 오랫동안 희생해 왔는데, 지금은 남편이 당신을 위해 자기 성공을 포기했어요. 거기에 대해서 여전히 죄책감을 느끼나요?"

그녀가 숨을 쉬자 콧구멍 안에서 휘파람 소리가 났다.

"이 건을 두고 얘기해야 하는 이유를 모르겠네요. 말씀드렸다시피 저는…… 음…… 그럼요, 죄책감을 느끼죠! 어떻게 해야 그이를 행복하게 할 수 있을지 모르겠거든요. 그이가 하키에 목숨을 걸었던 시절에는 제가 딱 그것 하나만 할 필요가 없었어요. 저는 집안일을 도맡았고 저의 모든 삶을 그이의 일에 맞췄지만, 그를 *행복하게 할*

방법을 고민할 필요는 없었어요. 그건 하키가 해주었으니까. 이제 내가 그 역할을 할 수 있을지 모르겠어요."

정신과 의사는 정신과 의사답게 이렇게 물었다.

"그럼 남편의 행복을 도모하는 것이 당신의 책임일까요?"

미라의 목소리는 떨렸을지 몰라도 대답은 단호했다.

"그이는 제 남편이니까요. 어쩔 수 없잖아요."

진심이었고 지금도 그 생각에는 변함이 없다. 그럼에도 그녀는 지금 이렇게 계속 사무실에 혼자 앉아 있다. 아직은 집으로 돌아갈 만한 여유가 있지만 일어나지 않는다. 그저 창밖을 내다보며 폭풍이 시시각각으로 다가오는 것을 지켜보기만 한다. 무서워야 하는데 그렇지가 않다.

❄

오늘 밤, 아나가 어떤 식으로 운전하는지를 보면 아나에 대해서 알아야 하는 모든 것을 파악할 수 있다. 그녀는 마치 다 같이 해내지 못하면 자기 탓인 것처럼, 모두가 행복하지 못하면 자기 탓인 것처럼, 뭔가 문제가 발생하면 그게 무슨 문제든 간에 자기 탓인 것처럼 운전하고 있다. 그걸 느끼고 알아차린 조산사는 손을 뻗어 아이의 어깨를 건드리고 눈을 덮지 않게 머리칼을 옆으로 쓸어넘겨 준다. 아나는 손마디가 하얘지도록 핸들을 부여잡고 앞을 응시하느라 그런 줄도 모르는 눈치다. 그녀의 발이 페달 사이에서 춤을 추고 픽업 트럭은 어둠을 가르며 물결친다. 나중에 나머지 세 사람은 어떤 식으로 숲에서 빠져나왔는지 거의 기억하지 못할 것이다. 갑자기 트럭 앞으로 도로가 등장했고 곧 불을 밝힌 병원이 보였다고 할 것이다.

아나가 출입문 바로 앞에서 차를 세우자 모든 게 믿기지 않을 만큼 빠른 속도로 진행된다. 병원 직원들이 온 사방에서 달려 나오는 것처럼 느껴진다. 트럭의 모든 문이 열리고 밖에서 바람이 포효하고 간호사들끼리도 서로 고함을 지르는 가운데 아나는 아수라장의 한복판에 앉아 수많은 감정을 달래느라 감히 움직일 수조차 없다. 한나, 아빠, 엄마와 갓난아이가 사람들의 물결 속으로 사라지고 그들의 뒤에서 트럭 문이 닫히자 갑작스럽게 모든 것이 고요해진다. 견딜 수 없을 만큼 고요해진다.

아나는 휴대전화를 꺼내 마야에게 전화한다. 누군가에게 이 일을 알리고 싶은데 도대체 어떻게 시작할 수 있을까? 하고 고민할 필요가 없다. 마야가 전화를 받지 않는다. 아나는 전화기를 글러브박스에 넣고 핸들에 머리를 기댄다.

한 시간이 지나 엄마와 아기의 상태가 안정되고 나서야 한나는 아나가 주차장에서 기다리고 있을지 모른다고 생각한다. 밖으로 나가보니 과연 아나가 차 안에서 눈을 멀뚱멀뚱 뜬 채로 이마를 핸들에 얹고 앉아 있다. 조산사는 조수석에 올라탄다. 온 힘을 실어야 바람에 경첩이 뜯겨 장갑처럼 내동댕이쳐지지 않게 문을 닫을 수 있다. 트럭은 좌우로 흔들리고 이제는 비까지 내린다. 두 사람은 지붕을 후두둑 때리는 빗소리를 들으며 말없이 앉아 있다. 한참 만에 한나가 말했다.

"너 진짜 최고였어, 아나."

아나는 열심히 눈을 깜빡인다.

"아기는 괜찮아요?"

"응, 전부 아무 문제 없을 거야. 네 덕분에. 너는 *괜찮니?*"

"네…… 네. 아까…… 아주머니가 차 안에서 아기를 받고 아기가 처음으로 울음을 터뜨렸을 때, 그걸 뭐라고 설명하면 좋을지 모르겠지만 꼭…… 약에 취한 느낌이었어요! 무슨 뜻인지 아시겠죠? 제가 약을 하는 건 아니에요! 하지만 아시겠어요? 그러니까…… 뭔 말인지 아시겠어요?"

"아마도."

"매번 그래요?"

"매번 그렇지는 않아."

"익숙해져서요?"

조산사가 이렇게 대답할 때 입가에 생긴 주름은 웃음이 아니라 안도의 흔적이다.

"모두가 잘되는 건 아니라서. 그러니까 기회가 닿을 때마다 해피 엔드를 최대한 누려야 해."

이후에 이어진 침묵은 그들을 좌석 더 깊숙이 묻는다.

"이제 그만 아빠가 계신 집으로 돌아가야겠어요."

아나가 속삭인다.

"어머니는 집에 계시니?"

"엄마는 같이 안 살아요."

아이의 목소리가 워낙 덤덤해서 조산사는 더 이상 아무것도 묻지 않는다. 엄마가 없다. 오래전에 아나를 낳은 여자는 현재 다른 곳에서 새로운 삶을 살고 있고, 엄마는 이제 없다. 조산사가 손끝으로 조심스럽게 아나의 뺨을 건드리자 아나의 충격이 가라앉으면서 눈가가 촉촉해진다. 곧 눈물이 한나의 손을 타고 흐른다.

"아기 괜찮은 거 확실하죠?"

"확실해."

"아까 그 바보 같은 아저씨를 때려서 죄송해요. 과속한 것도 죄송하고요. 그리고……."

조산사는 아이를 조용히 시킨다.

"너는 오늘 밤에 한 아이의 생명을 구했어, 아나. 네가 좀 터프하기는 하지. 그렇지 않다고는 말할 수 없구나. 폭풍만 아니었으면 너한테는 내 재봉틀도 빌려주지 않았을 거야. 진짜로. 하지만 너는 정말, 정말 용감한 아이야. 불을 보면 달려가는 그런 아이. 내 말 믿어. 나는 그런 타입을 보면 한눈에 알거든."

아나는 그 말을 믿는 척 열심히 고개를 끄덕인다. 집에 돌아가 보니 아빠는 술병을 손에 쥔 채 계속 잠을 자고 있다. 창밖에서 난리가 난 것조차 알지 못한다. 아나는 설거지를 마저 하고 손전등 배터리를 체크한 다음 벽난로 앞바닥에 담요를 깐 뒤 개들을 옹기종기 모아놓고서 그 가운데 눕는다. 트럭에 두고 내린 전화기가 울리고 울리고 또 울린다.

다음 날 아나는 간밤에 자기가 어떤 일을 했는지 아무에게도 알리지 않는다. 심지어 마야에게조차.

❄

한 여자가 병원 침대에 누워 있다. 그녀는 누군가의 엄마가 되면 어떤 기분이 드는지 아무에게도 들은 적이 없었다. 차라리 잘된 일일지 모른다. 안 그래도 앞으로 평생 불안에 시달릴 테니.

"비다르라는 이름 좋네."

여자가 조그맣게 속삭인다.

"정말 좋네."

아이 아빠는 코를 훌쩍인다.

그렇게 결정이 된다. 서로를 증오하는 두 마을 사이에 놓인 그 머나먼 숲속에서, 모두에게 최악으로 기억될 폭풍이 불던 날 밤에 태어난 사내아이의 이름. 사냥꾼의 딸이 구한 바람의 아이. 만약 그 아이가 하키를 시작한다면 아주, 아주 훌륭한 동화가 될 것이다.

우리에게는 동화가 필요할 것이다. 동화가 있어야 장례식을 견디는 데 도움이 될 테니까.

✳

다시 병원 안으로 들어간 한나는 탈의실에서 옷을 갈아입고 문에 이마를 댄다. 아주 잠깐, 살짝 무너짐을 허락한다. 저항하지 않고, 가장 환한 모든 것과 가장 어두운 모든 것이 마음속에서 노래하도록 허락한다. 그런 다음 이 온갖 감정을 집까지 끌고 가지 않게 마음속의 모든 밸브와 쪽문을 잠근다. 모든 감정을 항상 느끼며 사는 것을 감당할 수 있는 사람은 없다. 집까지는 거리가 몇 킬로미터밖에 되지 않지만 주차장으로 걸어가다가 밴을 베어타운의 아나네 집 앞에 세워놓고 왔다는 사실을 깨닫는다. 이렇게 폭풍이 부는데, 가뜩이나 이렇게 기진맥진한 상태에서 집까지 걸어가는 건 너무 위험하다. 그 때문에 한나는 마지막 남은 힘을 쥐어짜서 남편에게 전화한다.

"여보, 다 잘 끝났는데 차를 다른 데 두고 와서 폭풍이 잠잠해질 때까지 여기 있어야……."

하지만 요니는 이미 전화를 끊었다. 잠이 든 아이 넷을 모두 옆집에 옮기고 그 집 차를 빌려서 병원까지 아내를 데리러 온다. 아무리 엄청난 자연재해라 해도 이 바보를 막지 못한다.

❄

미라는 사무실 책상 앞에 혼자 앉아 있다. 유리창에는 그녀의 모습만이 비쳐 보인다. 창밖에는 시커멓게 어둠이 깔렸고 하늘이 땅을 삼켰다. 딸에게 전화할까 수백 번째 고민 중이지만 너무 늦었고 친구들과 함께 파티장에 있을 아이에게 걱정을 끼치고 싶지 않다. 하지만 무엇보다도 마야에게 겁에 질린 목소리를, 당황한 목소리를 들려주고 싶지 않다.

폭풍은 뉴스에 보도된 것보다 더 끔찍할 것이다. 훨씬 더. 하지만 미라는 집에 가지 않는다. 가야 하는데 가지 않는다.

마을과 결혼은 이야기로 이루어진다. 한 이야기가 끝나는 곳에서 다른 이야기가 시작된다.

10
철새

베어타운에 살던 시절, 마야는 "위기의 순간이 찾아오면 자신의 본모습을 알게 된다"는 말을 귀에 못이 박이도록 들었다. 하키 타운 주민들은 빌어먹을 격언을 사랑한다. 무슨 뜻인지 잘 알지도 못하면서 "궁지에 몰리면 자신의 진정한 능력을 알게 된다"고 선포한다. 따지고 보면 대다수가 자신의 진정한 능력을 발견할 일이 없고, 그들 대부분은 짐승으로 치면 자기가 도망치는 쪽인지 사냥하는 쪽인지도 잘 모른다. 마야는 그런 사람들이 부럽다. 그들이 정말 부럽다.

그녀는 발걸음을 재촉하지만 달리지는 않는다. 그래봐야 뒤에서 따라오는 남자에게 몇 초 만에 따라잡힐 것을 알기 때문이다. 그녀는 남자가 자기를 과소평가하길 바라며 공원 출구에 최대한 가까워졌을 때 달리기를 시작할 시간을 버는 중이다.

바보 같아.

예전에 마야는 봄이 되면 헤드와 베어타운을 가르는 숲을 지나가는 철새를 보며 왜 그렇게 이동하는지 궁금해하곤 했다.

"아니, 떠나는 이유는 알겠는데 돌아오는 이유를 모르겠어."

그녀의 말을 듣고 아나는 그저 어깨를 으쓱했다.

"하키 시즌 내내 떠나 있다가 오는 거네. 똑똑하구먼!"

아나는 고통스러운 일이 생기면 번번이 웃어넘기는 편이었지만 마야가 음악대학으로 진학하면서 헤어지게 됐을 때는 이렇게 속삭였다.

"이제는 네가 그 철새들 비슷하게 됐네. 훨훨 날아가는."

마야는 그렇게 간단할 수 있길 간절히 바랐다.

이 나라의 이쪽 끝과 저쪽 끝에서 떨어져 지내게 된 첫날 밤에 그들은 해가 뜰 때까지 통화했다. 마야는 학교 친구들 앞에서는 기를 쓰고 평범한 척했지만 통화만 하면 모든 게 무너졌다. 이제는 케빈의 머리에 산탄총을 들이댔던 걸 후회하지도 않는 사이코패스가 된 것 같다고 아나에게 조그맣게 속마음을 털어놓았다. 아나는 수화기 저편에서 끙 하는 소리를 냈다.

"야, 너는 그보다 훨씬 전부터 사이코패스였어!"

마야는 미소를 지었다. 그들은 항상 너무 진지해지지 않게 둘 중 하나가 농담하며 통화를 마무리했다. 마야는 케빈과 그 방에 함께 있었던 자신을 증오했고 아나는 함께 있어주지 않았던 자신을 증오했다. 마야는 조깅 트랙에서 케빈을 그냥 놓아주었지만 아나라면 절대 그러지 않았을 것이다.

"모든 동물은 먼저 자신의 생존을 위해 싸워. 그게 자기들 본능이니 사냥을 하고, 어쩔 수 없으면 죽는 거야."

아나가 이렇게 말했을 때 마야는 잠깐 깊게 생각하다가 대답했다.

"하지만 모든 동물이 복수하지는 않지. 앙갚음을 하려고 누군가를 어둠 속에서 밤새도록 기다리는 건 우리 인간뿐이야. 인간들만 그래."

아나는 콧방귀를 뀌더니 아빠의 사냥개 얘기를 들려줬다. 예전에 사냥개가 아나의 엄마에게 코를 얻어맞은 적이 있었는데, 그러고 몇 주가 지난 뒤에 그 사냥개는 몰래 기어나가서 엄마가 널어놓은 흰색 빨래를 죄다 끄집어 내렸다는 것이다.

"그런 식으로 복수했던 거지."

아나는 씩 웃었다.

둘의 통화는 계속 이어졌지만 그 횟수는 점점 줄었고, 동물을 화제로 삼는 경우도 점점 줄어들었다. 마야는 모든 걸 잊어버리려고 진심으로 노력했다. 새로 만난 학교 친구들은 아무것도 모르니 다른 사람이 되기로 마음먹었다. 아무 일도 겪지 않은 평범한 사람. 그리고 성공을 눈앞에 두고 있었다.

바보 같아 바보 같아.

"너는 네 얘기를 절대 하지 않더라? 알고 지낸 지 2년이나 됐는데 따지고 보면 너에 대해서 아무것도 몰라!"

얼마 전에 도서관에서 함께 공부하던 같은 과 친구가 이렇게 외친 적이 있었다. 한 테이블에 앉아 있던 다른 친구들까지 맞장구치는 모습에 마야는 충격을 받았다. 그 친구들에게 나쁜 뜻이 있는 건 아니었다. 그들은 그저 마야가 궁금했다. 자기들이 어떤 문을 열려고 하는지 전혀 알지 못했다. 마야는 애써 웃어넘기며 자기가 실은 마피아 밑에서 일하는 청부 살인 업자라고, 가장 심한 베어타운 억양을 써가며 말했다. 그러면 그들이 백발백중 웃음을 터뜨린다는 걸 알기 때문이었다. 달리 뭐라고 말을 하면 좋았을까? 어디에서부터 시작할 수 있었을까? 그걸 이해하기에 친구들이 사는 세상은 너무 좁았다. 친구들은 아직 어린애들이었다. 파티장에서 매번 술을 취할 때까지 마실 수 있는 것도, 지금까지 아무 일도 겪은 적이 없었으니 자신이 통제할 수 없는 상황이 온다고 해도 불안하지 않기 때문이었다. 친구들은 열다섯 살 때 어떤 파티에 참석했다는 이유 하나만으로도 그냥 죽어버리고 싶을 만큼 자신을 미워해 본 적이 없었다. 죽어버리고 없는 사람은 성폭행도 당할 수 없으니 온 마을 사람에게 없는 사람 취급을 당한 적도 없었다. 경찰에 신고하지 않았더라면, 아무 말도 하지 않았더라면, 사랑하는 사람들의 세상을 180도 뒤집어놓지 말고 그냥 흘러가게 내버려뒀더라면 어떻게 됐을지 궁금해한 적도 없었다. 산탄총을 누군가의 이마에 갖다 대는 꿈을 꾸고 일어나, 그 아이가 자기에게 저지른 짓이 아니라 자기가 그 아이에게 저지른 짓이 꿈에 나왔다고 안도한 적도 없었다. 그 마을이 건넨 충고를 따랐어야 하는 건 아닌지 궁금해한 적도 없었다. 쏘고. 덮고. 쉿.

그로부터 몇 달 뒤에 열린 파티에서 어떤 남자가 왜 와인을 한두 잔밖에 안 마시느냐고 물었다. 그때 마야는 뭐라고 대답하면 좋았을까? 너 같은 남자들 때문이라고? 너 같은 남자들이 도처에 깔렸기 때문이라고?

그래도 그녀는 이 도시에서 전혀 다른 사람으로 변신하는 데 *거의* 성공할 뻔했다. 달라지는 데 *거의* 성공할 뻔했다. 어느 날 저녁에 아무 생각 없이 지름길로 가겠답시고 어두컴컴한 공원을 가로지를 생각을 했을 정도로 성공을 눈앞에 두고 있었다.

바보 같아 바보 같아 바보 같아.

마야가 자갈길을 걷는 속도를 조금 높이자 따라오는 남자도 똑같이 속도를 높인다. 그녀의 오해일까? 그녀의 착각일까? 그녀가 속도를 늦추자 남자는 거의 멈춰 서다시피 한다. 다시 걸음을 옮기기 시작할 무렵 그가 원하는 게 뭔지 분명히 알 것 같지만 그즈음에는 이미 엎질러진 물이다. 마야는 핸드백을 뒤지지만 칠칠치 못하게 들고 있던 휴대전화를 길 위에 떨어뜨린다. 남자가 잽싸게 다가온다. 그의 숨소리가 들리고 바로 다음 순간, 뺨에 와닿는 그의 숨결이 느껴진다.

마야는 자기 자신에게 분노하는 여유를 부린다. 모든 것과 모든 사람에게 화가 나지만, 자기 자신에게 가장 크게 화를 내는 여유를 부린다. 왜냐하면 이제 손에 칼을 들고 있기 때문이다. 어차피 지금 전화를 걸 만한 시간은 없으니 자기방어나 가능하다는 걸 알기에 핸드백에서 칼을 찾다가 휴대전화를 떨어뜨린 거였다. 칼날은 얇고 별로 길지 않다. 그녀는 남자의 손을 노리자고, 장갑을 끼지 않았으니 거길 공격하면 아파서 그녀가 달리기 시작할 때 쫓아오지 못할 수도 있다고 속으로 중얼거린다. 지금 보니 남자의 손이 너무 작다. 마지막으로 머릿속을 스치고 지나간 생각은 운동화 끈을 좀 더 질끈 묶지 못한 것에 대한 후회다. 그녀가 이만큼 변했다. 신발 끈을 제대로 묶지 않고 외출할 정도가 됐다. 남자들로 득시글거리는 이 세상에서.

그가 움직인다. 그녀는 칼을 휘두른다.

마야의 귀에 자신의 비명이 들린다. 2년이다. 2년 동안 여기서 다른 사람으로 변신하는 데 거의 성공했다. 하지만 위기의 순간이 닥치자 그녀의 진면모가 드러나고 케빈의 숨결과 그 단단했던 손아귀와 쿵쾅거리던 그녀의 심장이 떠오른다. 하지만 그의 헐떡거리던 숨소리, 산탄총을 보고 벌벌 떨던 그의 손끝, 겁에 질린 그가 바지에 오줌을 지리면서 풍겼던 냄새도 떠오른다. 그녀가 성폭행을 당했던 그의 방에 여전히 머물러 있는 것처럼 그 역시 밤마다 뛰러 나갔던 그 조깅 트랙에 여전히 머물러 있을까? 거기서 벗어나 집으로 돌아갔을까? 아직도 어둠을 무서워할까? 그랬으면 좋겠다.

공원에서 마야의 앞으로 들이닥친 남자가 처량하게 흐느끼며 비명을 지른다. 그녀가 휘두른 칼에 제대로 베인 걸까? 아, 제발 그랬으면 좋겠다.

베어타운을 떠나기 전날 아침에 마야에게 그 칼을 쥐어준 사람은 라모나였다.
"이거 핸드백에 넣고 다녀. 저 아래 수도에서 사는 사람들은 예민해서 산탄총을 들고 다니지 못하게 할 거야. 하지만 비밀로 해줬으면 하는데……."
라모나가 운을 떼자 마야는 그 말을 오해하고서 얼른 약속했다.

"걱정 마세요. 아빠한테는 입도 벙긋하지 않을게요!"

그 말을 듣고 라모나는 바 카운터 저편에 켜놓은 촛불이 꺼질 정도로 세게 콧방귀를 뀌었다.

"내가 왜 네 아빠를 무서워하겠니? 하지만 네 엄마의 귀에 내가 너한테 칼을 줬다는 얘기가 들어가면…… 내가 그 칼에 똥침을 당할지 몰라. 말 그대로."

라모나는 포옹을 잘하지 못해서 거의 마야가 주도했다. 그래도 포옹은 포옹이었다. 마야는 칼을 치울까 수백 번도 더 고민했지만 계속 핸드백에 들고 다녔다. 라모나는 이렇게 작별 인사를 했다.

"이미 다들 너한테 물었겠지. 여기서 떠나봐야 무슨 소용이 있겠느냐고. 그러니까 나는 이 한마디만 할게. 너도 분명히 알아두어야 할 것이 있는데, 베어타운에서 떠나는 사람은 자기가 엄청 대단한 줄 알고 잘난 체하는 왕재수들뿐이야. 그래서 다행이지 뭐냐. 나는 네가 너를 대단한 인물로 생각했으면 하거든."

"잠깐만요. 잠깐만요!"

마야는 처음에는 그게 남자가 외치는 소리라는 걸 알아차리지 못한다. 목소리가 너무 어리고 너무 가늘다. 남자는 뒤로 펄쩍 물러나고 마야는 마지막 순간에 칼을 휘두르지 않고 참는다. 남자는 한 손을 위로 들고 다른 손으로는 그녀의 휴대전화를 집어서 내밀고 있는데, 그 손을 어찌나 벌벌 떠는지 휴대전화를 다시 땅바닥으로 떨어뜨릴 것만 같다. 상대가 남자가 아니라 열세 살쯤 되어 보이는 여자아이라는 것을 알아차렸을 때 민망함이 마야를 관통한다. 그야말

로 꼬맹이다. 아이는 눈물을 폭포수처럼 흘리며 마야가 들고 있는
칼을 빤히 쳐다본다.

"죄송해요! 죄송해요!!"

"너 뭐야?"

마야는 소리를 빽 지르며 허둥지둥 칼을 다시 핸드백 안에 넣는
데, 이제 온몸이 걷잡을 수 없이 떨린다. 아이가 쭈뼛거리며 더듬더
듬 말을 건넨다.

"언니랑…… 같이 걸어가도 돼요? 쟤네들한테 휴대전화를 빼앗겼
는데 비밀번호를 안 가르쳐줬더니 쫓아오더라고요. 그래서 언니가
보이길래……."

공원 저편에 있는 같은 또래의 다른 여자아이 셋이 그제야 미야
의 눈에 들어온다. 심장이 하도 쿵쾅거려서 귀가 웅웅 울릴 정도고,
엄마가 조그만 베어타운으로 이사 왔을 때 수백만 명이 사는 토론
토와 뭐가 달랐다고 했는지 그것만 생각난다.

"마야, 베어타운에서는 밤에 나갈 때 야생 동물만 걱정하면 되지
만 대도시에서는 모든 걸 조심해야 해."

엄마의 말은 틀렸고 어쩌면 엄마는 그때도 자기 말이 틀렸다는
걸 알았을 테지만, 그건 딸뿐 아니라 자기 자신을 위한 거짓말이기
도 했다. 포식자는 곳곳에 도사리고 있다. 종류만 다를 뿐.

"여기…… 언니 핸드폰이요……."

아이가 조그맣게 말한다.

마야는 아이의 손목에 남아 있는 빨간 자국을 본다. 그런 자국은
어떨 때 생기는지 당신도 알 것이다. 잡혔다가 풀려나려고 할 때, 목
숨을 걸고 싸울 때. 마야는 휴대전화를 받아든다. 멀리 있던 여자아

이들은 휴대전화 화면이 그녀의 얼굴을 환히 비추자 경찰에 신고하려나 보다고 생각했는지 등장했을 때처럼 잽싸게 몸을 돌려서 사라진다.

"가자. 얼른!"

마야는 속삭이며 여자아이를 반대편으로 끌고 간다.

공원을 빠져나올 때까지 아이는 그녀의 바로 뒤에서 달린다.

"그런 칼…… 그런 칼 어디서 구해요?"

아이는 드디어 말을 할 수 있게 됐을 때 이렇게 묻는다.

마야는 무릎에 손을 얹고 허리를 숙여서 숨을 헐떡이며, 아나가 옆에서 그 꼴이 뭐냐고 놀려주면 좋겠다고 생각한다. 그녀는 아이의 시선을 피하며 중얼거린다.

"숲속의 마녀한테 받았어."

"네?"

"아니야. 너는 칼을 들고 다니면 안 돼."

"왜요?"

"그걸 쓸 만큼 마음이 준비된 사람만 들고 다녀야 하거든."

마야는 조그맣게 속삭이며, 이 아이는 그녀처럼 마음의 준비가 되는 날이 없길 바란다.

마야는 아이에게 휴대전화를 건네며 부모님께 전화하라고 한다. 아이는 그녀가 시키는 대로 한다. 아이는 무슨 일이 있었는지 설명하고 다친 데는 없다고 몇 번이고 맹세하는데, 자기가 아니라 부모님을 생각해서 눈물을 참으려고 하는 것이 마야의 눈에 보인다. 대부분의 사람은 자신의 어린 시절이 언제 끝났는지 모르지만, 이 아이는 정확히 알게 될 것이다.

마야는 성폭행을 당한 후에 병원에서, 엄마가 온 마을 사람들을 죽여버리고 싶다고 했을 때 아빠가 뭐라고 속삭였는지 기억을 떠올린다. "내가 어떻게 하면 될까?" 마야가 할 수 있었던 말은 "저를 사랑해 주세요"뿐이었다. 부모가 자기를 보호해 줄 수 없다는 사실을 깨닫는 순간은 모든 자식에게 끔찍한 순간일 수밖에 없다. 내가 내 자식을 보호해 줄 수 없다는 사실을 깨닫는 순간도. 온 세상이 아무 때나 찾아와서 나를 데려갈 수 있다는 사실을 깨닫는 순간도.

아이가 전화기를 돌려주며 자기 엄마가 마야와 통화하고 싶어 한다고 말한다. 수화기 반대편에서 흐느끼는 여자의 목소리가 들린다. "고마워요, 아, 정말 고마워요. 우리 딸아이가 아가씨를 찾아서 얼마나 다행이었는지! 무슨 일이 생기면 어른한테 달려가라고 가르쳤거든요."

마야는 누군가에게 어른이라는 단어로 불린 적이 처음이다. 그녀는 아이 부모님의 차가 모퉁이를 돌아서 올 때까지 같이 기다린다. 아이가 잠깐 눈을 돌렸다가 다시 돌아보니 마야가 보이지 않는다. 아무도 정체를 모르고 누구든 원하는 대로 될 수 있는 도시 속으로 사라져 버렸다.

하지만 당신은 어떤 사람이 되고 싶은가?

두어 블록 거리에 있는 얼음장처럼 차가운 벤치에 조심스럽게 앉은 마야는 산산이 무너진다. 너무 심하게 울어서 숨을 쉴 수 없을 정도다. 지난 몇 달 동안 열심히 잊으려 했던 기억이 갑작스럽게 돌아왔다. 블라우스 단추가 바닥을 통통 굴러가던 소리. 케빈의 방에 걸려 있던 포스터. 그의 무게. 그리고 그 공포, 공포, 공포. 나중에 그녀의 몸에 남았던 그의 체취. 피가 날 때까지 문질러서 없애려고 했던 그것.

사람들이 말하길 최악의 순간에 진정한 친구가 누군지 드러난다고 하지만, 가장 많이 드러나는 것은 자기 자신이다. 마야는 휴대전화를 꺼낸다. 같은 과 친구들에게 전화할 수도 있겠지만 무슨 말을 할 수 있을까? 그 친구들은 핸드백에 칼을 들고 다니지 않는다. 그 친구들은 이해하지 못할 것이다.

마야는 그냥 엄마에게 전화해서 이렇게 묻는 엄마의 목소리를 듣고 싶다.

"별일 없지, 우리 딸?"

그러면 이렇게 속삭이고 싶다.

"아뇨, 엄마. 아뇨. 별일 있어요, 별일 있어요, 별일 있다고요."

전화기에 대고 소리를 지르고 싶다. 이 나라 그쪽 끝에서 이쪽 끝으로 차를 몰고 와서 자기를 태워 가라고, 어렸을 때 아나와 숲속으로 캠핑하러 갔다가 어둠이 무서워지면 수도 없이 그랬던 것처럼 이번에도 그렇게 해달라고. 엄마는 그때마다 번번이 마야의 말이 끝나기도 전에 차에 올라탔고, 아이들이 집에 없으면 항상 옷을 입고 잤다. 지금 마야가 엄마에게 전화하지 않는 유일한 이유가 그 때문이다. 그러면 엄마는 일말의 망설임도 없이 당장 출발해 밤새 여기까지 달려올 테니까. 하지만 마야는 방금 어른이라는 소리를 듣지 않았던가. 그러니까 어른답게 행동해야 한다.

그래서 그녀는 한 명뿐인 사람, 언제나 한 명뿐이었던 사람에게 전화한다. 위기의 순간은 우리에게 묻는다. 누가 네 편이야? 그래서 그녀는 아나에게 전화한다.

응답이 없다. 그녀는 전화를 걸고 또 걸다가 결국에는 문자메시지를 남긴다. **전화 받아! 네가 필요해!** 앞으로 몇 시간 뒤에 그녀는 쥐구멍에라도 들어가고 싶어질 것이다. 고향에서 무슨 일이 벌어지고 있었는지 알고 나면 자기 자신이 견딜 수 없을 만큼 미워질 것이다.

11

깃대

집. 마테오에게는 여기가 집처럼 느껴진 적이 없다. 이 마을은 그에게 관심을 보인 적이 없다.

그는 도랑에 쭈그리고 앉아 있다. 자전거에서 튕겨 나와 여기로 떨어지면서 한쪽 팔을 부딪혔는데 너무 아파서 차에 치인 건 아닌가 하는 생각이 잠깐 들었을 정도다. 그는 낑낑대며 일어나 선다. 차는 이미 어둠 속으로 사라진 지 오래다. 그 차를 운전하고 있었던 아나와 조수석에 앉아 있었던 한나는 그를 보지도 못했다. 나무들이 바람에 흔들리며 쇠로 사기그릇을 긁는 듯한 소리를 냈다. 평생을 놓고 보면 이건 눈 깜빡할 순간에 불과하지만, 어쩌면 바로 그때 거기서 마테오는 힘없는 존재로 사는 것도, 나약한 존재로 사는 것도 이제 지긋지긋하다는 결론을 내렸을지 모른다. 그는 누구에게든 어떻게 해서든 당한 만큼 갚아주기로 마음먹는다.

그는 다시 도로로 올라가 자전거를 질질 끌며 바람 속으로 몸을 수그리고 걷는다. 방향 감각을 잃는다. 고개를 들어보니 전혀 엉뚱한 방향으로 와서 이 마을에서 가장 부촌으로 꼽히는 하이츠에 올라와 있다. 그의 동네에서 여기까지는 걸어서 30분도 안 되는 거리지만 전혀 다른 나라 같다. 이 일대의 집들은 너무 넓어서 이쪽 끝과 저쪽 끝에서 서로 소리를 질러도 들리지 않을 듯하고, 창문들은 어찌나 높은지 무슨 수로 저걸 닦나 싶다. 집집마다 진입로에 차가 두 대씩 주차되어 있고 마당에는 트램펄린이 있다. 이 마을은 누군가에게 뭘 가질 수 없는지 알려주는 데 탁월한 재주가 있다.

그는 조깅 트랙 위에서 걸음을 멈춘다. 여기에서는 호수가 한눈에 보인다. 호숫가를 따라 아이스링크까지 시야에 들어온다. 아이스링크 앞에는 열두 개의 깃대가 두 줄로 단정하게 서 있고 곰이 그려진 초록색 깃발이 깃대 꼭대기에서 나부끼는데, 어떤 사람이 깃발을 폭풍에 갈기갈기 찢기지 않도록 하나씩 내리고 있다. 어마어마한 보물이라도 되는 것처럼 조심스럽게, 가만히.

마테오는 빠진 자전거 체인을 다시 끼우려고 하지만 얼어붙은 손가락이 너무 심하게 떨린다. 베어타운 도심까지 자전거를 끌고 가다가 결국에는 포기하고 내버린다.

아무도 나와서 그를 살피지 않고 아무도 도와주겠다고 나서지 않는다. 다들 깃발 걱정뿐이다.

12
지붕

이 숲속에서는 모든 것과 모든 사람이 서로 연관을 맺고 있다. 어느 정도인가 하면, 헤드 아이스링크의 지붕이 무너지자 베어타운에서 한 남자가 자동으로 달리기 시작할 정도다. 그 남자의 예전 코치 중 한 명이 이런 말을 한 적이 있었다. "어마어마하게 성실하기만 하면 위신이 그야말로 바닥이더라도 성공을 거둘 수 있어. 성실은 내가 만드는 거지만, 위신은 남들이 너를 어떻게 생각하는가에 불과하거든." 그 남자는 이 말이 스포츠의 세계에서는 맞을지 몰라도 한 마을의 생존에 있어서는 정반대라고 생각할 때가 많다. 한 마을의 생존에 있어서는 위신이 전부다. 그가 달리는 이유는 그 때문이다.

지난 2년 중 언젠가, 지역 일간지에 보도조차 되지 않아서 어느 누구도 무슨 일이 일어나고 있는지 정확히 알지 못했을 때. 의회 건물의 작은 방에 남녀 몇 명이 모여서 당시까지만 해도 형식적으로 여겨지던 정치성 짙은 결단을 내렸다. 헤드의 아이스링크 공사를 뒤로 미루고 베어타운의 아이스링크 공사를 먼저 해야 한다는 것이었다. 이후에는 어떤 근거로 그런 결정이 내려졌는지 아무도 기억하지 못했지만, 늘 그렇듯 이 동네에서는 정책을 만드는 주체가 정치인이 아닐 때도 있다.

사실 숫자는 몇 없어도 목소리는 큰 베어타운의 '관계자'들이 몇 달에 걸쳐 회의실과 사냥용 오두막과 슈퍼마켓에서 권력층과 인맥을 다지는 동안, 헤드 하키팀 운영위원회는 새로운 코치를 선발하느라 바빠서 이를 반대할 겨를이 없었다. 당연히 모든 정치인이 헤드의 아이스링크보다 베어타운의 아이스링크가 더 중요하다고 생각한 건 아니었다. 하지만 동맹을 잃을지 모른다는 두려움에 여럿이 고집을 꺾었다. 정치판은 가혹하다. 선거와 선거 사이의 기간은 점점 짧아지고 선거 운동 기간은 점점 늘어나는 것처럼 느껴진다.

관계자들이 갑작스럽게 베어타운의 아이스링크가 붕괴 '직전'이라고 결론을 내린 조사 결과 보고서를 제출했으니, 구단에서 진행하는 다양한 청소년 프로그램을 감안하면 걱정거리가 하나 더 늘었다. 아이들을 생각해야 하지 않겠는가 말이다. 이 조사를 실시한 주체가 베어타운 하키팀 운영위원의 형제라는 사실은 언급된 바 없었다. 두어 주 뒤에 누가 그 보고서를 보여달라고 했을 때에는 아무도 찾지 못했다. 하지만 그즈음은 이미 결정이 내려져 한쪽 아이스링크에 선순위가 매겨진 후였다.

베어타운의 아이스링크 보수 공사 중에서 가장 큰 예산이 책정된 부분은 지붕이었다. 공사가 끝나자마자 한 후원자가 주차장에 열두 개의 깃대를 설치해 자축이라도 하는 듯 거대한 베어타운 깃발이 꼭대기에서 나부끼게 했다. 어쩌다 보니 그 후원자가 '관계자'의 수장이었는데, 그들은 지붕 공사에 동전 한 닢 보태지 않았다. 두말하면 잔소리지만 깃발에 비하면 지붕은 재미가 없기 때문이었다. 깃발은 경기를 보러 갈 때마다 눈에 띄지만, 지붕은 날아가지 않는 한 아무도 관심을 두지 않는다.

그때까지만 해도 이 정치적인 결정에 거의 아무도 신경 쓰지 않았다. 그러나 이제 폭풍이 닥치자 헤드의 아이스링크 지붕이 가장 먼저 폭삭 내려앉는다. 바로 그때 베어타운에서는 한 남자가 열두 개의 깃대를 살리기 위해 달려가고 있다. 이렇게 들으면 당연히 우습게 느껴지겠지만, 그 결과를 알고 나면 생각이 달라질 것이다. 폭풍이 숲속에 들이닥쳤을 때 어떤 마을의 아이스링크는 무너졌지만 어떤 마을의 아이스링크는 멀쩡하다는 사실로 인해 두 마을의 주민 사이에서는 조만간 자원을 둘러싼 새로운 전쟁이 벌어진다. 이로써 모든 것이 폭발한다. 그쯤 되면 너무 많은 일이 벌어진 뒤라 어디에서부터 모든 것이 시작됐는지 다들 잊어버리겠지만, 그 출발점은 바로 지금, 여기다.

키가 180센티미터가 넘고 몸무게는 90킬로그램이 넘는 남자가 바람에 외투 자락을 펄럭이며 깃대를 향해 달려간다. 그는 매듭을 풀어서 깃발을 내리려고 하지만 손은 추위에 곱았고 매듭은 단단하게 매어져 있다. 남자는 버럭 소리를 지른다. 그를 모르는 사람은 그가 맛이 갔나 보다고 생각할지 모르지만, 남자를 아는 사람은 이렇게 반문할 것이다.

"*원래 그런데?*"

그는 프락°이라고 불리지만 당연히 본명은 따로 있다. 이 마을의 남자들은 종종 이름이 두 개다. 부모님이 지어주신 이름과 하키를

○ 스웨덴어로 연미복이라는 뜻이다.

하면서 생긴 이름. 프락은 어렸을 때 튀어 보이려고 남들이 청바지에 티셔츠를 입고 다닐 때 혼자 양복을 입었다. 그런데 어느 날 하키팀 전체가 장례식에 참석하느라 모두 양복을 입자 그는 혼자 튀어 보이려고 연미복을 입었다. 남자는 그 뒤로 프락이 아닌 다른 이름으로 불린 적이 없다.

가죽 로퍼가 빙판길에 미끄러지고 바지를 계속 추어올려야 하지만 그래도 프락은 계속 매듭을 붙잡고 씨름한다. 여기로 오는 길에 한 남자아이를 지나쳤지만 아이 이름이 마테오라는 것도 모를뿐더러 그 아이를 쳐다보지도 않았다. 그의 머릿속은 온통 어떤 장대 꼭대기에서 펄럭이는 초록색 천 조각뿐이다. 다른 지방 사람들은 맙소사, 그냥 깃발 아니냐고, 그냥 빌어먹을 하키단 깃발이지 않냐고 할지 모른다. 하지만 프락에게는 그렇지가 않다.

그는 평생 과소평가를 당하고 무시당하고 바보라고 놀림을 받으며 살아왔다. 그의 슈퍼마켓은 쓰러지기 직전이었고 그는 여러 차례 부도 직전까지 갔지만 적들은 그를 잡초 같다고 한다. 없앨 수가 없다는 것이다. 그는 세무 당국의 표적이었다. 부당이득과 장부 조작으로 악명이 높아서, 요즘 들어서는 "직선 길에서도 지름길을 찾을 인간"이라는 평이 그나마 칭찬에 가깝다. 그래도 프락은 항상 웃는 얼굴로 주먹을 불끈 쥐고 똑같은 구호를 외치며 계속 묵묵히 살아간다. "한번 해보자고!" 그는 모든 전투마다 살아남았다. 최근에는 돈을 제법 모았다. 누군가 비결을 묻는다면 그는 남들보다 조금 멀리 내다보기 때문이라고 대답할 테고, 묻는 사람이 없어도 똑같이 얘기할 것이다. 그는 헤드의 병원, 베어타운의 공장 다음으로 직원이 많은 슈퍼마켓 사장이다. 베어타운 하키단의 가장 거물급인 후원자 중 한 명이고 운영위원 몇 명은 그가 직접 선발했다는 것이 이 마을의 가장 공공연한 비밀이다. 이 마을을 손에 넣으려면 첫째로 일자리를 장악하고 둘째로 하키를 장악해야 하는데, 둘 중 하나라도 어떻게 하고 싶다면 요즘에는 프락을 거쳐야 한다. 그는 선수들보다 링크에서 보내는 시간이 더 많고, 정치인들보다 의회에서 보내는 시간이 더 많아 보이는데, 도대체 어느 시간에 슈퍼마켓을 운영하는지 정확히 아는 사람은 아무도 없다. 프락을 두고 여러 의견이 있지만 아무도 그를 무시할 수는 없다. 2년 전에는 그걸 시도한 사람들이 있었지만 프락은 두 번 다시 용납하지 않을 것이다.

그건 '그 사건'이 벌어진 뒤였다. 그는 '성폭행'이라고 차마 말을 하지 못하고 마찬가지로 '마야'라고 부르지도 못한다. 그녀의 아버지와 그야말로 한평생 알고 지낸 사이인데도 그냥 '그 아이'라고 한다. 그해는 모두에게 끔찍했지만 늘 그렇듯 진짜 피해자는 누군지 아무도 알아보지 못하는 듯했다. 거금을 투자한 중년의 남자. 프락은 모든 것을 잃을 뻔했다.

의회가 베어타운 하키단을 해체해 헤드 하키단에 흡수시키자는 결정을 내릴 뻔했다는 것을 아는 사람은 거의 없다. 베어타운 하키단은 해체되기 직전에 응원단과 새로운 운영위원과 공장에서 지원한 새로운 후원금 덕분에 구원받았고, 이를 위해 프락이 막후에서 쉴 새 없이 일한 것을 모르는 사람은 없다. 전에는 모르는 사람이 있었을지 몰라도 지난봄에 지역 일간지와 인터뷰를 하는 자리에서 그가 한 말이 있다.

"나는 막후에서 일하는 사람이에요. 그러니까 보이지 않는 곳에서요!"

그런 다음에는 기자에게 자기 사진을 어떻게 찍어야 하며 사진의 크기는 어느 정도 되어야 하는지 피가 되고 살이 되는 조언을 하고, 베어타운의 모든 사업장을 위해 인쇄한 팸플릿을 보여주었다. "베어타운 하키팀을 후원하는 것은 *쉽고도 당연한* 일입니다!"라고 적힌 팸플릿이었다. '그 사건'이 벌어지고서 베어타운이 사상 최악의 위기를 맞이했을 때, 프락은 지평선으로 눈을 들어 그 너머를 바라보았다.

그의 주장에 따르면 베어타운 하키단은 지금까지는 다른 스포츠팀과 다를 게 없었지만, 앞으로는 여느 곳과도 다른 스포츠팀이 될 예정이었다. 그전까지만 해도 콧방귀만 뀌었던 사안에 대해서, 프락은 당연히 정치적으로 올바르다고 여겨지는 방향으로 개혁해야 한다며 급작스레 수용하기 시작했다. 어찌나 적극적으로 받아들이는지 아무도 그 속도에 장단을 맞추지 못할 정도였다. 그는 신문 기자에게 자랑스럽게 말했다. "사회적인 책임을 인정하지 않는 스포츠팀도 많지만 베어타운 하키단은 다릅니다. 우리가 여학생 팀에도 엄청나게 투자하고 있다고 말했던가요? 독특하죠!"

그를 가리켜 부끄러운 줄도 모르는 기회주의자라고 할 사람들도 있겠지만 프락은 그걸 칭찬으로 받아들일 것이다. 기회주의자란 기회를 잘 보고 잘 잡는 사람이라는 뜻이다. 하키 선수 시절에 터득한 바에 따르면 모든 작전의 추후 평가는 전적으로 결과에 따라 천재적인 발상 아니면 바보짓으로 갈린다.

프락은 당연히 아맛도 추켜세웠다. 베어타운에서 가장 못사는 동네 출신으로 이 하키단에서 가장 엄청난 스타가 되었으니, 곧 하키가 "모두에게 문이 열려 있다"는 증거라고. 할로 출신으로 A팀에서 뛴 선수가 몇 명이나 되는지 정확하게 알지는 못하지만, 벤야민 오비크의 엄마도 거의 할로에 사는 거나 다름없었으니 그도 숫자에 넣어야 하지 않을까? 물론 벤야민은 2년 전에 외국으로 나갔고 더는 하키를 하지 않지만, 사실 그가 동성애자였다는 걸 기자는 알고 있을까?

"물론 우리한테는 아무런 상관이 없죠. 우리 팀에는 차별이 없으니까요!"

프락은 이렇게 선포했지만 다른 모든 선수의 성적 지향을 전부 밝히지 않는 이유는 설명하지 않았다.

물론 프락은 기자 앞에서 '그 사건'에 대한 언급을 피한다. "당사자들을 배려하기 위해서"인데, 그에게는 배려가 아주 중요한 문제다. 하지만 자기가 만든 팸플릿에 이제는 하키단에서 나간 페테르 안데르손의 사진을 대문짝만하게 싣고 그 옆에 어린이 팀의 여학생 사진을 덧붙여 놓았다. 여학생의 얼굴은 보이지 않지만 긴 머리와 머리카락의 색이 마야와 같다. 베어타운 하키단이 누구의 하키단인지 후원자들에게 은근히 일깨우는 역할을 하고 있다. 케빈이 아니라 마야의 하키단이라는 뜻이다. 뭐, 프락 입장에서는 '은근하게' 한 거였다. 그리고 '당연한 선택'이었다.

그는 사재를 털어 아이스링크 앞에 열두 개의 깃대를 설치했다. 덕분에 경기를 보러 가는 관람객이면 누구나 곰이 그려진 커다란 초록색 깃발이 이어지는 웅장한 대로를 지나게 된다. 신문에서 이 사연을 소개하기도 했고, 사람들은 대개 지붕보다는 깃발을 훨씬 좋아하기 때문에, 의회가 아니라 프락이 아이스링크 보수에 필요한 공사비를 전액 지원한 줄 아는 사람이 많았다.

프락 본인은 워낙 겸손한 성격이라 대놓고 자랑하지 않았다. 기자와 이삼백 명쯤 되는 사람들에게 은밀히 알렸을 뿐이다. 부끄러운 줄 모르는 기회주의자라고? 그게 나쁜 것도 아니지 않은가.

펠센 술집의 라모나는 기회가 있을 때마다 프락에게 바보 같다고 타박을 놓는다. 하지만 한번은 그가 없는 자리에서(그가 있으면 놀리기 바쁘다) 이렇게 시인한 적이 있었다.

"프락 같은 녀석들은 놀림당하기 십상이지만 사실은 대단한 놈이지. 아주 제대로 된 열정맨이야. 이 마을 전체가 그 녀석 평생의 역작이라고. 어라, 웃어? 그럼 그동안 자네는 뭘 했나? 프락이 일하는 동안 자네는 마을에 뭘 만들었다고 웃나? 나라에서도 뭐 하나 해준 게 없는데? 정부가 우리 마을에 일자리를 만들기를 했어, 집을 지어주기를 했어? 우리가 여기 있는 줄도 모르는데!"

그러고는 아침 대용으로 맥주를 마시고 이렇게 덧붙였다.

"프락이 심각한 바보일지 몰라도 그런 심각한 바보가 없으면 이런 마을은 살아남지 못해."

그 말이 과장일 수는 있지만 거짓은 아니었다. 프락은 모든 것이 서로 연결돼 있다는 사실을 안다. 깃발은 하키단의 상징인데, 그게 폭풍에 갈기갈기 찢기면 내일 그걸 보고 사람들이 하키를 나약하게 여길 것이다. 하지만 베어타운이 불멸의 존재라도 되는 듯 여느 때와 다름없이 깃발이 당당하게 나부끼면 사람들은 정말 그런 줄 안다. 그래서 프락이 달렸던 것이다. 그는 남들보다 조금 멀리 보기 때문에.

그리고 심각한 바보이기 때문에.

바람 소리가 너무 요란해서 밧줄 매듭에 손끝이 걸려 손톱이 빠졌을 때 그가 비명을 질렀는지 안 질렀는지는 알 수가 없다. 곧바로 엄습한 견딜 수 없는 통증에 그는 무릎을 꿇으며 주저앉는다. 손과 뺨이 양쪽 다 축축하다.

그는 억지로 일어나 아이스링크 문을 두드린다. 아무도 문을 열어주지 않자 절망하며 발로 찬다.

탕탕탕.

13

왕

마테오는 깔끔한 주택가 사이로 걷는다. 거긴 바람이 좀 잠잠하지 않을까 싶어서다. 눈을 계속 감고 기회가 닿을 때마다 벽과 울타리를 붙잡지만 파괴의 현장을 봐주길 바라는 건지 바람이 눈꺼풀 사이를 비집고 들어온다. 그는 지금은 십 대가 된 아이가 오래전에 쓴 나무 팻말이 문 앞에 걸려 있는 어느 집을 지난다. "레오와 마야와 페테르와 미라 안데르손이 사는 집." 마테오가 진입로에 너무 바짝 붙어서 지나가자 모션 센서 조명이 켜진다. 이 동네는 아직 전기가 끊기지 않았다. 마테오가 사는 숲 외곽만 전기가 끊겼다. 집 안 거실에서 어떤 남자가 벌떡 일어나 창밖을 내다본다. 마테오는 그가 누군지 안다. 그를 모르는 사람은 없다. 베어타운 하키팀 단장이었고 NHL에서 선수로 뛰었던 페테르 안데르손이다. 모든 하키 타운은 군주제로 돌아간다. 예전에는 이 일대에서 페테르가 왕이었다. 하지만 이제 그는 전보다 늙고 외롭고 불행해 보인다. 그래서 마테오는 기분이 좋다. 이 마을에서 하키와 연관 있는 인간들은 한 명도 빠짐없이 사랑하는 모든 걸 잃었으면 좋겠다. 그게 어떤 심정인지 알 수 있게.

페테르는 뭣 때문에 진입로의 불이 켜졌는지 알아내려고 창밖을 열심히 내다본다. 누가 차를 타고 집으로 돌아오길 기다리고 있기라도 한 걸까. 하지만 그는 아무것도 보지 못한다. 마테오는 진작 바람 속으로 도망치고 없다. 페테르는 그 아이가 자기 집 앞에 있었던 걸 끝까지 알지 못할 것이다. 사실 그 아이가 누군지도 모를 것이다. 아직은.

14
초코볼

탕 탕 탕.

탕탕탕탕탕.

언뜻 들으면 하키 퍽이 집 옆면을 때리는 소리인 것 같지만 실은 바람에 꺾인 앞마당 산울타리 가지가 쓰러진 쓰레기통을 때리는 소리다. 페테르 안데르손은 실망한 표정으로 그 나뭇가지를 내다본다. 폭풍이 온 마을을 할퀴고 있지만 그는 안전하게 집 안에 있고, 그의 도움이 필요한 사람도 없으니 밖으로 뛰쳐나가 누굴 구할 필요도 없다. 그래서 신세가 처량하다. 페테르는 요즘 들어 신세를 한탄할 때가 많은데, 대개는 자기 신세를 처량하게 여기는 것 때문에 신세 한탄이 이어진다. 일종의 내면화된 증오다. 끝이 보이지 않는다.

베어타운 하키팀 단장직에서 물러난 지 2년밖에 되지 않았지만 페테르는 그때와 비교하면 나이를 열 살은 더 먹은 것처럼 보인다. 아침에 머리를 빗는 데 드는 시간은 점점 짧아지고 소변을 보는 데

걸리는 시간은 점점 더 길어진다. 오늘은 청소와 요리를 하고 빵을 만들었는데 솜씨가 좋아지고 있다. 연습할 시간이 너무 많으면 그렇게 된다. 마야는 이 나라 반대편에서 음악대학에 다니는 중이고 레오는 자기 방에 있겠지만 누나 못지않게 멀리 있는 것처럼 느껴진다. 미라는 아직 헤드의 사무실에 있고, 페테르는 의미가 없다는 걸 알면서도 그녀의 저녁을 계속 데우고 있다. 외로움과의 전쟁에서 그러하듯 사소한 의식을 반복하면서 스스로 필요한 사람이 된 듯한 찰나의 착각에 젖는다.

"아빠, 혹시…… 아니, 상담이라도 받아봐야 하는 거 아니에요? 너무 기운 없어 보여요!"

마야는 여름방학에 집에 왔을 때 이렇게 말했다.

마야가 베어타운을 떠나면서 무심결에 '집'으로 돌아간다고 했다가 그 말을 듣고 아빠가 얼마나 슬퍼졌는지 알아차렸을 때였다. 그는 당연히 피곤해서 그렇다고 거짓말을 했다. 아니, 상담을 누구와 하겠는가? 정신과 의사? 그러면 돈을 주고 날씨 얘기를 하는 셈일 것이다. 무슨 수로 설명을 할 수 있겠는가? 캐나다에서 만난 코치 중에 "빙판 위에서 사람을 압살하는 건 스피드"라고, 중요한 건 태클하러 덤빈 선수의 체구가 아니라 그가 달려온 속도라고 입버릇처럼 말하던 사람이 있었다. 페테르는 아이스링크를 떠나는 날이 되어서야 그게 거짓말이라는 사실을 알아차렸다. 사람을 압살하는 건 침묵이다. 더는 그 어디에도 소속되지 못하는 것. 그는 제 발로 베어타운 하키단 단장직을 사임하고 아내 회사에서 일하기 시작했다. 더 좋은 남편, 더 좋은 아빠가 되고 싶어서였고 목표를 달성했다고 자신한다. 그는 전보다 나은 사람이 되었다. 그렇기에 후회하지 않지만 그래도 후회된다는 걸 무슨 수로 설명할 수 있을까? 이렇게 금세 잊힐 줄은 몰랐다는 것을.

하키단은 과거 그 어느 때보다 탄탄해졌다. 새로운 후원자도 생기고, 이 지역 정치인들의 후원 아래 든든한 재정이 뒷받침된 훌륭한 팀으로 거듭났다. 정말, 정말 훌륭한 팀이 되었다. 지난 시즌에는 헤드 하키팀을 만날 때마다 거의 굴욕적인 수준의 점수 차로 승리를 거뒀다. 두 마을은 이제 대등한 위치가 아니다. 베어타운은 리그 전체 우승을 차지할 뻔했고 헤드는 강등될 뻔했다. 한쪽은 점점 가난해지고 한쪽은 점점 부유해진다. 몇 년 전만 해도 정반대였던 그들의 입장이 눈 깜빡할 새 180도 달라졌다.

그러니 모두가 꿈꿔왔던 성공이 페테르에게는 칼로 베이는 상처임을 무슨 수로 설명할 수 있을까? 그가 문제였던 것처럼 느껴진다는 것을. 그는 베어타운 하키팀에 평생을 몸담았지만 떠날 때는 물이 담긴 양동이에서 건져진 신발처럼, 애초에 존재하지도 않았던 사람처럼 아무 흔적도 남기지 않았다. 외부인이 보기에는 하키가 어처구니없는 종목일지 몰라도 내부인에게는 절대 그렇지 않다. 빙판이 어떤 느낌인지 설명하는 건, 평생 땅을 벗어나 본 적 없는 사람에게 하늘을 날면 어떤 느낌이 드는지 설명하는 것처럼 불가능하다. 하늘을 본 적 없는 사람에게는 그게 무슨 의미일까?

그러니 정신과 의사를 만난들 무슨 말을 할 수 있겠는가. 그를 필요로 하는 사람이 있으면 좋겠다고? 그의 삶이 충분하지 않다고? 아니다. 충분하다. 충분해야 한다.

폭풍이 유리창과 홈통을 덜컹덜컹 흔들며 헐겁게 매달려서 잡아뜯을 수 있는 것을 찾는다. 페테르는 진입로의 불이 켜지자 미라가 퇴근한 것이길 바라며 창밖을 열심히 내다본다. 하지만 창밖은 그림자와 이성을 잃은 바람뿐이다.

전화기를 쳐다보며 아내에게 전화할까 고민하지만 잔소리꾼이 되고 싶지는 않다. 마야에게 전화할까도 고민하지만 성가신 아빠가 되고 싶지는 않다.

그래서 그냥 창가에 서서 신세 한탄하는 자신을 증오한다.

탕 탕 탕.

마야는 아직도 숨이 가쁘다. 심장이 너무 세게 뛰어서 속이 울렁거릴 지경이다. 같은 과 친구들이 파티를 벌이고 있는 아파트로 걸어가다 그 앞에서 걸음을 멈춘다. 친구들이 질문 공세를 퍼부을 것 같아서, 눈빛을 보고 그녀가 무슨 짓을 저질렀는지 알아차릴 것 같아서 들어갈 수가 없다. 친구들은 사냥하는 동물과 도망치는 동물에 대해 생각해 본 적이 없으니, 동물원에서 본 것이나 냉장고 안에 들어가 있는 것 말고는 아는 동물이 없으니 절대 이해하지 못할 것이다. 그들은 다정하고 순진한 어린애다. 마야와 다르다.

마야는 몸을 돌린다. 길 건너편에 조그만 술집이 있다. 밖에 걸린 네온사인은 깨졌고 삶에 지친 바텐더 앞에 술꾼들이 일렬로 앉아 있다. 마야는 자기가 열여덟 살이라는 것이 아직도 적응되지 않아서 술집에 출입할 수 있다는 사실을 잊어버릴 때가 많고, 어른이 되지 않으려고 기를 쓰느라 언제 어른이 되었는지도 모르는 채 지나갔지만, 친구들이 기다리는 파티장으로 향하는 대신 길 건너 술집 문을 열고 어둠에 몸을 맡긴다. 쏟아진 맥주 냄새가 그녀를 맞이한다. 아무도 시선을 들지 않는다. 여기 손님들은 서로 대화를 나눌 때조차 잔을 쳐다본다. 손님을 생각해서 화장실에 거울을 달지 않는 그런 술집이다.

탕 탕 탕. 그녀는 맨 안쪽 구석에 자리를 잡고 앉아서 와인을 한 잔 주문하고 단숨에 비운다. 바텐더가 신분증을 보여달라고 하지만 마야가 핸드백을 뒤지기 시작하자 한숨을 쉬며 손사래를 친다.

"그냥 신분증 있는지만 확인한 거예요."

그는 툴툴거린다.

마야는 두 번째 잔도 단숨에 비운다. 아직도 심장이 쿵쾅거린다. 좀 전에 달려서 그런 것도 있겠지만, 그보다는 하마터면 공원에서 그 아이를 칼로 찌를 뻔했다는 걸 이제 깨달았기 때문이다. 자기가 어떻게까지 할 수 있는지 이제 깨달았기 때문이다. 그걸 깨닫고 났더니 어느 때보다 심한 외로움이 느껴진다.

탕. 탕. 탕. 지금 보니 그녀의 심장에서 나는 소리가 아니라 벽에 걸린 텔레비전에서 들리는 소리다. 그녀는 고개를 들기도 전에 무슨 소리인지 알아차린다. 어디에서든 알 수 있다. 하키는 그 어떤 스포츠보다도 소리가 큰 비중을 차지한다. 날이 빙판을 가르는 소리, 육중한 몸이 다른 육중한 몸에 들이받혀 강화 유리 펜스에 부딪히는 소리, 퍽이 총알처럼 경기장 옆면을 맞히는 소리. *탕탕탕탕탕.* 고개를 들어보니 바 카운터 위에 달린 화면에서 경기가 중계되고 있다. 해마다 어려지는 것 같기는 하지만 항상 보아왔던 부류의 남자들이

다. 아나운서가 시범경기라고 하는 걸 보니 본격적인 시즌은 아직 시작하지 않았다는 말이다. 마야는 어렸을 때 시범경기가 뭔지 설명하는 아빠의 말에 이렇게 외쳤던 기억을 떠올린다.

"지금 우리더러 시범경기를 보라고요? 그건 누구 체육 수업을 보라는 거랑 똑같잖아요, 아빠!"

그 말을 듣고 엄마가 어떤 식으로 깔깔대며 웃었는지 그녀는 절대 잊지 못할 것이다.

이번에는 와인을 조금 천천히 한 잔 더 마신다. 심장은 계속 쿵쾅거린다. 2년 전, 부모님 손에 이끌려서 만났던 정신과 의사에게 들은 얘기가 떠오른다. 인간의 몸은 가끔 정신적인 힘듦과 육체적인 힘듦을, 달려서 숨이 찬 건지 공황발작 때문에 숨이 찬 건지 구분을 못 한다고 했다.

"어떤 선수들이 죽기 살기로 플레이하는 이유가 그 때문일지도 몰라. 그들에게는 정말 생사가 걸린 것처럼 느껴져서."

정신과 의사는 이렇게 말하고 무의식적으로 미소를 지었다. 마야의 고향에서는 심지어 정신과 의사마저 비유할 때 하키를 동원했다. 그녀에게 그런 일이 벌어진 다음에도.

탕탕탕.

하키를 보고도 화가 나지 않는 게 얼마 만인지 모르겠다. 와인 때문일까, 아드레날린 때문일까, 외로움 때문일까. 하지만 그녀는 이 나라의 반대편 끝에 있는 어느 도시의 술집에 앉아 있고 하키 소리는…… 고향을 연상시킨다. *탕. 탕. 탕.* 아빠의 손을 잡고 있던 여덟 살 무렵을 연상시킨다.

❄

똑. 똑. 똑.

페테르는 조심스럽게 레오의 방문을 두드린다. 대답이 없자 머리를 디밀고 사춘기 아들에게 뭘 좀 먹겠느냐고 묻는다. 아이들은 절대 이해하지 못하겠지만, 부모는 아이들에게 뭘 먹일 때 가장 쉽게 효용감을 느낄 수 있다. 하지만 그의 아들은 아빠 때문에 집중이 흐트러져서 게임에서 졌다고 욕을 한다. 페테르는 생각한다. 전에는 지금보다 아빠 노릇을 하기가 쉬웠다고, 전에는 인터넷상에서 누가 내 아이의 머리에 대고 총질하는 꼴을 안 보고도 샌드위치를 먹을 수 있었다고. 자기가 훌륭한 부모라는 생각이 절대 들지 않는다는 것이 훌륭한 부모들의 가장 힘든 부분이라는 것을, 아이를 낳기 전에는 아무도 알려주지 않았다. 옆에 있어주지 않으면 엄청난 잘못을 하나 저지르는 거지만 옆에 있으면 사소한 잘못을 수백만 개 저지르는 셈이다. 사춘기 아이들은 숫자를 센다. 아주 미친 듯이 센다.
"아빠 문 닫으라고!"
레오가 성난 목소리로 으르렁거린다.
페테르는 얌전히 문을 닫고 나와서 소파에 털썩 주저앉는다. 창문 옆에 걸린 액자가 가끔 덜커덩거린다. 이제는 폭풍이 정말 심각해지고 있다. 이 집은 이 마을의 중심부에 있지만 여기도 안전하지 않을 것이다. 그는 아들에게 주려고 만들어둔 샌드위치를 먹으며 미라나 마야에게 문자메시지를 보낼까 다시 고민하다가 접는다. 텔레비전에서 하키 중계를 하길래 볼륨을 높여 보지만 예전처럼 재미있지 않다. 예전에는 하키라는 스포츠가 그의 존재를 상기시켰다면, 지금은 그의 무존재를 상기시킨다. 페테르는 텔레비전 채널을 잠깐 다른 데로 돌렸다가 금방 하키 중계 채널로 되돌아온다. 그리고 아무 걱정도 하지 않으려고 억지로 경기에 집중한다.

저 남쪽 대도시 팀 간의 경기다. 거기에는 바람이 불지 않으니 북쪽 숲이 쓰러져 가든 말든 아무도 관심이 없을 것이다.

"고속도로에 나무가 쓰러져 있지 않은 이상 중앙 언론에서는 시골이 파괴되거나 말거나 관심 없어. 하지만 눈이 5센티미터 쌓여서 열차가 취소되면 이 나라 전체가 습격을 받기라도 한 것처럼 신문에서 떠들어대지."

라모나는 이렇게 얘기하곤 하는데, 상당히 맞는 말이다.

벽에 걸린 액자가 다시 덜커덩거리자 그는 일어나 액자를 내린다. 두말하면 잔소리지만 대부분 아이들 사진이다. 그들은 아이를 셋 낳아서 하나를 묻었다. 마야와 레오는 아주 어렸을 때 죽은 첫째 이삭에 대한 기억이 전혀 없지만, 아이 아빠는 아직도 첫째의 웃는 얼굴을 볼 때마다 숨이 턱 막힌다. 밤에 페테르가 존재감을 상실한 기분이 들 때면 가끔 그 앞으로 얼굴을 들이밀기 때문에 유리에 손자국이 묻어 있다. 그는 이제 하키 선수도 하키팀 단장도 아닐지 몰라도 아이들과는 여전히 한 팀이다.

호수에서 같이 스케이트를 타는 마야와 레오의 꼬맹이 시절 사진은 좀 더 오래 들여다본다. 주말마다 호수로 스케이트를 타러 나가기라도 했던 것처럼 생생하게 기억이 나지만, 사실 해마다 몇 번 간

것이 전부다. 하키 시즌에는 그 이상 짬이 나지 않았다. 하지만 아이들의 어린 시절에 벌어진 모든 일은 부모가 자기 앞으로 보내는 엽서와도 같다. 실상은 우리의 기억과 전혀 다르다.

마야가 아직 초등학생이었을 때 새로 산 스케이트를 신은 지 10분 만에 물집이 생겼다고 한 적이 있었다. 페테르는 뭘 그렇게 쉽게 포기하느냐고 모질게 고함을 질렀지만, 아이가 울음을 터뜨리자 후회하기 시작했다. 마야는 계속 스케이트를 타려고 했지만 넘어져서 빙판에 부딪혔다. 이번에는 그가 울 뻔했다. 그가 안아주며 미안하다고 하자 아이는 "아빠가 잘못한 게 아니잖아요"라고 속삭였다. 그는 아이에게 "무슨 일이든 벌어지면 전부 내 잘못이야, 말랭아"라고 속삭였다. 이후에 둘은 방파제 위에 앉아서 초코볼을 먹었다. 아이가 그의 손을 잡았고 그는 살면서 그보다 더 행복했던 순간이 없었다.

❄

술집 문이 열리고 마야는 고개를 들지 않아도 젊은 남자들이 비틀거리며 들어오고 있다는 것을 알아차린다. 어딜 가든 여봐란듯이 존재감을 과시하는 그들은 실내에 들어와도 목도리를 벗지 않고 바텐더에게 어떤 종류의 맥주가 있는지 모조리 읊게 한다. 남자들 중 하나가 기대하는 눈빛으로 텔레비전을 올려다보았다가 하키인 걸 보고는 요란하게 한숨을 쉰다.

"젠장, 축구인 줄 알았는데! 도대체 하키 같은 걸 뭐 하러 보는지 모르겠네."

마야는 와인 잔을 비운 다음 그에게 집어 던질까 고민한다. 이 도시로 왔을 때는 무수히 많은 타입의 남자를 만날 수 있을 줄 알았지만 여기서도 남자들은 다 똑같다. 고향 남자들과 똑같은 지점만 다를 뿐이다. 여기 남자들은 축구를 좋아하고 다른 정당에 투표하지만 마찬가지로 자기들의 세계관이 유일하다고 확신하며, 편협하고 조그만 시골 마을에 살면서 본인들이 세상 물정을 많이 아는 줄 안다.

마야는 어렸을 때 동네 사람들에게 귀에 못이 박히도록 들은 얘기를 기억한다. 아빠가 베어타운 하키팀 주장이었을 때 이곳 수도에서 중요한 경기를 치르게 되었는데, 여러 신문에서 베어타운 하키팀을 가리켜 숲속 조그만 마을에서 온 팀이라고 무시하며 "야성이 부르는 소리"라고 불렀다는 것을 말이다. 언성을 높이는 일이 거의 없었던 마야의 아빠는 그 소식을 듣고 라커 룸에서 팀원들에게 고함을 질렀다.

"저들에게 돈이야 있을지도 모르지! 그런데 하키는? 하키는 우리 거야!"

어렸을 때는 유치한 얘기라고 생각했는데, 지금 이렇게 술집에 앉아 있고 보니 모르는 남자들에게 그렇게 소리를 지르고 싶은 유혹이 느껴진다. 젊은 남자가 채널을 돌려달라고 하자 바텐더는 오히려 볼륨을 높인다. 마야는 그것 하나만으로 팁을 두 배 주기로 마음먹는다.

20년 전, 아빠는 가지고 있던 모든 것을 빙판 위에 쏟아부었지만 그래도 경기에서 졌다. 아빠는 그때의 충격을 절대 백 퍼센트 극복하지 못했다. 베어타운이라는 공동체도 마찬가지였다. 한참 뒤에 캐나다에서 고향으로 돌아가자고 마야의 엄마를 설득한 이유 중에는 충격을 떨치기 위해서, 그때 하지 못했던 것을 만회하기 위해서도 있었을 것이다.

마야는 와인 잔을 내려다보며 심장이 뛰는 속도를 자기 의지로 늦춰보려고 한다. *탕 탕 탕* 소리가 텔레비전에서 들려온다. 원래 그녀는 간식으로 말랭이를 좋아했다. 아홉 살 때 아빠에게 이제 자기를 말랭이라고 부르지 말라고 금지령을 내리고는 남몰래 아쉬워했다. 겨울이면 아빠와 호수에 갈 날만 기다렸었다. 아빠는 스케이트를 탈 때면 정말이지 행복해하고 침착해졌다. 아빠에게 스케이트란 그녀의 기타와도 같았다.

"어우, 무슨 경기가 이렇게 등신 같냐. 나가서 차라리 살쾡이랑 떡을 쳐라, 이 시골 촌놈들아!"

한 남자가 텔레비전을 향해 혀 꼬부라진 소리로 말하자 그의 친구들은 관종이 사투리랍시고 내뱉은 같잖은 헛소리에 웃음을 터뜨린다.

마야는 술기운으로 머릿속에서 폭죽이 터지는 걸 느낀다. 어렸을 때, 완벽하고 고요한 어느 겨울날 온 가족이 호수로 스케이트를 타러 나갔을 때 엄마가 했던 말을 떠올린다.

"그나저나 여기 정말 믿기지 않는 곳이다."

그러자 아빠는 이렇게 대답했다.

"가장 믿기지 않는 건 여기가 아직 남아 있다는 사실이지. 사람들이 아직 여기서 살고 있다는 거."

마야는 아빠의 목소리가 그렇게 슬펐던 이유를 그때는 이해하지 못했지만 지금은 이해한다. 숲속 마을에서는 모든 게 문을 닫고 모두가 대도시로 떠나버린다. 심지어 딸자식마저. 뭔가가 남아 있다는 사실이 믿기지 않는 것이다.

"그 인간들은 부끄러운 줄을 몰라."

베어타운 사람들이 여기 사람들을 두고 그렇게 말했을 때 이전의 마야는 절대 동의하지 않았지만 지금은 동의한다.

"어이! 이봐요, 아가씨! 술 한잔할 거예요, 말 거예요?"

조금 거리를 두고 자리에 앉은 젊은 남자들이 마야를 향해 손을 흔들고 있다. 그녀는 고개를 젓는다.

"뭐야. 왜 그렇게 울상이야? 좀 웃어봐요!"

그중 한 명이 능글능글하게 웃는다.

마야는 시선을 돌리고, 그 남자가 또 뭐라고 말을 하지만 그녀의 귀에는 들리지 않는다. 팁을 챙긴 바텐더가 장난스럽게 눈을 찡긋거리며 리모컨을 그녀 앞에 가져다 놓는다. 마야는 볼륨을 높인다. *탕 탕 탕 탕 탕 탕.*

그녀는 가방 속에 넣어두었더니 딱딱하게 얼어버린 초코볼과, 그걸 녹인다고 장갑을 벗었다가 손이 너무 시려서 훨씬 큼지막한 아빠의 장갑 안으로 손을 넣고 아빠의 손을 잡았던 때를 떠올린다. 그녀보다 몇 살 많은 남자아이들이 빙판 저편에서 하키를 하던 기억이 난다. 항상 하키였다. 어디에서든 항상. *탕탕탕.* 그중 한 명이 골을 넣고 환호성을 지르자 그녀는 아빠에게 물었다.

"누가 골을 넣었어요?"

마야는 자기가 관심이 있어서라기보다 아빠가 관심이 있다는 것을 알았기에 물었다. 아빠는 너무 잽싸게 대답했다가 민망했는지 얼굴이 빨개졌다.

"이삭! 아니…… 그러니까……."

아빠는 입을 다물었다.

"이삭이라고 하셨죠?"

마야는 조용히 물었다.

"미안, 가끔…… 가끔 저 아이가 왠지 모르게 이삭처럼 보일 때가 있어서……."

아빠는 실토했다.

마야는 남은 초코볼을 한참 동안, 천천히 씹어 먹고 용기를 내서 물었다.

"날마다 이삭 오빠가 보고 싶어요?"

페테르는 그녀의 머리칼에 입을 맞췄다.

"응, 항상."

"나도 이삭 오빠 보고 싶어 하면 좋겠는데 사실 기억도 안 나요."

마야는 우울한 목소리로 대답했다.

"그래도 보고 싶어 할 수 있어."

아빠가 달래주었다.

"그건 어떤 느낌이에요?"

"심장에 물집이 생긴 느낌이야."

그녀는 초코볼을 손가락 사이에 넣어서 서서히 녹여 먹고는 곱은 손을 아빠의 장갑 안에 넣었다. 아빠가 그걸 얼마나 오랫동안 기억할지는 전혀 몰랐다. 빙판 저편에서 남자아이들 절반이 스틱을 들고 다시 환호성을 지르자 마야가 물었다.

"이번에는 누가 골을 넣었어요?"

아빠는 웃으며 대답해 주었다. 그걸 그녀가 얼마나 오랫동안 기억할지는 전혀 몰랐다.

"저 아이 이름은 케빈이야."

마야가 맨 처음 그 이름을 들은 것이 아빠의 감탄하는 목소리를
통해서였다.

탕 탕 탕.

젊은 남자들이 좀 더 가까이 다가온다.

15

무기

마테오는 펠센 술집 앞에서 걸음을 멈춘다. 안에서 어떤 할머니가 혼자 맥주잔을 치우고 있다. 불이 켜져 있고 문 앞에 바짝 다가가 서자 튀김과 담배 냄새가 난다. 마테오는 이제 겨우 열네 살이지만 주인이 오늘만큼은 예외를 허락할 수도 있지 않을까 생각한다. 집이 아닌 다른 곳에서 폭풍이 지나갈 때까지만 앉아서 기다릴 수 있으면 좋겠다. 손잡이를 돌려보지만 문이 잠겨 있다. 문을 두드리지만 할머니는 그 소리를 듣지 못한다.

잠시 후에 거기마저 전기가 나간다. 할머니는 2층으로 올라가고 지붕을 때리는 바람 소리에 아이의 외침이 모두 묻혀버린다. 그녀가 문을 열었다면 상황이 다르게 전개됐을지 모른다. 아무도 모를 일이지만.

마테오는 벌벌 떨며 집을 향해 걸음을 옮기기 시작한다. 그의 동네에서는 모든 건물의 전기가 나갔지만 옆집 2층에서 이리저리 까딱이는 동그란 손전등 불빛이 보인다. 그 집에는 연로한 부부가 살고 있다. 마테오는 감히 그 집 대문을 두드리지 않는다. 옆집 부부는 그의 가족을 좋아하지 않는다. 다른 사람들이 그의 가족을 좋아하지 않는 것과 같은 이유에서다. 그의 가족이 특이해 보이기 때문이다. 위험하거나 불쾌하지는 않지만 특이하다. 오래전부터 특이하다는 평가를 받은 사람을 대할 때 주변 사람들은 불안해하며, 아무리 폭풍이 불어도 그를 자기 집 안으로 들이지 않는다.

그래서 마테오는 옆집 공구 창고에서 쇠막대기를 끄집어내서 그걸 이용해 지하실 창문을 억지로 연다. 그 안은 그의 집처럼 어두컴컴하지만 노부부의 목소리가 들려서 마테오가 아직 살아 있다는 걸 알 수 있게 한다. 조그만 방은 손님방 겸 사무실이다. 어느 용도로든 한참 동안 쓰이지 않은 것 같지만 서랍에 아로마 양초가 담긴 주머니와 성냥이 있다. 현대식 전력 시설이 갖추어지기 한참 전부터 베어타운에 살았던 노부부들은 이런 걸 좋아하기도 하거니와 정전에 대비해 거의 모든 방마다 성냥을 비치해 놓는다.

마테오는 깜빡이는 아로마 양초를 켜놓고 도둑처럼 밤을 보낸다. 위에서 들리던 목소리가 잠잠해졌을 때 또는 포효하는 폭풍 소리에 삼켜졌을 때 아이는 총기 보관장을 발견한다.

그걸 열지는 못한다. 오늘 밤에는.

16

싸움박질

페테르가 액자에 손자국을 남기는 동안 거실 창밖으로 어둠이 내린다. 세월이 정말 쏜살같이 지나갔지만 그는 미리 마음의 대비를 했어야 했다. 하키가 경고하지 않았던가. 어린 선수가 맨 처음 배우는 것 중 하나가 빈틈이 보이자마자 곧바로 슛을 날리라는 것이다. 그렇지 않으면 다른 수없이 많은 사태가 벌어질 수 있고 눈 깜빡하는 사이에 기회는 날아가 버릴 테니. 하키 선수는 기회주의자가 되어야 한다.

거실 책꽂이에 방치된 드럼스틱 두 개가 그의 눈에 들어온다. 왜 거기에 있는지는 모르겠지만 언제 됐는지는 정확히 안다. 마야가 집을 떠나던 날, 둘이서 마지막으로 같이 연주했을 때다. 안타깝게도 페테르는 드럼에 별로 소질이 없었다. 마야가 어렸을 때는 몇 년 동안 어찌어찌 속일 수 있었지만, 그녀의 기타 실력이 금세 쑥쑥 자라자 속도를 맞추는 것조차 버거워졌다. 그것이 부모의 숙명이다. 처음에는 모든 일의 이유가 아이들이지만 막판에는 부모인 우리가 되는 것. 이 모든 일의 중심에는 아이들이 허락하는 한 최대한 악착같이 아이들 곁에 있고 싶은 우리의 마음이 있다는 사실을 결국 깨닫게 되는 것. 페테르는 드럼스틱을 손에 얹고 저울질해 본다. 마야는 하키를 싫어했고 그는 음악을 통해 아이와 좀 더 가까워지고 싶은 마음이 굴뚝같았다. 그런데 아이가 자라자 음악이 아이를 다른 데로 데려가 버렸다.

바로 그게 문제다. 모든 것이, 심지어 아이를 생각할 때조차 페테르 위주였다는 것. 그가 했던 일들이 모두 아이를 위한 건 아니었음을, 사실 아이를 위한 건 거의 없었음을 시인하는 것은 성인 남자에게 잔인한 일이다.

페테르는 단장직을 사임하고 미라의 회사로 들어갔을 때 자부심이 하늘을 찔렀다. 지난 십수 년 동안 한밤중에 퇴근하면 온 식구가 잠들어 있었는데, 이제는 미라가 늦게까지 사무실을 지키며 죄책감을 느끼게 됐으니 조금 신이 났다. 이제는 페테르가 먼저 퇴근해 레오를 태우고 이런저런 방과후 활동을 하러 다녔고, 부엌 식탁에 "저녁은 냉장고 안에 있어, 사랑해"라고 쪽지를 써놓고 먼저 자러 들어갔다. 나라의 이쪽 끝에서 저쪽 끝으로 마야의 학교 기숙사를 찾아가 책꽂이를 달 수 있게 벽에 같이 구멍을 뚫었다. 조금 기우뚱하게 설치되긴 했지만 그래도 딸 옆에 있어준 것은 엄마가 아니라 그였다. 딸이 "아빠가 없었으면 어쩔 뻔했어요?"라고 속삭였을 때 얼마나 뿌듯했던가.

다음번에 찾아가자 책꽂이는 똑바르게 달려 있었다. 마야가 드릴을 사다가 직접 다시 구멍을 뚫은 것이었다. 당연히 그녀는 아빠의 마음이 다치지 않게 아무 얘기도 하지 않았고, 그는 울컥하고 치밀어 오르는 감정을 달래느라 헛기침하며 알아차리지 못한 척했다. 아

133

이들은 절대로 이제 어른이 될까 보다고 사전에 경고하는 일 없이 어느 날 훌쩍 커버려서 손을 잡지 않으려 하는데, 차라리 잘된 일일지 모른다. 마지막이 언제가 될지 미리 알고 있다면 아이의 손을 절대 놓지 않을 테니까. 아이들이 어릴 때는 엄마나 아빠가 방에서 나가려고 할 때마다 악을 쓴다. 그때는 "아빠!" 하고 소리 지르며 부르는 아이의 존재를 통해 자신의 중요성을 상기하게 된다는 것을 모르니 그저 미치려고만 한다. 그렇지만 이제 자신이 중요하지 않은 사람이라는 사실에 적응하려니 쉽지 않다.

페테르는 더 좋은 아빠가 되려고 하키를 포기했다. 그런데 이제 아이들은 더 이상 아빠를 필요로 하지 않는다. 그는 이제 모두에게 아무것도 아니다. 하키를 접었을 때 가장 끔찍했던 것은, 그가 하키만큼 엇비슷하게나마 잘하는 게 아무것도 없다는 사실을 그제야 알아차렸다는 것이었다. 그는 하키라는 종목에 청춘을 바쳤고 전 세계적으로 손꼽히는 선수가 됐다. NHL에서 네 경기를 뛰고, 다섯 번째 경기에서 발을 다쳐 더는 선수 활동을 할 수 없다는 선고를 들었을 때는 허파가 잘린 것처럼 몇 년 동안 숨을 쉴 수가 없었다. 그래도 그는 *거기에서* 뛰었다. 하키를 하는 수백만 명의 아이 중에서 전 세계 최고의 선수들과 함께 플레이한 사람이 페테르였다. 어떤 분야가 됐든 그 정도 경지에 도달하는 사람이 몇이나 될까?

이후 그는 모국으로 돌아와 고향 하키팀의 단장이 되었고, 청소년 프로그램을 총체적으로 구축했으며 아이들의 성과를 자신의 성과로 삼았다. 하지만 지금은 그에게 연락해서 의견을 묻는 사람이 아무도 없다. 하키와 아이들만큼 과거와 현재를 극명하게 대비하는 것은 없다. 이 둘은 인간을 금세 늙게 만든다.

그러니 정신과 상담을 받는다 한들 무슨 말을 할 수 있을까? 실망감이라도 좋으니 감정을 느끼고 싶다고? 사무실에서는 기뻐서든 좌절해서든 벌떡 일어나 소리를 지르는 사람이 아무도 없다고? 이제는 그날이 그날 같고 일은 그냥 일일 뿐이라고? 하키는 그에게 집착의 대상이었고, 집착이 없는 인생은 문이 없는 대기실이나 마찬가지다. 아무도 당신의 이름을 부르지 않을 것이다. 당신은 무의미하게 기다리고 있다.

페테르는 그 운동에 인생을 바쳤고 그게 실수였다는 말은 정신과 의사에게 듣지 않아도 안다. 그는 엉뚱한 쪽을 바라보고 있었다. 엉뚱한 아이들의 성공을 자신의 성공으로 여겼다. 그가 단장직을 사임하고 하키판을 떠났을 때는 너무 늦었다. 마야와 레오는 그 없이도 살아갈 수 있는 나이였다. 어린 시절은 순식간에 끝난다. 기회가 왔는데 잡지 않으면 수없이 많은 일이 벌어질 수 있고 기회는 눈 깜빡할 새 사라져 버린다.

한번은 그가 씁쓸한 투로 이런 말을 한 적이 있었다.

"그 스포츠가 우리에게 줄 수 있는 게 뭘까요. 거기에 평생을 바쳐서 얻을 수 있는 게 기껏해야 뭐겠냐고요. 찰나의 순간…… 몇 번의 승리, 우리가 실제보다 더 위대해 보이는 몇 초의 시간."

그리고 이런 대답을 들었다.

"하지만 페테르, 그런 순간이 없으면 인생에 도대체 무슨 의미가 있겠나?"

대화 상대는 당연히 라모나였다. 맥줏값을 받을 때도 욕을 할 때도 인정사정 봐주지 않는 노파.

그는 가끔 퇴근길에 아버지가 항상 그랬던 것처럼 펠센 술집에 들르지만 아버지가 그랬던 것처럼 술을 취하도록 마시지는 않는다.

"위스키를 너무 좋아한 아버지 밑에서 태어난 아들들은 일정한 패턴이 있어. 주야장천 마시든지 아니면 아예 입에도 대지 않든지 둘 중 하나야."

라모나는 맥주잔에 탄 맛 나는 커피를 따라 주며 대개 콧방귀를 뀌었다. 하지만 아침으로 먹던 맥주를 평소보다 두 배 더 마시고 조금 센티해졌을 때 그를 쿡쿡 찌르며 이렇게 툴툴거린 적이 있었다.

"나쁜 아빠 밑에서 자란 아들들의 운명이 그래. 똑같이 나쁜 아빠가 되든지 아니면 정말 좋은 아빠가 되든지. 그런데 자네는 정말 믿을 수 없을 만큼 끔찍한 아빠 밑에서 자랐는데도 어쩜 조금도 물이 들지 않았는지, 알다가도 모르겠단 말이지."

페테르는 구멍이 뚫리겠다 싶을 만큼 바 카운터만 열심히 뚫어져라 쳐다봤다. 라모나는 그런 페테르가 그의 아버지를 떠올리는 줄 알고, 그의 아버지가 바로 이 술집에서 집으로 돌아가 아내와 아이들을 때릴 구실을 찾던 때가 얼마나 많았었는지를 떠올리는 줄 알고 아무 말도 하지 않았다. 하지만 페테르는 커피를 마셨다. 그때처럼 자기가 사기꾼이 된 것 같은 기분을 느낀 적이 없었다. 그는 아버지가 아니라 자기 생각을 하고 있었다. 그리고 하키 퍽 소리를.

온 가족이 여기로 돌아온 직후 어느 해 겨울에, 마야가 아직 학교에 입학도 하지 않았을 때 마야보다 겨우 몇 살 많은 어린애가 기온이 영하로 떨어진 숲속에서 사라진 적이 있었다. 마지막 몇 초를 남기고 날린 슛을 골대에 넣지 못한 어린이 리그 선수였다. 베어타운의 다른 모든 하키 선수처럼 그 아이도 완벽하지 않으면 의미가 없다는 걸 이미 배웠기에 상심과 분노를 이기지 못하고 그날 밤 집에서 뛰쳐나갔다. 이 어두컴컴한 숲속에서 어린 남자애가 얼마나 금세 얼어 죽을 수 있는지 모르는 사람이 없었기 때문에 온 마을 주민이 아이를 찾으러 나섰다. 아이는 호수 위에 있었다. 골대와 퍽 몇 개와 손전등을 있는 대로 가져다 놓고 마지막에 골을 넣지 못한 지점과 똑같은 각도에서 슈팅 연습을 하고 있었다. 화가 나서 흐느껴 울고 있었으며 누가 다가가려고 하면 상처를 입은 짐승처럼 반항했다. 아이는 페테르가 가서 손을 잡고 끌어안은 다음에서야 진정했다. 그때만 해도 온 마을 주민이 NHL 선수 출신 단장을 워낙 우러러보았기 때문에 그 아이에게는 그가 왕족이나 다름없었다.

"최고의 선수가 되고 싶은 마음은 잘 알아. 네가 최고의 선수로 클 수 있게 최선을 다하겠다고 약속할게. 하지만 오늘 밤 연습은 여기까지 하자."

페테르는 아이의 귀에 대고 조그맣게 속삭였다. 그리고 아이는 페테르가 안아서 집으로 데려다줄 때까지 울음을 그치지 못했다. 이후 페테르는 약속을 지켰다. 그가 이끄는 팀에서 케빈 에르달을 베어타운 역사상 가장 훌륭한 선수로 키워냈고 아이에게 너는 천하무적이라고 가르쳤다. 실패를 절대 받아들이지 말라고, 안 된다는 말도 절대 받아들이지 말라고 가르쳤다. 그 아이를 안고 호수에서 나온 사람이 페테르였다. 집까지 *안아서* 데려다 준 사람이 페테르였다.

10년 뒤에 페테르가 열다섯 살짜리 딸아이와 함께 병원에 앉아서 "내가 어떻게 하면 될까?"라고 조그맣게 물었을 때 딸은 "저를 사랑해 주세요"라고 했다.

그러니까 이제 와서 정신과 의사가 그에게 무슨 말을 할 수 있을까? 아무것도 할 수 없다. 그는 아이들에게 벌어진 모든 일이 자기 잘못이라는 것을 이미 알고 있다.

모든 일이 그렇다는 것을.

❄

"마야?"

마야는 그 소리를 듣지 못한다. 와인과 하키, 텔레비전과 자기 안에서 들리는 픽 소리에 취해서 정신이 없다.

"우리는 곰."

마야는 혼자 씩 웃는다. 술기운 때문에 속으로 생각만 하고 있는 건지 아니면 정말 큰 소리로 노래를 부르고 있는 건지 구분할 도리가 없다.

"베어어어어타우우운의 고오오오오옴⋯⋯."

마야는 엄마의 말을 떠올린다. "이 망할 곳은 1년 중에 여섯 달은 술 때문에 골머리를 앓는 하키 타운이고 나머지 여섯 달은 하키 때문에 골머리를 앓는 알코올 타운이야." 그렇다. 엄마와 고향, 둘 다. 아니, 그녀가 기억하는 엄마와 고향이. 지금은 그 기억과 180도 달라져 버렸다.

마야는 지난여름에 베어타운에 갔다가 아빠와 어렸을 때부터 친구였던 프락이 하키단의 새로운 후원자를 모집하려고 제작한 팸플릿을 우연히 봤다. 누가 슈퍼마켓 바닥에 일부러 떨어뜨렸을까? 아니면 어쩌다 버린 걸까? 팸플릿에 적힌 문구를 여러 번 읽었다. "베어타운 하키팀을 후원하는 것은 쉽고도 당연한 일입니다!" 안쪽에 마야의 아빠 사진과 어린이 팀 선수로 뛰고 있는 여자아이 사진이 나란히 실렸다. 마야는 아빠에게 그 팸플릿을 봤다고는 말하지 않았지만, 하키팀에서 그 팸플릿을 통해 이루려고 하는 목표가 뭔지는 정확히 알았다. 갑자기 베어타운이 *그녀의* 하키팀이 되었다. 이제 그들에게 그녀의 쓸모가 생겼다. 자금이 유치되었고, 베어타운 하키팀이 전국을 통틀어 가장 깨어 있고 가장 평등한 스포츠클럽이 되었다. 마야는 그해 여름에 베어타운에 며칠 더 있을 생각이었지만 팸플릿을 버리고 표를 바꿔서 다음 날 아침에 떠났다.

"마야?"

술집에서 누군가가 다시 묻고 곧바로 다른 누군가가 크게 외친다.

"마야 맞네! 왜 아파트로 올라오지 않고 무슨…… 알코올중독자처럼 여기 앉아 있어?"

마야는 화들짝 놀라며 하키에서 시선을 돌려 같은 과 친구 두 명을 바라본다. 두 친구는 방금 그녀의 컴퓨터에서 포르노를 발견하기라도 한 것처럼 어색하게 실실 웃고 있다. 술에 취했는데도 헤어스타일이 조금도 흐트러지지 않아서 얄밉다. 얼음을 사려고 내려왔단다. 얼음을 돈을 *주고 산다니*. 마야는 이런 생각이 든다. 그녀는 대체 어떤 행성으로 건너온 걸까?

"너…… 괜찮아?"

헤어스타일이 완벽한 친구가 묻는다.

"응, 응. 그냥 좀 피곤해서 나 혼자 생각할 시간이 좀 필요했을 뿐이야……."

마야는 우물거린다.

"생각할 시간?"

헤어스타일이 좀 더 완벽한 다른 친구가 웃으며, 어마어마하게 이

139

국적인 단어라도 들은 듯이 반문한다.

술집의 젊은 남자들은 전후 상황을 알아차리고, 그중 한 명이 당장 기뻐하며 불쑥 내뱉는다.

"오, 서로 아는 사이예요? 그럼 다 같이 파티할 수 있겠다! 저기 저 죽상 아가씨 얼굴 좀 펴게 할 수 있어요?"

마야의 친구들은 그들을 향해 눈을 부라리지만 마야는 그 말을 듣지 못한다. 텔레비전 볼륨을 다시 높였기 때문이다.

"마야, 우리랑 같이 파티룸으로 가자. 지금……."

친구들이 말을 건네려고 하지만 마야가 조용히 시킨다.

"잠깐만…… 잠깐만!"

텔레비전에서 아나운서가 오늘 밤에 중계 예정이었던 시범경기 중에서 어떤 경기가 연기됐는지 알리고 있다. "폭풍 때문"이라며 북쪽 마을의 하키팀을 하나씩 거론한다. 마야는 이마를 손끝으로 두드리며 지리적인 연관성을 파악한다. 아나운서가 언급한 모든 지역의 정중앙에 베어타운이 있다. 그녀는 휴대전화를 꺼내 뉴스피드를 확인하는데, 일기예보를 본 순간 손가락이 떨리기 시작한다. "폭풍 경보!" 아나가 전화를 받지 않은 이유가 그 때문이었다. 집에서는 온 사방이 바람에 휩쓸리고 있는데, 마야는 여기 앉아서 자기 연민 속을 헤매고 있었단 말인가.

"마야, 갈 거야, 안 갈 거야? 파티 말이야."

한 친구가 짜증 섞인 투로 묻는다.

"이해가 안 된다. 여기 앉아서 하키를 보고 있다니. 이게 무슨…… 반어법이야? 네가 그런 걸 좋아하는 줄도 몰랐는데!"

다른 친구가 말한다.

한 남자가 그 말을 듣고 환호성을 지르며 바 의자에서 뛰어내린다. 목도리가 걸리는 바람에 하마터면 목이 졸려 죽을 뻔해서 본의 아니게 온몸으로 스핀을 돌게 되었지만 그 와중에도 이렇게 말할 정신은 있다.

"내 말이 그 말이에요! 하키를 좋아하다니 무슨 여자가 저래요? 예? 저건 스포츠도 아니고 그냥 싸움박질이잖아요!"

"그러니까요!"

마야의 친구가 맞장구친다.

이번에 마야는 그들이 뭐라는지 들었지만 아무 대꾸도 하지 않고 휴대전화만 들여다본다. *"이번 폭풍이 산불 이후로 이 지역을 강타한 최악의 자연재해가 될 수 있다."* 그 지역 일간지의 홈페이지에 이렇게 적혀 있는데, 마치 다른 나라에서 벌어진 일처럼 느껴진다. 너무 갑작스럽게 벌떡 일어나자 와인이 머릿속에서 고장 난 수평기처럼 출렁거린다. 그녀는 휘청이며 두 발을 내딛다가 하마터면 쓰러질 뻔한다. 젊은 남자가 목도리를 낚아챈 뒤 그녀를 잡아주려고 손을 내밀지만 그녀는 가까스로 다시 균형을 잡고 손을 휘두른다. 그 기세에 놀란 남자가 뒤로 펄쩍 물러나지만 안타깝게도 한발 늦는다. 이미 화가 머리끝까지 났던 그녀가 본능적으로 한 발 앞으로 다가가 그의 가슴을 떠밀어 뒤편의 바 의자 쪽으로 날려버린 것이다. 친구들이 더듬더듬 그녀의 이름을 부르며 머뭇머뭇 손을 내밀려고 하다가 그녀의 험악한 눈빛을 보고 몸을 움츠리며 뒤로 물러난다.

"싸움박질? 너희들이 싸움박질에 대해 뭘 아는데?"

마야는 씩씩대며 쏘아붙이고 그들을 지나 밖으로 나간다.

친구들은 너무 놀라서 그녀를 부르지도 못한다. 지난 2년 동안 그녀에 대해 좀 더 많은 걸 알고 싶어 했는데, 이제 모든 걸 알게 됐다. 자기가 어떤 종류의 동물인지 그녀가 보여준 것이다.

❄

페테르는 커피 테이블에 팔꿈치를, 손바닥에 이마를 얹고 진입로에 불이 켜지길 간절히 소망한다. 그는 친구 갈텐에게 부탁해 미라의 차가 진입로로 들어오면 불이 켜지는 모션 센서를 설치했다. 그녀의 시야를 밝히기 위해서라고 했지만 사실은 그를 위해 설치한 것이다. 그래야 미라가 차 안에 몇 분 동안 앉아 있다가 집으로 들어오는지 셀 수 있기 때문이다. 그 시간이 점점 늘어나고 있다. 그는 열쇠 돌리는 소리가 들리면 종종 자는 척한다. 그녀가 그걸 원한다는 것을 알기 때문이다.

페테르는 미라에게 문자메시지를 보낸다. 그녀는 간단하게 답장을 보낸다. 요즘 그들은 이렇게 두세 단어로 의사소통을 하고 있다.

오고 있어?
응. 당신은?
응. 집이야.
레오는 별일 없지?
전부 별일 없어. 당신은?
별일 없어.

하지만 그녀는 절대 출발하지 않는다. 페테르는 눈을 감고 눈꺼풀을 있는 힘껏 문지른 다음 다시 눈을 뜬다. 그런데도 여전히 앞이 캄캄하다. 그는 처음에는 놀라서, 그다음에는 겁이 나서 눈을 깜빡이며 어둠 속을 더듬어 비틀비틀 커피 테이블 반대편으로 걸어간다. 잠시 후에 한 줄기 눈부신 빛과 함께 레오의 목소리가 들린다.

"아빠 지금 뭐 하세요?"

레오가 자기 휴대전화로 페테르를 비추고 있다.

"아무것도 아니야. 불은 왜 다 껐니?"

페테르는 숨을 헐떡이며 묻는다.

레오는 콧방귀를 뀐다.

"정전이잖아! 아빠 무슨 뇌졸중 걸렸어요?"

페테르는 눈을 깜빡거려 머릿속의 모든 것을 씻어낸다. 레오의 손을 잡고 앞장서서 손전등을 찾으러 차고로 들어간다. 레오는 손전등 하나를 챙겨 들고 자기 방으로 들어갔다가 다시 나온다. 이제 열네 살이니 당연히 어둠이 무서워서 그러는 건 아닐 텐데. 그래도 아빠와 나란히 소파에 앉아주려나?

레오는 자기 휴대전화로 게임을 하고 배터리가 다 되자 이번에는 페테르의 휴대전화로 게임을 한다. 그것마저 배터리가 방전되기 직전 페테르가 마지막으로 본 건 미라가 보낸 문자메시지다. 이제 출발하려고. 그는 그냥 알았어, 라고 답장했다가 화면이 꺼지자마자 "사랑해"라고 쓰지 않은 걸 후회한다.

❄

마야는 기숙사의 책꽂이 아래 바닥에 앉아서 뉴스사이트와 일기예보를 계속 새로고침하며 폭풍 소식을 검색한다. 울다가 아나에게 전화했다가를 반복하다가 나중에는 그냥 울기만 한다. 부모님에게 전화할까 수백 번 고민하지만 그녀의 목소리를 들으면 술을 마셨다는 걸 알고 엄마는 화를 낼 테고 아빠는 실망할 것이다. 결국 그녀는 동생에게 전화하지만 전원이 꺼져 있다고 한다.

"젠장. 레오, 제발 전화 좀 받아……."

마야는 어둠에 대고 속삭이지만 레오는 다음 날 아침에 휴대전화를 다시 충전한 다음에서야 누나한테서 전화가 왔었다는 걸 알 수 있을 것이다. 전화해서 마야를 깨우고 무슨 일이 있었는지 전하는 사람이 레오가 된 이유가 그 때문이다.

"죽었다고? 그, 그게 무슨 말이야, 죽었다니?"

마야는 잠도 덜 깨고 술도 덜 깨서 혀 꼬부라진 소리로 이렇게 물을 것이다.

그런 다음 기차표를 예매하고 짐을 싸서 북쪽으로 출발할 것이다. 집으로 가는 내내 아빠 생각을 할 것이다.

17

죽다

"집." 집을 뜻하는 단어는 여러 개라야 한다. 하나는 거기에 남아 있는 사람들을 가리키는 용도로, 또 하나는 우리가 잃어버린 공간을 가리키는 용도로.

미라는 헤드의 사무실에 서서 밤이 내린 창밖을 내다보고 있다. 폭풍이 유리창을 폐소공포증이 느껴질 정도로 세게 압박하자 겁이 나기 시작한다. 책상 쪽으로 몸을 돌리는 순간, 그쪽도 느닷없이 어두컴컴해진다. 너무 갑작스럽게 전기가 나가서 꼭 습격이라도 당한 느낌이다. 그녀는 걸어가다가 의자에 무릎을 부딪히자 큰 소리로 욕을 한다. 무력감을 주체할 수가 없어서 바닥에 털썩 주저앉는다. 어둠 때문에 아무도 없는 사무실이 거대하게 느껴진다.

미라와 동업자는 작년에 사세가 확장되자 여기로 사무실을 이전하고 직원을 좀 더 뽑았다. 사실 너무 넓었지만 지어진 지 백 년도 더 된 철도 역사라는 입지 조건을 보고 한눈에 반해버렸다. 그녀는 신선하고 새로운 인테리어를 꿈꿔왔음에도 불구하고 오래된 것들을 사랑하게 됐다. 어쩌면 그것이 미라가 숲 사람이 되었다는 증거일 수도 있다. 이제 남은 건 크로스컨트리 스키와 동사 활용을 하지 않는 습관뿐이네. 그녀는 이렇게 생각하며 씁쓸해한다.

그녀가 눈을 감고 바닥에 누워 있는 동안 창문이 점점 더 심하게 덜커덩거리기 시작한다. 페테르가 기다리는 집으로 진작 갔었어야 한다는 생각이 드는 한편, 그 생각이 별로 굴뚝같지 않아서 민망해진다. 여기 있고 싶은 마음이 더 크다면 그녀의 내면에 뭔가 문제가 있는 것이다.

졸다가 깜빡 잠이 들려는 순간, 얼마 전에 페테르가 기숙사 방에 책꽂이를 달아주겠다고 마야의 새 보금자리가 된 도시에 차를 몰고 다녀왔던 기억이 떠오른다. 그동안 미라는 여기 이 사무실에 있다가 그가 보낸 문자메시지를 받았다. 교차로와 상당히 가까운 곳에 차를 주차한 사진이 첨부되어 있었다. **여기에 차를 대면 딱지 뗄까?** 그녀는 황당해서 웃음을 터뜨렸다. 그들이 워낙 특이하게 만났기 때문인지 그는 그녀가 사진만 봐도 교차로 반경 10미터 안인지 밖인지 판단할 수 있다고 생각한다. 어쩌면 그녀가 과감하게 이 사업을 시작한 것도 그 때문이었을지 모른다. 그는 그녀가 무엇이든 할 수 있다고 진심으로 그렇게 생각하는데, 가끔 거기에 전염되기도 한다.

미라는 지금 회사가 재정적으로 얼마나 어려운 상황인지 그에게 비밀로 하려는 것일 뿐, 별로 복잡한 문제는 아닐지 모른다고 생각인지 꿈인지 모를 것을 머릿속에 떠올린다. 그들은 거물급 고객을 몇 명 놓쳤고 사무실에는 미납 청구서가 쌓이고 있다. 하지만 모든 걸 희생한 그를 차마 실망시킬 수는 없기 때문에 계속 비밀로 하고 있다. 사랑에 빠졌던 젊은 시절에는 도움이 필요하다고 인정하는 것이 관계를 어렵게 만드는 요소일지 모르지만, 반평생 동안 함께 살아온 부부 사이에서는 도움이 필요 없다고 인정하는 것이 사실 가장 어렵다. 자신이 부족하고 쓸모없는 실패작이라는 생각을 하는 데에는 어느 누구의 도움도 필요 없다. 본인만큼 그런 생각을 제대로 유도하는 사람은 없으니 말이다. 미라는 어쩌다 페테르의 실수를 지적할 일이 생길 때마다 그의 눈빛에서 그걸 느낀다. "나 도와주지 않아도 돼." 그는 이렇게 소리를 지르고 싶어 하지만 침묵으로 대응한다. 그녀는 페테르가 어떤 심정인지 정확히 알 수 있다. 그 방면에 있어서는 미라 역시 엄청난 고수다.

그녀는 이 사무실을 사랑한다. 오래된 이 역사에 유일한 문제점이 있다면, 여기가 베어타운이 아니라 헤드라는 것이다. 그래서 말로 표현하지 않는 페테르의 분노를 어쩔 수 없이 감당해야 한다. 가끔은 이곳을 고른 이유가 페테르가 다시 하키에 끌려가지 않도록 멀찌감치 떨어뜨려 놓으려는 무의식의 발로는 아니었나 하는 생각이 들 때가 있다. 하지만 무엇을 위해서? 누구를 위해서? 그렇게 그들의 결혼생활이 연장되었을지는 몰라도 구제되지는 못했다. 폭풍이 온다는데도 집에 가지 않고 있으니 언제 가려는 걸까? 요즘은 베어타운보다 헤드에서 보내는 시간이 더 많은데 '집'은 과연 어디일까? 이런 정황을 감안하면 그녀의 입장은 어떻게 되는 걸까?

쓰레기 마을 같으니라고. 그녀는 생각한다. 아마 다른 데로 비난의 화살을 돌리고 싶어서일 것이다. 쓰레기 같은 두 마을과 그들 간의 유치하고 옹졸한 질투 때문에 모두가 어떤 일에서든 편을 정해야 한다. 두말하면 잔소리지만 이 사무실이 헤드에 있다는 데 신경이 쓰인 사람은 페테르 혼자만이 아니었다. 그의 어린 시절 친구 프락은 불과 이삼 주 전에 다른 네 명의 남자와 함께 여길 찾아와 "공식적인 방문"은 아니라고, "의회나 하키단 대표"가 아니라 "일종의 관계자"로 찾아온 거라고 신중하게 말을 골랐다. 미라는 그 한심한 마을과 그 한심한 경기에 대해 끝도 없이 이어지는 이야기를 들으며 베어타운과 그곳의 실없는 관계자들이 지긋지긋하다고 생각했다. 프락은 별명에 걸맞게 어처구니없을 정도로 차려입었다. 이번에는 조끼에 넥타이까지 매고 핀 스트라이프 양복을 입었다. 다른 네 명은 그 마을 자영업자들의 유니폼이라고 할 수 있는 청바지와 셔츠 위에 타이트한 재킷을 걸치고 으스대는 분위기를 풍겼다. 미라는 맨 처음 회사를 차렸을 때 동업자가 했던 말을 떠올렸다.

"우리 같은 여자 둘이 이 바닥에서 성공하려면 합쳐서 10년의 법률 공부, 합쳐서 30년의 업계 경험, 그리고 정말 평범한 중년 남자의 태연한 자신감만 있으면 돼."

다섯 남자는 모두 그 일대에서 잘나가는 사업가이자 베어타운 하키단 후원자이자 지역 일간지의 인물 동정란에 주기적으로 소개되는 '주요 인사'다. 그들이 무슨 설치 예술품이라도 되는 듯 미라의 책상을 에워싸고 있다. 남자용으로 보이는 책상에 여자가 앉아 있으니 신기한 모양이었다. 그 다섯 남자 중 한 명은 미라의 동업자가 부하직원인 줄 알고 카푸치노 한 잔 마실 수 있겠느냐고 했다. 동업자는 말조심하지 않으면 얼굴로 마시는 수가 있다고 대답했고, 미라는 빈말이 아니라는 걸 보여주기 위해 그녀의 팔을 잡고 말렸다. 또 다른 남자가 페테르는 회의에 참석하지 않느냐고 묻자 이번에는 동업자가 이렇게 대답했다.

"그러게요, 우리 페테르가 카푸치노를 아주 맛있게 잘 내리기는 하는데!"

프락이 그 말에 담긴 뜻을 알아차리고 당당하게 팔을 뻗었다.

"여러분, 우리는 두 분의 소중한 시간을 뺏자고 온 게 아닙니다."

그래놓고는 곧바로 40분을 뺏었다.

"이건 사실 남들 보기에 좀 그래요."

그는 웃으며 이렇게 말했다. 안데르손 부인이, 전 베어타운 하키 단장의 아내가 잘나가는 회사 사무실을 헤드에 차린 걸 두고 하는 말이었다.

"우리 베어타운 주민들끼리 똘똘 뭉쳐야 하지 않겠어요? 그렇지 않습니까? 조그만 마을에서는 모든 게 연결돼 있잖아요, 미라. 사업, 정치, 주민들……."

프락은 "그리고 하키도요!"라고 덧붙이려다가 미라의 동업자가 커피 잔을 얼마나 세게 던질지 고민하듯 들고 있는 모습을 보고 참았다. 대신 그는 르네상스 회화라도 되는 것처럼 뭔가를 당당히 내밀었다. 새롭게 단장한 베어타운의 어느 사무용 건물의 아주 조건이 좋은 임대 계약서였다. 의회 소유 건물이지만 걱정할 것 없다고, 그가 의원들과 직접 담판을 벌여서 임대료를 할인받았다고 했다.

"그리고 두말하면 잔소리지만 이건 임시 조치에 불과해요. 앞으로 2년, 3년 뒤면 사무실을 여기로 옮길 수 있거든요!"

또 다른 서류가 책상 위에 펼쳐졌다.

"베어타운 비즈니스 파크!"

프락이 의기양양하게 외쳤다.

이 거만한 남자들과 그들의 거창한 계획에는 항상 뭔가가 있었다. 최근에는 공항, 화랑, 스키 세계 선수권 대회 유치를 연달아 운운하더니 이번에는 이거였다. 프락의 슈퍼마켓 바로 옆에 새로운 비즈니스 센터를 구축하는 것. 그를 구심점 삼아서 의회의 돈으로. 프락은 그와 동시에 아이스링크 바로 옆에 트레이닝 시설을 신축할 예정이라고 거만하게 설명을 덧붙였다.

"아이들을 위한 투자죠. 이게 다 아이들을 위한 거예요!"

두말하면 잔소리지만 그건 아니다. 아이들은 항상 핑계일 뿐이다. *베어타운 비즈니스 파크*라는 명칭부터 어리석음이 완벽하게 번뜩이지 않은가. 이 남자들은 나이를 먹어도 어쩌면 이렇게 끊임없이 그녀를 놀라게 하는지 놀라움을 금할 수 없을 따름이다. 프락은 미라의 침묵을 감탄으로 해석하고, 대화와 독백의 차이를 모르는 남자답게 씩 웃었다.

"우리끼리 똘똘 뭉쳐야 하지 않겠어요, 미라? 베어타운에 좋은 게 우리한테도 좋은 거니까!"

미라는 닫힌 창문에다 그를 내동댕이치고 싶은 충동을 느꼈지만 안타깝게도 책상 위에 놓인 계약서를 보니 임대료가 여기 이 헤드 역사의 절반이었다. 회사의 재정에 분명 보탬이 될 것이었다. 심지어 동업자조차 사태가 얼마나 심각한지 알지 못했다. 미라가 모든 걸 해결할 방법을 혼자 알아내겠다고 고집을 부리며 모두에게 모든 것을 감추고 있기 때문이다. 그녀도 그러면 안 된다는 것을 알지만 이제 돌아가기에는 너무 먼 길을 오고 말았다. 그래서 고민하는 표정을 짓고 있는 그녀를 보고 동업자가 실눈을 뜨자 미라는 강공 작전을 써야 할 것 같은 의무감에 이렇게 묻는다.

"당신은요, 프락? 당신과 하키단은 그 대가로 원하는 게 뭔가요?"

프락이 요란하게 팔을 내밀자 쌓여 있던 파일 더미가 쓰러졌다.

"우리가 뭘 원하느냐고요? 서로 돕고 사는 거 아니겠어요, 미라?

우리는 친구잖아요. 이웃이나 다름없죠!"

그제야 한 남자가 몸을 앞으로 내밀고 좋은 뜻에서 "생각을 보태고" 싶다며 미라와 동업자가 베어타운 하키단을 후원하면 어떻겠느냐고 했다. 그가 제시한 후원금이 프락이 의회와 담판을 지어서 받아냈다는 임대료 할인 금액과 같은 건 순전히 우연의 일치라며.

"그리고 후원금은 당연히 세금 공제를 받을 수 있어요. 우리 회계사가 알아서 처리해 줄 겁니다. 그쪽이랑 우리, 둘 *다* 윈윈으로!"

그거였다. 어련하실까. 그들에게는 항상 이면의 목적과 계획이 있다. 부당 이득, 부당 이득, 부당 이득이 끊길 줄 모른다. 베어타운이 가족이라면 아이스링크는 그 집 재산을 모조리 먹어치우는 못된 자식이다.

"뭐…… 그건 그냥…… 의견 중 하나고요."

프락은 이렇게 말하며 헛기침을 했다. 같이 온 그 남자가 그렇게 노골적으로 얘기를 꺼낸 것을 못마땅하게 여기는 눈치였다.

프락은 비밀을 사랑하고 비밀이 힘이라는 걸 알았으니 옆자리 남자가 끼어든 것은 계획에 없던 일이었을 것이다. 그 노인은 조바심이 나서 미라와 그 동업자 같은 여자를 만날 때 모든 노인이 보이는 행동을 보였다. 한마디로 그들을 얕잡아 보았다.

"조만간 헤드에 남겠다는 사업체가 하나도 없을 거예요. 곧 여기에는 아무것도 남지 않게 됩니다. 심지어 하키팀마저도요!"

프락이 경악하며 노인을 팔꿈치로 세게 찔렀지만 엎질러진 물이었다. 미라는 한쪽 눈썹을 치켜세우고 둘도 없이 순진한 미소를 지으며 물었다.

"그래요?"

당연히 그 노인은 하고 싶은 말을 참지 못했다.

"의회에서 하키팀을 없애려고 하고 있어요. 이 일대에 하키팀은 하나면 충분하니까. 그래서 몇 년 전부터 베어타운 하키팀을 해체하려고 했었지요. 그런데 이제는 베어타운이 형이고 헤드가 동생이잖아요? 하키도 그렇고 재정도 그렇고 후원자도 그렇고 우리가 훨씬 월등하지! 그러니까 헤드 하키팀이 해체될 테고 그 뒤로 다른 모든 것들도 줄줄이 그렇게 될 거예요. 그 작업이 다 끝나면 베어타운은 대도시가 되고 헤드는 조그만 시골이 될 테니까 사무실을 옮길 수 있을 때 옮겨요. 조만간 그러고 싶어도 여력이 안 될지도 몰라!"

노인이 껄껄대며 웃자 젖은 캔버스 천 위로 바람이 부는 것처럼 배가 출렁거렸다. 프락은 억지 미소를 짓고 미라의 눈을 피하며 멋쩍은 듯 웅얼거렸다.

"뭐…… 아직…… 정식으로 결정이 난 건 아니에요. 하키팀 문제 말이죠. 그런 논의가 이루어지고 있다는 건 아무도 몰라요. 심지어…… 당신 남편도요."

그는 차마 "페테르"라고 하지 못했다. 미라와 동업자는 이만 회의를 마치겠다는 뜻에서 자리에서 일어났다. 깍듯하게 묵례하고(적어도 미라는 묵례를 했다) 악수를 하고 사무실 이전에 대해 생각해 보겠다고 했다.

청바지와 재킷들이 느릿느릿 밖으로 나가는 동안 프락은 투명한 문이 달린 자기 방에 혼자 앉아 있는 페테르를 향해 한 손을 들고 침통하게 인사를 건넸다. 페테르는 갈기를 잃은 사자처럼 그 유리 상자 안에 앉아 있었고 미라는 남편을 잃은 여자가 된 것 같은 심정을 느꼈다. 옛날 옛적에는 페테르가 이 숲속에서 모르는 비밀이 없었는데, 이제는 미라가 하키단에 대해 아는 것이 그보다 더 많았다. 이제 그녀가 그보다 중요한 인물이 됐다.

프락과 다른 중년 남자들 뒤로 문이 닫혔다. 미라는 자기 자리에 앉아서 사진을 빤히 바라보았다. 그동안 페테르가 레오를 데리러 가느라 퇴근하는 시각이 점점 앞당겨지고 있었고 그녀의 퇴근 시각은 점점 미루어지고 있었다. 그녀가 진입로에 차를 대고 가만히 앉아 있는 시간도 점점 길어지고 있었다. 여기서 일하겠다고 한 건 그의 생각이었지만, 어쩌면 그녀가 그러길 바란다고 생각했기 때문에 그랬을 수도 있다. 이제 그녀는 자기가 뭘 원하는지 잘 모르겠다. 결혼 생활의 가장 난감한 측면이 있다면 모든 걸 제대로 처리해도 뭔가가 끝도 없이 계속 이어진다는 것이다.

일이 이런 식으로 끝난 건 페테르의 잘못도 그녀의 잘못도 아니다. 회사가 너무 갑자기 너무 커졌을 뿐이다. 미라는 페테르가 처음 출근을 시작했을 때는 '인사'와 '직원 관리'를 맡기겠다고 약속했다. 직원 수가 별로 많지 않았을 때는 상관없었지만 너무 많아진 지금 그는 상부 리그로 승격된 하키팀에서 가장 취약한 선수가 되어버렸다. 이 정도 수준의 일이 그에게는 버겁다. 다들 교육도 받았고 경험도 쌓았지만 그는 사장의 남편일 뿐이다. 미라는 남들보다 부족한 그의 사무 능력을 감추어주려고 하지만 갈수록 점점 더 심각해져 가고 있다. 페테르는 그녀의 성공으로 위축되지 않았어도 그녀가 하도 커지다 보니 그가 상대적으로 작아 보인다.

"조만간 가짜 회사를 차리고 배우들을 직원으로 뽑아서 가짜로 일을 시켜야겠어. 페테르가 자기도 뭔가 중요한 일을 하고 있다고 생각할 수 있게."

얼마 전에는 동업자가 이런 식으로 놀린 적도 있었다.

"그 정도로 심각하지는 않아!"

미라는 맞받아쳤다.

동업자는 어깨를 으쓱했다. 페테르는 그 동업자에게 하도 놀림을 당하다 보니 그녀가 자기를 싫어하는 줄 아는 지경에 이르렀다. 그걸 보고 미라는 안쓰러워하게 됐다. 여기로 출근하기 시작했을 때 페테르는 난생처음 넥타이를 맸는데, 그 자체만으로도 도전 과제였다. 넥타이가 항상 너무 짧거나 너무 길게 느껴졌던 것이다. 그래서 이미 매져 있는 넥타이를 하고 다녔는데, 어느 날 미라의 동업자가 칼라 아래로 삐져나온 찍찍이를 보고 이렇게 외쳤다.

"당신 사이즈로도 이런 넥타이가 나오는 줄 몰랐어요!"

페테르는 얼굴을 붉히며 어린이용이 아니라 누가 잡아당기더라도 목 졸려 죽을 일이 없도록 보디가드들이 하고 다니는 '안전 넥타이'라고 자기변호를 했다. 그러자 미라의 동업자는 만면에 활짝 미소를 지었다.

"보디가드? 그 영화에 나오는 케빈 코스트너처럼요?"

페테르는 자기 실수를 뒤늦게 알아차렸고 이제는 그녀가 자기 방을 지날 때마다 "앤다아아이이야아아 윌 올웨이즈 러어브 유우우우우"라고 노래 부르는 걸 견뎌야 했다. 게다가 그녀의 방은 이 건물의 반대편 끝에 있는데도 동업자는 날마다 있을 법하지 않은 이유를 대며 그의 방 앞을 수시로 지나갔다. 미라는 페테르가 그 뒤로 아침마다 몇 번이고 넥타이 매는 법을 연습하는 걸 모르는 척했지만 그의 넥타이는 여전히 너무 짧거나 너무 길다. 그는 그녀의 세상에 완벽하게 적응할 일이 없을 것이다.

결국 미라의 동업자는 어느 날 미라의 눈을 똑바로 쳐다보며 이렇게 말했다.

"내가 겪어본 바로는, 대부분의 남자가 여자에게 원하는 건 딱 두 가지야. 자기 자신감을 북돋워 주든지 자길 건드리지 말고 가만히 내버려두든지. 남자가 정말 바보 같은 짓을 저지를 때는 자신감이 바닥을 때리거나 숨 막혀 죽을 것 같을 때야. 하지만 페테르의 경우는 네가 그동안 저 사람을 너무 방치한 게 아닌가 싶은데……."

미라는 동업자에게 잠든 남자의 몸에 풀을 칠해서 자기에게 붙이지 않으면 장기적인 관계를 유지하지도 못하는 여자가 어떻게 그 분야의 전문가가 될 수 있겠느냐고 쏘아붙였다. 동업자는 이제 보니 미라의 경우에는 장기간의 결혼 생활이 그 분야에 별 도움이 되지 않았던 모양이고 차분하게 대응했다. 미라는 눈을 감고 이를 악문 채 으르렁거렸다.

"젠장. 결국에는 이 지경이란 말이지?"

"응?"

동업자는 영문을 몰라 했다.

"이제는 너까지 페테르 편을 들어?"

동업자는 잠깐 아무 말도 하지 않다가 솔직하게 대답했다.

"내가 결혼 생활에 대해 잘은 몰라도 편을 갈라야 하는 건 줄은 몰랐네."

젠장. 이제 미라는 사무실 바닥에 혼자 누워서 생각한다. 젠장. 젠장. 젠장!

그녀는 당연히 남들이 어떻게 생각하는지 안다. 왜 페테르를 다시 하키팀에서 일하게 두지 않느냐고. 왜 그에게 하키를 돌려주지 않느냐고.

그러면 어떻게 될지 알기 때문이다. 그녀는 반평생을 페테르의 세계에서 지냈다. 그 하키단은 괴물과 같아서 발만 살짝 걸칠 수가 없다. 질투하는 애인처럼 여타의 인간관계를 파괴해 버린다. 하키는 만족이라는 단어를 아예 몰라서 어느 누구로든 만족하지 못한다. 그건 아이스링크 밖에까지 적용된다.

2년 전에 온갖 끔찍한 일들이 마야에게 들이닥쳤을 때 미라와 페테르는 몇 번 깜빡하고 레오에게서 눈을 뗀 적이 있었다. 그때 아이가 새로운 친구를 사귀었다. 검은 재킷을 입고 다니며 그의 온갖 어두운 면을 끄집어내는 질 나쁜 친구들을. 미라와 페테르는 마음에 괴로움이 있고 충동 조절을 하지 못하는 아이를 혼자 내버려두면 어떤 인생을 살게 될지 예고편을 본 거나 다름없었다. 그런 일이 있고 나서 그들은 약속했다. 둘 중 한 명은 집에서 좀 더 많은 시간을 보내며 아이를 *지켜보기*로.

그게 합리적이지 않나? 미라가 지금까지 자기 몫을 다했으니 이제는 그녀가 일에 전념해도 되는 차례 아닌가? 그녀는 페테르에게 서로 다르게 시작하는 문자메시지를 열 번 쓰다 말고 모두 지우고 그냥 이렇게 보낸다. **이제 출발하려고.** 워낙 빤한 거짓말이라 그가 전화해서 소리를 질러줬으면 하는 마음도 있지만 그는 그냥 **알았어,** 라고 답을 보낸다.

젠장.

책상 서랍에 손전등이 있지만 꺼내지 않는다. 빗방울이 창문을 요란하게 두드리고, 몇 년에 걸쳐 저장한 아이들 사진을 보는 동안 휴대전화 불빛만이 미라의 얼굴을 비춘다. 생일 파티, 눈싸움, 얼음이 언 호수에서 스케이트를 타며 보낸 일요일. 사진 속의 그들은 완벽한 가족처럼 보이지만 지금까지 여러 차례 그랬듯이 정말 그랬을까 하는 의문이 든다.

그녀는 카펫 위에 웅크린 채 깜빡 졸지만 잠이 들지는 않는다. 뇌가 밖에서 들리는 굉음과 포효에 서서히 익숙해지고 그녀의 몸은 더 이상 움찔대지 않는다. 미라는 페테르가 들어오는 소리를 듣지 못한다. 그는 아주 조용히 걸어와 아주 조심스럽게 그녀를 건드릴 줄 안다. 뒷덜미로 그의 숨결이 느껴지고 여러 아이스링크에서 각양각색으로 부러져 손가락이 비뚤어진 그의 거친 손이 그녀의 허리를 감싼다. 그녀는 미소를 짓지만 점점 더 세게 눈을 감는다. 깨어나 꿈이었다는 걸 알고 싶지 않다.

"꼭 이렇게 바닥에 누워 있어야 해?"

마침내 페테르가 그녀의 귀에 대고 속삭인다.

"응?"

그녀는 웅얼거린다.

"꼭 이렇게 바닥에 누워 있어야 하느냐고."

그는 같은 말을 반복한다.

그녀는 그를 끌어안아야 할지 소리를 빽 질러야 할지 알 수 없기에 이렇게 묻는다.

"여기까지 어떻게 왔어?"

"걸어왔지."

"걸어왔다고?"

"응. 손전등 들고 나무 사이로 숲을 지나서."

"아니 왜?"

"레오는 옆집에 갔는데 혼자 있기 싫었거든."

"미쳤어, 정말."

그녀는 말하며 그와 손깍지를 끼고 세게 쥔다.

"그런 얘기를 자주 듣는 편이지."

그가 말한다. 그의 미소가 견갑골을 통해 느껴진다.

그들은 그렇게 누워서 바람 부는 소리를 듣는다. 그녀는 아주 오랜만에 처음으로, 어쩌면 모든 걸 바로잡기에 너무 늦지 않았을지 모른다고 생각한다. 그녀는 깜빡 잠이 든다. 하마터면 잊어버릴 뻔 한다.

눈을 떠보니 휴대전화 벨이 울리고 있다. 비몽사몽간에 일어나 앉은 미라는 창밖으로 날이 밝고 있다는 사실에 적응하려고 한다. 폭풍이 부는 동안 잠을 자다니, 인간이 얼마나 피곤하면 그럴 수 있을까? 전화벨이 울리고 또 울린다. 화면에 뜬 페테르의 이름을 본 순간 심장이 두근거리다가 빠르게 쿵 떨어진다. 그는 여기에 온 적이 없었다. 미라는 하고 싶은 말이 만 개쯤 되지만 전화를 받았을 때 그중 어떤 말도 하지 못한다. 맞고 자란 아이는 울음을 삼키는 법을 배우기 마련이라 다른 사람은 페테르의 우는 목소리를 알아차리지 못하지만 그녀는 아니다. 그의 아내는 아니다.

"죽었다니…… 그게 무슨 소리야, 죽었다니?"

그에게 소식을 전해 들었을 때 미라가 할 수 있는 말은 이게 전부다. 그녀가 죽었을 리 없지 않은가. 다른 사람도 아닌 *그녀*가.

폭풍이 지나가고 며칠 동안 페테르는 부부 침실에 서서 장례식에 딱 맞는 길이로 넥타이를 매보려고 끙끙댈 것이다. 미라는 방문 앞에 서서 정적을 깨뜨릴 수 있을 만큼 깊게 숨을 쉬지 못해 괴로워할 것이다. 그날 밤에 숲은 가장 아름다운 나무를 수도 없이 잃었고 가장 훌륭한 주민 하나도 잃었기에 그 사실을 더욱 감당하기가 힘들어진다.

18

어둠

앞으로 한 시간도 안 돼서 파티마는 도랑에 쓰러지겠지만 지금은 아이스링크를 청소하는 중이다. 그녀는 중년을 앞둔 나이에 비해 외모는 훨씬 젊어 보이지만 기분상으로는 그보다 훨씬 나이가 많게 느껴진다고 생각하며 스탠드에서 허리를 편다. 허리가 아프지만 잘 감춘다. 그녀는 자기 비밀뿐 아니라 남의 비밀도 잘 지킨다. 파티마는 날마다 이 아이스링크의 곳곳을 청소하고, 다음 날이 되면 똑같은 엄격한 루틴에 따라 처음부터 다시 시작한다. 불평은 하지 않고 항상 감사하고 감사하고 또 감사한다. 이 일에, 이 마을에, 오래전 아들이 아직 꼬맹이였을 때 그들 모자를 받아준 이 나라에. 아들이 여기서 받은 모든 것에, 아들이 될 수 있었던 모든 것에 감사하고 감사하고 또 감사한다.

"파티마!"

관리인이 다시 소리를 지르고 있다. 폭풍이 더 심해져서 할로행 버스가 끊기기 전에 얼른 가라며 저녁 내내 소리를 지르는 중이다. 하지만 그녀가 일하다 말고 갈 사람이 아니라는 건 그 늙은이도 안다. 걱정하는 마음을 달리 표현할 길이 없어서 그런 식으로 투덜대는 것일 뿐이다. 예전에 관리인은 파티마에게 하키단에서 일을 할 수 있어서 좋은 점이 수없이 많지만, 그중에서도 최고는 당연한 인력으로 간주되는 거라고 씩 웃으며 말한 적이 있었다. 훌륭한 관점이었다. 은퇴할 때 그들의 유니폼이 아이스링크 지붕에 걸릴 일은 없겠지만 청소부와 관리인은 그런 영광을 차지한 어느 누구보다 더 오래 이곳을 지킨다. 코치와 선수들은 왔다가도 사라지고 몇 시즌 만에 팀원 전체가 바뀔 수도 있지만 뒤에서 일하는 사람들은 월요일에도 평소처럼 출근한다. 그들이 자기 일을 완벽하게 해낼수록 얼마나 소중한 존재였는지 그들이 사라지는 날까지 아무도 알아차리지 못할 것이다. 그리고 슬프지만 심지어 사라진 후에도 그럴 가능성이 크다.

땅에 묻힌 날, 파티마는 그녀가 어떤 사람이었는지가 아니라 누구의 엄마였는지로 기억될 것이다. 두말하면 잔소리지만 그녀는 최고의 선수가 된 아맛의 엄마다. 하키 타운에서 중요한 건 그게 전부다.

✽

바람이 문을 두드리지만 관리인은 아랑곳하지 않는다. 그는 그 정도 바람에 겁을 먹고 집으로 도망칠 사람이 아니다.

"이제 집에 가야 해, 이 아줌마야! 남은 청소는 내일 해!"

그가 펜스 안에서 파티마를 올려다보며 소리를 지른다.

"하는 척이 아니라 진짜로 열심히 일하는 사람도 있어야 하지 않겠어요? 영감님."

그녀는 스탠드에서 마주 소리를 지른다.

"영감님? 영감님이라고? 가다가 호수에나 자빠져라!"

"아우, 시끄러워요!"

파티마가 아들 말고 유일하게 큰 소리로 대거리할 수 있는 상대가 관리인이다. 그녀와 그 영감님은 그 정도로 가까운 사이다. 관리인은 백만 년 전부터 여기에서 일했고 그녀도 조금 있으면 언제부터 여기에서 일하기 시작했는지 아무도 모를 정도로 연수가 쌓일 것이다. 그 오랜 시간 동안 두 사람은 몇 마디의 말과 간단한 유머로 든든한 우정을 쌓았다. 얼마 전에 관리인은 다른 지방에 있는 조각상 사진을 들고 왔는데, 그 아래에는 이렇게 적혀 있었다. "일 때문에 거칠어지고, 사랑 때문에 부드러워지고."

그는 그걸 보고 그녀를 떠올렸다.

"거기 얼룩 하나 남았어!"

그는 외친다.

"영감님 눈이 백내장이라 얼룩처럼 보이는 거예요!"

그녀는 마주 외친다.

관리인이 낄낄거린다. 그를 그렇게 웃길 수 있는 사람은 많지 않다. "아이와 취객은 거짓말을 하지 않는다"는 말이 있지만, 하키 타운에서는 그 마을의 분위기를 파악하고 싶으면 아이스링크에 가서 관리인에게 물어봐야 한다. 관리인이 "천장은 높고 벽은 두껍다"는 하키단의 좌우명을 곧이곧대로 받아들여 입도 벙긋하지 않을 거라는 점이 문제긴 하겠지만. 그는 여러 코치와 위원회가 등장했다가 사라지는 것을 보았고, 하키팀이 전국에서 2위였을 때도, 2년 전에 거의 파산 직전에 이르렀을 때도 보았다. 후원자와 정치인들이 복도에서 수상한 쑥덕공론을 벌이면 그는 창고 문을 닫고 날을 가는 연마기의 스위치를 올린다. 비록 가방끈은 짧지만 회계 원칙을 전부 지키면 이 나라에서 살아남을 수 있는 하키단이 없다는 것을, 모두 여기서 살아남기 위해 애를 쓰고 있을 따름이라는 것을 모르지 않는다. 그러니 입을 다문다. 관리인은 여기 이 아이스링크에서 판타지 동화와 참사를 경험했고, 어린아이가 남자를 거쳐 스타로 변모하는 것을 보았지만 그만큼 빨리 빛을 잃는 것도 보았다. 관리인은 페테르 안데르손이 집에서 눈이 멍든 채로 이곳에 왔지만 누구의 눈에도 멍을 들이지 않는 것을 보았고, 커서 A팀 주장이 되는 것을 보았으며, NHL에서 뛰기 위해 캐나다로 건너갔을 때는 손을 흔들며 배웅했고, 돌아와 단장이 되었을 때도 계속 이곳을 지켰다. 최근 몇 년 전만 해도 베어타운 역사상 가장 훌륭한 선수가 누구냐고 물으면 다른 이름을 댈 생각조차 하지 못했다. 그런데 그사이 아맛이 등장했다. 어느 선수를 가리켜 "하룻밤 사이에 스타가 되었다"는 둥 "혜성처럼 느닷없이 등장했다"는 둥 이런 표현이 종종 쓰이지만 그건 다 모르고서 하는 말이다. 아맛은 지금까지 평생, 누구보다도 훌륭한 선수가 되기 위해 날마다 분투했다. 부잣집 아이들의 아이스링크에서 가난한 아이가 살아남으려면 그 방법밖에 없다. 최고가 되어야 한다. 관리인은 그 사실을 안다. 한 스포츠팀을 그만큼 오래 사랑하면 아무것도 감출 수 없다.

그 옛날, 지구 반대편에서 어린 아들을 데리고 여기로 건너왔을 때 파티마는 아이스링크를 한 번도 본 적이 없었다. 하지만 모국어가 뭐가 됐건 간에 이 지방에서는 '하키'가 가장 중요한 단어라는 것을 금세 터득했다. 관리인과 페테르는 아맛이 언제든 스케이트를 빌릴 수 있게 했고, 아이가 여기서 적응하려면 말을 배우는 것보다 그게 낫다고 의견 일치를 보았다. 아이가 자라서 동이 트기 전이나 해가 떨어진 뒤에 추가로 연습을 하면 관리인은 선심 쓴 대가를 치러야 했다. 문을 여닫느라 근무 시간이 최소 네 시간이 늘어났던 것이다. 아맛이 A팀에서 데뷔전을 치렀을 때 그와 페테르도 파티마 못지않게 뿌듯해했다. "저 녀석은 날다람쥐처럼 빠르다니까." 관리인은 흐뭇하게 웃었고 아맛이 골을 넣을 때마다 파티마의 가슴속에서는 폭죽이 터졌다. 아들들은 엄마가 자길 어떤 눈빛으로 바라보는지 절대 알지 못한다. 자기 심장을 나누어본 적 없는 그들이 무슨 수로 알 수 있을까.

그러므로 그들은 엄마가 언제 자기 때문에 와르르 무너지는지도 알지 못한다. 박살 난 꿈이 자신보다 자신을 사랑하는 사람에게 더 아픈 고통이 될 수 있다는 것도. 파티마는 예전에는 가을을 좋아했다. 가을에 하키 시즌이 시작되면 베어타운의 한 해도 시작된다고 관리인과 페테르에게 배웠기 때문이다. 하지만 올해는 아니다. 아들 때문에 그렇다.

아무도 그 아이에게 무슨 일이 생겼는지 알지 못한다. 심지어 관리인도 파티마에게 감히 대놓고 물어보지 못한다. 날마다 눈빛을 보면 그녀가 실의에 빠졌다는 것을 알 수 있기 때문이다. 지난봄, 아맛은 이 마을 최고의 스타였고 베어타운과 함께 전 리그 우승을 향해 나아가고 있었다. 하지만 부상을 입는 바람에 그들은 마지막 몇 경기를 아맛 없이 치러야 했고 패배하면서 승격의 기회를 놓쳤다. 그때 아맛이 사실은 부상을 당한 게 아니라 다칠까 봐 몸을 사린 거라고, 그에게는 여름에 있을 NHL 드래프트가 베어타운보다 더 중요한 거라고 소문이 돌았다. 관리인은 그때를 생각만 해도 피가 끓기 시작한다. 베어타운을 위해 아맛보다 더 많이 희생한 사람은 한 명도, 정말이지 *단 한 명*도 없다고 할 수 있는데! 하지만 이 마을은 가장 아름다운 동시에 가장 혐오스러울 수 있다.

아맛은 이 소문으로 상처를 받았고 파티마도 마찬가지였다. 관리인은 그렇다는 걸 알았지만 아무 말도 하지 않았다. 그래놓고 이제 와서 어떻게 모두가 궁금해하는 걸 물어볼 수 있겠는가. 여름에 NHL 드래프트에 참가한 아맛에게 무슨 일이 생긴 건지. 그 아이가 선발되지 않았다는 것은 모두 아는 바지만 이유가 뭐였을까? 아맛은 고향으로 돌아왔고 다시 부상을 당했다는 소문과 그건 그냥 핑계라는 소문이 돌았다. 하지만 뭐에 대한 핑계였을까? 베어타운 하키팀의 시즌 전 훈련이 시작됐지만 아맛은 나타나지 않았고 다른 하키팀과 계약을 맺지도 않았다. 그냥 할로의 자기 집을 지키고 있다. 그는 이 마을에서 가장 황홀한 동화 속 주인공이었다가 이제는 가장 알 수 없는 수수께끼가 되어가고 있다. 그 중심에는 그의 엄마, 아들을 위해서라면 죽음도 마다하지 않을 여자가 있다.

관리인은 텅 빈 빙판을 보며 손자가 없는 남자의 슬픔을 담아서 한숨을 쉰다. 바람이 아이스링크 문을 쾅쾅 두드리는데, 이제 보니 바람 소리가 아니다. 누군가가 밖에서 고함을 지르고 있다.

"15분 동안 문을 두드렸어요!"

프락은 고래고래 소리를 지른다. 벌컥 문이 열리는 바람에 하마터면 그는 문에 맞아서 기절할 뻔한다.

"밤비? 이 날씨에 여기서 뭐 하는 거야? 바보 같은 놈!"

관리인도 짜증 섞인 투로 마주 고함을 지른다.

프락을 밤비라고 부르는 사람은 그뿐이다. 30년 전에 어떤 장난꾼이 관리인을 닮은 나무 조각상을 만든 다음, 화난 말풍선을 머리에 달아주고서 예수의 탄생 장면으로 꾸민 교회 무대 뒤편의 제빙기 위에 앉혀놓은 적이 있었다. 그 조각상이 예수의 부모님과 동방박사 세 사람에게 외친 말풍선 속 대사는 "얼른 나가, 나 빙판 청소하게!"였다. 물론 관리인은 범인이 누군지 한눈에 알아차렸지만 아무에게도, 심지어 목사에게도 고자질하지 않았다. 천장은 높고 벽은 두꺼우니까. 하지만 문제의 장난꾼이 다음 경기를 앞두고 있었을 때 그는 갖은 노고를 기울여가며 장난꾼의 스케이트 날을 울퉁불퉁하게 갈아놓았고, 장난꾼이 넘어질 때마다 스탠드에서 "밤비!"라고 외쳤다. 관리인은 그가 요즘은 '프락'이라고 불린다는 걸 당연히 알지만 첫 번째 별명을 절대 잊지 못하게 한다. 그는 이제 뚱뚱한 중년의 슈퍼마켓 사장이 되었지만 관리인의 눈에는 영원히 솜털이 보송보송한 청소년일 것이다.

"깃발! 깃발 내리는 거 좀 도와주세요!"

프락이 숨을 헐떡이며 외친다.

"이렇게 폭풍이 치는 와중에 깃발? 깃발 때문에 여기까지 달려왔단 말이야?"

관리인은 콧방귀를 뀐다.

프락은 예전부터 우선순위가 남들과 달랐지만 이건 그중에서도 최악이 아닌가?

"깃발이 너무 커요! 바람을 맞으면 깃대가 부러질 거예요!"

그제야 관리인은 프락의 손에서 피가 나고 있다는 걸 알아차린다. 그는 프락을 안으로 끌어들이며 중얼거린다.

"먼지에 알레르기가 있는 사람은 네 뇌수술을 맡지 못할 거다. 그러게 깃발 살 때 내가 뭐랬어. 어? 너무 크다고 했잖아! 내가……."

안으로 들어왔는데도 바람 때문에 귀머거리가 됐는지 프락은 계속 소리를 지른다.

"네, 네, 아저씨 말이 맞아요! 그러니까 도와주세요!"

관리인은 프락이 자신의 잘못을 이렇게 금세 인정한다는 데 충격을 받아서 심술부리는 걸 잊어버린다.

"뭐, 그렇다면, 어디 보자……."

그는 중얼거리며 가서 프락의 손에 붙일 밴드와 밧줄을 자를 칼을 들고 온다.

이제 두 남자는 폭풍 속으로 나선다. 바보 같은 짓이기는 하지만 가끔 바보 같은 짓 말고는 논리적으로 다른 대안이 없을 때도 있다. 깃발을 내려야 내일 다시 걸 수 있다. 다른 곳에서는 이것이 중요한 문제가 아닐지 모르지만 여기에서는 중요한 문제다. 깃발이 그 앞에서 나부끼는 한 아이스링크가 문을 열었다는 것을 누구든 알 수 있다. 아이스링크가 문을 닫지 않는 한 우리의 인생은 계속된다. 우리의 인생에 있어서 폭풍이 휩쓸고 간 다음 날 아침만큼 그것이 필요한 아침은 없다. 관리인은 고집이 세고 프락은 머리가 깡통일지 몰라도 둘 다 그렇다는 건 안다. 프락은 베어타운을 위해 산다. 날이 울퉁불퉁하게 갈리기 전에도 스케이트 실력이 형편없었지만, 그래도 A팀 선수가 되려고 열심히 싸웠다. 페테르가 그 팀의 어마어마한 스타였을 때 프락의 유일한 재능은 상대 팀 선수를 도발해 싸움을 일으키고 반칙을 유도하는 거였다. 어느 해 겨울에 기온이 영하 20도로 떨어진 날, 남부에서 어떤 팀이 베어타운으로 원정경기를 하러 왔을 때 프락은 관리인을 설득해 그쪽 라커 룸의 히터를 끄게 했다. 기회만 있었다면 그 팀 장비를 창고에 숨기고 스틱을 망가뜨렸을 것이다. 빙판 위에서건 밖에서건 수법이 지저분하면 지저분할수록 좋았다. 누가 묻는다면 프락은 이렇게 대답했을 것이다.

"나라고 스타 선수가 돼서 골을 넣고 싶지 않겠어? 당연히 그러고 싶지! 하지만 내가 원하는 대로 되지 않으면 어떤 식으로든 보탬이 되어야 하는 거잖아. 우리 같은 조그만 마을의 조그만 하키팀이 대도시의 규칙대로 플레이하면 가망이 없어!"

그러고는 씩 웃었을 것이다.

"부정행위 아니냐고? 잡혀야 부정행위지! 이기고 싶긴 한 거야?"

그와 관리인의 길고 골치 아픈 우정이 그렇게 시작됐다. 관리인은 부정행위를 싫어하고 베어타운의 주민 모두가 그렇다. 하지만 그들은 이기는 걸 좋아한다.

하키 인생이 끝났을 때 프락은 지역 일간지의 표현에 따르면 이 구역의 "보이지 않는 파워엘리트 집단"의 일원이 되었다. 물론 그렇게 보이지도 않았고, 안타깝게도 입을 다물 줄 몰라서 동물들을 쫓아내다가 이 일대의 모든 사냥 동호회에서 쫓겨나긴 했지만. 그는 공무가 없어도 날마다 아이스링크로 출근한다. 주로 빙판 이용 스케줄을 두고 관리인과 싸우기 위해서다. 후원 협약을 맺고 싶은 돈 많은 학부형이 참관하러 오는 시각에 남자 어린이 팀이 빙판을 쓰도록 스케줄을 조정하려는 것이다. 프락이 시간을 잘못 계산하자 관리인은 그의 손에서 펜을 낚아채며 한숨을 쉰다.

"스케이트도 못 타는 네가 하키 선수가 되려고 했으니 숫자 계산도 못 하는 네가 사업가가 된 게 별로 놀랄 일도 아니긴 하지……."

하지만 결국 두 사람은 모든 일에도 불구하고 타협한다. 그들이 원하는 건 하키팀을 위한 최선, 그것 하나밖에 없기 때문이다. 예나 지금이나 그렇다. 프락은 관리인에게 '베어타운 비즈니스 파크'가 조만간 건립될 텐데, 아이스링크 바로 옆에 초현대식 트레이닝 센터를 신설하는 계획이 포함되어 있으니 누구든 아이스링크를 충분히 이용할 수 있을 거라고 계속 장담한다. 이 돌머리는 좋건 싫건 모든 일에 발가락 하나씩을 담그고 있다. 공식적으로 2년 전에 라모나를 하키단 운영위원회에 넣은 사람은 페테르 안데르손이었지만 아이디어를 제공한 사람은 프락이었다. 관리인도 그 부분에 있어서만큼은 그의 공로를 인정하는 바다. 라모나도 마찬가지다. 절대 시인은 하지 않지만. 한번은 그녀가 펠센에서 맥주를 열한 잔인가 열두 잔 마시고 관리인에게만 은밀하게 이런 얘기를 한 적이 있었다. "사람들은 프락이 팀을 좋아하는 줄 아는데, 무슨 소리. 프락은 팀을 좋아하지 않아. 구단을 좋아하지. 팀은 아무나 좋아할 수 있어. 그건 이기적인 사랑이거든. 요구가 많고 쉽게 상처받고 쉽게 포기하는……. 하지만 구단을 사랑하는 건, 어린이 팀에서부터 A팀과 지붕에 박힌 대갈못과 사람들에 이르기까지 구단 전체를 사랑하는 건…… 그런 종류의 사랑에는 이기심이 들어설 자리가 없지."

"이거 이만큼 중요한 일 아니면 각오해야 할 거다, 밤비!"

깃발을 다 내리고 나서 관리인은 불어오는 바람 위로 고함을 지른다. 이제는 그의 손에서도 피가 나고 있다.

"중요한 일 맞아요!"

프락은 마주 고함을 지른다.

사실 큰 소리를 치는 것에 불과하지만 결국에는 그의 말이 맞는 것으로 밝혀질 것이다. 그가 생각한 그런 식은 아니지만.

폭풍에 부러지는 깃대는 없을 것이다. 내일 프락과 관리인은 다시 모든 깃대에 깃발을 달 것이다. 조기를 달게 될 테지만, 두 사람 다 그건 아직 모른다.

19

비명

사람들은 기쁜 소식보다 나쁜 소식이 더 빨리 퍼진다고, 어떤 마을에서 누가 죽으면 누가 태어날 때보다 소문이 먼저 난다고 하지만, 펠센 사장 라모나에게 물으면 그녀는 이렇게 툴툴거릴 것이다.

"웃기는 소리. 요즘은 여기서 태어나는 아기보다 죽는 사람이 훨씬 많고 세례식보다 장례식이 더 많아서 그렇게 느껴질 뿐이야."

그녀도 알아야 하는 것이, 펠센은 이 동네 술집이지만 비공인 인구 조사실이기도 해서 인구가 늘거나 줄 때마다 이 술집에서 누군가가 기뻐하거나 슬퍼한다. 그들은 슬퍼할 때보다 두 배 더 격하게 기뻐하는 법을 터득했다. 어쩌면 요즘 들어 유독 하키를 사랑하는 이유가 그 때문인지도 모른다. 다시 승리 팀을 보유한 마을이 되었으니 죽어야 하는 이유보다 살아야 하는 이유가 더 많다.

과장처럼 느껴진다면 라모나에게 하키가 정말 그렇게나 중요하냐고 물어보기 바란다. 그러면 그녀는 이렇게 대답할 것이다.

"아니. 하지만 인생에서 중요한 게 뭐가 있겠어, 안 그래?"

솔직히 그녀가 장례식장에서 추모사를 부탁받을 일은 별로 없겠지만 어쩌면 이 말에도 일리가 있는지 모른다.

사람들이 심심하면 하는 이야기가 있다. 어느 해 여름, 대도시에서 온 관광객이 지나가다가 펠센 앞에 차를 세웠다. 그는 술집 안에 텔레비전이 있는 걸 보고 허겁지겁 들어와서 요청했다.

"여기 축구 경기 좀 틀어주세요!"

텔레비전에서는 줄이 죽죽 간 옛날 옛적 하키 경기 녹화 영상이 나오고 있었고, 노인 몇 명이 그걸 보며 앞으로 어떤 일이 벌어질지 서로 얘기하고 있었는데, 누가 봐도 처음 그러는 게 아니었다. 라모나는 바 카운터에 서서 관광객을 노려보며 이렇게 중얼거렸다.

"축구라니? 무슨 축구?"

남자는 놀라움과 당황을 정확히 반씩 담아서 외쳤다.

"무슨…… 축구냐니요? 월드컵 결승전이요!"

라모나는 어깨를 으쓱했다.

"이 마을에서는 하키밖에 안 봐. 뭐 주문할 거야. 여기가 무슨 정거장도 아니고, 멍청하게 빈손으로 서 있으면 쓰나."

그냥 전해 내려오는 이야기고 사실이 아닐 수도 있지만 개연성이 없지는 않다. 이곳은 한 마을과 그 주민에 대해, 그들이 세상에서 차지하는 위치와 나머지 세상을 바라보는 시각에 대해 어느 쪽으로든 낱낱이 증언하는 그런 술집이다. 펠센은 공장과 아이스링크만큼 가깝고, 거기서 술을 마시는 사람들의 일상은 이 세 곳을 중심으로 이루어진다. 우물을 중심으로 마을이 건설되듯 펠센이 마을보다 오래됐으며 펠센을 중심으로 베어타운이 건설됐다는 주장은 오랜 역사를 자랑하는 거짓말이지만 거의 진짜처럼 느껴진다. 2년 전에 불이 나서 건물 전체가 전소될 뻔했지만 지금은 개축됐고, 사람들은 불이 나기 전보다 불이 난 직후의 냄새가 더 괜찮았다고 우스갯소리처럼 말한다.

하키 선수들 사진이 벽을 뒤덮고 있다. 그중에서도 벤이나 비다르 같은 선수가 어떤 시즌에는 아이스링크보다 여기서 보낸 시간이 더 많다는 것은 시사하는 바가 크다. 아맛처럼 여기에 한 번도 발을 들인 적 없는 선수들도 있는데, 그건 시사하는 바가 더 크다. 라모나의 가슴 속에는 인생에서 성공을 거둔 선수들을 품는 공간이 있지만, 지옥을 경험한 선수들을 위해 남겨둔 공간이 그보다 훨씬 넓다.

펠센은 지하에 있어서 하늘이 조그만 창문으로밖에 보이지 않는다. 하지만 문을 열고 계단에 서 있으면, 라모나도 길에서는 라이터를 켤 수 없을 정도로 날씨가 궂은 날에는 거기서 담배를 피우는데, 아이스링크 앞의 깃대까지 훤히 보인다. 프락에게 고백할 일은 없겠지만 그녀는 그 깃대를 좋아하게 됐다. 위원회 회의 참석차 그 아래를 지날 때마다 라모나는 아주 천천히 걸으며 회의실에서 늙은이들을 또다시 골탕 먹일 수 있게 됐다는 생각에 희희낙락한다.

하지만 누군가가 깃발을 내리고 있고 아무리 라모나라도 밖에서 담뱃불을 붙일 수 없을 만큼 폭풍이 심하기 때문에 오늘 저녁에는 안에서 담배를 피운다. 문을 열었다가는 문짝이 뜯겨 나갈 수도 있다. 잠시 후에 파티마가 아이스링크를 나서서 대로변의 버스 정거장에 서 있다가 포기하고 혼자 할로까지 걸어가기 시작한 것을 그녀가 보지 못한 이유가 그 때문이다. 라모나는 저녁 내내 이 마을 여기저기를 혼자 헤매고 다닌 열네 살의 마테오도 보지 못한다. 그 아이가 고함을 지르며 펠센의 문을 두드리는 소리도 듣지 못한다. 만약 그 소리를 들었다면 아마도 문을 열었을 것이다. 예전부터 온갖 바보들을 안으로 들였고 축구를 좋아하는 관광객들까지 받았으니, 꽁꽁 얼어붙고 겁에 질린 열네 살짜리를 받아줄 공간도 있었을 것이다. 하지만 마테오는 이 순간을 그렇게 기억하지 않고 가장 간단한 몇 마디로 기억할 것이다.

"이 마을 사람들 눈에는 하키밖에 보이지 않아."

20

고양이

파티마는 마지막으로 아이스링크 2층을 청소한다. 예전에는 사무실과 회의실이 이곳을 떡하니 차지했지만 지금은 뒤편의 좀 더 좁은 공간으로 욱여넣어졌다. 지금은 새로 문을 연 유치원이 2층을 쓰고 있다. 어떤 아이들은 걷기도 전에 스케이트를 신고 넘어지지 않는 법을 배우는데, 그 사실 하나면 이 마을과 하키의 관계를 파악하기에 충분하다. 그 스포츠는 삶의 명맥을 유지하게 한다. 아무리 끔찍한 삶일지라도.

파티마는 요즘 들어 슈퍼마켓에서 사람들을 피해다닌다. 아들이 어떻게 됐는지 궁금해하는 사람들에게 대답할 수 없기 때문이다. 지난봄에는 모든 게 꿈만 같았다. 아들은 승승장구하며 모두의 사랑을 받다가 부상을 입고 모두를 실망시켰다. 그러다 NHL 신인 드래프트를 앞두고 북아메리카로 떠났다. 파티마는 그게 뭔지 잘 모른다. 아들은 식탁에 앉아서 자기가 어른이고 그녀가 어린아이라도 되는 것처럼 설명했다.

"NHL이 세계에서 제일 대단한 리그예요, 엄마. 해마다 여름이면 구단마다 돌아가면서 어린 선수 200명 중에서 프로로 뛸 수 있을 만한 선수를 뽑거든요. 이제는 제가 뽑힐 수도 있는 거예요. 페테르 단장님처럼!"

아맛은 프로선수로 계약하면 하이츠에 있는 큰 집과 벤츠 자동차를 사주겠다고 약속했다. 그녀는 웃음을 터뜨렸다.

"그런 걸 사줘 봤자 뭐에 쓰라고? 나한테 뭘 선물하고 싶으면 식기세척기랑 평화롭고 조용한 시간이나 선물해 줘."

지난봄에는 아맛에게 어마어마한 꿈이 있었기에 그 꿈을 담기에는 둘이 사는 아파트가 좁았다. 지금은 남은 게 고장 난 식기세척기뿐이다. 아들이 자기 방에 틀어박혀서 몇 달째 밖으로 거의 나오질 않는데, 엄마라는 사람이 남들에게 어디가 잘못됐는지 설명조차 할 수 없으니 민망할 따름이다. 관리인에게 배운 바에 따르면 하키 선수는 부상을 당해도 얼버무려야 된다고 한다. 상대 팀에서 알면 그 부위를 다시 공격할 테니 대충 "하체 부상" 아니면 "상체 부상"이라고 한다는 것이다. 하지만 파티마는 아맛이 어디를 다쳤는지도 모른다. 아픈 곳이 다리인지, 가슴인지도.

그녀는 불을 끄고 스탠드로 올라가 정중앙의 동그라미를 내려다보며 눈물을 삼킨다. 아맛 이후로도 오랫동안 그곳에서 새로운 선수들이 승리하고 패배할 테고, 그러거나 말거나 빙판은 관심이 없을 것이다. 유소년 스포츠에 대해 알고 싶으면 어찌어찌 프로선수가 된 십 대 남자아이의 웃는 얼굴을 상상하면 된다고 누구든 말은 쉽게 할 수 있다. 파티마는 바로 그런 미래를 꿈꾸며 이 아이스링크에 수천 시간을 쏟아붓는 수백 명의 학부모를 해마다 본다. 그들은 스트레스를 받으며 도착해 기진맥진한 상태로 떠난다. 차 안에서는 땀을 뻘뻘 흘리고 연습 시간에는 추워서 벌벌 떨며, 회비로 많은 돈을, 장비를 사는 데에는 그보다 더 많은 돈을 쓰지만, 구단에서 요청할 때마다 복권을 팔고 매점에서 자원봉사를 해야 한다. 언제든 시간을 낼 수 있어야 하고 불평은 절대 금물이다. 젖은 스케이트를 말리고 눈물을 훔치고 가장 중요하게는 빨래를 해야 한다. 그 많은 빨래를. 아이의 꿈을 위해서라면 그 정도 헌신이 당연시되겠지만, 유소년 스포츠에 대해서 알고 싶으면, 진심으로 알고 싶으면 성공한 아이의 이름을 아는 것만으로는 부족하다. 성공의 목전에서 좌절한 아이들의 이름도 알아야 한다.

파티마는 빙판을 이 끝에서 저 끝까지 눈으로 훑으며 아들이 스케이트를 신고 그 정도 거리를 얼마나 빨리 주파했는지 애써 기억을 더듬는다. 관리인은 "날다람쥐처럼 빠르다"며 "언젠가는 저 아이가 끝을 볼 거"라고 했다. 파티마도 나중에 터득했다시피 프로선수가 될 거라는 뜻이었다. "끝을 본다"는 건 경기로 돈을 벌 수 있다는 뜻이었다. 여기에서는 그것이 단순한 경기가 아니었다. 그걸로 혜택을 보는 사람이 아맛 혼자가 아니라 모두이기 때문이었다.

"하키에는 공짜가 없어요, 엄마. 가진 걸 모두 바쳐야 해요!"

아맛은 어렸을 때 이렇게 말했고 그 말이 맞았다. 아맛은 어린 시절 내내 페테르 안데르손 같은 사람들이 기증한 중고 장비를 썼다.

"이건 기증하는 게 아니라 투자하는 거야."

페테르는 서글서글하게 이렇게 말했지만 아맛이 최고의 선수가 되었을 때 그녀는 그 안에 담긴 뜻을 알아차렸다. 그들은 보답을 원했다.

그녀는 눈물을 참고 눈을 감은 채로 숨을 크게 들이마신 다음 아이스링크 정문으로 내려간다. 중간에 관리인을 만나자 그는 머뭇거리며 폭풍이 부는 밖을 흘끗 내다보고는 조심스럽게 말을 꺼낸다.

"저기, 프락이 와 있거든. 차 몰고 와서 자네 태워다 주라고……."

"그 사람한테는 아무 도움도 받고 싶지 않아요. 버스로 갈게요."

파티마는 대답한다.

목소리 자체는 덤덤하지만 말투는 거의 증오에 가깝다. 관리인이 설득하려고 하지만 씨알도 먹히지 않는다. 결국 그는 한숨을 쉬고 파티마를 그대로 보낸다.

프락이 머리가 산발인 채로 밖에 서 있는데 셔츠 소매에는 피가 묻어 있다. 둘은 하마터면 바람에 날려서 서로 부딪칠 뻔하지만, 프락이 펄쩍 뛰어서 피하고 파티마는 그에게 말문을 열 틈을 주지 않고서 그대로 지나간다. 그녀는 그가 아맛은 어떻게 지내고 있는지 궁금해한다는 걸 안다. 마을 사람 모두가 궁금해한다. 하지만 정말로 관심 있는 사람은 없다. 그들은 아맛이 행복한지 어떤지 관심이 없다. 그저 선수로 뛸 수 있겠는지, 이길 수 있겠는지, 홍보 책자에 그 아이를 넣을 수 있겠는지가 궁금할 따름이다. 하지만 이제는 엄마조차 그 아이가 뭘 할 수 있는지 알지 못한다.

그녀는 몸을 웅크리고 버스 정거장까지 걸어가지만 바람 때문에 1보 전진할 때마다 반 보 후퇴한다. 아무리 기다려도 버스는 오지 않는다. 폭풍 때문에 온 마을의 인적이 끊겼다. 아이스링크로 돌아가 프락에게 태워다 달라고 할 수도 있겠지만 그 인간에게 도움을 청하느니 차라리 죽어버리는 편이 낫겠다는 생각이 드는 건 어쩔 수가 없다.

그래서 그녀는 큰길을 따라 할로까지 먼 거리를 혼자 걷기 시작한다. 바람이 머리채를 잡아뜯지만 한 번에 몇 걸음씩 꿋꿋이 걷는다. 다리도 아픈 와중에 휘청거릴 정도로 날카로운 요통이 가끔 예고도 없이 쓰나미처럼 들이닥친다.

허리를 숙인 나무들이 도로를 덮어서 하늘이 보이지 않는다. 그녀는 십수 년 전에 아맛과 함께 여기로 건너왔을 때 자연이 얼마나 무섭게 느껴졌는지 떠올린다. 바람과 추위와 얼음과 끝이 보이지 않는 숲. 이 모든 게 그녀를 죽이려고 호시탐탐 기회를 엿보는 것처럼 느껴졌고, 너무 추워서 첫해 겨울을 버틸 수 있을지 자신이 없었다. 이제는 이보다 더 아름다운 곳이 있을까 싶다. 요즘도 자연 경관에 가끔 현기증을 느낄 때가 있다. 눈이 너무 하얘서 몇 초 이상은 쳐다볼 수 없을 때, 얼음이 너무 반짝거려서 아이스링크 뒤편 호수에 서 있으면 그 장관이 끝없이 이어지다가 하늘과 만날 때. 짜임새 없는 세상에 현기증이 느껴질 수도 있고, 나무들이 온 세상의 소리를 흡수하고 있기라도 한 것처럼 숲이 너무 고요해서 귀가 펑 하고 터질 수도 있다. 예전에는 인간이 좋아서 자연으로부터 아이를 보호하고 싶었는데 지금은 반대다.

그녀는 길가에서 걸음을 멈춘다. 그러면 안 된다는 것을, 위험하다는 것을, 폭풍이 더 심해지기 전에 집에 들어가야 한다는 것을 안다. 하지만 다리가 아파서 더는 걸을 수가 없고 허리는 욱신거리고 점점 숨이 찬다. 할로까지 이제 반쯤 왔는데, 있는 것이라고는 포장도로와 고독뿐이라 혼자 걷기에는 최악이다. 그녀는 손을 무릎에 얹고 서서 숨을 고른다. 하키에 대해 생각한다. 이해 못 할 일은 아니다. 사람이 겁에 질리면 가장 행복했던 순간을 도피처로 삼는데, 그녀에게 가장 행복했던 순간은 아들이 가장 행복했던 순간이다. 아들들은 그걸 절대 이해하지 못하겠지만.

아맛은 아빠를 빼다박았다. 부드러운 목소리도 그렇고 결연한 눈빛도 그렇고. 뿌듯한 순간마다 상실감이 가슴을 후벼파니 파티마로서는 기쁨인 동시에 저주다. 아맛의 아버지는 그들이 이 마을로 건너오기 전에 세상을 떠났기에 자기는 있는 줄도 몰랐던 운동 종목에서 아들이 빛을 발하는 모습을 보지 못했다. 두 사람의 아들은 사막과 가까운 곳에서 태어났지만 얼음으로 이루어진 곳에서 안식처를 찾았다.

모든 게 자신의 잘못이라는 생각이 든다. 아이에게 범사에 감사해야 한다고 가르친 사람이 파티마였다. 아이를 무너뜨린 건 이 마을의 잘못이었지만 그럴 수 있게 만든 것이 그녀의 잘못이었다. 그녀는 아이의 눈꺼풀 안쪽에 보이지 않는 문신처럼 새겨질 때까지 "고마워해야 한다"는 말을 반복했다. 아이가 최고의 선수가 됐을 때 파티마가 행복했던 이유는 아이가 드디어 여기 사람이 된 것처럼 간주됐기 때문이었다. 여기가 그 아이의 구단인 것처럼, 그 아이의 마을인 것처럼, 그 아이의 나라인 것처럼. 베어타운에서 편견보다 무거운 것이 기대치인 줄은 전혀 몰랐다. 아맛은 아직 태어난 지 18년밖에 되지 않은 어린아이인데, 하키가 그 아이에게 어른도 감당하지 못할 짐을 지웠다.

몇 년 전까지도 아맛은 너무 작고 약해서 하키를 전혀 할 수 없을 것처럼 보였다. 그중에서도 약하다는 점이 더욱 발목을 잡았다. 여기에서 약한 건 용납이 되지 않는다. 그때 파티마를 위로한 사람이 페테르였다. 그녀는 이 마을 역사상 가장 어마어마한 일전을 앞둔 그가 라커 룸에서 "돈은 대도시의 것일지 몰라도 하키는 우리 것!"

이라고 외쳤다는 얘기를 들은 적이 있었기에 그가 하는 말에 귀를 기울였다. 페테르는 자기가 생각하기에는 남들이 아이의 약점이라고 하는 것이 사실 장점이라고 했다. 유연하기에 스케이트를 탈 때 보면 전혀 힘을 들이지 않는 것 같다고, 그래서 모든 면에서 남들보다 빠를 수 있는 거라고 했다. 파티마는 그 말이 맞을지 모르겠다고 속으로 생각했지만, 어쩌면 아맛은 덩치가 두 배만 한 아이들이 자기를 죽이려고 달려드는 것을 피하려다 보니 그렇게 된 것일 수도 있었다. 하키는 너무 거친 스포츠라 그녀는 절대 적응할 수 없었다. 빙판 위의 어린 곰들도 빙판 밖의 큰 곰들도 마찬가지였다. 아이스 링크 가장자리에 모여 경기 내내 고함을 지르는 다른 아이들의 아빠들이 그렇게 보였다. 겉으로는 느리고 무거워 보이지만, 표적이 시야에 들어오면 번개처럼 빠르고 잔인한 곰. 그녀가 나중에 터득한 바에 따르면 이 일대 사람들은 하키를 귀족 계급처럼 간주했다. 알맞은 집안에 태어난 사람만 하키에 발을 담글 수 있길 바랐다. 어린 아이들마저도 토박이와 이방인을 구분할 수 있도록, 이곳 사람들이 수많은 전통이며 관례며 전문용어를 갖춘 전혀 별개의 언어를 개발한 이유는 바로 그 때문이었다. 한번은 어떤 남자가 농담조로 "스포츠에 스포츠가 너무 많다!"며 농담한 적이 있었다. 그녀는 그 말이 무슨 뜻인지 알았다. 그들이 원하는 건 순수한 스포츠가 아니라 자기 자신과 아이들의 자리를 돈으로 살 수 있는 조작된 경기였다.

그 말을 한 사람은 프락이었다. 그는 아맛이 A팀 선수로 뽑히기 전까지는 그 긴 기간 동안 여기에서 일한 파티마에게 말을 건 적이 거의 없었다. 그러더니 느닷없이 "미래에 대해" 조언을 하고 "아이에게 가장 좋은 길이 뭔지" 알려주고 싶다며 NHL과 에이전트와 계약을 운운하기 시작했다. 파티마는 어려운 단어들은 이해하지 못했을지 몰라도 그가 파티마의 아들을 베어타운의 소유로 생각한다는 건 알았다. 프락은 아맛의 사진과 함께 "베어타운 하키팀을 후원하는 것은 쉽고도 당연한 일"이라고 적은 팸플릿을 만들었다. 아맛이 할로 출신이라는 것이 갑자기 완벽하게 받아들일 수 있는 사실이 되었다. 심지어 프락은 파티마와 아맛이 월세에 보태려고 스탠드에 버려진 음료수 캔을 줍는다는 얘기를 듣고선 둘이 그러는 사진도 싣고 싶어 했다. 하지만 관리인이 아이스링크 유리창이 덜커덩거릴 정도로 세게 고함을 질렀다. 파티마는 아무 말도 하지 않고 그저 고맙게 여기려고 했지만, 그러기가 점점 더 어려워졌다.

그녀는 눈을 뜬다. 아이스링크와 할로를 연결하는 도로 한복판에 쭈그리고 앉는다. 발뒤꿈치를 천천히 땅에 박으며 일어나 다시 걸어보려고 하지만 기운이 없다. 뒤에서 부는 바람이 허리를 걷어차는 것처럼 느껴진다. 그녀는 바람과 싸워보려고 하지만 실패하고, 비틀거리며 도랑에 거꾸로 떨어진다. 귓전을 때리는 바람 소리를 들으며 바닥에 누워 있는다. 깜빡 존다.

지난봄 지역 일간지에 프락의 인터뷰 기사가 실렸을 때 파티마는 그가 아맛을 두고 뭐라고 했는지 한 마디도 빠짐없이 읽었다. "신데렐라 스토리"이자 "베어타운에서는 누구나 하키를 할 수 있다는" 증거라고 했던 것을. 파티마가 생각하기에는 그렇지 않기 때문에 신데렐라 스토리였다. 그런 일은 거의 없다. 프락은 "여학생 팀에도 투자하고 있다"며 자랑했지만, 그가 여학생 팀에는 가장 나쁜 시간을 배정하고 돈 많은 집 남학생 팀에는 가장 좋은 시간을 배정해 달라고 매주 관리인을 설득한다는 것을 그녀는 알고 있었다. 그들은 할로에서 온 아이들을 원치 않았던 것처럼 여자아이들도 원치 않았다. 그저 아이스링크 이용 시간을 두고 다투는 경쟁상대로만 여겼다. 페테르도 말했듯 하키는 그들의 것이었으니까.

여기서 보낸 처음 몇 해가 파티마의 머릿속에 떠오른다. 당시 그녀는 곰에 대해 아는 것이 전혀 없었다. 아이스링크 사방에 곰 사진이 걸려 있었으니, 동물을 통해서 이 마을을 좀 더 잘 이해할 수 있을까 싶어 도서관에서 책을 빌렸다. 과연 그녀의 짐작은 맞아떨어졌다. 맨 처음 알게 된 사실 중 하나. 새끼 곰의 40퍼센트가 생후 1년 내에 죽는데, 대부분 자기 아비를 제외한 다른 수컷에게 죽임을 당한다는 것이었다. 그때 파티마는 깨달았다. 누군가 그녀의 자식을 위협한다면 그녀도 곰이 되어야 한다는 것을. 그래서 그녀는 아들도 다른 집 아이들처럼 근심 걱정 없는 천진난만한 곰으로 자랄 수 있는 권리를 위해 싸웠다. 재밌게 즐기며 지낼 수 있게. 왜냐하면 솔직히 그녀도 아맛이 지금처럼 훌륭한 선수가 될 줄은, "끝을 볼" 줄은 몰랐다. 아이가 빙판 위에서는 아무것도 생각할 필요가 없다는 것이 좋았을 뿐이다. 그곳에서는 고통 없이 자유로웠으니 그거면 충분했다. 그런데 아이가 나이를 먹어갈수록 하키가 정말로 점점 공평해지는 느낌이 들었다. 어렸을 때는 부잣집 아이들이 유리했지만 중학교 이후부터는 그 아이의 부모님이 누군지 아무도 신경 쓰지 않았다. 그들의 관심사는 오로지 실력이었다. 이기기만 하면 모두가 아이를 사랑했다. 아이는 이내 거기에 익숙해졌다. 어쩌면 파티마도 그랬다. 지금은 그랬던 게 부끄럽다. 모든 걸 당연하게 여김으로써 신과 우주를 시험한 건 아닌지 불안해진다. 주어진 것은 뭐든 그만큼 쉽게 빼앗길 수 있지 않은가. 지난봄에 이상한 낌새를 맨 처음 알아차린 사람이 그녀였다. 아맛은 여전히 경기마다 골을 넣고 있었지만 더는 유연하지 않았다. 온 세상을 어깨에 짊어지고 뛰었으니 잔뜩 힘이 들어간 몸은 결국 더 이상 버티지 못했다.

그 직후에 할로의 어느 이웃이 파티마에게 '소문' 때문에 동네 사람들이 뿔이 났다고, 그들은 모두 아맛의 편이라고 말했다. "소문이라뇨?" 파티마는 물었고, 아맛이 부상을 입은 척하는 거라는 주장이 인터넷상에서 돌고 있다는 얘기를 들었다. 아맛은 NHL 드래프트에만 관심이 있고 '의리'가 없다고 했다는 것이다. 의리? 뭐에 대한 의리일까? 아이의 몸이 마치 자기들 것이라도 된다는 걸까?

아이스링크나 슈퍼마켓에서 조언을 하지 못해 안달이 난 사람들이 어찌나 많던지, 결국 파티마는 심지어 페테르의 말조차 귀담아듣지 않게 됐다. 아맛은 북아메리카에 건너갔다가 모든 걸 잃고 빈손으로 돌아왔다.

땅바닥에 얼마나 누워 있었는지 모르겠지만 마지막으로 힘을 그러모아서 위로 기어올라간다. 어찌나 몸이 시큰거리는지 불어닥치는 바람에 살갗이 쑤실 정도다. 버스가 오지 않았을 때 자존심을 끝까지 세웠던 게 순간 후회가 된다. 아이스링크로 돌아가 프락에게 태워다 달라고 했어야 하는 건데. 그렇게 생각하고 있다는 것이 그녀가 지금 얼마나 겁에 질렸는지 알 수 있는 대목이다.

폭풍이 귀에 대고 하도 시끄럽게 휘파람을 불어서 아맛이 "엄마!"하고 부르는 소리도 듣지 못했다. 아들들은 그게 세상에서 가장 엄청난 단어라는 걸 절대 이해하지 못한다.

"엄마. 엄마. 엄마!"

그녀는 한참이 지난 다음에서야 맞은편에서 도로를 달려오는 자기 아들을 본다. 이제 그 아이는 딴사람 같다. 전에는 항상 꼬챙이처럼 말랐는데 지금은 투실투실해 보이고, 수염도 깎지 않은 데다 술 냄새를 풍긴다. 하지만 그녀를 잡아서 일으켜 세우는 손은 다 큰 어른처럼 힘이 세다.

"여긴 뭐 하러 왔어?"

그녀는 걱정하며 묻는다.

"엄마야말로 여기서 왜 이러고 계시는 거예요? 왜 집까지 걸어오고 계세요?"

아맛은 바람 소리에 묻히지 않게 고래고래 소리를 지른다.

아이스링크 관리인은 하키단에서 맡을 수 있는 가장 훌륭한 역할이다. 따라서 그는 파티마를 당연하게 여길 만큼 어리석지 않다. 그녀가 아이스링크를 나서자 그는 버스회사에 전화를 걸어 파티마가 버스에 탔는지 확인할 수 있게 담당 기사를 연결해 달라고 했다. 버스 회사에서 폭풍 때문에 운행을 중단했다고 하자 당장 아맛에게 연락했다. 관리인도 직접 파티마를 찾아 나서려고 했지만 아맛이 두 사람을 찾으러 다니게 하지 말아달라며 그를 말렸다. 둘 사이에서는 어색한 대화가 이어졌다. 전에는 관리인이 아이스링크에서 아맛을 매일 보았지만 봄에 발을 다친 이후로 아맛은 발길을 끊었고 시즌 막판을 함께하지 못했다. 여름에 NHL 드래프트를 마치고 돌아온 뒤로 할로를 떠나기는커녕 외출조차 거의 하지 않았다. 제대로 달리는 것이 발을 다친 이후로 사실상 처음이다.

하지만 저 달리는 모습을 보라. 꼭 날다람쥐 같지 않은가.

할로에서 도로를 따라 폭풍을 뚫고 엄마가 보일 때까지. 그는 재

185

킷을 벗어 엄마를 감싼다. 엄마가 아들의 팔짱을 끼고, 자연의 힘에 맞서 몸을 웅크리고서 두 사람은 같이 집으로 걸어간다.

"배고프니? 네가 좋아하는 그 빵 사가지고 갈까?"
파티마가 바람 소리에 묻히지 않게 큰 소리로 묻는다.
"슈퍼마켓 문 닫았어요, 엄마! 이제 말 그만해요, 집에 도착할 때까지!"
아이도 마주 큰 소리로 외친다.
"여기까지 달려오면 어떡해, 발 조심해야지!"
"제 걱정은 그만하세요!"
당연히 아맛은 백 번이고 천 번이고 그 말을 반복할 수 있지만 그녀는 그 아이의 엄마다. 과연 말릴 수 있는지 두고 볼 일이다.

21

이름

2년 전 펠센에서 불이 난 뒤 재건축 공사에 들어갔을 때 라모나는 다시 간판을 달지 않았다. 펠센과 라모나가 어디 있는지 모르는 사람이 없으니 간판이 있으나 없으나 차이가 없었다.

그녀를 두고 '상냥하다'고 할 사람도, 술집을 두고 '분위기가 따뜻하다'고 할 사람도 없다. 펠센은 그런 술집이 아니다. 라모나는 손님이 주문하는 데 너무 뜸을 들이면 욕을 한다. 선택하고 말고 할 것도 없기 때문인데, 손님이 닦달해도 그녀는 똑같이 욕을 한다. 그곳을 찾은 손님은 불청객이 된 기분이 들겠지만 그래도 거기가 어떤 곳인지는 알 수가 있다. 사방의 벽이 초록색 스카프로 도배되어 마을 주민들이 얼마나 똘똘 뭉쳐 지내는지 방증하고 있으니 모를 수가 없다. 바 카운터 뒤편에는 "후원금"이라고 적힌 봉투가 있다. 월말에 여유가 있는 사람들이 한두 푼씩 거기에 넣으면 라모나가 발등에 불이 떨어진 사람에게 준다. 이 술집의 바 카운터를 지키는 할망구를 두고 온갖 낭설이 난무하지만, 그중에서도 가장 새빨간 거짓말은 라모나가 요즘 들어 정신을 홀리고 다닌다는 것이다. 그녀는

30년 전부터 정신을 챙긴 적이 없었다. 반면에 그녀의 심장은 있어야 할 바로 그곳에 있다.

라모나는 남편 홀예르와 펠센을 함께 운영했고, 모든 걸 함께했으며, 모든 하키 경기를 함께 관람하러 갔다. 홀예르가 맥주잔을 엉뚱한 곳에 놓으면 그녀는 "숲에서만 치명적이고 다른 데서는 쓸모가 없지"라고 중얼거렸고 그러면 그는 씩 웃으며 "사랑해"라고 말했다. 이미 화가 난 그녀의 부아를 긁는 데에는 이만한 게 없었기 때문이었다. 하지만 그는 진심으로 그녀를 사랑했다. 뼛속까지 다정한 남자답게 조용히 하지만 더없이. 그가 그녀에게 요구한 게 딱 하나 있다면 바로 담배를 끊으라는 것이었다.

"당신이 나보다 더 오래 살아야 하잖아. 나는 당신보다 오래 사는 걸 감당할 수가 없어."

그러면 그녀는 그의 뺨을 다정하게 토닥이며 속삭였다.

"시끄러워!"

펠센의 단골이 예전에 들려준 우스갯소리가 있었다. 만원 관중이 들어찬 하키 경기에 한 남자가 옆자리를 비워두고 앉아 있는 걸 보고 그 저쪽 옆에 앉은 남자가 왜 자리를 비워두었느냐고 묻자 남자가 슬픈 목소리로 대답했다. "아내 자린데 얼마 전에 죽었어요." 이유를 물었던 남자는 가슴 아파하며 물었다. "상심이 크시겠어요. 같이 올 다른 가족이나 친구는 없었나요?" 그러자 남자가 대답했다. "네, 다들 장례식장에 있거든요." 라모나가 땅에 묻히는 날 홀예르가 그러고도 남을 남자라는 것이 이 우스갯소리의 핵심이었기에 그가 오래전에 죽은 뒤 아무도 다시는 이 우스갯소리를 꺼내지 않았다. 담배를 피운 사람은 라모나인데 홀예르가 암에 걸렸다. 그녀는 홀예르가 죽었다고 하지 않고 자기 곁을 떠났다고 한다. 그걸 보면 그녀가 이 마을을 통틀어 가장 패배를 인정하지 않는 성격이라는 것을 알 수 있다. 라모나는 아직도 그 인간이 먼저 갔다는 걸 용서하지 못한다.

"남자들은 가서 드러눕고 여자들만 계속 일하는 거지, 뭐."

누가 홀예르에 대한 얘기를 꺼내면 라모나는 이렇게 중얼거렸고 그러면 당분간 아무도 그 얘기를 꺼내지 않았다.

그녀는 여전히 그때만큼 담배를 피우고, 술은 그때보다 더 마신다. 딱 하나 끊은 게 있다면 하키 관람이다. 숨이 차서 갈 수가 없다. 홀예르가 없으니 폐가 힘을 쓰지 못한다. 맞잡은 손으로 느껴지는 그의 맥박과, 귀에 퍼붓는 그의 잔소리가 없으니 한참 동안 슈퍼마켓조차 가지 못했다. 그래서 펠센을 제2의 집으로 여기는 검은 재킷의 젊은 남자들이 대신 장을 봐주었다. 그녀를 살려놓아야 다른 모두가 살아갈 수 있었다. 신문에 났던 홀예르의 부고도 그들이 대신 작성했다. 라모나는 우느라 신경 쓸 겨를이 없었기에. "젠장. 홀예르, 관중석에서 소리를 질러주질 않으니까 선수들이 슛 쏘는 타이밍을 모르잖아요." 라모나는 부고 문구를 보고 조용히 웃으며 맥주를 좀 더 따랐다. 불길이 이 건물을 삼켰을 때 홀예르가 사랑하고 증오했던, 천하에 쓸모없고 환상적인 베어타운 하키팀의 시합용 유니폼과 스카프 사이에 그 부고가 걸려 있었다. 그녀도 하마터면 화마에 목숨을 잃을 뻔했고 가끔은 차라리 그러는 편이 좋았겠다고도 생각한다. 사람들은 살아가는 동안 사랑했던 사람을 숱하게 묻고 다음 날 여전히 자리에서 일어나지만, 그럴 때마다 안에서 뭔가가 조금씩 무거워진다. 그녀는 아침에 눈을 떴을 때 굳이 또다시 일어나야 할까 하는 생각이 들 때도 가끔 있었다.

그러던 라모나가 지난 초여름의 어느 날에 갑자기 맥줏값을 올렸다. 두말하면 잔소리지만 이로 인해 단골 사이에서(그 술집에 단골 아닌 다른 손님은 없다) 일대 소동이 벌어졌다. 마지막으로 가격을 올린 게 15년 전이었는데, 그 할망구는 가격만 계속 올린다고 했다.

아무 소리도 하지 않은 사람들은 검은 재킷을 입고 다니는 젊은 남자들뿐이었다. 엄청난 바보들을 대거 모아놓은 그 무리에서 가장 손꼽히는 바보라 할 수 있는 티무가 그랬던 게 언제였나 싶을 만큼 행복해했기 때문이다.

"뭐가 좋다고 헤벌레 웃고 있어?"

라모나가 쏘아붙이자 티무는 실토했다.

"맥줏값을 올린다는 건 미래를 생각하고 있다는 뜻이니까요."

그와 그녀 같은 사람들에게는 미래가 있어야 한다. 그렇지 않으면 가라앉아 버린다. 펠센에서 불이 났던 날 밤에 그들은 티무의 동생 비다르를 교통사고로 잃었다. 그 아이는 어렸을 때 펠센의 바 카운터에 앉아서 형이 시킨 대로 숙제를 하곤 했는데, 정작 그 형은 하라고 시킨 사람이 없었기 때문에 평생 숙제를 해본 적이 없었다. 아버지는 오래전에 사라졌고 어머니는 집에 있었지만 약에 취해서 소통이 단절됐다. 티무와 비다르는 초등학교에 입학하고 그 술집을 피난처로 삼기 전부터 폭행과 학대를 숱하게 목격했다. 그들은 펠센에 있으면 안전했고 거기서 모든 친구를 사귀었다. 티무는 자기 동생을 항상 지켜줄 검은 재킷 부대 안에서 새로운 소속감을 느꼈다. 라모나는 아이를 낳은 적이 없었지만 이 아이들이 친자식이나 다름없었기에, 비다르가 죽었을 때 그녀와 티무는 뿌리째 뽑힌 고목과 같

190

아서 다음 날에 전혀 아무 의미도 부여할 수가 없었다. 하키 말고는. 그것이 그들을 살아가게 했다. 한 번에 한 경기씩, 이후에 어느 선수가 어떤 슛을 날려야 했는지를 두고 펠센에서 한 번씩 시끄럽게 옥신각신하면서. 이 마을에서 라모나와 티무만큼 옥신각신을 잘하는 사람은 없다. 사람들은 대부분 그 정도로 서로를 사랑할 수 있을 만큼 에너지가 넘치지 않는다. 그 둘은 서로 말을 거의 하지 않았다. 그럴 필요가 없었다. 할망구가 맥줏값을 올리자 그 훌리건은 하마터면 눈물을 흘릴 뻔했고 그것으로 충분했다. 그 둘은 하나였다.

폭풍이 베어타운을 덮치고 어둠이 건물을 감싸자 라모나는 그를 생각한다. 그녀의 아이들을 생각한다. 저녁이 밤으로 바뀌는 시간에는 항상 그렇듯이 당연히 홀예르 생각도 할 것이다. 홀예르, 그 게으른 인간은 자러 들어가는 걸 좋아했다. 바람이 유리창을 흔들기 시작하고 불이 전부 나가자 그녀는 맥주잔을 바 카운터 아래 제자리에 두고 어둠 속에서 손전등을 찾는다. 희미하게 흔들리는 불빛을 앞세우고 손으로 더듬어가며 늙은 발로 천천히 삼각 깃발과 스카프, 불이 난 이후에 마을 사람들이 모아준 수백 장의 사진을 지나 2층 침실로 올라간다. 하키단 안에서, 하키단 주변에서 평생을 보낸 사람들이 말없이 인사를 건넨다.

그녀는 최초의 후원자 가운데 한 명이었다. 요즘은 운영위원을 맡고 있다. 거기서 늙은이들과 더할 나위 없이 치열하게 싸우는 데서 더할 나위 없는 즐거움을 느낀다. 베어타운 하키팀은 근래에 보기 드문 전성기를 누리고 있고 헤드는 천하에 쓸모없게 되었다. 라모나의 기준에서 그보다 재밌는 일은 알몸 쇼밖에 없다. 그녀는 홀예르의 사진을 안고 침대에 눕는다. 폭풍에 온 건물이 흔들리는 소리를

191

자장가 삼아 잠이 든다.

바로 그 폭풍이 좀 전에 숲속 깊숙이 파고들어 헤드에 있는 병원으로 달려가던 조그만 자동차를 뒤흔들었다. 안에 타고 있는 임신부가 남편에게 "나오려고 해, 나오려고 해, 아이가 지금 나오려고 해!"라고 외친 끝에 출발한 길이었다. 숲속에서 쓰러진 나무가 차를 덮치지만 어느 조산사와 아나라는 열여덟 살짜리 미친 여자아이가 그들을 구조한다. 그들은 아나와 라모나가 사랑했던 남자아이의 이름으로 자기 아이를 부르게 될 것이다. 비다르. 인생의 끝은 그 시작처럼 막을 수 없는 것이다. 우리는 바람을 막을 수 없는 것처럼 첫 숨과 마지막 숨도 막을 수 없다.

라모나는 잠옷으로 갈아입지 않고 외출복 차림인 채로 잔다. 번듯한 행색으로 실려 나가고 싶기 때문이다. 꼬맹이 비다르가 숲속에서 태어날 때 그녀는 펠센에서 죽는다. 뜻밖이라고 할 건 전혀 없다. 때가 됐을 뿐이다.

그녀가 땅에 묻힐 때 초록색 스카프가 무덤을 뒤덮어 비석에 새겨진 이름을 읽을 수 없을 것이다. 상관없다. 라모나가 누군지 모르는 사람은 없을 테니까. 숲에서 우리를 한데 연결하는 것은 우리의 이야기고, 우리는 그녀의 이야기를 끊임없이 반복할 것이다.

22

상실

죽음에서 가장 견딜 수 없는 측면은, 세상은 변함없이 굴러간다는 사실이다. 시간은 상관하지 않는다. 폭풍이 휩쓸고 지나간 다음 날에도 태양은 우리를 조롱하듯 높이 솟아서 망가진 숲과 폭격 맞은 마을을 비춘다. 아니, 사실 두 마을을 비춘다. 라모나가 아직 우리 곁에 있었다면 분명 모든 건 둘로 이루어져 있다고 짚었을 것이다.

"1등과 그 나머지 잔챙이들."

이곳에는 항상 두 개의 마을과 두 개의 하키단과 두 부류의 하키 선수가 있다. 팀에서 한 자리를 차지하는 선수, 또는 펠센의 바 카운터에서 한 자리를 차지하는 선수.

"모든 건 둘로 이루어져 있지. 보이는 것과 보이지 않는 것, 위쪽과 아래쪽."

라모나는 이렇게 툴툴대곤 했다. 누군가는 그즈음이면 그녀가 아침을 상당히 많이 마신 다음일 때가 잦았다고, 가끔 마지막 몇 모금을 당황스러울 정도로 몰래 추가한 다음일 때도 있었다고 주장할 수도 있을 것이다. 그래도 그녀는 정신을 집중하면 바 카운터 너머로 손을 내밀어 누군가의 뺨을 다정하게 토닥이며 이렇게 말할 수 있었다.

"이 일대에서는 모든 것과 모든 사람이 연결돼 있지, 좋든 싫든."

그녀의 말이 맞았다. 보이지 않는 갈고리와 실. 라모나가 죽었을 때 모든 것과 모든 사람이 멈춘 이유가 그 때문이었다.

"어디에 있는지 모를 의리 있는 여자들과 믿음직한 남자들을 위해 건배. 하지만 너희 아무짝에도 쓸모없는 것들은 이제 집으로 돌아가야 할 시간이야!"

그녀는 마지막 주문을 받겠다고 종을 울리며 이렇게 외치곤 했다. 그러면 해가 떨어진 뒤에 등장해 해가 뜨기 전에 사라지는 작은 알코올의 오아시스가 문을 닫고, 초침이 다시 째깍거리기 시작하고, 사람들은 여기저기서 마지못한 듯 주머니에서 휴대전화를 꺼내 분노의 문자메시지를 읽었다. 위쪽과 승자의 반대편에 선 사람들은 어둠을 가르며 집이라는 현실로 비척비척 돌아가지만 내일 다시 이곳에 올 수 있다는 것을 알기에 안심할 수 있었다. 하지만 내일이 되어도 라모나는 없는데 태양은 계속 떠오르다니 이해할 수가 없었다. 차마 그럴 수 있다니. 감히 그럴 수 있다니.

❄

폭풍이 휩쓸고 지나간 다음 날, 소식을 전하기 위해 수많은 통화가 이루어진다. 전화를 받고 소식을 접한 모든 사람에게는 충격이겠지만 가장 뜻밖의 전화는 아마 맨 첫 번째 전화일 것이다.

라모나를 발견하는 사람은 티무다. 그가 그녀를 가장 먼저 보고 싶어 했기 때문이다. 편의상 폭풍이 지나가고 이른 새벽이었다고 하겠지만 사실 폭풍은 아직 지나가지 않았다. 티무는 폭풍이 들이닥쳤을 때 차를 타고 반나절 걸리는 곳에서, 베어타운에서는 라모나가 허락하지 않을 거래를 하고 있었다. 그녀는 티무가 어떤 일을 하는지 알았고 그녀 근처에서 그런 일을 하도록 내버려둘 만큼 어리석지 않았다. 그랬다가는 다른 아이들처럼 라모나가 다른 데를 보고 있을 때 더 끔찍한 일을 찾아서 할 것이었다. 티무에게는 부모다운 부모가 없었고 라모나가 부모가 되려고 할 일은 절대 없었지만 지금까지는 그녀가 정한 원칙을 그가 지키는 식으로 서로 감정을 주거니 받거니 표현하며 지냈다.

그는 일기예보를 보고 라모나에게 연락했고 그녀가 전화를 받지 않자 무슨 일이 벌어졌음을 직감했다. 그녀로서는 절대 인정할 일 없겠지만, 티무가 밖에서 돌아다니고 있으면 그녀는 항상 전화기를 옆에 끼고 있었다. 그는 낡은 사브를 그대로 돌려서 맞바람을 직통으로 맞으며 거의 봉쇄된 길을 밤새 달려 펠센의 문을 박차고 들어갔다. 마침내 산산이 무너진 마을에서 폭풍이 손을 거두고 유리창을 두드리는 빗방울밖에 남지 않았을 때, 그는 라모나의 침대 옆에 앉아서 어린애처럼, 다 큰 어른처럼 울었다. 우리는 어릴 때는 떠나보낸 사람을 생각하며 슬퍼하지만 나이를 먹으면 자기 자신을 생각하며 더 슬퍼한다. 그는 외로웠을 그녀를 위해, 또 외로운 자기 자신을 위해 눈물을 흘렸다.

하키 경기가 끝나면 '그 일당'은 엉뚱한 가게에서 스노스쿠터를 훔친다든지 엉뚱한 사람의 얼굴에 주먹을 날린다든지 하는 식으로 말썽을 일으키기도 했다. 티무가 이를 말리지 않을 때마다 라모나는 이렇게 고함을 질렀다.

"내가 아는 제정신 박힌 사람들에게는 모두 가족이 둘이야. 주어진 가족과 선택한 가족. 첫 번째 가족은 어쩔 수 없지만 두 번째 가족에 대해서는 책임을 져야지!"

라모나는 그를 따르는 바보들이 저지르는 모든 짓의 책임을 항상 그에게 물었다. 티무가 화를 내며 이유를 따져 물으면 버럭 소리를 질렀다.

"너는 걔네들보다 낫잖아!"

그녀는 티무에게 자기 자신을 절대 과소평가하지 못하게 했다. 다들 그에게서 미친 깡패, 훌리건, 범죄자의 기질을 보았지만 라모나는 리더의 기질을 보았다. 그는 '그 일당'을 사랑하지만 그들을 이끌어야 한다. 어머니를 사랑하지만 항상 책임져야 한다. 어머니가 아무것도 느끼지 못하게 하는 약을 사랑하기에 그가 대신해서 모든 걸 느껴야 한다. 동생 비다르가 죽었을 때 어머니는 겨울 호수에서 스케이트를 타며 웃는 엄마, 아빠, 아이로 이루어진 행복한 가족, 모든 게 멀끔한 집에서 사는 정상적인 가족이 보일 때가 있다고 했다.

"그러면 그 아이가 비다르라고 상상해. 그 아이에게 그런 가족이 있었다고."

어머니는 약에 취해 몽롱한 상태에서 큰아들에게 이렇게 속삭였다. 그 환상 속에 티무는 없고 비다르만 있었다. 티무는 엄마에게 없어서는 안 될 존재였기에 다른 삶을 상상조차 할 수 없었다.

라모나는 그걸 알았다. 다른 사람들에 대한 책임감이 이 청년을 누르고 있다는 것을, 겉으로는 보이지 않아도 그의 안이 서서히 납덩이로 채워져 가고 있다는 것을 눈치챘다. 뭔가가 걷잡을 수 없게 되면 너도나도 맨 먼저 티무를 찾는다. 밤늦은 시각, 펠센의 불을 끄고 문을 잠그기 직전이 되어서야 그는 한숨을 돌리며 어깨의 긴장을 풀고 주먹을 펼 수 있다. 그가 맥주를 마지막으로 한 잔 주문하면 라모나가 뺨을 토닥이며 좀 어떠냐고 물었다. 다른 사람에게는 한 번도 그런 적이 없었다.

그래서 폭풍이 드디어 완전히 지나간 이른 새벽에 티무는 침대가에 걸터앉아서 그녀의 말이 맞았다고 말해주지 않았던 것을 후회한다. 우리에게는 두 종류의 가족이 있다. 라모나는 그가 선택한 가족이었다.

그는 침대 옆 테이블에 놓인 담뱃갑에서 담배를 하나 꺼내 마지막으로 그녀와 함께 담배를 피운다. 그녀는 죽었으면서도 엄청 화가 난 표정을 짓고 있어서 갑자기 웃음이 터진다. 라모나가 지금 천국 비슷한 데로 갔다면 비다르도 거기 있을 테니 감히 자기보다 먼저 죽었다며 그녀에게 한바탕 혼나게 생겼다는 생각이 든다. 잠시 후에 그는 노파의 눈을 살그머니 감기고 그녀의 뺨을 토닥이며 조그맣게 속삭인다.

"그 쥐방울한테 안부 전해주세요. 홀예르한테도요."

그러고는 가만히 앉아 있는다. 시신을 어떻게 해야 할지, 누구에게 연락해야 할지 알 수가 없다. 그의 삶을 통틀어 평범한 성인에 가장 가까웠던 사람은 라모나였기에 평범한 성인들은 다른 평범한 성인을 잃으면 어떻게 하는지 알 수가 없다. 결국 그는 페테르 안데르손에게 연락한다.

어떻게 보면 그건 빤한 동시에 이해할 수 없는 선택이다. 그들은 오래전부터 서로 증오하던 사이다. 페테르가 베어타운 아이스하키팀의 단장이고 '그 일당'이 혐오하는 모든 것의 가장 궁극적인 상징이었던 시절부터. 하키단을 자기들 것인 양 주무르는 소규모의 돈 많은 엘리트 특권층. '그 일당' 측에서 신문에 페테르의 부고를 싣고 그의 아내에게 연락하도록 이사업체에 예약할 정도로 분위기가 험악해진 적도 있었다.

페테르가 단장직을 사임한 이후, 두 사람은 펠센의 바 카운터에서 라모나가 지켜보는 가운데 적대적인 관계를 종결했지만 절대 친구처럼 지낸 적은 없었다. 그랬음에도 지금 티무에게는 대안이 없다. 그는 페테르가 당장 전화를 끊을지도 모른다고 생각하지만 페테르는 조용히 되묻는다.

"잠깐, 잠깐, 잠깐. 티무, 지금 뭐라고 했어?"

담고 있던 말들이 티무의 입에서 당장 쏟아져 나온다.

"죽었다고요, 씨발."

그는 흐느낀다.

"죽었다고?"

페테르는 조그맣게 속삭인다.

"음."

티무는 입을 제대로 벌릴 힘도 없는 사람처럼 말한다.

"맙소사, 맙소사. 티무. 괜찮나?"

페테르가 묻는다.

티무는 남자에게 그런 질문을 들은 게 처음이라 뭐라면 대답하면 좋을지 알지 못한다.

"음."

"지금 어디야?"

페테르가 자기 집 마당으로 들어온 사슴을 놀라게 하지 않으려는 사람처럼 묻는다.

"차에 같이 있어요."

티무는 들릴락 말락 하게 흐느낀다.

"같이라니…… 누구하고?"

"라모나하고요!"

페테르는 농담이라는 말을 기다리며 수화기에 대고 숨만 쉰다. 하지만 그 말은 들리지 않는다.

"티무, 라모나를 차에 태웠다고?"

"어떻게 하면 좋을지 몰라서 지금 단장님네 집으로 가는 중인데 라모나를 혼자 두고 싶지 않았어요!"

티무는 코를 훌쩍이며 수화기에 대고 변명조로 쏘아붙인다.

수화기 저편에서 페테르가 아주, 아주, 아주 깊은 한숨을 쉰다. 그러고는 티무에게 길가에 차를 대라고 한다. 시신을 낡은 사브에 태우고 돌아다니는 것이 무슨 죄에 해당하는지는 잘 모르겠지만, 분명 뭔가 죄목이 있을 수도 있다.

"그냥 거기 있어. 내가 그쪽으로 갈 테니까."

티무는 알겠다고 대답한다. 옆에 라모나의 시신을 태우고 있는 데다 평생 누가 그를 데리러 온 적이 없기 때문에 기분이 묘하다.

✳

이 사람에게서 저 사람을 거쳐 다른 사람에게로 수많은 통화가 이루어지고 결국 견사에 사는 아드리 오비크에게도 연락이 닿는다.

그녀는 라모나의 소식을 듣게 됐으니 최대한 멀리까지 전화를 걸어서 알려야 한다.

"벤이."

아드리는 최대한 조심스럽게 소식을 전하고 동생이 무너지는 소리를 듣는다.

벤이는 당장 일어나 짐을 싸서 출발했고 지금은 지구 반대편의 어느 공항 벤치에 누워서 자고 있다. 한쪽 눈에는 빨갛고 파란 멍이 들었고 콧구멍은 흙과 말라붙은 피 때문에 시커멓다. 이제 스무 살인 그는 지난 2년 동안 술에 절어서 죽음을 모르는 젊은 돌팔이 자가 치료사에게나 가능한 방식으로 자유롭게 살았다. 지구 이편의 창밖에서는 태양이 솟아 또다시 웃통을 벗고 끝없는 해변을 누빌 수 있는 따뜻한 날씨를 예고하지만 벤이는 머나먼 북쪽으로, 기온이 영하로 떨어진 하키 타운을 향해 가는 중이다.

이걸 보면 미래에 타임머신이 개발되지 않았다는 것을 알 수 있다. 개발됐다면 벤이를 사랑했던 사람이 지금 이 순간으로 돌아와서 그를 막을 것이다. 이 자리에서 그의 팔을 잡으며 씩 웃을 것이다.

"야, 비행기는 때려치우고 바닷가에서 맥주나 마시자! 배나 한 척 사자!"

그랬다면 앞으로 벌어질 모든 일이 일어나지 않았을 것이다. 누군가가 등장해 그를 고향으로 돌아가지 못하게 막았더라면. 그러니까 우리는 타임머신이 존재하지 않는다는 것을 알 수 있다. 베어타운에는 벤이가 생각하는 것보다 그를 사랑하는 사람들이 훨씬 많으니까.

＊

　　다음 날 폭풍이 그치고 베어타운 중심가에 자리 잡은 그의 집에 전기가 들어와 컴퓨터를 켤 수 있게 되자 레오 안데르손은 언제인지 모를 만큼 오랜만에 순도 백 퍼센트의 환희를 느낀다. 일상이 다시 시작된다. 아빠가 누군가에게 전화를 받는다. 레오는 통화 내용에 관심을 두지 않지만 아빠가 전화를 끊은 다음 곧바로 엄마에게 전화해 누가 죽었다고 전하는 소리가 들린다. 레오는 누가 죽었다는 건지 듣지 못한다. 헤드의 사무실에서 밤을 보낸 엄마가 당장 달려오고, 엄마가 문지방을 넘자마자 아빠가 나간다. 둘은 서로 아주 잠깐 쳐다본다. 바쁜 일이 있는 동안에는 사랑을 잠시 미뤄둘 수 있기라도 한 것처럼, 하고 싶은 모든 말을 할 수 있는 시간이 어느 날 갑자기 뿅 하고 생기기라도 할 것처럼. 레오는 두 분이 이혼하면 발생할 현실적인 문제의 해결법에 대해, 어떤 식으로 생활하고 어떤 식으로 컴퓨터를 이 집에서 저 집으로 옮기면 되겠는지에 대해 얼마나 자주 고민하는지 아무에게도 털어놓은 적이 없다. 초읽기에 들어가는 느낌이라 그렇다.

　　아빠의 등 뒤로 현관문이 닫히고 엄마는 부엌에 들어가 여기저기 전화를 돌린다. 레오는 방문을 닫고 다시 컴퓨터게임으로 돌아가 진통제를 맞은 환자처럼, 아무 생각도 하지 않을 자유가 주어진 것처럼 숨을 토한다. 깜빡이는 화면과 헤드폰으로 들리는 총성을 다른 사람들은 감당할 수 없겠지만 그에게는 일종의 명상이다. 문자메시지가 도착하자 그는 화면에서 딱 1초 동안 눈을 뗀다. 누나가 보낸 것이다. **집으로 가고 있어.** 이렇게 시작되는 것을 보고 그는 미소를 짓는다.

베어타운의 다른 동네에 있는 이보다 훨씬 작은 집에는 마테오가 자기 컴퓨터 앞에 앉아 있다. 마테오와 레오는 나이가 같고, 같은 게임을 하고 있고, 마테오의 누나도 집으로 오고 있다. 하지만 그는 미소를 짓지 않는다.

※

집으로 가고 있어. 마야의 문자메시지는 이렇게 시작한다. 엄마가 방금 전화해 상황을 설명하고, 오지 않아도 된다고, 아무것도 걱정할 필요 없다고 했다. 그래서 마야는 짐을 싸고 남동생에게 문자메시지를 보낸다. 엄마랑 아빠한테는 아무 말도 하지 마. 그럼 데리러 오실 테니까. 기차 타고 갈 거야. 아빠한테 잘해드려. 티는 안 낼지 몰라도 라모나 일로 엄청 슬퍼하고 계실 것 같거든. 알았지? 사랑해! 레오는 그냥 알았어, 라고 답장하지만 미소를 짓는다. 누나가 보고 싶기 때문이다. 그는 누나가 독립해 나가자 그 방을 차지해 오롯이 컴퓨터를 위한 공간으로 꾸몄다. 크리스마스 선물로 사달라고 한 인체공학적 의자, 새 헤드폰, 새 모니터. 부모님은 그가 하는 폭력적인 게임을 못마땅하게 여기지만 밤새도록 현실 세계를 쏘다니는 것보다는 그편이 낫다고 생각한다는 데에도 이제는 익숙해졌다.

마테오는 이 마을 반대편의 조그만 방바닥에 앉아 있다. 부모님이 일하는 공장 사무실에서 버린 오래된 컴퓨터에서 부품을 건져 뒤죽박죽 조립한 컴퓨터를 옆집의 와이파이에 몰래 연결해서 쓰고 있다. 부모님은 당연히 모른다. 알면 절대 허락하지 않았을 것이다. 마테오의 집에서는 아무도 게임을 하지 않고 텔레비전도 거의 보지 않는다. 하느님이 왜 그런 걸 못마땅하게 여기는지 마테오는 잘 모르겠지만 의문을 제기한 적은 없다. 그의 가족을 다스리는 건 침묵과 공포다. 마테오는 부모님을 무서워하지는 않는다. 부모님은 그를 한 번도 때리지 않았다. 그들은 다른 방식으로 아이들을 통제한다. 수치심과 죄책감과 실망감. 악마의 가장 효과적인 도구다.

이 마을의 반대편에서 레오는 잠깐 화면에서 눈을 떼고 마야의 문자메시지를 읽는다. 다시 화면으로 눈을 돌렸을 때 누군가가 그의 머리를 맞힌 것을 보고 레오의 얼굴에서 미소가 사라진다.

마테오는 총을 쏘고 모니터 앞에서 주먹을 불끈 쥔다. 그는 레오와 같은 학교에 다니지만 레오는 그가 누군지 모를 거라고 장담할 수 있다. 그들은 같은 나이지만 다른 세상에서 살고 있다. 한 아이는 달라고 하지 않아도 옆에서 누가 샌드위치를 만들어주지만 다른 아이는 주린 배를 달래며 아무도 없는 집에 앉아 있다. 한 아이는 독실하지 않은 부모 밑에서 자라지만 크리스마스에 인체공학적 의자를 선물로 받고, 다른 아이의 부모는 하느님과 예수님 얘기밖에 하지 않지만 크리스마스를 기념하지도 않는다. 레오는 모든 면에서 마테오에게 없는 모든 것을 가지고 있지만 컴퓨터게임이야말로 실제 현실과 다르게 공평하다. 중고 컴퓨터를 앞에 두고 바닥에 앉아 있는 아이라도 최고로 비싼 최신 기기로 에워싸인 아이를 찾아서 기다리면 헤드샷을 날릴 수 있다.

마테오는 딱 1초 동안 주먹을 불끈 쥐고 승자가 된 기분을 만끽한다. 그러고 나자 전기가 다시 나간다.

※

페테르가 떡진 머리로 허둥지둥 도로변을 달려온다. 너덜너덜한 청바지와 곰이 그려진 지저분한 초록색 후드티 차림이다. 티무는 과속 딱지라도 떼이는 것처럼 무안한 표정으로 사브 창문을 내린다.

"자네는 항상 안전을 먼저 생각하는군?"

페테르는 티무가 라모나에게 안전벨트를 채운 것을 보고 아주 살짝 비꼬는 투로 이렇게 말한다.

티무는 그 말을 어떤 식으로 해석하면 좋을지 알 수 없기에 이렇게 웅얼거린다.

"어떻게 하면 좋을지 알 수가 있어야 말이죠. 트렁크에 넣는 건 왠지 그렇고."

라모나는 조수석에 앉아 있고, 당장이라도 깨어나 티무에게 할망구처럼 운전하고 있다고 소리를 지를 것만 같다. 페테르는 얼른 눈을 감았다가 천천히 뜨고, 잠깐 그녀의 뺨에 살그머니 손을 얹을 듯이 하다가 참는다.

"괜찮아, 티무. 같이 방법을 마련해 보자고."

그는 대신 이렇게 속삭인다.

티무는 어린 시절 내내 남들 앞에서 울지 않는 법을 터득했고 페테르도 마찬가지였다. 두 사람 모두 그때 터득한 것을 오늘 제대로 활용한다. 페테르는 일반적인 성인이 연락할 만한 곳에 모두 연락을 돌리고, 티무와 함께 라모나를 조심스럽게 뒷자리에 눕히고, 도심을 향해 천천히 차를 몬다. 장의업체는 영업시간을 알리지 않고 전화번호가 적힌 팻말만 문에 걸어놓았다. 이 일대에서는 죽음을 다루는 사람들은 필요한 경우에만 그 일을 한다. 누군가가 등장하려면 몇 시간을 기다려야 한다. 숲을 뚫고 오기가 그만큼 힘들다.

기다리는 내내 페테르는 웅웅거리는 소리를 듣는다. 처음에는 유리 돔 안에 갇힌 벌레가 짜증을 내는 것처럼 멀리서 들렸다가 점점 굉음으로 발전한다. 그는 환청이 아닌가 싶어 손가락으로 귀를 덮고 문지른다. 함성이 들리고 차를 세워놓은 곳과 그리 멀지 않은 데서 나무가 쓰러지는 것을 보고 나서야 그는 그 소리의 정체를 알아차린다. 전기 톱이다. 톱질 교향곡이 온 사방에서 물결친다. 이제 막 해가 떴고 폭풍이 잠잠해진 지 얼마 되지도 않았는데, 숲속은 이미 쓰러진 나무와 잔해를 치우러 나온 사람들로 가득하다. 소방관도 여럿 보이지만 가서 도우라는 명령을 받고 나온 사람은 없다. 폭풍 대 인간의 싸움은 공평하지 않아도 막판에 승리를 거두는 쪽은 끈질긴 인간이다.

"라모나가 아픈 줄 몰랐어요. 옆에 같이 있어줄걸."

티무가 갑자기 머뭇머뭇 이렇게 말한다.

페테르는 무뚝뚝하게 고개를 끄덕이며 어떤 말로 위로해야 할지 알면 좋겠다고 생각한다.

"연세가 많으셨잖아. 누구의 잘못도 아니야. 라모나는 자네를 사랑했지."

그가 해줄 수 있는 말은 이게 전부다.

티무의 코끝이 보일락 말락 하게 위아래로 움직인다.

"단장님도 사랑했죠."

"자네와 비다르처럼은 아니지. 자네 형제는 라모나에게 아들이나 다름없었으니까."

티무의 눈썹이 널을 뛴다.

"지금 장난해요? 이 할망구가 단장님 자랑을 그렇게 했는데? 하, 얼마나 듣기 싫었는지 알아요? 단장님이 자기는 술도 안 마시고 그런다고 우리를 깔보는 재수 없는 인간인 줄 알았어요. 그런데…… 라모나가 설명해 줬어요. 단장님이 어떤 아버지 밑에서 컸는지. 그 설명을 듣고 깨달았어요. 단장님은 진짜 개같은 어린 시절을 보냈지만 그걸 극복하고 아주 잘 컸다는 걸. 그래서 라모나가 그렇게 자랑하는 거라는 걸."

"전부 옛날 얘기야. 그 당시는 지금이랑 상황이 달랐지. 아버지들이…… 지금이랑 달랐지."

페테르는 조용히 대답하지만 티무는 그렇지 않다는 걸 안다. 티무의 나이는 그의 절반밖에 안 되지만 똑같은 아버지 밑에서 자랐다.

"단장님 아버지는 쓰레기였다고 해도 돼요."

티무는 놀라워하지 않고, 어렸을 때 폭력을 쓰지 않는 어른 남자를 만난 적 없는 아이처럼 말한다.

페테르는 그를 쳐다본다. 그리고 늘 그렇듯이 티무가 너무 말랐다는 데 놀라워한다. 그는 숲 일대에서 가장 엄청난 공포의 대상일지 모르지만 멀리서 보면 기숙학교에 다니는 상류층 도련님 같다. 헤어스타일은 단정하고 분위기는 느긋하다. 속을 알 수 없을 만큼 눈빛이 시커멓지도 않다. 오히려 에너지 넘치는 장난꾸러기처럼 보일 정도다. 페테르는 폭력의 조짐이 어떤 식으로 작동하는지를 알고 보면 재미있다고 생각한다. 눈으로 보이는 것이 아니라 옆에 있으면 그냥 피부로 느껴지니 말이다.

베어타운의 하키 팬들 중에서 나이가 많은 세대는 '개를 닮은' 선수들에 대해 이야기할 때가 많다. 페테르가 그게 무슨 뜻인지 아는 이유는 젊었을 때 개를 닮지 않았다는 얘기를 많이 들었기 때문이다. "페테르 안데르손? 암, 기술은 뛰어나지. 하지만 개를 닮은 구석이 없어." 페테르는 빙판 위에서 공격을 당하더라도 맞대응을 거부했다. 그로 인해 남자들 상당수가 페테르를 믿지 않았고, 어떤 부류의 남자들은 페테르에게 싸움을 걸었다. 그는 그 둘의 차이를 깨닫게 되었다. 얼마든지 싸울 용의가 있다는 남자들은 많지만, 막상 싸움을 벌이려면 누구든 다리를 건너야 한다. 평화에 길들여진 존재에서 동물로 변신해야 남을 육체적으로 공격할 수 있다. 그 다리의 길이는 사람마다 달라서 길이가 아주 짧은 경우 페테르의 아버지처럼 행동하지만, 티무는? 페테르는 티무 같은 사람 옆에 앉아본 적이 없다. 그에게는 다리가 없다. 그의 내면은 이쪽 바닷가에서 저쪽 바닷가까지 한 걸음 만에 성큼 건널 수 있다. 겉보기에는 백 명의 다른 남자들과 구분이 되지 않지만 안을 들여다보면 개, 그 자체다.

그래서 페테르는 까칠까칠하게 자란 수염을 어색하게 문지르며 애매하게 대답한다.

"뭐, 더 끔찍한 아버지들도 있었는걸. 아이들을 낳고 보니 나도 썩 훌륭한 아빠는 되지 못한다는 생각이 들 때가 많아서……."

티무는 고개를 돌려서 창문 안쪽을 들여다보지만 어쩌면 자기 생각을 밝혀야 했을지 모른다. 끔찍한 아버지들을 숱하게 보았어도 그중에 페테르는 없다고 말이다. 어쩌면 페테르도 티무에게 마음은 좀 어떠냐고 물었어야 했을지 모른다. 하지만 양쪽 모두 자기 생각을 말로 표현할 줄 모르는 성격이라 결국에는 그냥 하키 얘기를 한다.

"그래, 자네가 생각하기에는 우리 팀이 올해 어떨 것 같은가?"

페테르는 묻는다. 그냥 예의상 물어보는 것이긴 하지만 진심으로 궁금하기도 하다. 너도나도 그에게 자기 의견을 강요하려던 시절이 있었고 그 시절이 살짝 그리워지는 건 어쩔 수가 없다.

"단장님이 저한테 알려주셔야 하는 거 아닌가요?"

티무는 빙그레 웃었다가 어쩌면 페테르가 자기보다 하키팀에 대해 아는 게 없을지 모른다는 사실을 깨닫는다. 그래서 사과하고 싶어진다.

페테르는 천천히 고개를 젓는다.

"이 마을에서는 사람들이 어떤 식으로 소문을 전하는지 자네도 알잖아. '그걸 어떻게 알았어?' 하고 물으면 다들 그러지. '아, 사람들 얘기하는 걸 들었어.' 이제 내 귀에는 그런 소문이 전해지지 않아. 그동안 사람들은 나한테 얘기한 게 아니었어. 단장한테 얘기한 거였지."

티무는 어느 정도 연민을 담아 고개를 끄덕인다. 페테르가 사임한 지 2년이 지났는데도 하키단은 아직 새로운 단장을 뽑지 않았다. 코치 한 명과 운영위원 소수로 이루어진 '운영 지도부'에게 단장 일을 맡겼으니 쫄딱 망했어야 하는 건데, 우연히 아주 오랜만에 최고의 시즌을 보냈다. 페테르로서는 자기가 문제였나 하는 생각을 하지 않을 수가 없다. 티무는 그 심정을 이해한다. 자기는 빠지는 편이 나은 구단을 사랑한다는 게 어떤 건지 알기 때문이다.

"저기…… 이런 거 물어봐도 될지 모르겠지만…… 온종일 뭐 하고 지내세요? 하키 없이."

티무는 묻는다.

"빵을 만들어."

"빠, 빵이요?"

페테르는 고개를 끄덕인다. 시계를 확인하고 시선을 아무도 없는 도로 쪽으로 옮긴다.

"그런데 솔직히 말하면 나는 심지어 빵을 별로 좋아하지도 않아. 그러니까 나랑 대화를 나눌 생각이라면 올해 팀이 어떨 것 같은지 얘기해 주기 바라네. 라모나가 사라지면 물어볼 사람이 없거든."

티무는 이걸 함정이라고 생각하는 표정을 잠깐 짓는다.

"좋아요…… 내가 보기에는 두 가지 문제가 있어요. 첫 번째는 아 맛이 훌륭한 선수이긴 하지만 어디가 어떻게 잘못됐는지 아무도 모르는 것 같다는 거. 두 번째는…… 에라, 모르겠다. 지난봄에 리그 우승을 차지할 뻔했다가 결정적인 순간에 찌그러졌잖아요. 물러설 줄 모르는 선수가 필요해요. 그러니까…… 음……."

그는 욕하지 않으려는 부모처럼 끙끙대며 알맞은 단어를 찾는다.

"개를 닮은 선수."

페테르가 도와준다.

티무는 웃음을 터뜨렸다.

"꼭 라모나처럼 말씀하시네요."

페테르는 고개를 젓는다.

"아냐. 그냥 늙은이처럼 말하는 거지."

티무는 씩 웃는다.

"하지만 맞아요. 우리 팀에는 그런 선수가 없어요. 16번이요."

이름은 말할 필요가 없다. 페테르도 안다. 온 마을이 안다.

23

자매

"벤야민 오비크 씨."

공항의 지직대는 스피커에서 피곤에 전 목소리가 들린다.

"벤야민 오비크 씨는 74번 게이트로 와주시기 바랍니다."

벤이는 벤치 위에서 눈을 뜬다. 자기 이름이 불렸기 때문이기도 하고, 흘린 눈물 때문에 얼굴의 상처가 따끔거리기 때문이기도 하다. 베어타운은 지금 몇 시인지 모르겠고 시차가 여섯 시간인지 여덟 시간인지 기억이 나지 않지만, 지난 몇 달 동안 밤에는 계속 술을 마시고 낮에는 계속 자면서 지냈으니 시차를 걱정할 필요가 없겠다. 그는 욱신거리는 몸 때문에 끙끙대며 일어나 앉는다.

한번은 라모나가 그에게 벤이의 가장 큰 문제점은 머리는 쓴 적이 없고 가슴은 너무 써서 너덜너덜한데 빌어먹게도 발은 한 방향으로밖에 갈 줄 모르는 거라고 한 적이 있었다. 두말하면 입 아프게 지당하신 말씀이라 지금 승객들이 벤치를 빙 돌아서 지나가고 있다. 그의 코와 입은 주먹보다 더 심각한 피투성이다. 그는 공항으로 오는 길에 후진했어야 하는 상황을 맞닥뜨렸는데, 후진하는 방법을 모르면 이렇게 된다.

상황판에서 '수속 중'이라는 글자가 번쩍거리고 있다. 그는 벤치에서 몸을 일으키고 가방을 들고 탑승구를 향해 절뚝절뚝 걸어간다. 예전에 사람들이 그에 대해 착각했던 부분들이 한두 개가 아니지만, 라모나가 아직 살아 있다면 이 아이가 개를 닮았다는 것보다 더 엄청난 거짓말은 없다고 했을지 모른다. 개를 닮은 구석이 있었더라도 오래전에 겁에 질려서 사라져 버렸다. 이제 벤야민 오비크에게 남은 것은 악마뿐이다.

✳

아나는 폭풍 다음 날 거의 점심 무렵이 되어서야 단짝 친구에게 전화한다. 친구가 전화를 받지 않자 아나는 합리적으로 대처한다. 전화를 걸고 걸고 또 건다. 결국 마야가 짜증 난 투로 전화를 받는다. 열차를 타고 있다는 것도, 마침 열차 화장실에 앉아 있었다는 것도 전혀 문제 되지 않을 만한 부분이지만, 딱 하나 걸림돌이 있다면 아나는 언제나 영상통화를 고집한다는 것이다.

"상대방이 전화를 받지 않으면 그럴 만한 이유가 있겠다는 생각이 안 들어?"

마야는 세면대 위에 아슬아슬하게 전화기를 올려놓으며 쏘아붙인다.

"지금 똥 싸?"

아나는 입 안 가득 감자칩을 넣고서 무심하게 묻는다.

"내가 똥을 싸고 있다고 한들 비위가 상하는 쪽은 나겠지. 감자칩을 먹고 있는 네가 아니라."

"내가 왜 비위가 상하는데? 똥은 보이지도 않잖아!"

아나는 감자칩을 좀 더 욱여넣으며 궁금해한다.

"너는 참 문제가 있어."

"내가? 똥 얘기한 사람은 너잖아. 똥에 문제 있어? 어디 아파?"

"아, 좀!"

"똥이 끈적끈적한가? 그러면 안 되는데."

"아나! 대체 왜 전화한 건데?"

"저기요? 네네, 존재해서 죄송하네요. 역으로 데리러 갈까 물어보려고 전화했을 뿐인데."

"너 면허 없잖아."

"그래서?"

"너랑 이런 얘기할 기운 없어. 걱정 마. 버스 타고 갈게."

"부모님한테 왜 연락 안 했어?"

"그럼 데리러 오실 테니까."

"그거야?"

"그거야!"

"그게 뭐 어때서?"

"엄마 아빠를 번거롭게 하고 싶지 않아서 그래. 안 그래도 골치 아픈 일들이 많은데…… 뭐 해? 괜찮아?"

"감자칩이 목에 걸렸어. 화면에 뭐가 튀었다. 잠깐, 좀 닦을게."

"대단하다, 아나. 정말로."

"네 옆에 그거 기타야? 똥 쌀 때도 기타를 들고 싸?"

"지금 여기 기차잖아, 이 바보야. 누가 훔쳐 가면 어떡하라고!"

"그 쓸데없는 기타를 누가 훔쳐 간다는 거야? 찐따 같아."

"집으로 가니까 좋다, 정말로."

"흥, 웃기는 소리. 나 엄청 보고 싶었으면서."

마야는 미소를 짓는다.

"내 절친 보고 싶다."

아나도 누그러져서 화면에 대고 속삭인다.

"나도 보고 싶어."

그 말에 마야는 참지 못하고 덧붙인다.

"내 절친 소개해 줄게. 너보다 훨씬 재밌거든!"

영상통화라 아나가 화면을 찰싹 때릴 수밖에 없어서 다행이다. 그래도 마야는 움찔하지만. 마야가 맨 처음으로 베어타운 집에 돌아갔을 때 아나가 장난이랍시고 어깨를 때린 적이 있었다. 마야는 그쪽으로 일주일 동안 돌아누울 수도 없었다.

"노래 좀 불러줘."

아나가 기타 케이스를 턱으로 가리키며 중얼거린다.

"절친한테만 불러줄 거야."

마야는 씩 웃는다.

"하! 내가 마음이 여렸다면 그 말 듣고 정말 상처받았을 거다."

아나는 쏘아붙이고 둘은 같이 웃음을 터뜨린다.

마야는 케이스를 열어서 기타를 꺼내고 덜컹거리는 열차의 비좁은 화장실에 앉아 단짝 친구를 위해 노래를 부른다. 아나는 그런 그녀를 사랑할 수밖에 없다. 곡은 새로 썼지만 가사는 예전 그대로다.

나 그리고 너, 너 그리고 나

온 세상더러 와서 보라고 하자

저들은 나의 능력을 몰라

진짜 나를 본 적이 없어

저들은 신분의 상징, 무심하고 시시한 종

너의 반항적인 눈빛, 장전된 엽총

그냥 얘기하라고 해, 저들은 나와 아무 상관없어

그냥 미워하라고 해, 우리는 똘똘 뭉친 두 여자

소리 지르라고 해, 싸우라고 해

떠나라고 해, 보이지 않는 곳으로

저들은 아무도 나를 모르지, 이름이라면 모를까

다른 누구는 필요한 적 없었어, 무슨 일이 닥쳐도

무너져야 하는 건 뭐든 무너질 수 있지

너 그리고 내가 그 모든 것과 싸우자

힘들 때도, 그렇지 않을 때도,

언제나 항상 무슨 일에도

나 그리고 너, 너 그리고 나

빌어먹을 온 세상더러 와서 보라고 하자

우리의 능력을 모르는 저들에게

공간이 모든 메아리를 삼킬 때까지 기타의 마지막 음이 두 화면 사이를 통통 오간다. 마야는 열차의 진동을 엉덩이로 느끼고, 아빠의 침대 시트를 빨고 있는 아나는 건조기의 진동을 엉덩이로 느낀다. 마야는 물어보지 않아도 친구의 아빠가 예전으로 돌아갔다는 것을 알 수 있다. 아나는 혼자 있고 싶지 않아서 항상 빨래를 돌릴 때

전화를 한다. 둘 사이에서 거의 10분 정도 정적이 흘렀을 때 아나가 말한다.

"노래 좋네. 네 새로운 절친이 엄청 좋아하겠어."

마야가 웃음을 터뜨리자 배에 얹어놓았던 기타가 위아래로 들썩인다.

"너 진짜 또라이야."

"흥. 음대 다니는 애가 그런 소리를 하다니. 세계 또라이 대회 같은 게 있으면 너는 출전도 못 해. 또라이 함량 초과라서. 심사위원들이 이럴걸? 아, 안타깝지만 다른 참가자들은 또라이가 되기 위해 정말 열심히 노력했는데 당신은 어렸을 때 또라이의 바다에 푹 담가졌다가 나온 게 분명합니다. 당신이 참가한다면 공정한 대회가 될 수가 없죠!"

마야는 깔깔대고 웃는다. 너무 크게 웃어서 열차 저 끝까지 들릴 것 같지만 상관없다. 그녀와 아나는 몇 달 동안 이 나라의 절반의 거리만큼 떨어져 지내지만, 통화 한 번이면 떨어져 지낸 적이 없는 사이처럼 된다. 끔찍한 일이라고는 전혀 벌어진 적이 없었던 것처럼 된다.

"미안, 폭풍이 거길 지나간 줄 몰랐어. 내가……."

마야가 말문을 열지만 아나가 말허리를 자른다.

"시끄러워. 모르는 게 당연하지."

"보고 싶어."

마야는 조그맣게 속삭인다.

"집에 도착하자마자 전화해."

아나도 조그맣게 속삭인다.

마야는 알겠다고 한다. 아나 같은 친구가 없는 수많은 사람은 무슨 수로 계속 인간으로 살아갈 수 있을까 하는 생각이 들자 머리가 아파진다.

전화를 끊고 마야는 기타 케이스를 어찌어찌 화장실 밖으로 들고 나온다. 그 케이스를 들고 베어타운을 떠났을 때가 열여섯 살이었는데, 지금은 열여덟 살이다. 비다르의 장례식 직후에 떠났고 라모나의 장례식을 보기 위해 돌아가고 있다. 슬픈 이유가 라모나의 죽음 때문인지 향수 때문인지 알 수가 없다. 그녀는 라모나를 잘 모르지만 누군가가 죽는다는 것은 우리가 보는 앞에서 풍선 줄이 툭 끊어지는 것과 비슷하다. 우리는 죽은 사람을 그리워하는 것이 아니라 그 사람이 없음으로 인해 우리에게서 사라지는 것을 그리워한다.

마야는 장례식에 누가 참석할지 궁금해진다. 벤이도 참석할지가 가장 궁금하다. 너덜너덜한 기타 케이스 안쪽의 깊숙한 주머니에는 벤이와 그녀가 떠나기 전에 마지막으로 쓴 노래 가사가 들어 있다.

주체할 수 없는 사랑이
가장 짜릿한 모험이 주어지길 바라요
당신은 탈출하는 방법을 찾을 수 있길
해피엔드로 끝나는
그런 사람이길 바라요

그녀는 그를 자주 생각한다. 마야가 아는 사람 중에서 가장 거칠고 가장 외로운 사람.

✳

벤이는 어느 누구에 대해서도 생각하지 않으려고 갖은 애를 썼지만, 심장이 셔츠 가슴 주머니에 든 비행기 티켓을 때리는 동안 술과 담배로 쌓아둔 보호막이 점점 불안해진다. 그는 손에 엽서를 쥐고 있다. 라모나에게 보내려고 했던 마지막 엽서다. 두 사람은 말보다 침묵을 나눌 때가 더 많았지만 그래도 라모나가 그 엽서를 받으면 술집 벽에 붙여놓지 않을까 싶었다. 그는 자신을 자랑스럽게 여기는 사람이 있을지 모른다는 희망을 오래전에 버렸다. 하지만 적어도 라모나는 그를 부끄럽게 생각하지는 않을 것 같았다.

공항으로 오는 길에 펠센을 연상시키는 술집이 있었다. 술을 넉 잔 마시고서 그의 긴 머리와 문신을 두고 헛소리를 늘어놓던 두 남자와 싸움이 붙은 걸 보면, 그가 얼마나 달라지지 않았는지 알 수 있다. 또 싸움에서 진 걸 보면 그가 얼마나 많이 달라졌는지도 알 수 있다. 그는 전처럼 힘이 세지도 빠르지도 않고 어쩌면 전처럼 거칠지도 않을지 모른다.

눈에 멍이 들었고 코피가 났지만 아픈 건 상관없다. 적어도 그걸 느낄 수는 있다. 이렇게 뭔가를 느낀 것이 얼마 만인지 모르겠다.

돌아가면 고향 사람들 눈에 그가 누구로 보일지 궁금해진다. 벤이는 떠날 때 하키 선수이자 빌어먹을 게이 새끼였다. 후자는 그대로지만 이제 전자는 아닌 그를 그들이 과연 용납할 수 있을까? 베어타운에서는 이기면 사랑받는다는 것을, 그는 아주 어렸을 때 터득했다. 이기고 이기고 이기기만 하면 거의 모든 처벌을 모면할 수 있었다. 하지만 지금 그는 누가 봐도 아무짝에도 쓸모없는 인간이다.

모든 해답을 찾고 싶어서 그 오랜 시간 동안 그 멀리까지 헤매고 다녔지만 그걸 찾을 수 있는 사람은 없다. 맞부딪치는 몸, 댄스플로어, 눈을 깜빡이는 것조차 고통스러울 정도로 지독한 숙취만 늘어날 따름이다. 새로운 삶은 없다. 예전 삶에서 형태만 변형될 뿐이다. 사람들은 딱 한 번만 하면 되는 것처럼 '커밍아웃'을 운운하지만 새로운 사람은 끊길 줄 모르니 더 이상 못 견딜 때까지 커밍아웃을 하고 또 해야 한다. 그는 밤마다 그 파티에서 케빈의 곁을 지키는 꿈을 꾼다. 거의 2년 반이나 지난 일인데도 눈을 감을 때마다 몇 번이고 반복된다.

어렸을 때 그 둘은 뭐든 함께했다. 벤이는 항상 케빈의 곁을 지켰다. 어떤 남자아이들의 경우에는 맨 처음 사귄 단짝 친구가 진정한 첫사랑이다. 사랑에 빠진다는 게 어떤 건지 아직 모르기에 사랑이 뭔지 그걸 통해 배운다. 나무를 타는 느낌, 물웅덩이에서 폴짝폴짝 뛰는 느낌, 단 한 순간도 떨어져 있고 싶지 않아서 숨바꼭질도 하기 싫은 딱 한 명이 생긴 느낌이라는 것을. 대부분의 남자아이의 경우 세월이 지나면 이런 애정이 식지만 어떤 경우에는 끝까지 간다. 벤이는 전 세계를 돌아다녔지만 여전히 케빈을 사랑하는 자기 자신을 용서할 수 있었던 곳은 없었다.

어렸을 때 그들은 툭하면 한집에서 같이 자며 슈퍼히어로 만화책을 보고 아무에게도 털어놓지 않을 나쁜 꿈을 이야기했다. 가끔 벤이가 정말 끔찍한 꿈을 꾸고 두 팔을 마구 휘두르며 깨어나면 케빈은 코가 부러지지 않게 고개를 숙이고 잘 피해야 했다. 시합에 참가하느라 체육관에서 다른 친구들과 함께 자야 했을 때는 케빈이 밤중에 침대에서 몰래 빠져나와 다른 사람이 벤이를 깨웠다가 엄하게 얼굴을 얻어맞지 않도록 벤이의 침낭 지퍼를 턱까지 올려주었다. 여름이면 그들은 단둘이서 숲속으로 떠나 호수에서 알몸으로 수영하고, 둘만 아는 섬에서 몇 주 동안 잠을 잤다. 겨울이 되면 케빈은 온마을의 하키 영웅으로 활약했고 벤이는 누가 케빈을 공격하기만 하면 지구 끝까지라도 쫓아갔기 때문에 관중석의 노인들에게 '보험'이라고 불렸다. 케빈에게 벤이는 하나뿐인 절친이었고, 벤이에게 케빈은 하나뿐인 사랑이었다.

그러니까 이건 벤이의 잘못이다. 그도 안다. 모두로부터 케빈을, 케빈으로부터 모두를 보호하는 것이 그의 역할이었건만. 벤이가 파티장을 박차고 나오지 않았다면 케빈이 마야를 성폭행하는 일은 없었을 테고 그럼 모든 게 평소처럼 유지됐을 것이다. 파티장에 등장한 마야를 바라보는 케빈의 눈빛에 벤이가 질투를 느끼지 않았더라면 마야의 인생이 산산이 부서질 일은 없었을 것이다. 행복하게 잘지냈을 것이다. 케빈은 지금쯤 NHL에서 뛰고 있었을 것이다. 그리고 벤이의 진실을 아무도 몰랐을 테지만 그는 상관하지 않았을 것이다. 모든 게 예전 그대로일 수 있다면 자신의 정체성은 포기할 수있었을 것이다. 아마 그도 지금까지 하키를 하고 있었을 테고 어쩌면 그럴 만한 가치가 있었을 것이다. 그 단순함이 그리울 지경이니까. 하키에서는 그냥 이기기만 하면 된다. 그러면 사랑받을 수 있다. 그는 남들을 대신해 싸웠던 때, 한 집단의 의미 있는 일원이었던 때, 팀 동료를 건드리면 펜스를 넘어와서 달려들지 모른다고 상대 팀에서 두려워하는 존재였던 때가 그리워진다. 라커 룸, 셰이빙 폼이 담긴 신발, 버스 뒷자리에 앉아서 보보와 다른 바보들 머리에 대고 땅콩을 던졌던 것도 그리워진다. 주인이 개의 머리를 토닥이듯 코치가 손바닥으로 그의 헬멧 꼭대기를 한 대 치던 느낌도 그리워진다. 그가 뭔가를 제대로 해냈다는 뜻이었으니까. 거짓이었을지라도 어딘가에 속해 있었던 시절이 그리워진다. 진실 속에서 길을 잃는 것보다는 그편이 낫다.

우리는 어떤 사람과 함께 있는지에 따라 수없이 가면을 바꿔가며 산다. 가장하고 숨기고 자신을 억눌러 가며 남들과 동화되려고 한다. 둘이 마지막으로 만났을 때 벤이는 케빈에게 이렇게 말했다. "네가 그 아이를 만났으면 좋겠다. 네가 찾는 케빈을."

케빈이 그 아이를 만났는지 모르겠다. 벤이는 그가 받아들일 수 있는 케빈을 찾고 있지만 아직 성공하지 못했다.

마침내 비행기에 탑승하자 그는 안전벨트를 최대한 단단히 매고, 누가 그를 깨웠을 때 한 대 치지 않게 그 아래로 손을 집어넣는다.

그런 다음 잠이 든다. 타임머신 꿈을 꾼다. 그것이 가장 끔찍한 꿈이다.

❅

전기가 다시 나가자 레오는 부엌으로 들어가 잠깐 어머니와 함께 식탁에 앉는다. 맞은편이 아니라 옆자리에 앉는다. 그들은 샌드위치를 먹고 초콜릿 우유를 마신다. 행복해하는 어머니를 보며, 그렇게 소소한 일로 누군가에게 그만한 행복을 안길 수 있다는 데 기분이 뿌듯해진다. 열네 살짜리도 그것은 차마 부인할 수가 없다.

마테오는 옆집 지하실 창문을 타고 안으로 기어들어 가 어두컴컴한 바닥에 누워서 그들의 말소리를 듣는다. 총기 보관장을 다시 열어보려고 하지만 이번에도 실패한다.

레오는 어머니에게 누나가 집으로 오는 중이라고 알리지 않는다. 깜짝선물이 될 것이다.

마테오는 누나에게 전화해 지금 어디 있는지 몰라도 거기 그냥 있으라고 얘기할 수 있으면 좋겠다고 생각한다. 누나가 집에 오면 싫다. 집만 아니면 어디에 있든 상관없다. 게임에서 레오에게 헤드 샷을 날렸을 때 느낀 희열이 금세 사라진다. 레오는 여전히 마테오가 잃은 모든 것을 가지고 있다.

"모든 건 둘로 이루어져 있지. 보이는 것과 보이지 않는 것."

라모나는 이렇게 말했다. 두 번의 장례식. 두 집에서 각자 자기의 누나를 기다리는 열네 살짜리 두 아이. 제대로 떠나지 못한 고향으로 돌아오는 두 아가씨. 한 명은 기차를 타고, 또 한 명은 유골 단지에 담겨서.

24

꿈

흔히들 위험인물에게는 감정이 없다고 오해한다. 감정적이지 않다는 것이다. 그건 십중팔구 착각이다. 감정적이고 예민한 사람들이 가장 위험하다. 그들은 학대를 자행할 수 있을 뿐 아니라 학대를 정당화한다. 예민한 사람들은 절대 자기가 잘못을 저지르고 있다고 생각하지 않는다. 느낌상 자신이 옳은 편에 서 있는 것이 확실하기 때문이다.

라모나는 그런 사람들을 "스타워즈 족속"이라고 불렀다. "정치적인 의견이 서로 다른 백 명의 남자한테 그 영화를 보여주면 다들 자기가 루크 스카이워커라고 생각할 거야. 스스로 다스 베이더라고 생각하는 인간은 한 명도 없지."

그녀는 영화를 별로 좋아하지 않았지만 비다르가 어렸을 때는 옆에서 같이 보곤 했다. 영화를 사랑해서가 아니라 그 아이를 사랑해서였다. 라모나는 맞는 말을 하는 것도 좋아했지만 앞으로 며칠 동안 자기가 했던 말이 다 맞았던 걸로 밝혀지면 아무리 그녀라도 질색할지 모른다.

프락은 이미 일어나 부산을 떨고 있을 때 그녀가 죽었다는 소식을 듣는다. 아이스링크로 가서 관리인이 조기를 게양하는 것을 돕는다. 그런 다음 전화를 돌리기 시작한다. 눈에 눈물이 고여서 그를 과소평가하기 쉽지만 프락은 이미 누구보다도 먼저 앞을 내다보고 있다. 라모나의 죽음으로 주인 없는 술집만 남은 게 아니라 베어타운하키 운영위원회에도 공석이 생겼다.

우리는 나중에 이해의 폭풍을 돌아볼 때 대부분 이야기의 순서를 헷갈릴 것이다. 정신과 의사가 트라우마를 겪은 환자에게 단편적인 정보를 시간순으로 정리하게 하는 이유도 공포를 느끼면 날짜가 뒤죽박죽 섞여버리기 때문이다. 사람들도 마찬가지로 뒤죽박죽이 되어버릴 수 있다. 하지만 우리가 공유하는 기억은, 베어타운과 헤드의 모든 주민이 가장 선명하게 기억하는 것은 아마 정적일 것이다. 바람이 그치고 나무들의 흔들림이 멈추자마자, 그 이전의 아수라장에 맞먹을 만큼 사나운 정적이 우리 귀를 찌른다. 베어타운과 헤드의 도심은 폭탄테러를 당한 것처럼 보이지만 최악의 현장은 따로 있다. 수 세대에 걸쳐 숲을 물려받은 남자와 여자들이 양쪽 마을 외곽의 식탁 앞에 앉아서 휴대용 계산기로 생존 비용을 계산한다. 자녀와 손자들에게 물려줄 유산이 창밖에서 삭제되었다. 바람이 그들의 일상을 와르르 무너뜨려 말 없는 비극의 잔재만 남겼다. 보험에 들지 않은 사람도 있고, 들었다 한들 보험사에서는 보험금을 주지 않으려고 갖은 애를 쓸 것이다. 폭풍 이후 몇 주 동안 젊은 세대는 나이 많은 친척들이 엽총을 꺼내어 들고 숲속으로 들어갈 궁리를 하지 못하게 번갈아 불침번을 설 것이다. 이 일대의 사냥꾼들은 그렇게 표현한다. 이 주변에서는 아무도 '자살'이라는 단어를 쓰지 않

않는다.

폭풍 직후에는 베어타운과 헤드의 경계선이 흐릿해진다. 땅뿐만 아니라 사람들 간의 경계선까지 그렇다. 좋을 때도 있고 끔찍할 때도 있다. 앞으로 여러 해 동안 우리는 우리에게 들이닥친 것이 무엇이었고, 이후 며칠 동안 우리가 어떤 일에 원인 제공을 했으며, 어디까지가 우연이고 어디까지가 계획이었는지 생각하게 될 것이다. 하지만 처음 시작은 늘 그렇듯 정치다.

가장 영향력 있는 의회 의원들을 폭풍 다음 날 점심시간에 한 자리로 모은 사람은 프락이다. 위기관리 계획을 수립해야 하지 않겠느냐고 전화로 같은 말을 여러 번 반복한다. 정치인들은 앞으로 이 지역의 자영업자들과 어디에서든, 심지어 헤드에서까지 숱하게 만날 테지만, 맨 첫 번째 회의가 열린 장소는 베어타운 슈퍼마켓의 사무실이다. 나중에 돌이켜 보면 이는 나쁜 선택이었다. 헤드 주민들은 이것을 상징적으로 받아들였다. 이 지역에서 가장 목소리가 큰 사람들이 회의에 참석하지만 가장 말을 많이 하는 사람은 프락이다. 정식 직책이 없는 그가 모든 걸 진두지휘하는데, 때가 되면 우리는 이것도 나쁜 선택이었다는 사실을 알게 될 것이다.

첫 번째 안건은 대청소 순서를 정하는 것이다. 소방관과 자원봉사자가 이미 나서서 도로를 치우고 있지만 어느 도로부터 청소할 건지 결정해야 한다. 다들 겸손을 모르는 프락이 자기 슈퍼마켓 앞길을 우선순위에 넣겠거니 생각한다. 하지만 그는 자리에서 일어나 이렇게 얘기한다.

"현시점에서 중요한 건, *가장 중요한 건 아이들*입니다. 그렇지 않습니까? 따라서 그쪽 아이스링크가 처참하게 무너져 버렸으니 헤드의 모든 팀이 이쪽으로 건너와 베어타운 아이스링크에서 연습할 수 있어야 된다고 봅니다. 그거야말로 누가 봐도 분명한 공동체 의식의 표출입니다. 다들 동의하십니까?"

사람들이 웅얼웅얼 맞장구를 치자마자 그는 이렇게 덧붙인다.

"그러니까 베어타운 아이스링크와 연결된 모든 도로를 가장 먼저 청소해야겠죠! 동의하십니까?"

이제는 웅얼웅얼 맞장구치는 소리가 아까처럼 호의적이지 않다. 아이스링크와 연결된 도로가 마침 프락의 슈퍼마켓과 연결된 도로이기도 하기 때문인데, 이제 와서 그걸 짚고 넘어가면 어린이들에게 적대적인 사람으로 보일 수 있다. 아니, 더 심각하게는 하키에 적대적인 사람으로 보일 수 있다. 프락은 의회 의원들이 입을 열기도 전에 비판의 가능성을 사전에 차단하려고 자기방어 차원에서 일장 연설을 늘어놓는다.

"위기가 닥치면 우리 슈퍼마켓에서 뭐가 제일 먼저 동이 나는지 아십니까? 화장지예요! 왜 그런지 아시나요? 위기를 관리하는 듯한 느낌이 들기 때문입니다. 세상이 불안하게 느껴지면 사람들은 나가서 한바탕 쇼핑을 합니다. 그러면 뭔가를 하고 있는 것 같거든요. 하지만 뭘 사면 좋을지 모르거든요. 우유? 우유를 백 리터 살 수는 없어요. 다 상해버릴 테니까. 통조림? 파스타? 사람들은 머리가 잘린 닭처럼 우왕좌왕하면서 수천 가지 물건을 담는데, 한 명도 빠짐없이 챙기는 게 뭔지 아세요? 바로 화장지예요! 장을 보러 갈 때마다 사는 게 그런 물건이거든요. 온 가족이 날마다 쓰는 물건. 우리 인간이 화장지 없이 살 수 있을까요? 당연히 살 수 있어요! 하지만 화장지는 생활용품, 일상의 상징으로 우리 머릿속에 각인됐기 때문에 불안해지면 다들 그걸 한 아름 들고 집으로 갑니다. 화장지가 꼭 필요해서가 아니라 그렇게 하면 상황을 통제하고 있는 듯한 느낌이 들기 때문에. 무슨 말인지 아시겠어요? 위기의 순간에는 일상의 상징이 필요합니다. 그리고 이 일대에서는, 우리 같은 사람들에게는 하키가 화장지고요. 그게 있어야 해요. 그게 떨어지면 안 돼요. 지금 이 지역에 전기나 난방보다 더 필요한 건 상징과 꿈이에요. 어제는 폭풍이 불었지만 오늘 우리는 일상을 살아가야 합니다. 그리고 이 일상은 하키와 함께 시작되는 것입니다!"

그 말은 누구도 반박할 수 없기 때문에 어느 도로를 가장 먼저 청소할지 결론이 나고, 이와 더불어 헤드와 베어타운이 베어타운 아이스링크를 같이 쓰기로 결정이 내려진다.

우리는 어느 마을 주민인가에 따라 그날의 회의를 다르게 기억할 것이다. 몇 년이 지나면 관계당사자들은 자기들이 정말로 그 회의에 참석한 건지, 아니면 같은 얘기를 하도 여러 번 듣다 보니 그 자리에 참석했던 것처럼 *느껴지는 건지* 제대로 기억하지 못할 것이다.

우리가 동의할 딱 한 가지가 있다면 양쪽의 결정은 모두 대참사였다는 것이다. 우리가 벌집을 발로 찼다. 어쩌면 그건 프락의 판단 착오였을 수도, 그의 의도였을 수도 있다.

하지만 어렸을 때 그보다 스타워즈를 더 좋아했던 사람은 절대 있을 수 없다.

25

진부한 명언

아맛은 폭풍 다음 날 아침 일찍 일어난다. 묶는 법을 잊어버리기라도 한 것처럼 운동화 끈을 묶고 집에서 슬그머니 기어 나와 건물 담벼락이 드리운 그림자를 가르며 생쥐처럼 허둥지둥 달린다. 끔찍한 죄를 저지르려는 사람처럼 보일지 몰라도 실은 정반대다. 하지만 실패할 수도 있으니 아무에게도 들키고 싶지 않다.

파티마는 그가 집을 나서는 것을 보고 모르는 체한다. 속으로 노래를 부르며 그 리듬에 맞춰 춤을 추고 싶은 걸 참는다. 전날 밤, 폭풍을 뚫고 걸어서 마중 나온 그 아이와 함께 집에 도착했을 때 그 아이가 조그맣게 속삭였다.

"실망시켜서 죄송해요, 엄마."

그녀는 항상 하던 말을 했다.

"포기하지 않는 한 네가 나를 실망시킬 일은 없어."

이제 그가 다시 달리고 있다. 처음에는 부끄러운 듯 조심스럽게 몇 발 내디뎠다가 이내 전속력으로 달린다. 불안과 술 때문에 여름 이후로 살이 쪘지만 그의 발은 이 순간을 갈망하고 있었다. 이제 그

발은 모든 걸 처음부터 다시 배우고 전처럼 기계가 되어야 한다. 그래야 생각의 스위치를 내려도 몸은 계속 움직일 수 있다. 지난 몇 년 동안 그는 자신이 얼마나 뛰어난 '재능'의 소유자인지 귀에 못이 박이도록 들었지만 하키에 대해서 아무것도 모르는 사람들이나 그렇게 말할 수 있다. 그들은 거저 받은 거라도 되는 듯 '재능'을 운운한다. 중학생이 된 이후로 날마다 제일 먼저 아이스링크로 출근해서 제일 늦게까지 있었던 아맛에게. 토할 때까지 수천 킬로미터를 스케이트로 달리고, 손에 물집이 잡히고 동네 사람들이 노발대발할 때까지 집에서 빈 깡통을 드리블했던 아맛에게. 무엇이든 잘하고 싶은 사람들이라면 모두 그렇듯 하키를 위해 다른 모든 것을 포기한 아맛에게.

그가 재능에 대해 한 가지 알게 된 사실이 있다면, 세상에서 유일하게 가치가 있는 재능은 훈련에 철저하게 전념할 수 있는, 참고 견딜 수 있는 재능이라는 것이다. 그는 오늘 달리기를 시작했을 때부터 이미 숨이 차올랐지만, 건물 밀집 지역에서 벗어나자마자 전속력으로 할로 반대편을 향해 달린다. 언덕을 올라가 쓰러진 나무들이 뒤엉킨 숲속으로 들어간다. 숲은 폭풍이 닥친 순간보다 그 이후가 더 위험할 수 있기에 뜯긴 뿌리와 쓰러진 나뭇가지를 피하느라 여러 번 옆으로 폴짝 뛰어야 한다. 그렇지만 숲 말고는 갈 데가 없다. 시내를 달리면 사람들의 심판하는 시선을 감당할 수 없을 테고, 봄에 그런 일이 벌어진 마당에 아이스링크에 가면 환영받을 수 있을지 자신이 없다. 지금 여기는 혼자뿐이다. 그는 언덕 꼭대기의 공터에서 달리기를 멈춘다. 폭풍 전에는 여기에 공터가 없었는데 지금은 보이지 않는 주먹이 나무 사이를 내리치기라도 한 것처럼 뻥 뚫렸다. 힘들어서 토하는 바람에 눈에 눈물이 가득 고이지 않았다면 거기서 온 마을을 내려다볼 수 있었을 것이다. 전에는 여길 백 번 오르내려도 숨 한 번 찬 적이 없는데, 지금은 계단만 올라가도 심장마비를 일으킬 듯이 헐떡거리는 늙은 알코올중독자가 된 기분이다.

하지만 적어도 지금 여기 있지 않은가. 그는 다시 달린다. 예전의 그로 돌아가기 위해.

❄

"그게 무슨 말씀이세요? 차에 태워서 왔다니?"

마침내 도착한 장의업체 직원이 외친다.

폭풍 다음 날이고 마을은 아수라장이지만 이 남자는 양복 차림에 깔끔한 구두를 신고 있다. 열다섯 살 이후로 줄곧 예순 살처럼 보였음직한, 머리가 희끗희끗한 남자다.

"상황이 좀 이례적이었어요."

페테르가 말한다.

"그래도 안전벨트는 채웠다고요, 씨발."

여기가 다른 마을이고 상대가 다른 남자였다면 장의업체 직원이 그걸 두고 안 하느니만 못한 말을 한두 마디 했을지 모르지만, 상대는 악명 높은 티무 리니우스고 여기는 베어타운이다. 그는 헛기침을 하고 페테르에게 그냥 조용히 속삭인다.

"대개는 이런 식으로 하지 않거든요. 정말이지 대개는 이런 식으로 하지 않아요."

페테르는 이해한다는 듯이 고개를 끄덕이고, 폭풍과 정전과 충격 때문에 무분별한 판단을 내리게 됐다고 말한다. 티무를 탓하지 않고 모든 책임을 자기에게로 돌린다. 편안한 화제를 찾으려고 공연히 남자에게 이렇게 묻는다.

"올해에는 우리 하키팀이 어떨 것 같아요?"

"저는 스포츠를 좋아하지 않아서요."

남자는 무뚝뚝하게 대답한다.

티무가 어찌나 심하게 눈을 굴리는지 저러다 기절하는 게 아닐까 싶을 정도다. 남자가 건물 안으로 들어가자 페테르는 한숨을 쉬고 따라간다. 남자가 라모나의 시신을 처리하는 문제로 몇 군데 전화를 돌리는 동안 페테르와 티무는 교장실로 불려간 말썽꾸러기처럼 앉아서 벽에 걸린 액자를 읽으며 시간을 보낸다. 부고에 자주 쓰이는 시구를 적어놓은 액자다. *"삶이 선물한 가장 아름다운 나비가 하나도 남지 않았다고 말하지 말라."* 이렇게 적힌 액자를 보고 티무가 페테르의 옆구리를 찌르며 씩 웃는다.

"라모나가 저거 보면 질색할 것 같지 않아요? 묘비에 저 문구 새겨요!"

페테르는 빵 터지는 바람에 몇 분 동안 장의사에게 사과한다. 장의사는 그들을 빤히 쳐다보다가 들리지 않는 줄 알고 "훌리건들" 하고 중얼거리자 이번에는 티무가 숨을 헐떡일 정도로 크게 웃음을 터뜨린다.

페테르는 벽에 걸린 다른 시구를 읽는다. *"어머니가 세상을 떠나면 나침반의 눈금이 사라지고, 숨이 턱턱 막히고, 숲속의 작은 공터가 사라진다. 어머니가 세상을 떠나면 사방에 잡초가 돋는다."*

"심지어 저건 운율도 안 맞아!"

티무가 외친다.

"자네가 시에 그렇게 조예가 깊은 줄 미처 몰랐는걸?"

페테르는 놀란다.

"장미는 빨갛고, 제비꽃은 파랗고, 나에게 맥주 한 잔만 사주면 안 잡아먹지!"

티무는 씩 웃으며 되받아친다.

페테르는 그 줄의 맨 끝에 달린 액자를 턱으로 가리킨다.

"라모나는 저걸 좋아할 것 같은데."

티무는 거기 적힌 시구를 읽고 이번에는 아무 말도 하지 않는다. *"언젠가는 당신도 오래전에 살았던 사람 중 한 명이 될 테니."* 그는 고개를 끄덕인다. 펠센의 늙은 단골손님 가운데 한 명이 맥줏값이 올랐다고 투덜대자, 취할 만큼 취한 라모나가 완전히 새로운 욕을 생각해 낸 적이 있었다.

"어, 그래, 응. 어차피 우리는 전부 죽을 거고 죽기 전에 사랑하는 걸 전부 빼앗길 거야. 그러니까 앓는 소리 좀 그만해, 이 딱한 영감탱이야!"

그 말을 액자에 담으면 근사할 것이다.

머리가 희끗희끗한 장의사는 손님들이 일어날 때가 되자 얼른 내보내고 싶은지 헛기침을 하고 장례식은 언제가 좋겠느냐고 묻는다. 페테르는 거기까지 생각하지는 않았지만 날짜를 세어보고는 본능적으로 말한다.

"이번 주 일요일이요."

머리가 희끗희끗한 남자는 화들짝 놀란다.

"모레요? 그건 안 됩니다! 대개는 아무리 못해도……."

"다음 주는 안 돼요, 엘크 사냥 시즌이 시작되거든요."

페테르는 진지하게 말한다.

"그 다음 주도 안 돼요, 하키 시즌이 시작되거든요."

티무가 한층 진지하게 말한다.

"그러니까 이번 주 일요일이라야 합니다."

페테르가 딱 잘라 말한다.

머리가 희끗희끗한 남자는 자기 다이어리를 내려다보며 어물어물 말한다.

"일요일에는 장례식이 이미 하나 잡혀 있는데요. 하루에 두 개를? 베어타운에서? 정말이지 대개는 이런 식으로 하지 않습니다!"

티무가 신이 나서 페테르의 정강이를 걷어차며 키득거린다.

"부고는 이렇게 하면 어때요? '라모나가 우리 곁을 떠났습니다. 이제는 천국의 맥줏값이 비싸질 겁니다.'"

페테르는 그를 흘끗 쳐다본다. 아주 오랜만에 갑자기 장난을 치고 싶어진다.

"그러게, 부고가 자네 전공인 모양이로군. 내 부고에는 뭐라고 썼더라?"

"에이 씨, 그건 내가 쓴 게……."

티무가 기분 나빠하며 쏘아붙이자 페테르는 요란하게 폭소를 터뜨린다. 머리가 희끗희끗한 장의사는 오늘 아침에 전화를 받은 것을 진심으로 후회하는 표정을 짓는다.

❄

아맛은 평생 하키를 했고 모든 라커 룸은 진부한 명언이 생산되는 공장과 같다. 하도 익숙해지다 보니 거기서 오가는 말을 귀담아듣지도 않지만, 전직 A팀 코치였던 수네가 쩌렁쩌렁하게 내뱉은 말은 머릿속에 남았다. "너희가 영향을 미칠 수 있는 날은 오늘뿐이다. 어제와 내일에 대해서는 아무것도 할 수가 없지만 오늘에 대해서는 어떻게든 해볼 수가 있단 말이다!"

아맛은 타는 듯한 목구멍과 후들거리는 다리를 달래며 미친 사람처럼 그 말을 중얼중얼 반복하고 또 반복한다. 돌아가는 길이 얼마나 될까, 그 생각밖에 나지 않는다. 오늘, 오로지 오늘.

그는 공터에 서서 할로를 내려다본다. 아파트가 옹기종기 모여 있는 그곳은 예전에 있었던 자갈 채석장으로 내려가는 비탈길에 건설됐기 때문에 이 마을의 다른 지역보다 태풍의 피해가 적었다. 이 마을의 저편 언덕에 자리 잡은 하이츠는 호수가 훤히 보이는 뻥 뚫린 부촌이라 상황이 더 심각하다. 들이닥친 바람은 상대가 돈이 있거나 말거나 으리으리한 집의 지붕을 뜯어내고, 어처구니없을 만큼 비싼 가스 바비큐 그릴을 집어던져 깨끗하게 닦아놓은 전망 창을 박살냈다. 아맛이 기억하기로 베어타운에서 자행된 부당한 만행이 언덕 꼭대기에 사는 그들에게 영향을 미친 것은 이번이 처음이다. 그런 광경이 눈에 들어올 때마다 쾌감이 아맛의 몸을 따뜻하게 관통했다. 올여름에 나락으로 추락하는 그를 보며 다른 사람들이 이런 기분을 느꼈겠다고 그는 생각한다.

그는 언덕을 달려 내려가 잠깐 멈춰서 무릎에 손을 얹고 숨을 고른 다음 방향을 돌려서 다시 비틀비틀 언덕을 올라간다. "스포츠는 항상 우리에게 진실을 보여주지." 그는 어렸을 때 베어타운의 모든 남자 어른들에게 이런 말을 들었다. "리그 성적표에는 숨을 데가 없거든." 이 마을의 남자 어른들은 명언을 좋아한다. "압박감은 특권이다." "패자들이나 핑계를 댄다." "실력보다 태도가 중요하다." 경기가 끝나면 울리는 호루라기 소리가 그들에게는 오롯한 해방을 알리는 소리다. 삶의 다른 영역은 온통 불분명할지라도 하키에서는 누가 승자인지 확실히 알 수 있다. 이긴 쪽이 승자다. 그래서 심지어 아맛조차 그 안에서 쉽게 살아갈 수 있었지만 결국에는 견딜 수 없는 지경에 이르렀다.

작년 이맘때 그는 열일곱 살이었고 다들 그가 유망하다는 걸 알았지만 NHL을 운운하는 사람은 아직 없었다. 베어타운 하키단은 하부 리그의 규모가 작은 구단이라 뭔가 주목할 만한 게 있어야 에이전트와 스카우트를 불러들일 수 있다. 작년 가을에 누군가가 아맛의 소문을 들은 사람이 있었고, 겨울 동안 그 숫자가 점점 많아지더니 올해 1월에는 모르는 사람이 없게 됐다. 그는 키가 십여 센티미터 자랐고 근육이 몇 킬로그램 늘었고 갑자기 모든 게 너무 단순해졌다. 그에게는 남들보다 시간이 느리게 흐르는 것 같았다. 빙판 위에서 뭐든 할 수 있게 됐고 천하무적이 된 것 같았다. 3년 전, 열다섯 살이었을 때만 해도 케빈, 벤이, 보보, 기타 등등과 함께 청소년 팀에서 뛰는 것조차 불가능한 꿈 같았고, A팀은 손이 닿지 않는 곳에 있는 것만 같았는데, 어느 날 갑자기 거기서 뛰게 됐다. 하키에서는 모든 게 빛의 속도로 움직인다. 라인 변경, 경기, 전체 시즌이 쏜살같이 지나간다. 지난겨울에는 모든 게 너무 빠르게 돌아가서 결국 그는 발을 헛디디고 말았다.

처음 시작은 사랑이었다. 모든 게 그렇게 시작된다. 아맛이 경기마다 골을 넣자, 노인들이 슈퍼마켓에서 그들 모자를 만나면 붙잡아 세우고 그와 악수하며 이 마을이 그를 얼마나 자랑스러워하는지 모른다고 말했다. 전에는 아맛이 조금 가까이 다가가면 지갑이 잘 있는지 주머니를 만져보던 사람들이 갑자기 가족처럼 굴기 시작했다. 그들은 아맛의 위팔을 움켜잡고 빙그레 웃으며 "근육을 좀 더 키워야겠다"고 하거나 가끔은 그를 놀리기도 했다. "왕년에는 베어타운 경기가 열릴 때마다 실을 항상 5미터씩 준비했어. 그걸로도 부족하면 눈썹 위에 강력 테이프를 붙여주고 나가서 다시 뛰게 했는데!" 그들은 빙판 위에서 얻어맞기보다 펄쩍 뛰어서 피하는 쪽을 선택하는 아맛을 보고 못마땅하게 여겼고 조금 나약하다고 생각했지만, 그가 경기에서 이기면 좋아서 어쩔 줄 몰라했다. 할로에 사는 그의 친구들이 경기를 보러 오기 시작하자 그들은 코를 찡그렸지만, 아맛은 계속 그냥 이기고 이기고 또 이겼다. 할로의 아이들은 길에서 놀 때 "나는 아맛이다!"라고 외치기 시작했고, 곧 하이츠에 사는 아이들도 따라 하기 시작했다. 결국에는 헤드에 사는 아이들까지 부모님이 듣지 못하는 곳에서 그 말을 따라 하기 시작했다.

갑자기 여기저기서 NHL과 프로 생활과 돈방석에 대해 이야기하기 시작했다. 아맛은 듣지 않으려고 했다. "감사하고 겸손해라." 그가 저녁 늦게 아이스링크 청소를 거들면 어머니는 이렇게 말했다. 그런데 주변에서 "너는 끝을 볼 수 있다"고 확신하는 사람들이 워낙 많아지면 결국에는 자기 자신도 그렇게 믿게 된다. 그러다 보면 '할 수 있다'가 '그렇게 될 거다'가 되고, '그렇게 될 거다'가 '그렇게 되어야 한다'가 되어버린다. 이제는 끝을 보아야만 한다. 희망이 압박이 되고, 행복이 스트레스가 되고, 슈퍼마켓에서 만나는 노인들은 그가 두 골을 넣어도 더는 칭찬하지 않고 세 골을 넣어야 된다고 했다. 시즌이 시작됐을 때는 그 덕분에 베어타운 하키팀이 강등을 면하면 다들 기뻐했지만, 새해 첫날에 그들이 리그 1위로 등극하자 갑자기 그걸로는 부족해졌다. 여기저기서 팀이 승격될 가능성에 대해 이야기하기 시작했다. 아맛이 이 마을에 무엇을 선물했는지 얘기하던 사람들이 몇 달 만에 아맛이 이 마을에 어떤 빚을 졌는지 얘기하기 시작했다. 그래서 그는 고개를 숙이고 더욱 열심히 연습했다. 감사하자, 감사하자, 감사하자. 겸손하자, 겸손하자, 겸손하자.

그는 그들이 요구한 모든 것을 했다. 모든 것을 제대로 했다. 그런데도 모든 것이 나락으로 떨어졌다.

❉

머리가 희끗희끗한 남자가 장의업체를 나서려는 그들을 붙잡고 "비용은 어떻게 하실 예정이세요?" 하고 물었을 때, 페테르는 그 얘기가 나오자마자 놀라우리만치 빠르고 조용하게 건물 밖으로 빠져나가는 티무를 보고 감탄한다. 페테르가 나와 보니 그가 차 옆에 서서 담배를 피우고 있다.
"집까지 차를 얻어 타고 갈 수 있을까?"
페테르는 묻는다.
티무는 길바닥을 내려다보며 고개를 끄덕인다.
"그럼요. 그럼요. 하지만 음, 그 뭐냐…… 펠센에 필요한 서류 작업 말이에요. 은행이랑 뭐 그런…… 어른들이 하는 일. 그거 좀 도와

줄 수 있어요? 그리고 장례식도. 어떻게 하면 되는지…… 알아요?"

페테르는 불편해하며 헛기침을 한다.

"그건 나보다 라모나와 더 가깝게 지낸 사람에게 부탁해야 하지 않을까?"

"더 가깝게 지낸 사람이 누군데요?"

티무는 퉁명스럽게 묻는다.

페테르는 그 말을 듣고 자신이 할 말을 잃었다는 데 충격 비슷한 것을 받는다. 그래서 그는 안 된다고 하지 않고, 아무 말도 하지 않고 펠센으로 출발하며 미라에게 두어 시간 더 있다가 들어갈 수 있겠다고 메시지를 보낸다. 그녀는 그냥 **알았어**, 라고 답문을 보낸다. 그는 몇 분 동안 전화기를 만지작거리지만 더는 아무 메시지도 보내지 않는다.

라모나의 장부는 보물이 어디에 묻혀 있는지 힌트를 암호로 적어놓은 것처럼 보이지만, 그 힌트로 알게 된 것은 보물의 위치가 아니라 밀린 세금과 빠뜨리고서 신고하지 않은 부가세다. 페테르는 전화를 걸고 또 걸어가며 한 번에 하나씩 해결하다가 뭔가를 다시 정리한다는 것이 이렇게나 기분 좋은 일이라는 사실을 깨닫고 놀라워한다. 단장으로 지내던 시절이 언뜻 떠오르면서 라모나가 그를 완전히 뒤집어 놓으려고 일부러 죽었나 하는 생각이 들려고 한다.

"이거 봤어요? 우리 완벽 선생 사진을 제일 좋은 자리에 걸어놓으셨네!"

티무가 벽에 줄줄이 걸린 전직 베어타운 선수들 사진을 가리키며 말했다.

페테르는 젊었을 적의 자기 사진을 흘끗 쳐다본다. 전국에서 2등을 했던 시즌이라 별로 좋아하지 않는 사진이다. 겨우 2등을 했던 시즌이었다. 그 사진을 보면 모두가 그에게 요구하던 것을 이루어내지 못했다는 사실만 생각이 날 따름이다.

'언젠가는 당신도 오래전에 살았던 사람들 중 한 명이 될 테니.'

그는 속으로 중얼거리고 멍하니 묻는다.

"그게 무슨 말이야? '완벽 선생'이라니?"

티무는 빙그레 웃는다.

"이 술집의 단골들이 단장님을 그렇게 불러요. 라모나가 단장님은 뭐든 못 하는 게 없었다고 하던 얘기를 하고 또 하고 그랬거든요. 우리가 이 마을에서 불가능한 꿈을 꾸는 이유가 단장님 때문이라고. 하, 그 소리를 몇 번을 했나 몰라요! 단장님은 아무것도 없는 집에서 태어나 최고의 선수가 됐다고!"

페테르는 얼굴이 어찌나 화끈거리는지 목까지 벌게지는 것이 느껴진다. 평생 그보다 더 어울리지 않는 별명은 들어본 적이 없다.

"2등 선수였지."

그는 중얼거린다.

티무는 그의 어깨가 처지는 것을 보고 더는 아무 말도 하지 않는다. 한쪽 벽의 거의 바닥에 걸린 사진을 찾아서 고리에서 떼어 내서 바 카운터 위에 조심스럽게 올려놓는다. 비다르와 라모나가 나란히 서서 함께 깔깔대며 웃고 있는 사진이다. 페테르는 그걸 보고 역시 아무 말도 하지 않는다. 그들은 몇 시간 동안 술집을 치우고 서류를 정리하다가 다시 대화를 나누기 시작한다. 대화의 주제는 하키다. 이제 곧 가을이다. 여기에서는 가을이 한 해의 시작, 모든 게 다시 가능해지는 새로운 시즌의 시작이다. 과거의 모든 것을 잊어버리는 대신 바라는 모든 것을 논할 수 있는 때다. 불가능한 꿈을 꾸는 때다.

티무는 휴대전화를 바 카운터 위에 두고 화장실에 간다. 문자메시지 알림음이 들려도 페테르는 반응하지 않는다. 열 번 더 들려도 반응하지 않는다. 소문이 시작됐고 사람들이 말을 하기 시작했지만 아직 페테르에게 전해지지는 않았다. 그래서 그는 오늘 프락과 정치인들이 어떤 사안에 합의했는지 알지 못한다. 티무의 전화기가 바 카운터 위에서 몇 센티미터씩 움직일 때마다 온 마을이 엉뚱한 방향으로 같이 움직이고 있다는 것을 알지 못한다.

26

소문

헤드 병원의 복도에 조산사와 소방관이 서 있다. 한나는 정신적으로 탈진한 상태고 요니는 육체적으로 탈진한 상태다. 그들은 서로에게 짜증을 부리지 않으려고 애를 쓰고 있지만 사실상 소용이 없다. 폭풍 다음 날이고 그는 숲에서 쉴 새 없이 작업을 하고 있어서 한나가 다른 모든 일을 쉴 새 없이 처리해야 한다. 도로가 나무에 가로막혀서 베어타운에 사는 병원 직원들이 출근하지 못하고 있기에 한나와 헤드에 사는 다른 직원들이 2교대로 근무해야 한다. 집에서 아이들을 돌볼 사람도 필요하고 도무지 답이 없다. 한나는 도로가 치워질 때까지 퇴근할 수 없고 요니는 그 도로를 치워야 하기에 퇴근할수 없다. 이것이 그들의 관계, 즉 서로에 대한 관계와 공동체와의 관계를 한마디로 정리한다고 볼 수 있다. 예전에 한나는 텔레비전에 출연한 부부 상담사가 "결혼 생활에서 중요한 건 공통의 목표를 가지고 같은 방향을 바라보는 것"이라고 하는 말을 들은 적이 있지만, 둘이 같은 방향을 바라보면 절대 서로를 볼 수 없다는 것이 맹점이라는 생각이 들 때가 많다.

"그래서 내가 어떻게 해줬으면 좋겠어?"

흙과 땀으로 범벅이 된 요니가 묻는다.

설명할 방법이 없기에 한나는 그저 한숨을 쉰다. 그는 바람이 잦아들자마자 작업하러 나섰다. 그것이 요니의 일이다. 하지만 오늘 일을 마친 뒤 저녁에는 다른 소방관의 아버지를 도와서 그 집 밭을 치우고, 헤드의 미용실에서 대형 유리창을 교체하는 작업을 도와주기로 했다. 한나는 남편의 눈빛에서 집착을 읽는다. 그는 이제 다시 자기가 세상을 구해야 한다고, 자기가 세상을 구할 수 있다고 생각한다. 그녀는 그를 말리는 사람이 되기 싫지만 그녀가 아니면 그런 일을 할 사람이 없다. 다들 요니가 슈퍼맨인 줄 안다.

"좀 쉬었으면 좋겠어. 아빠가 아직 살아 있다는 걸 알 수 있게 집에 가서 애들이랑 한 시간만 있어주면 좋겠어. 모든 일을 당신이 해야 한다고 생각하지 않았으면 좋겠어."

한나는 버겁고 절박하다. 목욕하고 와인을 한 잔 마신 뒤 열여섯 시간 동안 자고 싶은 마음이 굴뚝같다.

그녀는 마지막 말에 그가 얼마나 상처를 받았는지 알 수 있다. 요니는 어제 출동하지 못했기 때문에 전기톱을 들고 남들의 두 배를 일하고 있다. 다른 소방관들은 이미 시내로 출동해 사람들을 돕고 있을 때 그는 한나가 제정신이 아닌 열여덟 살 아나와 숲으로 들어가 아이를 받는 동안 집을 지키고 있어야 했다. 그 와중에 벵트가 쓰러지는 나무에 맞아 다리가 부러졌다. 소방관들이 모두 병원에 와 있는 이유가 그 때문이다. 10초마다 한 번씩 벵트의 병실에서 십여 명의 남자들이 웃는 소리가 울려 퍼지고 있으니 아무도 모를 수가 없다. 그는 농담에는 후하고 책망에는 인색해서 인기가 많은 상사다. 요니보다 나이가 스무 살 많고, 그가 소방관으로 취직하는 데 도움을 준 은인이기도 하다. 지금처럼 복잡한 채용 절차를 거치지 않고 소방서에서 직접 신입을 뽑았던 시절의 얘기다. 요니는 새로운 시스템을 두고 이렇게 중얼거릴 때가 많다. "젠장, 모든 걸 평등하게 하겠다는 거지. 사회 안에서 누구도 소외되지 않게, 능력 없는 소방관도 훌륭한 소방관만큼 뽑을 수 있게."

그 시절에는 하키팀에서 곧바로 소방관이 차출됐다. 반평생 라커룸을 같이 쓴 선수들끼리는 상대방이 적임자인지 아닌지 보증할 수 있었다. 소방관이 되는 법은 배우면 되지만 적임자인지 아닌지는 처음부터 이미 정해져 있다. 벵트는 그걸 알았고, 그래서 요니는 그의 멘토를 실망시키게 된 것 같은 괴로움에 시달리는 것이다. 어젯밤에 출동했어야 하는데. 쓰러지는 나무는 전부 그의 나무다. 부러진 다리는 전부 그의 잘못이다.

"내가 그 자리에 있었어야 했어, 내가……."

요니는 짜증 섞인 투로 말문을 연다.

"당신이 바꿀 수 있는 건 아무것도 없어!"

한나는 받아친다.

그녀가 할 수 있는 말 중에 이보다 더 잔인한 말은 없다. 세상에 기여하는 데 평생을 바쳐온 사람에게 당신은 그럴 능력이 없다고 하는 것 아닌가.

"내가……."

그는 중얼거린다.

"알아, 알아. 미안해."

그녀는 말한다. 두 사람 모두 민망해진다.

백만 년 전, 둘이 처음으로 사귀기 시작했을 때 요니가 이런 말을 한 적이 있었다. "나는 내 기분이 어떤지 시시때때로 표현하지 못해. 너처럼 감정적인 성격이 아니거든."

그건 한나가 들은 그의 말 중에 가장 어처구니없는 말이었다. 감정적인 성격이 아니라고? 요니의 성격은 감정적 그 자체인데? 그녀가 자기 기분이 어떤지 표현을 많이 한다면 그는 자기 기분에 전적으로 *지배받는다*는 것만 다를 뿐이다. 하지만 그래서 그가 훌륭한 소방관이자 훌륭한 아빠가 될 수 있는 거고, 그녀가 사랑한 것도 그의 감정적인 성격이었다. 두 사람의 아들들이 훌륭한 하키 선수가, 딸이 환상적인 피겨스케이팅 선수가 될 수 있었던 것도 감정적인 성격 덕분이었다. 그것이 삶의 전부일 정도로 예민하지 않으면, 실패할 때마다 상처받지 않으면, 질 때마다 죽을 것처럼 느껴지지 않으면 어떤 스포츠든 잘할 수가 없다. 그러니까 한나에게 '감정적인 성격'에 대해 왈가왈부하지 않아야 마땅하다. 같이 사는 모든 식구가 그런 성격이니 말이다.

"조심할게. 걱정할 것 없어. 나무 자르고 교통정리하는 게 거의 다니까……."

요니는 머뭇거리며 말한다.

"그렇게 말하지 마! 불이 나면 당신, 애들한테 뭐라 그래? 불에 타서 죽는 것보다 고속도로에서 사고 처리하다가 차에 치일 확률이 더 높다고 하잖아!"

그녀가 쏘아붙인다.

"저녁 먹기 전에 들어갈게. 약속해. 그리고 내일 애들 하키 연습도 내가 데려다주고."

죄책감 때문에 그의 목소리가 떨린다.

"뭘로 데려다줄 건데? 지금 차도 없는데……."

한나는 그에게 화를 내는 자기 자신에게 화가 나서 한숨을 쉰다.

그들의 차는 폭풍이 물러간 지금도 아나의 집 앞에 그대로 방치되어 있다.

"내가 오늘 저녁에 가서 끌고 올게. 도로 청소 끝나자마자 동료한테 태워다 달라고 하면 돼."

요니는 고개를 끄덕인다. 그 빌어먹을 차에 대해서 지금까지 까맣게 잊고 있었던 것이다.

한나는 천천히 고개를 끄덕인다.

"미안, 좀 피곤하네. 종일 긴장했더니. 모든 게…… 미쳐 돌아가고 있어. 코치진이 보낸 이메일 받았어? 애들 훈련이 전부……."

그녀는 혀를 깨물지만 이미 늦었다. 그가 당장 폭발한다.

"베어타운 아이스링크에서 이루어질 거라고, 어! 소방서에서 들었어! 뻔뻔하기도 하지! 와서 쓰라고 빌려줘서 고맙다며 절이라도 해야 하는 건가? 우리 링크는 다 무너지도록 방치하는 동안 그쪽은 수백을 들여서 얼마 전에 보수공사를 했으니 폭풍이 불어도 당연히 멀쩡했겠지! 우리 걸 먼저 수리했어야 하는 건데……."

그는 자신이 이런 식으로 씩씩대면 그녀가 참지 못한다는 걸 알기에 말을 하다 말고 자제한다. 하지만 베어타운은 모든 면에서 요니의 가장 못난 모습을 자극한다.

"그래, 그래, 나도 알아. 하지만 그렇게 된 걸 어쩌겠어."

한나는 단호하게 결론을 내린다.

"일이 그렇게 된 이유는 우리가 신경 쓰지 않았기 때문이야! 우리가 맨 먼저 어느 도로를 치우게 됐는지 봤지? 베어타운, 그 마을의 아이스링크와 빌어먹을 프락의 슈퍼마켓으로 가는 길부터 치우라잖아. 헤드에도 치워야 하는 도로가 많은데! 여기는 사람 사는 동네도 아니라는 건가?"

그는 이 말을 맨 처음 시작할 때도 중얼거리고 끝에도 중얼거린다. 항상 최우선시되는 도로는 사실 여기 이 병원으로 오는 길이지만, 한나는 그가 무슨 뜻에서 그런 말을 하는지 안다. 의회에서 계속 한 마을이 다른 마을보다 중요하다고 하면 거기 사는 사람들도 그렇게 믿게 된다. 감정적인 사람들은 특히 더욱 그렇다. 그녀는 몸을 앞으로 기울여 그의 뺨에 손을 얹고 조그맣게 속삭인다.

"우리는 우리가 할 수 있는 걸 하자. 알았지? 어쩔 수 없는 건 그냥 무시하고, 어떻게 해볼 수 있는 것에 집중해야지."

요니는 고개를 끄덕이며 까칠하게 수염이 자란 양쪽 입꼬리를 실룩거린다.

"알았어, 달라이라마 씨."

한나는 그의 팔을 때리고, 요니는 여기가 직장이라는 사실을 감안할 때 조금 길다 싶게 그녀에게 입을 맞춘다. 요니가 사랑한다고 속삭이자 그녀는 갖가지 외설적인 표현을 마주 속삭여 그의 말문이 막히게 하고는 웃음을 터뜨린다.

"자, 이제 같이 노는 친구들 데리고 숲으로 돌아가 줘. 이 병원이 난장판이 되기 전에."

한나는 벵트의 병실에서 새어나오는 소방관들의 목소리로 계속 쩌렁쩌렁 울리는 복도를 턱으로 가리킨다.

요니는 고분고분하게 그녀의 말을 듣는다. 하지만 걸음을 옮기기 전에 흥분한 목소리로 불쑥 말을 꺼낸다.

"내가 재밌는 얘기 하나 들려줄까? 벵트한테 들은 건데!"

"자기야, 지금 시간이 없어서……."

한나는 운을 떼지만 두말하면 잔소리, 이미 엎질러진 물이다.

"불에 타서 죽은 알란이라는 사냥꾼이 있었어. 이 얘기 알아? 모르지? 아무튼. 알란은 얼굴이 심하게 타서 신원을 확인할 수가 없어 가지고 병원에서는 같이 사냥하러 다니던 제일 친한 친구 두 명을 영안실로 불렀대. 그런데 이 친구들도 얼굴만 보고는 잘 모르겠다며 시신을 뒤집어 달라고 하지 뭐야. 의사는 그 말을 듣고 놀랐지만 해달라는 대로 했어. 알몸으로 엎드린 알란의 시신을 보고 한 친구가 말하는 거야. '아뇨, 이 사람은 알란이 아니에요.' 다른 친구도 말했지. '맞아요. 절대 알란이 아니에요!' 의사는 머리를 긁적이며 궁금해했어. '어떻게 그렇게 자신하십니까?' 친구들은 조금 우물쭈물하다가 말했지. '음, 알란은 남들과 다른 신체적인…… 결함이 있거든요. 사실 똥구멍이 두 개예요.' 의사는 친구들을 빤히 쳐다봤어. '똥구멍이 두 개라고요?' 친구들은 고개를 끄덕였어. '네, 똥구멍이 두 개예요.' 의사는 고개를 저으며 물었어. '확실합니까?' 친구들은 이제 조금 자신 없는 표정을 지었지만 이렇게 말했다는 거야. '음…… 우리가 실제로 본 건 아니지만…… 어렸을 때부터 사람들이 항상 그랬거든요. 저기 똥구멍 두 개 달린° 알란 온다!'"

전에도 들은 얘기지만 한나는 웃음을 터뜨린다. 얘기가 재밌어서

° 똥구멍(asshole)에는 재수 없는 인간, 멍청한 인간 등의 뜻이 있다. '똥구멍 두 개 달린 알란'은 그런 친구 둘을 달고 다니는 알란이라는 뜻이고, 친구들은 그걸 곧이곧대로 받아들였다는 이야기다.

가 아니라 요니가 재밌어서다.

"웃기지?"

그가 어찌나 신나게 키득거리는지 전염될 정도다.

"얼른 가!"

그녀는 한숨을 쉬지만 나오던 한숨이 웃음으로 변해버린다.

마침내 그는 다른 소방관들과 함께 떠나고 그들의 웃음소리가 이후에도 오래도록 여운으로 남는다. 그들은 꼭 형제 같아서 한나를 미치게 하지만 질투가 나기도 한다. 가족이 하나 더 있는 셈이지 않은가. 그들은 대부분 어렸을 때부터 친구였다. 사실 그런 친구들이 있으면 철이 들 필요가 없다. 그들은 학교를 같이 다니며 하키를 같이 했고, 이제는 낚시와 사냥을 같이하며 고칠 수 없는 차와 이해하지 못하는 여자들에 대해 얘기하고 벤치프레스 경쟁을 하는 동료이자 아빠이자 소방관이다. 하나의 집단이다.

"같이 나가서 담배 한 대 피울래?"

얼른 지나가는 한나를 보고 한 간호사가 묻는다. 오래전에 끊었다는 걸 알면서 하는 농담이다.

"다시 피우기 시작하면 같이 나가서 피워줄게!"

한나는 미소를 지으며 대답하고, 소문의 늪으로 슬그머니 들어간다. 몇몇 사람들은 아직 '직원 휴게실'이라고 부르는 곳이다. 늘 그렇듯 커피 한 잔을 따라놓아도 밖에서 호출이 오자마자 나가야 하니 다 마시지도 못하지만, 그사이에도 남들이 하는 얘기를 충분히 주워들을 수 있다. 당연히 하키 얘기지만 또 뭐가 있을까? 오늘은 전과 다른 분위기가 감돈다. 이곳은 베어타운에 사는 직원과 헤드에 사는 직원이 반씩 섞여 있는 직장이다. 지구상의 다른 곳에서는 종교나 정치가 그렇겠지만 여기에서는 스포츠를 화제로 꺼낼 수 없다. 하지만 오늘은 베어타운에 사는 절반의 직원이 출근하지 못했으니 여러 사람이 본심을 공개한다.

시작은 헤드의 청소년 팀이 베어타운에서 훈련해야 한다는 결정에 불만을 토로하는 것부터다. 이내 어떤 사람이 의회에서 헤드 아이스링크는 보수 공사할 계획이 없다는 소문을 들었다고 한다. 이내 또 다른 사람이 정치인들이 전부터 두 구단을 하나로 합치려고 호시탐탐 노리고 있었는데, 이제 좋은 기회가 생겼겠다고 한다.

"어느 구단이 없어질까?"

누군가가 묻는다.

"어느 구단이겠어? 돈이 없는 쪽이겠지!"

누군가가 외친다.

"그런데 베어타운의 돈은 다 어디서 나는 걸까? 아이스링크 보수 공사는 의회 돈으로 한 거 아니야? 우리가 내는 세금으로 그쪽 구단을 지원해도 되는 거야?"

한나는 이 대화의 향방을 알기에 커피머신 옆에 잠자코 서 있다. 전부터 이런 대화가 도돌이표처럼 계속됐지만 최근 들어 점점 심해지고 있다. 한나는 그들에게 동조하고 싶지 않고, 여기서 이성의 소리를 담당할 수 있으면 좋겠지만, 그냥 입을 다물고 있다. 왜냐하면 이해하기 때문이다. 이 병원은 추가로 인원을 감축하거나 아예 문을 닫을지도 모른다는 소문에 끊임없이 시달리고 있다. 그러니까 의회에서 하키단을 없애겠다고 협박한다면 베어타운으로 가는 길을 더이상 치우지 않는 것이 모두에게 최선일지 모른다. 대신 벽을 세우는 편이 나을지도 모른다.

두말하면 잔소리지만 한나는 위선을 떨고 있다. 그녀도 안다. 지난 몇 년 동안 헤드 하키팀에 쏟아부은 세금을 여기 병원에 썼으면 더 좋지 않았을까? 물론이다. 하지만 아이들이 빙판 위에만 서면 다른 것은 아무것도 존재하지 않고 세상이 희미하게 잊힌다는데 그걸 위해 그녀가 달리 뭘 내줄 수 있을까? 질문이 바보 같다. 뭘 내줄 수 없겠느냐고 물어야 한다. 게다가 아이스하키팀에서 세금을 아낀다고 해도 그 세금이 절대 병원에 쓰이지는 않을 것이다. 풍력발전소? 아니면 오소리들에게 수채화로 감정을 표현하는 법을 어떻게 가르칠지 연구하는 정책? 그런 허튼수작 같은 것에 쓰일 것이다. 적어도 하키에는 보상 비슷한 게 따른다. 남녀노소를 불문하고 온 마을 사람들에게 열정을 쏟아붓고 그걸 중심으로 똘똘 뭉칠 수 있는 구실을 제공한다. 베어타운에 대한 증오를 말이다. 당연히 헤드에도 하키를 좋아하지 않는 사람들이 존재한다. 여기서 그들은 성도착증 환자로 간주한다. 당신이 집에서 뭘 하든 상관없지만 제발 우리한테는 알리지 말아달라는 식이다.

어떤 직원이 시동생에게 '베어타운 비즈니스 파크' 얘기를 들었다고 한다.

"그쪽 사람들은 쉬쉬하지만 헤드의 모든 업체에 거기 입점을 제안하고 있대요! 그럼 여기에는 뭐가 남겠어요?"

"하키 협회에서 폭풍 때문에 A팀 경기 스케줄 바꾼 거 봤어요? 남부 팀들이 여기까지 올 수 있을지 모르겠다고 우리 첫 번째 상대를 누구로 정한지 알아요? 바로 베어타운이에요!"

"이런 망할."

"하지만 얼마나 좋은 기회예요? 잘나가는 구단을 없앨 수는 없을 테니까, 우리가 그 경기에서 이기면…….”

“그런 개떡 같은 구단을 이기는 정도만으로는 부족하죠! 박살을 내야지!”

“전쟁이다!”

“아맛이라는 그 꼴 보기 싫은 놈만 뛰지 않으면…….”

“걔 다리가 부러지면 어떻게 될까요? 사고를 당할 수도 있고요.”

그들은 재밌는 얘기라도 들은 듯이 웃음을 터뜨린다. 그들의 대화는 계속된다. 한나는 더 듣지 못한다. 누가 그녀의 이름을 부르자 입도 대지 않은 커피를 그대로 두고 뛰쳐나간다. 그래도 바보 같은 아들 녀석들이 내일 베어타운에서 훈련을 받기 전에 이런 소문은 듣지 않았으면 좋겠다고 생각할 겨를은 있다. 그랬다가는 어떤 난리가 벌어질지 안 봐도 뻔하다. 무엇보다 바보 중에서도 으뜸가는 요니의 귀에 이 소문이 전해지지 않길 바라는 마음이 크다.

하지만 아니나 다를까, 이건 때늦은 바람이다.

27
아빠

수도에서 출발한 열차는 천천히 북쪽으로 달리며 베어타운이나 헤드라고 해도 믿을 수 있을 다른 마을의 역사에 정차하고 정차하고 또 정차한다. 이 나라는 그런 마을로 가득하다. 대부분은 들어도 머리에 남지 않지만, 지역 명물 덕분에 전 국민에게 각인된 이름도 있다. 케이크, 뮤직 페스티벌, 워터 파크, 어쩌면 형무소. 아니면 하키팀. 내 고향을 듣고 상대방이 "아, ……로 유명한 곳?"이라고 되묻게 만드는 것. 지도상에서 존재감을 드러내게 만드는 것.

열차가 북쪽으로 갈수록 폭풍 피해가 더 심각하고 숲은 더 빽빽하며 쑥대밭은 더 도드라진다. 내륙으로 몇 시간 달려서 도착한 어느 역사에서, 열차가 간판을 지나기도 전에 이름이 기억에서 지워지는 그런 곳에서 한 노인이 열차에 탑승한다. 어느 누구도 그에게 관심을 두지 않는다. 맞은편에 앉게 된 열여덟 살짜리 여자아이만은 예외다. 당장 자리에서 일어나 노인이 부탁하기도 전에 트렁크를 들어서 짐칸에 실어준다.

"고마워요, 아가씨. 정말, 정말 고마워요!"

노인은 흑백 멜로영화의 유물처럼 이렇게 외친다.

그녀가 미소를 짓자 더 어려 보인다. 반대로 노인은 우산을 지팡이처럼 쓰고 있어서 더 늙어 보인다.

"내리실 때 말씀하시면 트렁크 꺼내드릴게요."

마야는 상냥하게 미소를 짓는다.

"고마워요. 친절하기도 하지. 폭풍 때문에 열차가 종착지까지 가지는 못할 것 같고, 아무래도 아가씨하고 같은 역에서 내려서 거기에서부터는 버스를 타고 가야 할지도 모르겠는데……."

마야가 긴장하자 자기 말에 놀란 걸 알아차린 노인은 그녀가 쓰고 있는 털모자를 턱으로 가리킨다.

"베어타운의 곰이 있길래. 목적지가 거기 아니요?"

마야는 피해망상증 환자 같은 반응을 보인 데 민망해하며 조금 급하게 숨을 토한다.

"네…… 네, 맞아요. 이건 아빠 모자예요. 평소에는 잘 쓰지 않는데 이제…… 집으로 가니까 꺼내서 썼어요. 그쪽은 더 추우니까요."

그녀는 어색하게 미소를 짓는다. 노인은 이해한다는 듯이 고개를 끄덕인다.

"고향에서 멀리 떨어져 지낼수록 고향을 사랑하는 마음이 더 커지지요."

그녀는 손끝으로 모자를 더듬는다.

"네, 맞아요. 저한테는 해당이 안 되는 줄 알았는데."

예전에 엄마가 뭔가를 측정할 수 없을 만큼 사랑한 적 없는 사람은 절대 믿으면 안 된다고 한 적이 있었다. 생각하면 할수록 그 말이 점점 더 이해된다.

맞은편 좌석의 노인이 몸을 앞으로 숙이고 엄청난 비밀이라도 되는 듯 조그맣게 속삭인다.

"나는 헤드에 사는 딸아이를 만나러 가는 길이에요. 그렇다고 나를 미워하지는 말아줘요."

마야는 폭소를 터뜨린다.

"집에서 아무리 멀리 떨어져 지내도 그건 그립지 않을 거예요. 우리는 헤드를 미워하고 헤드 사람들은 우리를 미워해야 한다는 발상 말이에요. 정말 말도 안 돼요."

"그러게, 거기에서는 하키가 많은 분야에 영향을 미친다고 딸아이한테 들었는데……."

그녀는 눈을 부라린다.

"아뇨, 아뇨, 많은 분야가 아니에요. 모든 분야지."

"솔직히 내 보기에는 헤드 사람들이 조금 질투가 났어요. 헤드보다 베어타운이 점점 더 잘되는 것처럼 보이니까. 하키뿐만이 아니지. 신문에서 봤어요. 공장이 커져서 직원 수가 늘었다던데. 입점하는 업체도 많다고 하고. 그 정도 규모로 그만한 성과를 거둘 수 있는 마을이 어디 흔하겠어요?"

마야는 고개를 끄덕이지만, 그녀의 고향을 그렇게 잘나가는 곳으로 간주하는 사람을 만나다니 적응이 되지 않는다. 마야가 어렸을 때 하려는 일이 잘 안 될 때면 아빠는 이렇게 말했다.

"하키에서는 분위기가 금세 바뀌거든. 인생도 마찬가지야. 그러니까 계속 전진하기만 하면 돼!"

"베어타운 사람들이 성실하고 일을 정말 열심히 하거든요!"

그녀는 맞은편에 앉은 노인에게 이렇게 말하고는 자랑스러워하는 자기 말투에 놀라워한다.

노인은 그녀의 사투리가 점점 심해지는 것을 느낀다. 그는 창밖을 흘끗 내다본다. 열차를 에워싼 숲이 터널을 통과하는 것처럼 느껴질 만큼 점점 더 빽빽해지고 있다.

"폭풍 때문에 집에 가는 건가요? 우리 딸아이 말로는 피해가 아주 심했다던데."

"아뇨…… 음, 네, 어떻게 보면요. 장례식 때문에 가는 거예요."

"저런. 가까운 분이 돌아가셨나?"

열다섯 살에서 열여섯 살이 되던 해의 기억이 요란하게 마야를 관통한다. 아빠와 함께 경찰서에 갔던 것, 거기서 전말을 밝혔던 것, 케빈이 그녀 때문에 가장 중요한 경기에 출전하지 못하게 되자 아빠가 베어타운 하키단에서 잘릴 뻔했던 것. 모든 회원이 모여서 구단의 미래를 결정하는 회의를 열었던 것, 마야의 가족과 온 마을이 대치하는 상황처럼 느껴졌던 것. 그때 맨 먼저 일어나 그들을 옹호한 사람이 라모나였다. 라모나의 뒤에는 '그 일당'이 있었고, 마야는 그것 때문에 아빠가 얼마나 심란해하는지 알고 있지만 두 사람 모두 라모나에게 진 빚을 절대 잊지 못할 것이다. 아무도 믿지 않았을 때 열다섯 살짜리 여자아이의 말을 믿어주었던 것을. 모두 눈치만 보고 있을 때 그녀의 편이 되어주었던 것을. 그녀는 맞은편에 앉은 노인을 보며 서글픈 미소를 짓는다.

"저보다는 아빠랑 더 가까운 분이었어요. 두 분은 정말…… 오래된 친구 같았어요. 그분은 술집 사장님이었고, 저희 아빠는 할아버지가 술에 너무 많이 취하면 거기로 모시러 갔었거든요."

노인은 빙그레 웃는다.

"아, 뻔한 스토리로군. 하지만 아가씨는 아빠를 데리러 간 적이 없었다?"

"저희 아빠는 술 안 드세요!"

그녀는 너무 잽싸게 대답하고 만다. 항상 그렇듯이 아빠를 변호하고 싶은 마음이 너무 앞섰기 때문이다. 노인은 사과하는 뜻에서 두 손을 들어 보인다.

"기분 나쁘게 들렸다면 미안해요."

그녀는 한숨을 쉰다.

"아니에요…… 아니에요, 이해해요. 하지만 저희 아빠를 아신다면…… 세상에 그보다 번듯한 분이 없어요. 원칙을 절대 어기지 않는 그런 분이에요."

"아가씨 아버님도 베어타운의 다른 사람들처럼 하키에 대한 관심이 지대한가요?"

그녀는 요란하게 폭소를 터뜨린다.

"장난 아니죠. 사실 그 팀의 단장이셨어요. 지금은 엄마 회사에서 일하지만."

"아, 그렇다면 아까 아가씨가 얘기한 베어타운의 그 '성실한' 사람에 아가씨의 *어머님*도 포함되겠군요."

노인은 놀리는 투로 말한다.

마야는 미소를 짓는다.

"엄마 회사는 사실 헤드에 있어요. 그것 때문에 아빠가 미치려고 하고요."

"그럴 만도 하겠네. 아버님은 어쩌다 단장 일을 그만두셨나요?"

"엄마를 사랑하시거든요."

그녀의 조건반사적인 대답을 듣고 노인은 잠깐 생각의 끈을 놓친다. 그는 서글픈 미소를 지으며 자기 손을 내려다본다. 마야가 그 손을 보니 결혼반지가 없다. 노인은 서류 가방 안에서 두툼한 종이 뭉치를 꺼내어 무릎에 올려놓는다.

"그래요. 두 분은 운이 좋네요."

그는 종이에 시선을 고정한 채 이렇게 말한다.

마야는 고개를 끄덕인다. 노인이 한참 동안 아무 말도 하지 않길래 마야는 자기가 한 말 때문에 기분이 상했나 싶어서 괜히 묻는다.

"뭐 보세요?"

"연례보고서."

"와, 엄청…… 재밌겠네요."

"재밌을 수도 있어요. 어디를 봐야 하는지 제대로 알기만 하면."

그녀는 노인의 말을 믿지 않는다. 그게 패착이다.

❄

펠센 앞 도로에 연식이 오래된 미국산 자동차가 주차되어 있다. 페테르는 문 앞에 서서 그 차를 쳐다보지만 누구 것인지 알지 못한다. 그는 차에 별로 관심이 없지만 이 차의 연식은 안다. NHL에 입성해 처음으로 훈련을 받으러 다닐 때 팀 동료가 정확히 그 차로 그를 태워주었다. 당시에는 최신형이었지만 지금 길가에 서 있는 그차는 녹이 슬었고 금방이라도 주저앉을 것처럼 보인다. 페테르는 자기도 마찬가지 신세인 것 같다.

화장실에서 나온 티무가 바 카운터에 앉아서 휴대전화로 무수히 받은 문자메시지를 읽고 있다. 훨씬 나중에 페테르는 티무 같은 남자가 나쁜 소식에도 흥분하지 않다니 참 희한한 일이라고 생각할 것이다. 그는 세간의 평가와 다르게 다혈질이 아니다. 메시지를 한 번 읽을 때마다 체온이 1도 낮아지기라도 하는 듯 점점 차가워지고 말이 없어져서 페테르는 점점 불안해진다. 페테르가 터득한 바에 따르면, 그의 앞에서 상대방이 보이는 태도가 아니라 상대방 앞에서 그가 보이는 태도에 따라 조심해야 하는 인간인지 아닌지가 판가름 난다.

"저 이제 그만 가봐야겠는데, 남은 일은 내일 마저 해도 될까요?"

티무가 계속 전화기를 들여다보며 묻는다.

페테르는 달리 할 말이 없기에 고개를 끄덕인다. 불을 끄고 문단속을 하던 중, 비상구 근처에 걸린 사진에 그의 시선이 닿는다. 험악한 표정을 짓고 빙판 위에 서 있는 초록색 스웨터 차림의 여자아이. 어쩌나 조그만지 맞는 장갑이 없을 정도다.

"그 아이가 단장님보다 더 훌륭한 선수가 될 거예요."

뒤에서 티무가 말한다. 페테르는 그의 목소리에서 느껴지는 갑작스러운 애정에 화들짝 놀란다.

티무도 놀란 것을 넘어 거의 민망해하는 표정이다. 그들은 서로 시선을 피하고 헛기침을 하며 밖으로 나간다. 페테르도 당연히 그 여자아이에 대해 들어서 알고 있다. 여섯 살인가 일곱 살이며, 이름은 알리시아. 전에 베어타운 A팀 코치였던 늙은이 수네와 붙어 지내며 그의 집 벽에 픽으로 구멍을 뚫으려고 열심히 노력하는 중이다. 아이의 가정은 끔찍하지만 도움을 받을 수 있을 만큼 끔찍하지는 않고, 부엌 찬장은 텅 비었지만 주먹질이 오간다. 그렇다고 관계 당국에서 개입할 만큼 심한 정도는 아니다. 따라서 수네의 집 마당이 알리시아에게는 피난처이자 놀이터다. 몇 년 전쯤, 라모나는 티무를 통해 최고의 선물을 전한 적이 있다. 어느 날 밤 알리시아가 잠든 사이 검은 옷을 입은 젊은 남자 몇몇이 알리시아의 집에 찾아갔다. 서슴없이 부엌으로 향한 그들은 장비가 가득 담긴 하키 가방을 식탁 위에 올려놓고는 그 집 어른들에게 이제 알리시아는 '그 일당'의 보호 아래 있다고 선언했다. 그날 이후로 아이의 얼굴에는 집에서 생기는 멍이 줄었다. 대신 아이스링크에서 생기는 멍만 훨씬 더 많이 늘었다. 언젠가 그 아이는 최고의 선수가 될 것이다.

티무가 차를 세워놓은 곳으로 걸어가자 페테르도 따라갔다. 이 일대에서 가장 악명 높은 훌리건과 같은 차를 타고 가다니, 얼마 전까지만 해도 얼마나 인 좋게 보였을까 하고 생각한다. 하지만 지금은 아무도 페테르에게 관심이 없다. 그 자신조차 마찬가지다. 오랜 시간이 주어지면 숲은 모든 환상을 마모시킨다. 그의 환상도 예외는 아니다. 그는 티무의 폭력 전과를 낱낱이 안다. 동시에 그는 누군가 늑대를 불법으로 사냥한다는 소문만 들려도 매번 무장 병력과 헬리콥터를 출동시켰던 경찰이 몇 년 전 이 일대에서 강도 사건이 연달아 벌어졌을 때는 와보지도 않았던 것을 기억한다. 그 강도 사건을 해결한 주인공이 '그 일당'이었다. 페테르는 세세한 과정까지 알고 싶지는 않지만 적어도 티무의 권위가 어디에서 나오는지는 알 수 있었다. 그와 경찰의 다른 점은 난폭하다는 것이 아니라 믿음직하다는 것이었다. 알리시아에게 물어보라.

미국산 자동차는 여전히 도로에 주차되어 있다. 그 앞을 지나는 동안에도 티무의 휴대전화에 문자메시지가 왔다는 진동음이 들리지만 그는 반응하지 않는다. 모두 똑같은 내용이다.

"오늘 인기가 많네?"

페테르는 묻는다.

"그냥 사람들이 이 얘기, 저 얘기하고 그러네요."

티무는 아무 감정 없이 말한다.

"우리 애들도 노상 문자를 보내. 심지어 글도 아니고 그 조그만 그림만 잔뜩 넣어서. 요즘에는 전화하는 사람이 아예 없나 봐."

티무는 요란하게 폭소를 터뜨린다.

"아, 미친. 단장님, 누가 들으면 백 살 먹은 노인네인 줄 알겠네."

"가끔은 정말 그렇게 느낄 때도 있어."

그들은 티무의 사브에 올라타 잠깐 동안 아무 말 없이 달린다. 침묵이 불편해지자 티무가 아니나 다를까, 하키 얘기를 꺼낸다.

"걔요, 올해는 뛸까요?"

"누구 말하는 거야?"

"아맛이요! 술독에 빠져 산다던데……."

"누가 그래?"

티무는 어깨를 으쓱한다.

"누구겠어요. 사람들이지."

어련들 하실까. 페테르에게만 말이 전해지지 않을 뿐이다. 시간은 아무도 기다려주지 않아서 소년이 남자가 되고 재능이 과거지사가 되고 누구라도 악마에게 발목을 잡힐 수 있다. 이 마을 역사상 가장 빠른 스케이터라도 그렇다. 예전에 수네는 단장으로서 페테르의 가장 큰 특징이 "하키팀의 모든 선수를 자기 자식처럼" 생각하는 거라고 말한 적이 있었다. 칭찬이었지만 몇 년 뒤에 미라가 똑같은 말을 했을 때는 비난이었다. 지난가을 페테르는 아맛에게 NHL 드래프트와 관련해서 조언하려고 했지만, 그 무렵 소년은 남자가 되었고 남자는 늙은이가 되었다.

"나도 모르겠네."

그는 솔직히 고백하는 수밖에 없다.

티무는 한숨을 쉰다.

"그 자식, 지난 시즌에는 미쳤잖아요. 제대로 미쳤죠. 케빈보다 더 실력이 좋았어요. 그리고…… 단장님보다도."

"내 플레이 본 적도 없으면서."

페테르가 당황스러운 마음을 감추려고 콧방귀를 뀌자 티무는 깜짝 놀란 조랑말처럼 흥분한다.

"라모나가 단장님 경기를 비디오로 전부 보여줬는데요! NHL 경기까지 다!"

"뛴 경기가 별로 없어서 금방 봤겠네."

페테르는 중얼거린다.

"와 씨! 내가 그걸 안 본 줄 알아요? 백 번쯤 봤어요! 단장님은 나를 머리 빈 훌리건으로 여기겠지만 나도 단장님만큼 하키를 사랑한다고요. 아, 되게 재수 없네. 단장님이 있던 시절에 스탠딩석을 없애려고 한다든지 하는 뻘짓을 저질러도 내가 그 면상에 주먹을 날리지 않은 이유가 오로지 그 때문이에요. 단장님도 나처럼 하키를 사랑한다는 걸 알았으니까. 단장님이 동네 바보처럼 굴어도 그 마음을 존중했으니까!"

예전에 원정팀 버스에 몰래 들어가 개똥이 가득 담긴 서른 개의 비닐봉지에 불을 질렀던 인간에게 '동네 바보'라고 불리다니. 페테르는 숨을 몇 번 고른 다음에서야 그 충격에서 회복한다. 서른 개의 비닐봉지에 개똥을 가득 채우려면 얼마나 치밀한 계획과 작전이 필요할까? 맙소사. 좀 더 상식적인 일에 그런 정신적인 능력을 발휘했다면 세상을 손에 넣을 수도 있었을 것이다.

"자네가 착각하고 있어."

페테르는 결국 미소를 지으며 이렇게 말한다.

"착각은 무슨!"

"내가 뛴 경기는 네 개뿐이야. 다섯 번째 경기 초반부에 부상을 당했지. 그리고 난 자네를 머리가 빈 훌리건이라고 생각하지 않아."

"어련하실까."

티무는 중얼거린다.

페테르는 조용히 웃음을 터뜨린다.

"아무튼 머리가 빈 훌리건에 불과하다고 생각하지는 않는단 말이지……"

티무가 하도 요란하게 폭소를 터뜨리는 바람에 하마터면 차가 도로에서 이탈할 뻔한다. 순간 페테르는 사람들이 그에게서 어떤 매력을 느끼는지 이해한다. 왜 티무를 따르는지. 그가 웃으면 같이 웃게 된다. 티무는 페테르를 흘끗 쳐다보고 이렇게 말한다.

"지난봄에, NHL 드래프트가 열리기 전에 아맛이랑 얘기 좀 하지 그랬어요. 그 녀석이 엉뚱한 사람들한테 휘둘렸던 것 같거든요. 단장님 같은 사람이랑 손을 잡았어야 하는데."

페테르는 그러려고 했었다고 고백하고 싶지 않아서 바닥을 쳐다본다. 티무가 그를 엄청 대단한 존재로 여기고 있기 때문인데, 그런 사람을 만난 적이 언제인가 싶다.

❄

나이를 맞혀보라고 하면 사람들은 항상 마야를 열여덟 살보다 어리게 본다. 그래서 짜증이 나지만 그녀도 사람들 나이를 알아맞히는 데 별로 재주가 없다. 예컨대 열차 맞은편에 앉은 남자만 해도 오래전에 은퇴한 노인인 줄 알았더니 이제 겨우 60줄에 접어들었단다. 한창 방탕하게 살았던 죄로 나이가 들면 한 방에 훅 가는 남자들이 있다. 체크무늬 셔츠는 배를 덮느라 팽팽하게 당겨졌고 숨을 쉴 때마다 콧구멍이 힘겹게 벌렁거린다. 갈색 모자로 덮인 머리는 숱이 듬성듬성하다. 수염은 희끗희끗해졌고 이목구비는 앞뒤 안 가리고 마신 술 때문에 뭉개졌다. 관절이 아파서 보조 기구가 필요하지만 곧 죽어노 지팡이는 아직 짚을 수 없으니 날씨에 상관없이 우산을 들고 다닌다. 하지만 시선은 흔들림 없고 두뇌 회전은 여전히 빠르며 일도 잘한다. 외모가 망가진 뒤에 더 잘하게 됐을 수도 있다. 과소평가하는 사람들의 심리를 이용할 수 있게 됐으니 말이다.

그들은 열차를 타고 가는 내내 가벼운 대화를 나누는데, 남자가 얼마나 고단수인지 마야는 절대 알아차리지 못한다. 별 뜻 없는 질문이 꼬리에 꼬리를 물고 이어져서 마야는 금세 자기 얘기를 한 보따리 늘어놓지만 남자는 한 얘기가 거의 없다.

다시 화장실에 가야 할 때가 되자 그녀는 자리에서 일어나 기타 케이스를 들고 가려고 한다.

"그건 내가 맡아줄게요."

남자가 말한다.

마야는 누가 훔쳐갈까 봐 걱정되는 게 아니라 너무 소중해서 한 시도 떨어져 있기 싫은 사람처럼 어색하게 미소를 짓는다. 하지만 고집을 꺾고 그에게 맡기기로 한다. 그녀가 시야에서 사라지자마자 남자가 기타 케이스를 연다. 케이스 안쪽에 가족사진이 테이프로 붙어 있다. 남동생, 엄마, 아빠와 찍은 사진이다. 제법 최근에 찍은 사진이지만 아빠가 입은 스웨터는 오래되어 후줄근해 보인다. 가슴팍에 하키팀 로고가 새겨진 옅은 초록색 스웨터다.

'그런 일을 겪었는데도 이 가족은 여전히 곰이 그려진 옷을 입고 다니는군.'

남자는 이렇게 생각하며 케이스를 닫는다. 서류 가방 안에서 조그만 수첩을 꺼내 방금 아이가 한 말을 적는다.

"저희 아빠는 원칙을 절대 어기지 않는 그런 분이에요."

마야는 2년 동안 많이 달라졌다. 헤어스타일도 바뀌고 몸도 어른스러워지고 키도 더 크고 튼튼해졌다. 그에게 신세를 진 적 있는 철도회사 직원을 통해 오늘 그녀가 어떤 열차를 타는지 어렵사리 알아냈지만 처음에는 못 알아볼 뻔했다. 그가 가장 최근에 본 사진은 열다섯 살에서 열여섯 살로 넘어가는 무렵에 찍은 것이었고, 이후로 그녀와 관련된 정보는 입수하기가 점점 어려워졌다. 마야는 성폭행을 당한 그해 이후로 자기 사진을 인터넷에 올리지 않았다.

남자의 딸이 알면 마야에게 이런 식으로 접근하다니 선을 넘었다고 할 것이다. 심지어 비도덕적이라고 할 수도 있다. 하지만 한평생 기자로 근무하는 동안 터득했다시피 엄청난 스캔들을 폭로하려면 이야기가 흥미진진해야 한다. 그렇지 않으면 독자들이 본론으로 들어가기 한참 전에 관심을 잃기 십상이다. 흥미진진한 이야기는 한 묶음의 연례보고서와 같다. 어디부터 봐야 하는지 모르면 정말 지루

할 수 있다. 그는 딸에게 항상 그걸 가르치려고 했다. 그들의 관계가 그동안 심하게 요동치긴 했지만 딸에게 저널리즘에 대해서는 제대로 가르쳤다고 자신한다. 그렇지 않았다면 딸아이가 작년에 헤드로 거처를 옮겨 그 지역 신문사의 편집장으로 취직하는 일은 없었을 것이다.

얼마 전에 딸이 연락해 하키단에 대해 알아낸 사실을 공유하며 도움을 청했을 때 그는 그 신문사의 기자들에게 맡기지 않는 이유가 뭐냐고 물었다.

"아빠, 헤드와 베어타운은 평범한 마을이 아니에요. 여기 기자 중에는 아이가 베어타운 학교에 다니는 기자도 있어요. 우리가 이 기사를 내면 철창신세를 지게 될 남자들의 아이와 같은 학교란 말이에요. 그런네 무슨 배짱으로 기사를 쓸 수 있겠어요?"

그녀의 아빠는 당연히 이해했고 그래서 지금 이 열차에 앉아 있다. 딸을 위해서이기도 하지만 자기 자신을 위해서이기도 하다. 그는 아이가 어린 시절 내내 술독에 빠져 지냈지만, 그래도 딸아이는 아빠와 같은 일을 하고 싶어 했다. 자식에게 용서를 구하려는 세상의 모든 아빠를 절대 과소평가하면 안 된다. 그런 아빠들은 못할 게 없다.

그의 무릎에 쌓여 있는 서류 뭉치는 베어타운 하키단의 십 년 치 회계보고서다. 딸의 직감이 맞았다. 그 구단의 존재 자체가 금융 범죄에 근거하고 있다. 그간 운영위원회와 후원자와 정치인들이 모를 수 없을 정도로 체계적인 부당이득이 자행되었다. 증거를 없애려고 갖은 노력을 기울였기에 경험이 부족한 기자는 어디에서부터 들여다보면 좋을지 알 수 없을 것이다.

"아빠처럼 파헤칠 수 있는 사람은 없잖아요. 그렇게 또라이처럼 파헤칠 수 있는 사람은."

딸은 전화로 이렇게 말했다. 딸의 미소 짓는 소리가 수화기를 타고 그의 귀에 전해졌다. 그래서 그는 파헤치고 있다. 연례회계보고서 아래에는 계약서와 입출금 내역과 서류가 있다. 철저하게 썩은 스포츠 협회를 이루는 퍼즐 조각이다. 죄를 저지른 인간들은 대부분 똑똑해서 자기 이름을 남기지 않았지만 이름 하나가 계속 반복되고 서류마다 맨 밑에 같은 사인이 반복된다. 페테르 안데르손.

남자는 수첩에 적는다. *"마야는 곰이 그려진 초록색 모자를 쓰고 있다. 그녀가 쓰기에는 조금 큰 모자다."*

28

하느님을 섬기는 사람

마테오는 술집 주인 할머니가 죽었다는 걸 어떻게 알게 됐는지 기억하지 못할 것이다. 어느 누구와도 말을 섞지 않았으니 전기가 디시 들어왔을 때 인터넷에서 읽었을 수도 있고, 폭풍이 쳤던 다음 날 아침에 그 집 지하실 바닥에 웅크리고 누워 있었을 때 위에서 노인 부부가 하는 얘기를 들었을 수도 있다. 누나 꿈을 꾸고 일어나자 심장이 꽁꽁 얼어붙었다가 몇 분 동안 불을 쪼이게 된 손처럼 느껴진다. 처음에는 아무 감각이 없다가, 너무 추워서 조금 아파오다가 따뜻해지기 시작하면 그때부터 진정한 고통이 찾아온다는 점에서 그렇다. 추위와 잠기운으로 인한 무감각이 사라지고, 별 탈 없이 안전하다는 것을 몸으로 확인하고 나면, 그제야 이게 얼마나 끔찍한 상황인지 자각한다. 마테오는 총기 보관장 옆 바구니 안에서 밀주가 담긴 조그만 병을 발견한다. 이 집의 남편이 사냥을 다녀온 뒤에 숨겨놨거나 그냥 아내 몰래 숨겨놓은 모양이다. 마테오는 눈을 감고 천천히 술을 몇 모금 마신다. 머리가 따뜻해지기 시작하고 심장은 다시 차가워진다.

마테오는 지하실 창밖으로 빠져나와 살금살금 집으로 돌아간다. 집에는 아무도 없다. 부모님이 아직 누나를 데리고 베어타운으로 돌아오지 않았다. 아마 어머니는 오는 길에 보이는 교회마다 들려야 직성이 풀릴 것이다. 누나는 줄곧 어머니와 종교 문제로 싸웠지만 마테오는 한 번도 그런 적이 없다. 하느님을 믿지 않는 건 누나와 다를 바 없지만 건드리기만 해도 부서질 것 같은 엄마에게 상처를 주고 싶지는 않았다.

"내 주변에서 착한 사람은 너 하나뿐이야."

누나는 이렇게 말하며 그의 머리칼을 헝클어뜨리곤 했다.

그에게 말을 걸어준 사람은 누나뿐이었다. 학교에서는 아무도 그에게 말을 걸지 않았고 부모님은 하느님에게 얘기하느라 바빠서 서로 대화를 나누지도 않았다. 누나와 마테오는 그들에게 기적이었다. 엄마는 유산을 네 번 하고 하느님에게 건강한 아이를 달라고 기도한 끝에 딸을 낳았다. 그로부터 몇 년 뒤에 마테오가 태어났다. 엄마는 두 아이를 잃을까 봐 너무 겁이 나서 감히 행복하다는 생각조차 하지 못했다. 하느님이 친히 능력을 보여주었으니 이후로 엄마는 당장 모든 걸 빼앗길 수도 있다는, 달랠 길 없는 두려움을 느꼈다. 엄마는 아들에게 같은 말을 몇 번이고 반복했다.

"너는 커서 하느님의 위대한 아들이 되어야 한다. 죄인이 아니라 하느님을 섬기는 사람이 되어야 해!"

마테오는 이 말에 한 번도 반발한 적이 없었다. 어느 날, 누나와 단둘이 있었을 때 누나가 딱 부러지게 말했다.

"엄마가 정신적으로 이상하다는 거, 너도 알지?"

마테오는 태어나서 그렇게 심하게 화를 내본 적이 없었다. 그렇다고 누나에게 화가 난 건 아니었다. 어머니를 전혀 돕지 않고 그저 침묵하는 아버지에게 제일 화가 났다. 아버지는 출근하고 퇴근하고 저녁을 먹고 책을 읽고 잠자리에 들었다. 침묵, 오로지 침묵뿐이었다.

"내가 여기서 도망칠 수밖에 없다는 걸 너도 알지? 나는 살아야겠어, 마테오!"

누나는 베어타운을 떠나던 날 밤에 이렇게 속삭였다.

누나는 돈을 많이 벌어서 그를 데리러 오겠다고 했다. 마테오는 기다렸다. 이제 누나는 돌아오고 있지만 그를 데리러 오는 건 아니다. 이번에도 그는 아버지에게 제일 화가 난다. 아버지가 그런 아버지가 아니었다면 모든 게 달라졌을 것이다. 힘이 있고 돈이 많은 하키맨이었다면. 그랬더라면 마테오의 누나도 도움을 받았을 테고, 사람들이 누나의 말을 믿었을 테고, 누나의 편을 들었을 것이다. 그랬더라면 지금 살아 있을 것이다.

하느님을 섬기는 사람은 아무도 구하지 못한다. 여기에서는.

29

하키맨

아맛은 최대한 멀리 숲속을 달리지만 그래봤자 아무 차이가 없다. 절대 혼자일 수가 없다.

하키에서는 다들 선수들의 정신상태에 대해 한마디씩 보태는 걸 좋아한다. '이기려는 자세'와 '고집'이 있어야 된다고 한다. 어렸을 때부터 하키 선수로 뛴 사람은 "멘탈이 강해야 한다"는 얘기를 듣게 될 테지만 그게 무슨 뜻인지에 대해서는 거의 듣지 못할 것이다. 부상과 통증에 대해서는 귀에 못이 박이도록 들을 테지만 엑스레이로 볼 수 없는 통증에 대해서는 아무 얘기도 듣지 못할 것이다. 몸의 각 부분이 어떤 기능을 하는지에 대해서는 하나에서부터 열까지 배울 테지만 다른 모든 곳을 지배하는 부분에 대해서는 그렇지 못할 것이다.

숲속으로 점점 더 깊숙이 달려가도 아맛은 머릿속에서 들리는 목소리에서 여전히 벗어날 수가 없다.

"그래, 실력은 좋긴 한데 체구가 너무 작지 않아?"

"마음가짐은 어떤데? 그건 절대 알 수 없는 부분이지. 이러니저러니

해도…… 뭐, 알다시피…… 하키 집안 출신은 아니니까."

"하지만 손재주가 좋아! 케빈보다 빠르고!"

"글쎄, 케빈은 고집이 있잖아. 이기려는 자세도 있고."

아맛은 이런 수군거림을 아이스링크에서, 슈퍼마켓에서, 학교에서 들었고 '하키 집안'이 뭘 뜻하는지 정확하게 알았다. 그들은 그가 골을 넣으면 좋아했지만 그가 다른 하키 선수들처럼 생기고 남들처럼 멋들어진 주택가에 살며 남들처럼 같은 농담에 웃어주길 바랐다. 그가 케빈이길 바랐다. 그가 승승장구하는 동안에만 아맛이길 허락했다. 그래서 그는 그렇게 했다. 이기고 이기고 또 이겼다.

새해 첫날이 밝았을 때 베어타운은 리그 1등이었고 헤드는 꼴등이었다. 아맛의 어린 시절 내내 헤드가 더 훌륭하고 살살고 크고 힘이 셌는데, 그가 변화의 상징이 되었다. 그는 매일 아침이면 어깨가 아팠다. 처음에는 훈련의 강도 때문에, 나중에는 기대감의 무게 때문에. 관리인은 아침마다 아이스링크 문을 열어주었지만 아맛이 빙판에서 보내는 시간은 점점 줄고 체력 단련실에서 보내는 시간은 점점 늘었다. 사람들이 아맛더러 NHL로 진출하기에는 체구가 너무 작다고 하는 걸 알았기에, 집까지 걸어가기 힘들 때까지 바벨과 씨름하며 코치와 단장과 다른 노인들이 상투적으로 했던 말들을 계속 곱씹었다. "시합의 판단 기준은 출발선이 아니라 결승선이야! 실력보다 중요한 게 태도다! 재능보다 중요한 게 승부욕이다!"

어느 날 밤에 아이스링크를 나섰을 때 눈 더미를 헤치며 걷다가 기운이 하나도 없어서 미끄러져 넘어진 적이 있었다. 처음에는 손목이 별로 아프지 않았지만 훈련을 하면 할수록 점점 부었다. 그는 아무에게도 얘기하지 않았다. 부상 입은 선수를 뽑을 NHL 구단은 없었다. 그는 경기에 출전하고 이겨야 했다. 이제 와서 모두를 실망시킬 수는 없었다. 슈퍼마켓에서 만나는 노인들뿐 아니라 프로 선수가 되면 비싼 시계를 사주기로 약속한 할로의 친구들까지. 그 친구들이 없었다면 그는 여기까지 올 수 없었을 것이다. 몇 년 전 여름에는 중간에 포기하지 않도록 그 친구들이 아파트 단지 뒤편의 언덕을 그와 함께 번갈아 달려준 적도 있었다. 그의 꿈이 그들의 꿈이 되었다. 그걸 갚아야 했다. 엄마에게도 갚아야 했다. 코치에게도. 마을에게도. 모두에게도.

어느 경기에서 그가 세 골을 기록했지만 태클을 피하느라 한 번 몸을 사린 적이 있었다. 그러자 라커 룸에서 다른 선수들이 놀렸다.

"NHL에서는 더 심하게 태클 거는 거 알지, 공주님?"

샤워하고 나와 보니 그의 사물함 옆에 생리대 상자가 있었다. 당연히 장난이었지만 모든 게 항상 그런 식으로 시작하는 법이다.

다음 경기에서 아맛은 손목을 다시 한 대 얻어맞았다. 너무 아파서 폐소공포증이 느껴질 정도라 진통제를 먹었지만 그래도 조금도 가라앉질 않았다. 결국 그날 저녁에 그는 할로에서 알고 지낸 여자아이를 찾아갔다. 그 여자아이의 오빠는 독주를 파는 사람이었다. 여자아이는 술병을 들고 와서 말했다.

"오빠한테 네가 마실 거라고 얘기하면 공짜로 주라고 할 텐데. 오빠가 너를 엄청 좋아하거든! 할로 출신이 NHL에 진출하게 생겼다고 계속 그래!"

아맛은 고개를 지었다. 그 아이는 좀 더 진지한 투로 이렇게 덧붙였다.

"오빠가 그러는데 이 마을의 돈 많은 사람들이 죄다 너를 이용하려고 그런대. 네가 돈이 되니까 관심을 보이는 거래. 아무도 너를 망가뜨리지 못하게 해, 알았지?"

"알았어."

아맛은 약속했다.

"그냥 건성으로 알았다고 하지 말고!"

그녀는 쏘아붙였다.

"알았어, 알았다고. 알았어."

아맛은 서글프게 미소를 지었고 그녀도 서글프게 미소를 지으며 잊지 못할 말을 남겼다.

"할로의 꼬맹이들이 너를 보면서 네가 뭔가가 되면 자기들도 그럴 수 있다고 생각하는 거 알아? 그러니까 걔네를 엿 먹이지 마, 알았지? 뭔가가 되어줘!"

그녀는 나름대로 아맛에게 힘을 내라고 건넨 말이었겠으나, 그로 인해 아맛에게 부담감만 가중됐다는 건 알지 못했다. 응원이 아니라 배낭에 돌이 하나 더 추가된 거였다. 아맛은 집으로 가서 잠을 잘 수 있게 손목의 통증을 술로 달랬고 남은 병은 어머니 눈에 띄지 않게 옷장 속 하키 가방 안에 숨겼다. 하지만 2주 만에 꽉 찬 병보다 빈 병을 숨기기가 더 어려워졌다.

정확히 언제부터 전화가 오기 시작했는지는 모르겠다. 처음에는 에이전트 한두 명이었는데, 갑자기 전화를 받을 때마다 새로운 사람으로 바뀌는 느낌이었다. 다들 그에게 드래프트될 수 있다고 했다. '될 수 있다'는 '될 것이다'가 되었고 이내 '되어야만 한다'로 바뀌었다. 아맛은 아이스하키 스쿨에 다니지도 않았고 대규모 구단에 스카우트된 적도 없었지만 원석과 같은 재능이 있었다. 그들은 그가 신데렐라 스토리의 주인공이라고 했다. "너는 별 볼 일 없는 곳 출신이지만 끝을 볼 수 있어!" 할 수 있다. 해야만 한다. 에이전트들은 자기들과 계약을 맺으면 아무것도 걱정할 필요 없이 "전부 우리한테 맡기면 된다"고 했다. 아맛은 전에도 그런 사람을 만난 적이 있었다. 케빈이 이 마을의 대스타고 아맛이 성폭행의 진실을 알고 있던 시절, 케빈의 아버지가 으리으리한 차를 타고 찾아와 돈을 주고 그의 입을 막으려고 한 적이 있었다. 지금 전화하는 사람들이 꼭 그 같았다. 1년 전까지만 해도 무명이었던 아맛이 이제 갑자기 시장성 있는 자산으로 둔갑했다. 인터넷에서 그들의 이름을 검색해 보니 수상한 소문이 수두룩했다. 아직 십 대도 되지 않은 아이들과 계약을 맺은 에이전트, 어떤 선수를 자기들과 연결시켜 주겠다고 약속만 하면 소규모 구단의 청소년 팀 코치에게 뜬금없이 고액의 일자리를 소개해 주는 에이전트, 몰래 보상금을 챙긴 부모. 그에게 전화한 사람들은 전부 똑같은 말투로 그건 다른 에이전트에게나 해당하는 사항이지 자기들은 절대 아니라고 했다. 무슨 수로 아맛이 누군 믿을 만하고 누군 거짓말 대장인지 알 수 있었을까?

곧 아맛은 빈 병을 넣느라 하키 가방에서 스케이트를 꺼내야만 했다. 저녁에는 손목이, 아침에는 머리가 아팠고 결국 그는 전화를 아예 받지 않았다.

지역 일간지에 아맛이 NHL 선수로 뽑힐 가능성을 다룬 기사가 실리자 라커 룸의 분위기가 바뀌고 장난은 더 심각해졌다. 그가 퍽을 놓치거나 골을 넣지 못하면 조롱이 이어졌다. 그는 이제 최우수 선수가 된 것만으로는 부족했다. 천하무적이 되어야 했다. 머릿속에서 고함이 들렸다.

"너는 가짜야. 운이 좋았을 뿐이야. 상대 수비수의 실력이 형편없었던 거야."

빙판은 발이 빠지는 모래가 되었고 애를 쓰면 쓸수록 그는 느려졌다. 어느 날 밤늦게 그가 체력 단련실에서 윗도리가 땀에 젖어서 시커메지도록 혼자 운동하고 있었을 때 관리인이 들어와서 이제 문을 잠그고 퇴근해야 한다고 미안해했다. 그가 *미안해했다*.

"나는 네가 자랑스럽다."

주차장에서 헤어지며 노인은 이렇게 말했다. 그의 입장에서는 그냥 다정한 인사치레였지만 아맛의 입장에서는 배낭 속에 돌멩이 백 톤이 다시 추가된 셈이었다.

봄이 왔고 눈이 녹았고 인도가 한 뼘씩 더 보일 때마다 6월에 있을 ㄷ래프트가 하루씩 가까워졌다. 아맛은 악몽을 꾸었다. 가끔 한밤중에 일어나면 어느새 코피를 흘리고 있었고 편두통이 시작됐다. 부상을 숨기고 있었던 게 들통 나면 어쩌지? 그는 세 골을 넣었어야 하는 경기에서 두 골을, 두 골을 넣었어야 하는 경기에서 한 골을 넣다가 결국 한 골도 넣지 못했다. 다들 자기들에게 충고할 자격이 있다고 생각했다. 한 명도 빠짐없이 아맛이 어떻게 해야 하는지 알고 있다고 생각했다. 신문에서는 베어타운을 '재능 공장'으로 아맛을 '토종 상품'으로 소개했다. 하루는 슈퍼마켓에 다녀온 어머니가 그 가게 사장 프락에게 들은 이야기를 전했다.

"아맛한테 NHL 선수로 뽑히더라도 베어타운 소속으로 두어 시즌 더 뛰는 걸 조건으로 걸라고 해요! 그게 베스트예요! 여기 남는 게 좋아요, 파티마. 그래야 선수로서 *발전*할 수 있어요. 가서 아맛한테 전해요!"

이 말을 전했을 때 그녀는 거의 겁에 질린 표정이었다.

"꼭 네가…… 무슨 가게 제품인 것처럼…… 너한테 바코드라도 찍혀 있는 것처럼 얘기하지 뭐니."

그날 밤에 아맛은 침대에 누워서 노트북으로 인터넷을 하다가 그가 선발되면 베어타운이 NHL로부터 삼십만 달러를 받게 된다고 누군가가 쓴 글을 보았다. 삼십만 달러라니. 또 이런 얘기도 있었다. "드래프트 이후, NHL 구단과 에이전트의 합의하에 선수는 북아메리카로 건너오기 전에 하부 리그에서 기량을 좀 더 쌓을 수 있도록 한 시즌 혹은 그 이상을 뛰는 경우도 많다."

프락이 그런 말을 했던 이유가 이거였다. 베어타운에서는 아맛을 판 돈도 받으면서 동시에 아맛이 자기들을 위해 계속 이겨주길 바랐다. 엄마의 말이 맞았다. 그는 그냥 상품이었다.

❄

열차가 멈추고 열다섯 살쯤 되어 보이는 남자아이들이 올라탄다. 화장실에서 돌아오던 마야는 그들을 조금 오래 쳐다보다가 자신의 행동을 깨닫고 얼굴을 붉힌다. 그녀가 자리에 앉자 맞은편에 있던 남자가 연례 보고서 위로 한쪽 눈썹을 추켜올린다.

"아는 친구들이에요? 같이 앉고 싶으면 내가……."

"아니, 아니에요. 모르는 애들이에요. 그냥 제가 아는 애들 중에 저런 애들만 수천 명이에요. 하키맨 말이에요……."

"쟤들이 하키맨이라는 걸 어떻게 알아요?"

"설마 모르세요? 똑같은 운동화에 똑같은 트레이닝복에 똑같이 돌려 쓴 모자에……. 머리에 펀을 너무 많이 맞아서 똑같이 멍해진 표정까지. 어딜 가든 하키맨은 한눈에 알아볼 수 있어요."

남자는 빙그레 웃는다. 별 뜻은 없고 방금 생각났다는 듯이 이렇게 묻는다.

"그럼 아가씨 아버님도 비슷한가? 그분도 하키맨?"

그녀의 속눈썹이 아주 잠깐 흔들린다. 미소를 짓지만 진짜 미소라기보다는 방어기제에 가깝다.

"예전에는 그랬겠죠. 하지만 지금은 나이가 드셔서요."

"그럼 지금은…… 하키 노인인가?"

남자는 마주 미소를 짓는다.

마야는 죄책감을 느끼는 듯한 표정으로 고개를 젓는다.

"아니, 아니에요. 하기는 집으셨어요. 이제는 그냥 엄마 회사에서 일하세요."

남자는 고개를 끄덕이며 연례보고서를 내려다보다가 조금 멀리 떨어져 있는 남자아이들을 흘끗 쳐다본다. 그들은 이미 덩치도 크고 목소리도 크며 신체적인 특혜를 누리는 데 이골이 나 있다. 모든 곳이 자기들 차지다.

"바보처럼 들릴 수도 있는데, 질문 하나만 해도 되나요?"

"네."

마야는 고개를 끄덕인다.

"하키맨들은 왜 똑같이 하고 다닐까요? 아무나 그 그룹에 들어오지 못하게 하려고? 아니면 자기들이 남들과 다른 게 겁이 나서?"

마야가 한참 동안 아무 말도 하지 않자 남자는 자기가 선을 넘은 건지, 그녀에게 정체를 간파당한 건 아닌지 불안해지기 시작한다.

너무 기자 같은 질문이었을 수도 있다. 하지만 그가 농담이라며 어물쩍 넘어가려는 찰나, 마야가 창밖을 내다보며 대답한다.

"하키에 발을 담그고 있는 사람들은 전부 '싸움'에 목숨을 걸어요. 어렸을 때부터 '나가서 싸우자'라고 배워요. 그런 발상이 머릿속에 들러붙어서 나이를 먹어도 계속 자기들이 공격을 당하고 있는 것처럼 반응해요. 계속 공격, 공격, 공격이에요. 무슨…… 보상 심리라도 있는 것처럼."

"뭐에 대한 보상 심리?"

남자가 묻는다.

마야는 그의 눈을 똑바로 쳐다본다.

"하키 경기 보신 적 있어요? 빙판 근처에 앉아서 스케이트 속도가 얼마나 빠른지 본 적 있어요? 선수들이 얼마나 세게 부딪치는지? 어떤 부상을 입는지? 상대 팀은 겁에 질린 선수가 보이면 그 선수를 열 배는 열심히 공격해요. 그래서 아무것도 무서워하지 않는 것처럼 보이는 법을 터득해요. 꼭……."

그녀는 말을 하다 말고 멈춘다. 남자가 조심스럽게 대신 채운다.

"전사처럼?"

"네. 비슷해요."

"빙판 밖에서도 똑같이 보이고 싶어 하는 이유가 그 때문일 수도 있겠네요. 자기들은 군대라는 걸 자기들한테도 남들한테도 각인시키려고."

마야는 시선을 떨어뜨리며 희미하게 미소를 짓는다.

"모르겠어요. 제가 쓸데없는 말을 하고 있네요."

남자는 그 아이를 너무 몰아붙인 건 아닌지 불안한 마음에 화제를 돌려서 트렁크를 꺼내고 싶은데 도와줄 수 있겠느냐고 묻는다.
자신은 아무도 해치지 못할 노인이라는 것을 강조하기 위해 숨을
몰아쉬며 약이 그 안에 있다고 한다. 이 수법은 효과를 발휘한다.

"괜찮으세요?"

그녀는 묻는다.

"너무 오래 살아서 문제지요."

노인은 툴툴거린다.

"꼭 라모나처럼 말씀하시네요."

그녀는 서글프게 미소를 짓는다.

"라모나가 누군데요?"

그는 모르는 척 묻는다.

"징 레식의 주인공이요."

"아, 아가씨 아버님 친구? 그분도 하키에 관심이 많았나요?"

"관심이 많았느냐고요? 집착했죠! 심지어 막판에는 하키단 운영
위원까지 맡았어요."

"그래요? 그럼 아가씨 아버님이랑 같이 일을 했겠네?"

"아뇨. 아빠가 단장을 사임한 해에 라모나가 운영위원으로 선출
됐어요. 하지만 아빠는 그 전보다 그 이후에 라모나를 더 자주 만났
을 거예요. 엄마 말로는 아빠가 퇴근길마다 거의 매일 펠센에 들렀
다고 하니까요. 아마 아빠는 같이 하키 얘기를 할 사람이 그리웠을
거예요. 엄마 회사 사람들은 아무도 스포츠에 관심이 없으니……."

마야는 웃음을 터뜨린다. 맞은편에 앉은 남자도 마찬가지다. 그는
잠깐 실례하겠다고 하고는 필요 이상으로 절뚝거리며 화장실로 간
다. 문을 닫고서 수첩에 적는다.

“페테르는 공식적으로 단장을 사임한 뒤에도 라모나를 통해 여전히 하키단에 영향력을 발휘했다.”

그러고는 아래에 이렇게 덧붙인다.

“마야가 하키맨을 전사에 비유했을 때 나는 아프가니스탄에서 인터뷰한 군인을 떠올렸다. 그는 가장 두려운 건 죽음이 아니라고, 더는 군인이 될 수 없는 것이 가장 끔찍한 일이 될 거라고 했다. 그의 가장 큰 두려움은 배제되는 것이었다. 소속 부대가 없는 군인도 군인일 수 있을까?”

그는 한참 동안 수첩에 대고 펜을 두드리다가 맨 아래에 이렇게 적는다.

“베어타운에서 자기 하키단이 없는 남자도 베어타운 주민일 수 있을까?”

❄

초봄의 어느 날, 지역 일간지에 경찰이 아맛과 파티마의 집 부엌 창문에서 내다보이는 마당 건너편에서 실시했던 마약 단속 기사가 실린 적이 있었다. 그날 저녁에 아맛이 술을 좀 더 사러 가자 여자아이가 자기 오빠도 잡혀갔다고 했다.

“보일러가 고장 났을 때 주택조합에 연락하면 반년이 지나야 아무라도 보내주거든. 그런데 대마 2그램을 팔면 경찰이 5분 만에 개를 데리고 출동해.”

그녀는 절망과 분노를 정확히 반씩 섞은 채 부들부들 떨었다.

다음 날 저녁에 집에 들어가 보니 페테르 안데르손이 엄마와 함께 부엌에 앉아 있었다. 한눈에 보아도 자의로 온 게 아니었다. 프락과 다른 후원자들이 "말귀 알아듣게 이야기를 해보라"며 그를 보낸 거였다. 아맛이 그에게 무슨 엄청난 빚이라도 진 것처럼. 페테르는 "걱정이 돼서" 왔다고 했다. 아맛은 바닥을 쳐다보며 그럴 필요 없다고 딱 잘라 말했다.

"너한테 연락한 에이전트 중에 단장님이 아는 사람이 있다고, 그 사람이랑 얘기하라고 하시는데……."

어머니는 이렇게 말했지만 어머니가 뭘 알겠는가? 페테르가 어머니에게 뭐라고 했을까? 아맛이 어렸을 때 쓴 장비를 자기가 구해다 준 것을 빌미 삼아 어머니에게 죄책감을 느끼게 했을까? 그러니까 이제 아맛이 빚을 갚을 때가 됐다는 건가?

"일있어요. 생각해 볼게요."

아맛은 어머니가 속상하지 않게 간단하게 대답했다.

거기서 멈추었으면 됐을 텐데, 페테르는 나가려다 말고 어머니가 듣지 못하게 아맛에게만 조그맣게 말했다.

"너한테서 술 냄새가 난다, 아맛. 나는 그냥 돕고 싶어서 왔을 뿐인데……."

페테르가 잘못한 건 없었다. 그 순간 모든 게 한꺼번에 아맛을 강타했을 뿐이다. 그는 페테르의 눈을 똑바로 쳐다보며 쏘아붙였다.

"할로에서 몇 명이나 도와주실 생각인데요? 하키를 못 하는 사람도 도와주시나요? 거짓말 좀 그만하세요! 단장님도 다른 사람들처럼 저를 이용해 먹으려는 거잖아요!"

그는 숨이 막히자 페테르의 눈을 노려보았다. 전직 단장이 천천히 밖으로 나가자 아맛은 그의 등 뒤에 대고 문을 세게 닫았다. 그날 저녁에 그는 할로의 친구에게 술 말고 다른 것도 구해줄 수 있느냐고 물었다. 친구는 알약을 들고 왔다. 밤새 단잠을 자고 아침에 일어나 보니 손목이 전보다 덜 아팠다.

❇

열차를 탄 남자아이들은 일종의 경쟁을 벌이고 있다. 서로에게 휴대전화를 보여주고 자기들만 아는 우스갯소리를 신나게 떠들어댄다. 마야도 알다시피 저들에게는 모든 것이 경쟁이다. 베어타운에는 열다섯 살 때 그러던 버릇을 아직도 버리지 못한 남자들로 득시글거린다. 어른이 되면 누구 집이 제일 크고, 누구 차가 제일 신형이며, 누구 사냥 장비와 낚시 장비가 제일 비싸고, 누구 아들이 청소년팀에서 제일 실력이 좋은지를 두고 경쟁할 따름이다. 아나는 모든하키맨이 알고 보면 오로지 자기 아버지를 위해 플레이하는 거라고얘기한 적이 있었다. 아버지의 기대에 부응하기 위해서거나 그의 생각이 틀렸다는 것을 입증하기 위해, 그에게 자부심을 선물하기 위해서거나 그게 아니면 대차게 엿을 먹이기 위해. 어쩌면 그녀는 세상의 모든 아빠를 하나로 합친 남자와 한집에서 살기 때문에 그들을 이해할 수 있는지도 모른다.

마야는 열다섯 살짜리 남자애들을 쳐다보며 그 아이들에 비해 자기가 훨씬 더 나이를 먹은 것처럼 느껴진다는 것에 놀라워한다. 얼마나 많은 시간이 지났나. 자신만만하게 씩 웃고 있는 그들의 표정을 보면 그런 분위기를 풍기는 것이 얼마나 중요한지 코치에게 이미 배운 모양이다. 하지만, 그게 이기고 있을 때만 적용된다는 사실은 알고 있는지, 자기들이 부상을 당하거나 부진을 면치 못하거나 팀 안에서 조금 튀기만 해도 가차 없이 내버려질 수 있는 소모품에 불과하다는 사실은 알고 있는지 궁금해진다. 남들과 다르면, 기계가 되지 못하면 그렇게 된다는 것을 말이다.

저 아이들은 지금도 호수나 자기들 집 앞에서 함께 뛰었던 어린 시절 그때처럼 여전히 하키를 사랑할까. 지금도 골을 넣으면 아이스링크 펜스에 몸을 던지며 좋아할까. 전에 아나는 그들을 정말 똑같이 흉내 내면서, 하키맨들은 빙판 위에서 골을 넣었을 때 그렇듯이 침대에서 사정할 때도 서로 똑같을 거라고 장담하곤 했다. 한번은 학교에서 체육 시간이 끝난 뒤 탈의실에 아나와 마야만 남았을 때, 아나는 샤워실 벽에 자기 몸을 대고 얼굴을 일그러뜨리며 필사적으로 이렇게 숭얼거린 적도 있다.

"나를 봐줘요! 나를 인정해 줘요! 이제 진정한 남자가 됐다고 얘기해 줘요, 아빠!"

마야는 자기가 얼마나 배꼽을 잡고 웃었는지 기억한다. 그때 그들은 어린애였고 아직 뭐든 죽을 만큼 심각하지 않았다.

열차를 타고 가는 열다섯 살짜리 남자아이들이 웃음을 터뜨리자 그녀는 뭐가 그렇게 재밌는지 궁금해진다. 어떤 사진을 보고 있는지. 여자아이들 얘기를 할 때 이름을 부르는지 아니면 다른 단어를 쓰는지. 가장 저질인 아이가 선을 넘으면 가장 번듯한 아이가 나서서 제지할 수 있는지. 이 그룹에서 벤이와 보보와 아맛이 보이기 때문인데, 그 안에 케빈도 있을지 궁금해진다. 있다면 이 아이들은 그 아이의 정체를 알았으면 좋겠다고 생각한다. 외부에서 한 그룹 안에 속한 아이들의 차별점이 보이지 않게 될수록 내부적으로는 서로의 차별점을 더 잘 알아야 하니까.

마야는 창밖을 내다보았다가 거기가 어딘지 알아차린다. 남쪽에서 온 아이들 눈에는 그냥 숲으로 보이겠지만 그녀는 이제 얼마나 고향과 가까워졌는지 알 수 있다. 그녀는 눈을 감는다. 1킬로미터씩 지날 때마다 잊을 수 없는 모든 것들이 점점 더 선명해진다. 그 방의 세세한 부분들. 가구의 배치. 온갖 소리. 모든 숨소리. 성폭행에는 결코 끝이 없다. 그녀의 입장에서는 그렇다. 그도 산탄총과 조깅 트랙이 떠오르면 마찬가지일지 궁금해진다. 본인이 바지에 오줌을 쌌던 걸 기억하는지, 눈을 감으면 그녀가 자기 이마에 갖다 댄 차가운 총구가 아직도 느껴지는지. 그녀가 방아쇠를 당겼을 때 난 소리가 아직도 그의 머릿속에서 메아리치는지. 그는 지금 어디에 있는지, 아직도 무서워서 불을 켜고 자야 하는지 궁금해진다.

그랬으면 좋겠다. 진심으로 그랬으면 좋겠다.

30

나비

마테오의 누나는 어깨에 나비 문신이 있었다. 그건 당연히 비밀이었다. 부모님이 알았다가는 난리가 날 것이었다. 나비의 날갯짓 때문에 지구 반대편에 폭풍이 불 수 있다는 이야기를 어디에선가 읽고 나서 선택한 문신이었다. 워낙 힘이 없던 그녀가 꿈꿀 수 있는 것중에 가장 힘이 센 것이 나비라는 곤충이었다.

부모님이 방에 들어오더라도 보이지 않도록 벽에 걸린 다른 사진 뒤에 숨겨놓은 누나의 사진에서는 그 문신이 보인다. 어쩌면 부모님은 악마의 짓이라며, 약이나 술보다도 문신을 더 싫어했을지 모른다. 악마의 짓이라는 게 어쩌나 많은지 마테오의 누나는 엄마에게 비수를 꽂고 싶으면 이렇게 외치곤 했다.

"아니, 그럼 하느님이 하는 일은 뭔데요?"

그보다 더 심한 말을 하지 않은 이유는 딱 하나, 엄마가 슬퍼하면 마테오도 슬퍼지는데 누나가 그건 절대 원하지 않기 때문이었다. 그것이 그의 유일한 무기였다. 그는 자기 마음을 방패 삼아 온 가족을 서로에게서 지켰다. 베어타운에서 떠났을 때 누나는 머리를 써서 부모님에게 교회에 간다고 했고, 교구 사무실에도 연락해 그 교회에서 당분간 지내도 좋다는 허락을 받아냈다. 교회에서는 전에도 '문제가 있는 아이들'을 받은 적이 있었다. 부모님은 딸이 드디어 진리를 찾은 줄 알았다. 어머니는 눈물까지 흘렸다. 교회에서 전화해 누나가 오지 않았다고 알렸을 때 누나는 이미 다른 나라로 떠난 뒤였다. 그 것이 2년 반 전이었다.

그다음으로 연락이 온 것은 불과 며칠 전이다. 한밤중이었다. 경찰이 서툰 영어로 누나의 이름을 발음했을 때 부모님은 이미 오래 전에 딸을 잃어버린 것에 대해 슬퍼했기 때문에 지금은 눈물도 나지 않는 듯했다. 어머니는 "악마가 네 누나를 데려갔다"라고 조그맣게 속삭이고는 그만이었다. 마테오는 이렇게 묻고 싶었지만 차마 그러지 못했다.

"그럼 하느님이 누나를 살리지 않은 이유는 뭐예요? 누나를 위해서 싸울 만한 가치가 없었기 때문인가요?"

이제 부모님은 누나의 유골을 수습하러 떠났고 마테오는 컴퓨터 모니터의 시커먼 화면을 쳐다보고 있다. 어디서 태어나는가와 어떤 사람이 되는가는 잔인한 복권이다. 마테오는 그들 남매를 행복으로부터 갈라놓은 것이 정확히 뭐였는지, '만약'의 개수를 과연 셀 수는 있을지 궁금하다. 따지고 보면 인생은 그게 전부다.

만약 베어타운과 헤드가 그런 시궁창이 아니었다면. 만약 사람들이 그렇게 끔찍하지 않았다면. 만약 부모님이 하느님의 말을 믿는 만큼 자기 딸의 말을 믿어주었더라면. 만약 마테오와 누나가 좀 더 대접받을 수 있는 곳에서 태어났더라면. 만약 그들이 안데르손 집안에서 태어났더라면. 만약 마테오가 레오고 누나는 마야였다면. 만약 엄마는 변호사고 아빠는 하키단 단장이었다면.

그러면 누나를 위해 싸워주는 사람도 있었을 것이다.

31
식기세척기

지난봄 어느 날, 연습 도중에 한 남자가 아이스링크 관중석에 갑자기 등장했다. 체구는 땅딸막하고 머리가 벗어지기 시작한 남자. 얇은 가죽 재킷 아래에는 두툼한 폴로넥 스웨터를 입고 묵직한 금목걸이를 걸고 있었다.

"저 택시 기사는 누구야?"

얼마 전에 영입된 선수 몇 명이 시시덕거리다가 거기서 나고 자란 선수들은 아무도 웃지 않는 걸 보고는 얼른 입을 다물었다. 남자는 훈련하는 내내 아맛에게서 눈을 떼지 않았고, 아무하고도 말을 섞지 않았지만 다음 훈련 시간에 다시 왔다. 다음, 또 그다음 시간에도 왔다. 결국 새로 영입된 선수 중 한 명이 라커 룸에서 물었다.

"진짜 뭐야? 저 노인네 누군데?"

아맛뿐 아니라 대부분의 선수가 모르는 척했다. 하지만 하이츠에서 나고 자랐기에 자기를 신적인 존재로 여기는 한 선수가 이죽거렸다.

"레브잖아! 저기 헤드 근처에 진을 친 쓰레기 깡패단 중 한 명. 그

노숙자들 소문 못 들어봤어?"

빙판 위에서는 그렇게 터프하지 않은 선수였지만 체구가 작은 남자들에게 라커 룸은 항상 안전한 공간으로 느껴진다. 당연히 아맛도 레브에 얽힌 소문을 들었지만, 그냥 평범한 사람이 아니라고 밝혀질 수도 있으니 남을 두고 쓸데없는 소리를 늘어놓지 말라며 어렸을 때부터 어머니에게 교육을 받았다.

하지만 그 선수는 신이 나서 쓰레기 깡패단에 대한 설명을 조잘조잘 늘어놓았다. 몇 년 전에 헤드 외곽의 언덕 아래에 있는 폐차장을 차지해서 그런 별명으로 불리게 됐다고. 어디에서 왔는지는 아무도 모른다고. 처음에는 레브와 몇 명뿐이었지만 들리는 소문에 따르면 지금은 스무 명도 넘게 거기 트레일러 하우스에서 살고 있다고. 훔친 차를 파는 사람도 있고, 약을 파는 사람도 있고, 그보다 훨씬 끔찍한 일을 하고 사는 사람도 있다고. 라커 룸의 분위기가 점점 유쾌해졌다. 라커 룸은 모든 근육의 긴장이 풀리는 곳, 그중에서도 특히 혀의 긴장이 풀리는 곳이었다. 그래서 얼마 전에 영입된 선수 중 한 명이 다시 택시 기사를 운운하자 이번에는 여럿이 웃음을 터뜨렸다. 여기에 용기를 얻은 하이츠 출신 선수가 쓰레기 깡패단이 폐차장을 차지했을 때 자동차 보닛 아래에 낙타 둘 자리가 없어서 조금 난감했다며 너스레를 떨었지만 이번에는 아까만큼 여럿이 웃지 않았다. 그래도 그는 점점 기세를 올렸다.

"그 폐차장이 이 일대에서 제일 규모가 큰 가족 사업일 거야. 그 원숭이들은 전부 친척일 테니까, 안 그래?"

갑자기 모두 입을 다물었다. 그리고 화가 나지 않았을까 불안해하는 눈빛으로 아맛을 흘끗거렸다. 하이츠 출신 선수의 얼굴이 시뻘

게진 것을 보면 아맛이 라커 룸에 없었을 때 그가 어떤 식으로 실없는 소리를 늘어놓았는지 알 수 있었지만, 말없이 앉아 있는 다른 선수들은 어떻게 생각하는지도 알 수 있었다. 그래서 아맛은 아무것도 못 들은 척 짐을 챙겨 들고 집으로 가면서 그딴 헛소리에 신경 쓸 시간 없다고 속으로 중얼거렸다.

레브는 다음, 그다음 훈련 시간에도 찾아왔다. 어느 누구와도 말을 섞지 않고 한 선수만 보았다. 적어도 이제는 아무도 아맛 앞에서 우스갯소리를 늘어놓지 않았지만 무언의 불안감이 아이스링크 안에 점점 쌓였다. 훈련 시간마다 구경하던 노인들은 멀찌감치 자리를 옮겼고 선수들은 전보다 자주 관중석을 흘끗거렸다. 아무도 아맛에게 말을 걸지 않았고, 그런 인간을 아이스링크로 불러들인 것에 대해 사과라도 하길 기다리는 듯했다. 그는 원래 별것 아닌 일에도 사과를 아주 잘했지만 이번에는 어째서인지 하지 않았다.

거의 2주 동안 이런 일이 계속되던 어느 날 저녁, 아맛이 약을 구하려고 할로에 있는 친구를 찾아가자 그녀가 고개를 저었다.

"미안, 앞으로는 너한테 약 팔지 말래."

아맛은 놀라서 소리쳤다.

"누가?"

친구의 대답은 무뚝뚝했다.

"레브가."

아맛은 물었다.

"약을 구해주는 사람이 레브야?"

그녀가 고개를 젓자 아맛은 투덜거렸다.

"그럼 그 사람이 무슨 상관인데?"

그녀는 그저 어깨를 으쓱했다.

"그게 중요해? 내가 자살하거나 그러길 바라는 건 아니겠지? 레브가 안 된다고 하면 안 되는 거야. 쓰레기 깡패단한테 찍히기 싫어. 네가 직접 레브한테 얘기해 보든가."

그래서 다음 날 훈련이 끝났을 때 아맛은 놀라워하는 팀원들을 뒤로하고 관중석으로 성큼성큼 올라가서는 레브를 똑바로 쳐다보며 고함을 질렀다.

"당신도 여기 다른 사람들처럼 내 아빠 행세를 하려고 그래요?"

레브는 의자에 몸을 기대고 앉아 아맛의 눈을 똑바로 쳐다보며 고개를 저었다. 그러고는 금 목걸이를 매만지며 아맛을 한참 동안, 쿵쾅거리는 심장 소리가 그의 귀에 들릴 때까지 세워놓았다.

"나는 어느 누구의 아빠도 아니야. 너는 아빠 필요 없어. 네가 너의 보호자잖아. 아빠 필요 없지."

마침내 그가 말했다. 아맛은 한참 동안 아무 말도 하지 않다가 좀 더 조심스럽게 물었다.

"그럼 여기서 뭐 하는 거예요?"

레브가 대답했다.

"너를 돕고 싶어서, 응?"

문법이 엉망이라 묻는 건지 아닌지 알 수가 없었기에 아맛은 중얼거렸다.

"이 마을의 다른 영감들도 다들 돕고 싶다는데……."

레브의 얼굴 위로 함박웃음이 번졌다.

"내가 이 마을의 다른 영감들과 비슷해 보이니?"

그는 아맛의 어머니의 모국어로 이렇게 말했지만 어머니와 같은 나라 사람처럼 보이지는 않았다.

"고향이 어딘데요?"

아맛은 어머니의 모국어로 이렇게 물었다가 발음이 형편없어서 민망해졌다. 어머니한테 말고는 이 나라 말을 써본 적이 없었던 것이다.

"나는 고향 없어. 나는 여러 나라 말 알아, 응? 너도 그럴 때 있지 않니? 고향 없는 것 같을 때?"

레브는 미소를 지었다.

그들의 관계는 조심스럽게 시작됐다. 훈련 후에 레브가 집까지 태워주겠다고 하자 아맛은 한참 고민한 끝에 좋다고 했다. 가장 큰 이유는 호기심 때문이었다.

"할로에서 파는 그런 쓰레기 같은 약 먹지 마. 아픈 데 있으면 내가 제대로 된 약 골라줄게, 응?"

레브가 진지한 목소리로 말했다. 아맛은 고개를 끄덕였다. 레브가 그의 눈을 쳐다보며 물었다.

"아픈 데가 있다는 건가?"

아맛은 다시 고개를 끄덕였다. 아무한테라도 공개한 것이 이번이 처음이었다. 레브는 거기에 대해서는 더 이상 어떤 말도 하지 않고 다른 질문을 하기 시작했다. 남들처럼 하키에 대해서가 아니라 아맛과 어머니가 베어타운에서 보낸 어린 시절은 어땠는지 물었다. 아맛은 처음에는 퉁명스럽게 대답했지만 점점 긴 독백으로 발전했다. 그가 헤드와 베어타운이 얼마나 서로 증오하는지 모른다고 하자 레브는 돈 있는 사람들에 대한 증오일 뿐이라고 답했다.

"주민들 간의 차이점은 헤드와 베어타운의 차이점이 아니야, 응?

부자와 가난뱅이 간의 차이점이지. 나는 헤드에 살아, 응? 하지만 너는 하이츠에 사는 남자보다 나랑 더 비슷하지 않나? 그의 눈에는 너랑 내가 같거든. 우리는 가난뱅이야. 그의 종이야. 그런 인간들은 이제 우리더러 고마워하라고 하지. 안 그러니, 아맛? 하지만 뭘 고마워하라는 걸까? 네가 하키를 잘하지 못했으면 그 부잣집 나리들이 너한테 관심이나 있었을 것 같니? 그들은 우리와 달라, 아맛. 우리는 그들이 사는 마을에 절대 흡수될 수 없어. 응?"

아맛은 아주 오랜만에 자기를 이해하는 사람을 만난 것 같았다.

❄

"나무 조심!"

페테르가 도로의 절반을 막고 있는 나무를 가리키며 외친다.

거대한 픽업스틱° 게임판이라도 되는 듯 온 사방이 쓰러진 나무 투성이라 티무는 계속 속도를 늦춰야 하고 도랑으로 차가 빠질 뻔한 것도 여러 번이다. 그의 주머니에서 다시 휴대전화가 진동한다.

"핸들 좀 잡아주세요."

티무가 말하고 손을 놓자 페테르는 옆자리로 몸을 날린다.

티무가 답문을 보내는 동안 페테르는 폭풍의 잔해를 헤치느라 애를 먹는다.

"아니…… 그건…… 티무!"

페테르는 결국 고함을 지르고, 어느 집에서 탈출한 울타리 반쪽과

○ 주어진 시간 안에 아무렇게나 쌓인 알록달록한 막대를 최대한 많이 줍는 게임.

욕조인가 싶은 것을 들이받기 직전에 티무가 브레이크를 밟는다.

티무는 차를 세우지만 휴대전화 자판을 두드리는 일은 멈추지 않는다.

"오늘따라 사람들이 말이 많네."

페테르는 중얼거린다.

"경기 일정이 바뀌었어요. 우리 첫 번째 상대가 누군지 알아요? 헤드예요!"

티무가 쏘아붙인다.

"아."

페테르는 달리 할 말이 없어서 이렇게 중얼거린다.

"지금 온갖 소문이 난무하고 있어서……."

티무는 말을 잇다가 생각이 바뀐 듯한 표정을 짓는다.

"무슨 소문?"

페테르는 사실 알고 싶지 않은데도 이렇게 묻는다.

티무는 그를 흘끗 쳐다보며 뭐는 얘기해도 되고 뭐는 안 되는지 고민하다가 한숨을 쉰다.

"의회도 오늘 아침에 단장님 친구 프락하고 회의를 했대요. 이번 폭풍으로 헤드의 아이스링크가 주저앉아서 그쪽 팀들이 우리 링크에서 연습할 거라던데."

페테르는 한참 동안 아무 말도 하지 않는다. 차창이 닫혀 있지만 조기가 걸린 아이스링크에서 호수 위로 불어오는 바람이 느껴지는 것도 같다. 옷이 너무 얇은 것처럼 느껴진다.

"임시 조치일 거야, 티무. 자네와 친구들이……."

"의회에서는 이걸 핑계 삼아 양쪽 구단을 합치려고 할 거예요. 단장님도 알잖아요!"

티무는 말허리를 자른다.

페테르는 고개를 끄덕이고 머뭇거리다 몸을 부르르 떤다.

"의회에서는 전에도 양쪽 구단을 합치려고 했어. 내가 그 회의에 직접 참석했었지. 그럴 일은 절대……."

"이번에는 달라요."

"어째서?"

티무는 눈썹을 내린다.

"이번에는 돈 있는 쪽이 베어타운이잖아요. 이제는 프락 같은 사람들이 합병으로 이익을 챙길 수가 있다고요."

다음과 같은 말이 입에서 나오자마자 페테르는 이렇게 어리석은 발언을 한 것을 후회한다.

"그게 그렇게 나쁜 일인가? 의회 예산이 한 구단으로 집중되면……."

티무의 대답은 사납지 않다. 그래서 왠지 모르게 더 섬뜩하다.

"이 구단은 프락의 것이 아니라 우리 거예요. 내 눈에 흙이 들어가기 전에는 우리 구단과 그 빨갱이들을 합치는 일은 절대 없을 거예요."

페테르는 자기 무릎을 내려다보며 고개를 끄덕인다. 맞는 말이라는 걸 알기 때문에 아무 대꾸도 하지 못한다. 그뿐 아니라 앞을 가로막는 수많은 사람의 눈에 흙이 들어가야 할 것이다. 티무가 "이 구단은 우리 거"라고 한 게 그 뜻이다. '우리'가 아니면 남이다. 페테르도 경험해서 알다시피 이 숲속에서 가장 위험한 지점은 인간과 권력 사이다. 그들은 페테르의 집 앞에 도착할 때까지 아무 말도 하지 않는다. 페테르가 태워다 줘서 고맙다고 하고 티무는 고개만 끄덕인다. 페테르는 시선을 피한 채로 말한다.

"티무, 내가 하는 말이라 자네한테는 아무 의미 없다는 걸 알지만 자네들과 헤드의 그 친구들은 오랫동안 평화를 유지해 오지 않았나? 자네의 측근들은 뭐가 됐든 자네 말이라면 모두 따르지. 그러니까 자네는…… 음…… 자네는 이제 이 마을의 도구가 될 수도 있고 무기가 될 수도 있어. 둘 중 어느 쪽이 되느냐에 따라 엄청난 차이가 생길 거야."

티무는 치아를 훤히 드러내며 미소를 짓는다.

"되게 라모나 같으시네요?"

"고맙네."

페테르는 조용히 말한다.

"하지만 틀렸어요. 평화는 없었거든요. 휴전이었을 뿐."

티무는 서글프다고 할 수 있을 만한 말투로 이렇게 덧붙인다.

"그 둘의 차이가 뭔가?"

"휴전은 일시적이죠."

그가 손을 내밀자 페테르는 맞잡는다. 티무가 거의 하지 않는 말을 한다.

"고맙습니다."

"별소리를 다 하네."

페테르는 웅얼거린다.

"진심이에요. 오늘 감사했어요."

티무는 핸들을 보며 말한다.

페테르는 그 청년이 멀어져 가는 동안 그 자리에서 꼼짝하지 않는다. 편안한 행복감을 느끼는 자신이 부끄러울 지경이다. 그는 옛날에 캐나다에서 여기로 왔을 때, 미라에게 마을 주민들 간의 관계가 시간이 지나면 덜 복잡해질 거라고 장담했었다. 실상은 정반대였다. 이제는 모든 것과 모든 사람들이 전보다 더 단단하게 연결돼 누구든 거의 꼼짝하지도 못할 지경이다.

✳

어느 날 저녁 레브는 아맛을 집으로 태워다 주던 길에 프로가 되면 뭘 사고 싶으냐고 물은 적이 있었다.

"벤츠랑 엄마 집이요."

아이는 대답했다. 레브는 미소를 지었다.

"그게 어머니가 원하시는 거냐?"

아맛은 웃음을 터뜨리며 고개를 저었다.

"아뇨, 엄마는 식기세척기면 됐대요."

레브는 배가 출렁거릴 정도로 껄껄대며 웃는다.

"내가 너 NHL 계약을 따내서 어머니께 사람을 붙여드릴게. 다시는 설거지를 하실 필요가 없도록, 응?"

그는 아맛에게 손목이 아플 때 먹는 조그만 상자에 든 처방 약을 건넸다. 아맛은 머뭇거리다가 그에게 자기 휴대전화를 건넸다. 이후로 에이전트가 전화할 때마다 레브가 받았다.

다음번에 함께 차를 타고 가고 있었을 때 레브가 말했다.

"사람들은 하키를 접촉 스포츠라고 하잖아, 응? 빙판 위에서 폭력이 일어난다고. 말도 안 되는 소리! 폭력이 일어나는 곳은 빙판 밖이야! 접촉 스포츠? 모든 스포츠가 접촉으로 이루어져 있는걸! NHL 선수 중에 너랑 비슷하게 생긴 선수가 얼마나 되니? 거의 없어! 너랑 비슷하게 생긴 코치가 없거든. 돈 많은 인간들은 자기들끼리 일을 주거니 받거니 하지. 서로 똘똘 뭉친다고, 응? 그렇게 그들이 이기는 거야. 그들이 그런 식으로 우리 같은 사람들을 권력과 돈에서 멀어지게 하는 거야."

아맛은 고개를 끄덕였다. 이후에도 레브는 훈련 시간마다 찾아왔고, 차를 타고 할로로 가는 동안 그들은 계속 같은 대화를 나누었다. 날이 길어지고 햇빛이 좀 더 넉넉해지고 여름이 다가오고 있었다. 어느 날 밤에 아맛은 발코니로 나갔다가 언덕 위에서 어떤 사람들이 촛불을 켜고 있는 것을 보았다. 다음 날 그에게 술을 팔았던 친구의 오빠가 다른 마을에 갔다가 싸움이 붙어서 칼에 찔렸다는 소식이 들렸다. 그래서 집중치료실에 있다고 했다. 그다음 날, 베어타운은 원정 경기가 있었고, 경기하러 가는 버스 뒷자리에서 할로에는 평생 발을 들인 적 없는 아맛의 동료들이 그 사건을 두고 입방아를 찧었다.

"약물 때문이야."

한 동료가 말했다.

"그걸 네가 어떻게 알아?"

다른 동료가 물었다.

"사람이 칼에 찔린 일이 단순한 우연의 일치라고 생각해? 아니, 그 사람 어디 출신인지 알잖아. 거기가 어떤 데인지도……."

아맛은 아무 말도 하지 않았지만 모든 걸 들었다.

팀 안에서 아맛과 가장 가깝게 지냈고 요즘은 사켈 밑에서 보조 코치로 일하는 보보는 버스 앞쪽에 앉아서 아무것도 듣지 못했다. 그의 잘못은 아니었다. 그는 라커 룸에서 어떤 얘기가 오가는지 더는 알지 못했고 자기 일을 하느라 정신이 없었다. 그와 아맛은 빙판 밖에서 함께 보내는 시간이 점점 줄었다. 그게 아맛의 탓인지 보보의 탓인지 알 수는 없었지만 이제 더는 둘 사이에 공통점이 없는 느낌이었다. 하지만 경기 직전에 보보가 아맛에게 괜찮으냐고 물었을 때 아맛은 솔직히 얘기할 수도 있었지만 대신 이렇게 대답했다.

"네. 괜찮아요."

보보는 미소를 지었다.

"그래…… 화난 것처럼 보여서. 무슨 일 있으면 얘기해. 오늘 너만 믿는다, 슈퍼스타!"

그는 아무 생각 없이 한 말이었다. 그래도 아맛은 열이 뻗쳤다.

1분 남았을 때 두 팀은 동점이었고 베어타운의 공격 존에서 플레이가 다시 시작될 예정이었다. 사켈이 작전타임을 외치고 선수들을 벤치로 불러 모았다. 다들 코치의 작전 설명을 기다리고 있었는데, 그녀는 오히려 아맛을 보며 물었다.

"어떻게 하는 게 좋겠니?"

코치가 그를 시험하고 있다는 걸 알아차렸어야 했는데, 아맛은 너무 지쳤고 너무 화가 났다.

"어떻게 하는 게 좋겠느냐고요? 작전을요? 저한테 퍽을 주고 코치님은 빠져 있으세요!"

어느 누구에게도 대꾸할 겨를을 주지 않은 채 그는 등을 돌렸다. 그들은 그에게 퍽을 주었고 그는 골을 넣었지만 아무도 축하해 주지 않았다. 심지어 보보마저도.

경기 후에 사켈 코치가 선수들을 불러 모았지만 아맛은 없었다. 관중석으로 레브를 찾아가 버스가 아니라 그의 차를 타고 집으로 가버렸다. 그는 그렇게 경기에서는 이겼지만 라커 룸을 잃게 됐다.

❋

열차가 마침내 멈춘다. 마야가 자리에서 일어나서 노인이 트렁크를 다시 내릴 수 있게 도와준다. 그는 연례보고서를 서류 가방에 넣고, 갈색 모자를 쓰고, 우산을 집고 살짝 고개를 숙인다. 마야는 웃으며 마주 고개를 숙인다. 그들은 승강장에서 헤어지고 그녀는 그에 대해 더 이상 생각하지 않지만 그는 그녀에 대해 점점 더 많은 생각을 한다.

두툼한 재킷을 입고 털모자를 이마 위로 푹 눌러쓴 30대 초반의 여자가 바로 근처에 서 있다. 얼마 전에 이사 온 사람들이나 요즘 같은 계절에 그렇게 입고 다닌다. 그들은 마야가 시야에서 완전히 사라진 다음에서야 서로 끌어안는다.

"아빠, 왔어요?"

여자가 말한다.

"안녕하세요, 편집장님."

그는 빙그레 웃으며 고개를 숙인다.

하지만 그 빈정대는 말투 안에서 자랑스러워하는 기미가 느껴진다. 그녀는 어렸을 때부터 줄곧 아빠처럼 기자가 될 거라고 했고, 그러면 그는 항상 딸에게 그런 미개한 일이나 하게 하려고 평생 죽도록 일을 한 게 아니라며 툴툴거렸다. 하지만 당연히 속으로는 딸이 엄마가 아니라 자기를 닮았다는 데 기뻐했다.

"오는 동안 별일 없었어요?"

그녀가 묻는다.

"왜 그리 걱정하는 투냐?"

남자는 딸의 이마에 잡히는 주름을 그리워하고 있었다.

"아시면서! 걔랑 얘기해 보셨어요? 마야라는 아이랑?"

"오는 내내 했지."

그는 즐겁게 툴툴댄다.

그의 딸은 한숨을 내쉰다. 만난 지 2분 만에 아빠 때문에 벌써 편두통이 왔다.

"걔한테 아빠가 기자라고 얘기 안 했죠? 여긴 어쩐 일로 오는지 얘기 안 했죠?"

"그러면 역효과가 날 거 아니냐."

그는 빙그레 웃는다.

"그건 윤리에 어긋나잖아요, 아빠. 그것 때문에 수사 기반 자체가 흔들릴 수 있는데……."

그는 됐다는 듯이 우산을 흔들고 승강장을 따라 걷기 시작한다.

"윤리? 웃기고 있네! 그 아이는 페테르 안데르손의 딸이야. 그 아이가 뭐랬는지 아니? '저희 아빠는 원칙을 절대 어기지 않는 그런 분이에요.' 연재 기사의 첫머리로 쓰기에 이보다 더 완벽할 수가 있을까! 내가 항상 한 얘기 있지? 사람들이 한 번에 몇 가지 생각을 할 수 있는지 아느냐고."

"그만하세요, 아빠……."

그녀는 앓는 소리를 내지만 피식 웃음이 나는 건 어쩔 수 없다.

"몇 개야?"

"하나요. 사람들은 한 번에 한 가지 생각밖에 못해요."

그는 열심히 고개를 끄덕이다 하마터면 갈색 모자가 벗겨질 뻔한다. 딸은 웃음을 터뜨린다. 여전히 아빠는 사소하고 바보 같은 디테일 하나로 남들과 구분되기 때문이다. 예전에 그는 남들이 평범한 넥타이를 매고 다닐 때 나비넥타이를 매고 다녔고, 손목시계 대신 회중시계를 넣고 다니면서 항상 시류에 역행했다. 남자가 딸의 눈을 바라본다.

"바로 그거야. 베어타운 하키팀이 그런 금융 범죄를 저지르고 지금까지 처벌을 모면할 수 있었던 건 의심의 여지가 없는 페테르 같은 사람 때문이야. 가뜩이나 그 딸에게 그런 일까지 벌어졌으니! 사람들은 한 번에 한 가지 생각만 할 수 있고, 현재 베어타운 하키팀은 훌륭하고 번듯하고 정직한 쪽에 서 있지. 거긴 안데르손 가족의 구단이야. 동성애자로 밝혀진 선수가 있고, 그 마을에서 가장 가난한 동네 출신이며 오로지 어머니가 아이스링크를 청소한다는 이유로 하키를 알게 된 아이가 최고의 스타인 구단. 내가 보내준 팸플릿 읽어봤니? '베어타운 하키팀을 후원하는 것은 쉽고도 당연한 일입니다!' 세상에 이보다 더 오만한 문구가 있을까!"

그의 딸은 인내심을 발휘해 가며 심호흡을 하고 있다.

"저기요, 아빠. 와주셔서 감사해요. 정말로요. 그리고 저도 아빠랑 목표가 같아요. 하지만 이번 수사는…… 음, 그러니까…… 원칙대로 진행해야 해요. 의회 정보통에 따르면 의원들이 베어타운과 헤드 하키단 합병을 진지하게 고민 중이라고 하니 장부를 새로 만들어 횡령과 부패의 흔적을 싹 없애버리기에 좋은 기회가 될 테지만요. 그래도 수사를 *정당하게* 진행해야 해요, 아빠. 개인적인 감정 없이."

그가 두 팔을 뻗자 체크무늬 셔츠로 덮인 뱃살이 출렁거린다. 그는 그녀가 마지막으로 보았을 때보다 최소 10킬로그램은 더 살이 쪘다. 수염이 더 희끗희끗해졌고 담배 때문에 생긴 기침은 더 심해졌다.

"어떻게 개인적인 감정을 *배제할* 수 있니? 베어타운 하키팀이 정치적으로 올바른 이미지를 방패 삼아 모든 조사를 피하고 있는데. 아니, 네 밑의 기자들조차 그들을 건드리지 못하잖아!"

그녀의 눈빛이 험악해진다. 어쩌면 그렇게 금세 변하는지, 아빠 입장에서는 수십 년을 보아왔어도 여전히 놀랍다.

"그들은 훌륭한 기자예요, 아빠. 아빠는 타지 사람이라 실상을 몰라서 그래요. 우리가 하키단을 공격하면 지역 경제 전체를 공격하는 거나 마찬가지예요. 사람들 생계를 흔드는 거라고요."

그는 머리를 들고 갑자기 선뜻 협조하는 표정을 지으며 고개를 끄덕인다.

"알았다, 알았다. 네 말이 맞네, 미안."

"그냥 조금 조심해 달라는 말씀이에요. 그리고 페테르 안데르손을 공격하는 것부터 *시작*하려면 알아두어야 할 게 있는데, 농담이 아니라 진지하게 드리는 말씀이거든요. 그는 이 일대에서 그냥 평범한 사람이 아니에요. 그에게는 힘 있는 친구들이 있어요. 그리고…… 거친 친구들도 있고요."

그녀의 아버지는 우산을 흔든다.

"몸을 사릴 거면 내가 여기 있을 이유도 없는 거 아니냐? 스캔들을 파헤치려면 흥미진진한 이야기가 필요해! 그리고 흥미진진한 이야기가 어떤 건지 아니? 바로 페테르 안데르손의 이야기지!"

딸은 씩 웃으며 말한다.

"흠, 그리웠어요. 아빠의 잔소리……."

남자가 신랄하게 말허리를 자른다.

"말도 안 되는 소리 하지 마라. 네가 나한테 연락한 이유는 내가 네 아빠라서가 아니라 이 개자식들의 인생을 박살 내고 싶어서였잖아. 그 일에 나보다 훌륭한 적임자는 없어!"

그는 이 마지막 문장을 내뱉고 뿌듯해하느라 우산으로 땅을 짚는 것을 깜빡하고 발을 내딛는 바람에 하마터면 넘어질 뻔한다. 딸이 그를 붙잡고는, 그가 얼마나 늙었는지 느끼고 조그맣게 속삭인다.

"아빠, 그동안 계속 몸이 근질거렸죠? 다시 적과 싸우고 싶어서?"

그는 수염을 긁는다.

"그렇게 티가 나디?"

그는 소속 신문사를 대표하는 기자였다. 유명인과 정치인을 무너뜨리는 기자, 돈 많고 힘 있는 사람들이 자기들 뒤를 캘까 봐 두려워하던 기자였다. 하지만 그건 오래전 얘기고 이제는 신문사에서도 좀더 비중 있는 일은 젊고 유능한 기자들에게 맡긴다. 요즘 들어 남자는 기자라기보다 마스코트에 더 가깝다.

"이번 일은 엄청 어려울 거예요, 아빠."

"그러니까 해볼 만한 일인 거지, 꼬맹아."

딸은 그렇게 불리는 것이 싫지만 그 애칭을 그리워하는 마음도 있었다.

32

증오

요니는 약속한 대로 집에서 저녁을 먹는다. 한나와 아이들은 원래 저녁을 10시 30분에 먹는 척하기만 하면 된다. 그들은 민망해하는 그의 얼굴을 보고 그냥 넘어가기로 한다. 숲속에서 얼마나 열심히 일했는지, 얼마나 기진맥진했는지 보이기 때문이다. 양쪽 마을을 잇는 도로는 여전히 쓰러진 나무와 폭풍의 잔해로 엉망진창이지만, 드디어 베어타운에 사는 직원들이 헤드의 병원으로 출근할 수 있을 만큼은 치워졌다. 한나는 부엌에서 까치발을 하고 서서 남편의 뒷덜미에 입을 맞춘다.

"차 끌고 왔어?"

그녀가 묻자 그의 뺨에서 핏기가 가신다.

"으악…… 망할! 내일 출근하자마자 동료한테 거기까지 태워달라고 하고, 퇴근해서 애들 연습장으로 데려다 줄게!"

한나는 기운이 없어서 왈가왈부하지도 못한다.

"알았어, 그건 내일 처리하지 뭐. 일단 빨래부터 정리하고 저녁 차릴게……"

그녀는 감기는 눈을 억지로 뜨며 말한다.

하지만 맏이이자 왕언니인 테스가 나서 한 팔로 어머니를 감싸 안으며 말한다.

"됐어요, 엄마. 가서 뜨끈하게 목욕이나 하세요. 빨래 정리는 제가 할게요. 저녁 준비는 아빠가 하면 되고요."

테스는 엄마가 동생들 숙제를 봐주는 동안 이미 청소를 마쳤다. 한나는 엄청난 짐을 짊어지고 있는 열일곱 살짜리 딸에게 미안해져서 가끔 뜬금없이 울음보가 터질 때가 있다. 그 아이는 정리 정돈을 워낙 잘하는 성격으로 태어나는 바람에 수난을 겪고 있다. 능력이 될수록 할 일이 점점 많아지는 것. 똑똑한 여자아이에게 내려지는 저주다.

"고마워, 우리 딸. 하지만……."

한나는 말문을 연다.

"5초 지나면 취소예요. 5, 4, 3, 2……."

테스가 말허리를 자르자 한나는 웃음을 터뜨리고 딸의 머리칼에 입을 맞춘다.

"알았어, 알았어. 고마워! 얼른 씻고 나올게!"

요니는 스토브 앞으로 다가가 아들들이 제일 좋아하는 송아지 커틀릿을 튀긴다. 일곱 살 투레는 잘 시간이 훌쩍 지났는데도 놀 수 있어서 신이 난다. 테스는 상을 차리고 맨 끝에 앉는다. 거기에 앉고 싶어서라기보다 토비아스와 테드가 서로 그 자리에 앉겠다고 싸우기 시작하면 목숨이 위태로워질 수도 있기 때문이다. 토비아스는 열다섯 살이고 테드는 이제 겨우 열세 살이지만 거의 형만큼 키가 크고 힘도 세다. 다들 토비아스를 생각해서 모르는 체하지만, 테드는

이미 형보다 하키를 잘한다. 뛰어난 유전자나 재능을 타고났다기보
단 토비아스가 테드만큼 하키에 미치지 않았기 때문이다. 그는 여
자, 파티, 컴퓨터게임 등 다른 것도 좋아한다. 반면에 테드는 다른
모든 걸 배제하고 오로지 하키 생각뿐이다. 팀원들과 연습하는 시간
이 아니면 하루에도 몇 시간씩 지하실 벽에 구멍을 내거나 집 앞 진
입로를 차지하고 슛 연습을 한다. 토비아스는 가끔 억지로 연습하러
갈 때도 있다. 테드의 연습을 멈추려면 옆에서 그만 좀 하라고 끌어
내야 한다. 호수가 어는 시기만 되면 테드는 매일 아침 그곳으로 달
려가 친구들과 한 게임 뛰고 학교에 가려고 눈을 치운다.

"도로 이제 치워졌어요, 아빠? 내일 연습하러 갈 수 있어요?"

테드가 열띤 목소리로 묻는다.

"응, 아마 괜찮을 거야."

그의 아빠는 피곤하지만 뿌듯해하며 고개를 끄덕인다.

토비아스는 앓는 소리를 낸다.

"아, 진짜로 베어타운의 쓰레기 같은 링크에서 연습해야 해요?"

테스가 쏘아붙인다.

"너 바보야, 뭐야? 우리 링크 상태 못 봤어? 지붕이 통째로 주저앉
았잖아!"

요니는 고마워하는 눈빛으로 딸을 흘끗 쳐다본다. 요즘 들어 딸아
이가 전보다 자주 합리적인 부모 역할을 맡아주는 덕분에 그가 숨
을 돌릴 수 있다.

"동생더러 '바보'가 뭐니."

그가 조그맣게 속삭인다.

"죄송해요. 토비, 너는 정말 바라볼수록 보석이야!"

그의 딸이 선언한다.

"그게 무슨 소리야?"

토비아스는 의심스러워하며 묻는다.

그의 아버지는 껄껄대며 웃지만 투레가 자기 자리에서 갑자기 이렇게 외치자 웃음을 그친다.

"우리가 베어타운 링크를 써야 하는 이유는 헤드 링크가 개똥 같기 때문이야!"

테스가 조용히 시키자 투레는 놀란 표정을 지으며 고집을 부린다.

"아빠가 그랬어!"

요니는 점점 넓어지는 이마를 손끝으로 문지른다.

"그건…… 진짜로 그렇게 생각한 건 아니야. 오늘 아침에 통화하면서 조금 화가 나서 그랬지."

누가 봐도 조금 화가 난 정도가 아니었지만 모두의 예상을 깨고 테드가 말문을 연다.

"우리 링크가 *개똥*이긴 해요. 베어타운 링크가 백 배 나아요. 그 안에 유치원도 있는 거 아세요? 베어타운 아이들은 우리보다 얼마나 더 많은 시간을 빙판 위에서 보낼 수 있을지 생각해 보세요."

요니는 프라이팬에 대고 화풀이를 하느라 송아지 커틀릿을 너무 세게 뒤집는 바람에 버터가 튀어서 손목을 데지만 아무 반응도 보이지 않는다. 테드의 세상에서 중요한 건 그것뿐이다. 빙판 위에서 보내는 시간. 다른 팀도 있고 피겨스케이팅 선수들도 있고 의회의 강요로 주말마다 일반인들이 이용할 수 있도록 배정한 시간도 있기 때문에 테드의 팀은 그 시간을 확보하기 위해 해마다 점점 더 치열하게 싸워야 했다. 그렇다면 앞으로는 어떻게 될까?

"하, 빌어먹을 베어타운 위에 누가 폭탄이라도 떨어뜨려 주면 좋겠네."

토비아스가 대답 대신 이렇게 중얼거린다.

토비아스는 테드보다 두 살 위라 파티에서 베어타운 출신들과 만날 수 있는 나이다. 그들과 제법 자주 싸움을 벌일 수 있는 나이다.

"토비!"

테스가 버럭 소리를 지른다. 덕분에 요니는 나설 필요가 없다.

"왜? 베어타운 사람들도 우리를 싫어하잖아. 우리도 그 사람들을 싫어하고. 아닌 척할 필요가 뭐가 있어."

"그만해라, 토비. 누가 누굴 싫어한다고 그래."

요니는 건성으로 말린다.

"아빠가 그랬잖아요."

"그야…… 하키에서나 그렇지. 시합에서 맞붙게 되면 사람들끼리 그냥 하는 말이잖니."

요니는 더듬더듬 변명한다.

"우리가 바로 그 하키 선수잖아요, 아빠!"

요니는 아무런 대꾸도 하지 않는다. 아들 녀석의 말이 맞기 때문이다.

"내일 A팀 뛰는 거 볼 수 있을까요?"

테드가 갑자기 기대에 찬 표정으로 말허리를 자른다.

"글쎄다, 헤드 A팀이……."

잘못 알아들은 요니는 이렇게 중얼거린다.

"베어타운 A팀 말이에요. 아맛이 뛰는 게 보고 싶대요."

테스가 조심스럽게 설명한다.

"아맛? 걔는 엉뚱한 팀에서 뛰고 있어!"

요니는 자기도 모르게 불쑥 이렇게 내뱉는다.

"아맛은 NHL에서 뛰게 될 거예요!!!"

테드는 열세 살짜리답게 절대적으로 확신한다.

요니는 입을 다물고 있었어야 했다. 한나가 샤워를 오래 한 게 화근이다. 옆에 있었다면 그가 피식 웃으며 이런 말을 꺼내지 못하게 허벅지를 때렸을 텐데.

"아맛? NHL? 선수로 뽑히지도 못했는데? 지난봄 내내 베어타운 사람들은 난리도 아니었지. 아맛보다 잘하는 선수는 없다며? 그런데 지금 어떻게 됐니? 아무 일도 없었어! 걔는 다시 고향으로 돌아왔고 이제는 '부상'을 당했다는 소문까지 돌고 있잖아. 베어타운의 다른 모든 것처럼 그 아이도 조금 과대평가된 것 아닐까?"

그는 이렇게 말을 하는 동안에도 자기혐오를 느낀다. 한나는 가끔 하키 때문에 그의 가장 못난 모습이 드러날 때가 있다고 하지만 그건 아니다. 그의 가장 못난 모습을 자극하는 건 오로지 *베어타운* 하키다. 토비아스는 좋아서 깔깔대고 웃는다.

"젠장, 그중에서도 최악은 아맛이지!"

"아맛은 NHL에서 뛰게 될 거예요! 헤드에도 그만한 선수는 없다니까요!"

테드는 반항조로 중얼거린다.

"뭐야, 너 걔 사랑하냐?"

토비아스는 씩 웃는다. 잠시 후에 식탁을 사이에 두고 대차게 싸움박질이 벌어지자 테스는 버럭 소리를 지르고 투레는 응원한다.

요니는 프라이팬을 내려놓고 달려가 아무나 붙잡고 떼어낸다. 한나는 위에서 그 소리를 들으며 자기더러 '예민하다'고 한 요니의 발언에 대해 생각한다. 어련하시겠어.

"그만해! 아니, 내가 지금…… 토비!!! 그만하고 동생한테 사과해! 테드가 아맛을 사랑할 리 있어? 아니, 개는 심지어……."

못마땅한 듯 노려보는 딸의 시선이 느껴지자 요니는 말을 멈추고 헛기침을 하다 다소 어설프게 말을 바꾼다.

"아니, 그러니까 설사 그 아이가 그쪽이라고 한들 잘못된 건 아니지. 그렇지만…… 아니잖아. 너는 그쪽이니?"

그는 그렇게 얘기하면 되는지 확인하려고 딸을 쳐다본다. 딸은 눈을 부라린다. 요즘은 올바른 표현을 쓰기가 쉽지 않다. 그래서 그는 심호흡하고 이렇게 얘기한다.

"계속 싸우면 토비, 너는 컴퓨터게임 금지야. 테드, 너는 내일 연습 금지고!"

방법이 그거 하나뿐이다. 두 아이는 당장 흥분을 가라앉힌다. 테스가 다시 눈을 부라린다. 요니는 재밌는 얘기로 투레의 웃음보를 터뜨릴까 고민하지만(요즘은 그의 얘기를 듣고 재밌어하는 아이가 투레밖에 없다) 그럴 겨를도 없이 테스의 휴대전화에서 문자메시지가 왔다는 알림음이 울린다. 그리고 곧바로 다시 울린다. 잠시 후에 토비아스의 휴대전화도 울린다. 심지어 테드의 휴대전화까지 울린다. 요니가 어깨 너머로 들여다보고 있을 때 테스가 모든 학교 학생들이 돌려보고 있는 사진을 연다. 헤드와의 경계선을 표시하느라 숲길에 달린 베어타운 표지판 위에 누군가가 초록색 목도리를 걸어놓았다. 그 아래에 달린 커다란 함석판에 이런 글귀가 스프레이 페인트로 적혀 있다. "우리 링크는 우리 거다!!! 꺼져라, 잡것들아!!!"

내일이면 헤드의 청소년 팀이 그 길을 지나야 한다. 가장 어린 팀이 투레 또래인데, 그 아이들이 맞닥뜨리게 될 환영 문구가 그것이다. 테스는 사진을 지운다. 요니는 아무 말도 하지 않지만, 요즘 들어 사랑스럽고 깜찍한 베어타운 하키팀과 사랑스럽고 깜찍한 그들의 '의식 구조'에 대해 계속 칭찬하는 지역 신문사에 연락해서 사랑스럽고 깜찍하다는 건 이런 걸 말하는 거냐고 묻고 싶은 마음이 굴뚝같다. 그는 턱에 힘을 준 채 저녁을 그릇에 담고 식탁에 앉는다. 모두 함께 말없이 저녁을 먹지만 테스는 계속 토비아스의 전화기를 손가락질하며 내려놓게 하려고 한다. 토비아스는 누나가 시키는 대로 하긴 하지만 구시렁거린다.

"이제 내 말 믿죠? 내가 뭐랬어요? 그 마을 사람들은 우리를 싫어한다니까!"

이번에는 아무도 반론을 제기하지 않는다.

33

집으로 가는 길

"사람들 속이기가 얼마나 쉬운지 알아? 다들 워낙 헛소리를 잘 믿으니까 충분히 공을 들이기만 하면 아무거나 다 믿게 할 수 있어."

오래전에 아버지가 엽총을 들고 숲속으로 들어갔을 때 한 동네에 사는 다른 아이들이 그 이유를 두고 소문을 퍼뜨리자 아드리 오비크가 남동생에게 했던 말이다. 당연히 소문은 뒤로 갈수록 점점 황당해졌다. 알란 오비크가 마피아에게 빚을 졌다는 둥, 사실은 전범인데 여기서 숨어 지내다 적에게 발각돼서 죽임을 당한 거라는 둥.

"사람들은 바보야. 사람들 말 듣지 마. 얼굴에 주먹은 날려도 되는데, 말은 듣지 마."

아드리는 남동생에게 그렇게 말했고 그는 누나가 시킨 대로 했다. 양쪽 명령 모두 제법 성공적으로 수행했다.

아드리가 보기에 여전히 인간은 쓰레기다. 그녀가 동물을 더 좋아하는 이유도 그 때문이다. 마을이 아니라 멀찍이 떨어진 숲속에서 지내는 이유도 그 때문이다. 대개는 그것이 축복이지만 폭풍이 불고 나서 며칠 동안은 그렇지 않다. 동생인 가비와 카시아가 도우러 왔지만 그럼에도 피해 복구를 거의 시작조차 하지 못했다. 견사 주변의 울타리를 고치고 마당 곳곳에 흩뿌려진 잔해를 치웠지만, 무도관으로 개조한 별채가 가장 심한 타격을 입어서 상당히 손이 많이 가게 생겼다. 이 일대는 아직도 전기가 들어왔다 나갔다 하고, 도로는 여전히 막힌 곳이 많다. 하지만 아드리는 불평하지 않고 남들보다 잘 극복하고 말 거라고 속으로 중얼거린다. 그녀에게서 개를 사는 사냥꾼들은(요즘 같아서는 베어타운과 헤드의 거의 모든 사냥꾼이 아드리에게서 개를 산다) 이 일대에 모르는 나무가 없다. 그들이 어느 나무를 잘라야 하는지 미리 알려준 덕분에 그녀와 집과 개들을 구할 수 있었다.

이제 그 개들이 짖는 소리가 들린다. 물론 개들이야 노상 짖어대지만 이번에는 그녀가 하던 일을 멈추고 허리를 편다. 그의 등장을 미리 알아차린 것이다. 평생을 개에 바친 사람은 녀석들이 짖는 소리에도 미묘한 차이가 있다는 걸 안다. 아드리는 녀석들이 동물을 보고 짖는지 아니면 사람을 보고 짖는지, 짖는 이유가 자기 영역을 표시하거나 보호하기 위해서인지 아니면 무서워서인지 단박에 알아차릴 수 있다. 대개는 어린 녀석들의 목소리가 큰데, 이번에는 새끼 시절부터 절대 팔지 않고 가족처럼 지낸 가장 늙은 녀석들만 짖는다. 좋아서 짖고 있다.

아드리는 달리기 시작하며 사람들을 속이는 건 일도 아니라는 생각을 한다. 벤이가 자전거를 타고 자갈길을 달려오고 있고, 그녀는 실루엣이 보이기 전부터 동생이라는 걸 안다. 개들이 기쁘고 좋아서 푸르르 짖는 소리와 앞발로 울타리를 열심히 긁는 소리를 듣고 동생이라는 걸 알아차린다. 사람들을 속이는 건 일도 아니기에 지난

2년 동안 그녀의 남동생을 둘러싸고 무수한 소문이 돌았다. 실패작이라는 둥, 자기 정체를 방어할 마음의 준비가 되어 있지 않았다는 둥, 겁쟁이라 하키를 때려치우고 멀리 도망쳤다는 둥, 요즘은 술꾼에 약쟁이라는 둥, 아무짝에도 쓸모가 없다는 둥. 하지만 개들은 절대 속일 수가 없다.

개들은 인간의 가장 좋은 면을 모두 안다.

❅

마야는 종점에서 베어타운의 집까지 어떻게 갈 건지 미리 생각해놓지도 않았다. 그녀가 승강장에 잠깐 선 채로 당황해하며 데리러 오겠다는 아나를 말린 게 얼마나 바보 같은 짓이었는지 생각하고 있을 때, 도로에서 누군가가 외치는 소리가 들린다.

"마야? 오랜만이네. 반가워라! 태워다 줄까?"

같은 동네에 사는 아저씨가 차창 밖으로 고개를 내밀고 있다. 여기 생활이 어떤 식인지 마야의 기억이 되살아난다. 같은 방향으로 간다는 사람이 항상 있다는 것을 말이다. 어딜 가든 결국에는 항상 해결되고, 도와주겠다는 사람이 항상 등장한다. 그걸 그리워하게 될 줄은 몰랐건만.

그녀는 차를 얻어 타고 가는 동안 그와 깍듯하게 대화를 나누지만 베어타운에 가까워질수록 말수가 준다. 헤드를 지날 무렵에는 거의 숨을 쉴 수가 없다.

"놀랍지? 여기서 꼭 전쟁이라도 벌어진 것 같지 않니?"

이웃이 턱으로 가리키며 묻는다.

마야는 전에도 폭풍 다음 날을 여러 번 겪었지만, 이렇게 심각했던 적은 없었다. 무슨 수로 이 모든 걸 복구할 수 있을지 모르겠고, 비용은 얼마나 들지 상상조차 되지 않는다.

❄

벤이가 자전거를 타고 숲속 오솔길을 달려온다. 누나들이 마지막으로 보았을 때보다 두 살 더 나이를 먹었고 훨씬 야위었다. 얼굴은 더 까무잡잡해졌고 긴 머리는 색이 옅어졌지만 웃는 표정은 여전하다. 아드리는 모든 걸 내팽개치고 달려가 벤이를 자전거에서 끌어내리고는 머리칼에 입을 맞추며 머리에 똥만 든 머저리라고, 그리고 그런 그를 사랑한다고 말한다.

"여기까지 어떻게 왔어? 왜 전화 안 했어? 자전거는 누구 거야?" 그녀는 궁금해한다.

벤이는 어깨를 으쓱하지만 어느 질문에 대한 대답인지 알 길이 없다. 개들이 울타리에서 빠져나와 그의 품 안으로 달려들고, 가비와 카시아가 곧바로 뒤따라 달려든다. 시끄러운 소리를 듣고 집 밖으로 나온 그들의 어머니는 처음에는 제대로 서 있지도 못하다가 당장 마당을 내달리는데, 벌써부터 자기 모국어로 욕을 하고 있다. 부랑아처럼 전 세계를 떠돌아다니면서 엄마에게 연락도 제대로 하지 않은 아들에게 걸맞은 욕과 협박이 이 나라 말에는 턱없이 부족하기 때문이다. 잠시 후에 그녀는 척추에서 삐거덕거리는 소리가 들릴 정도로 세게 벤이를 끌어안고, 그의 심장이 뛰는 소리를 듣지 못하면 살 수가 없다고, 그가 떠나 있는 동안 마지막 숨을 내뱉고 싶지 않아서 감히 숨도 제대로 쉬지 못했다고 속삭인다. 벤이는 두어 시간 나갔다 온 사람처럼 씩 웃으며 사랑한다고 속삭이고, 잠시 후 이번에는 누나들이 너무 야위었다고, 네가 굶어 죽으면 엄마의 한탄이 그칠 날이 없을 텐데 그걸 무슨 수로 견딜 수 있겠느냐고, 너라는 애새끼는 왜 너만 생각하느냐고 비난을 퍼붓는다. 그런 다음 그의 머리칼에 대고 흐느껴 울고, 그런 다음 다 같이 밥을 먹는다.

❄

집 앞에서 내린 마야가 태워다 줘서 고맙다고 요란하게 인사하자 이웃은 이렇게 응수한다.

"별것도 아닌데 그렇게 대도시 깍쟁이처럼 호들갑 떨 것 없다."

마야는 기름값을 드리겠다고 했으면 뺨을 얻어맞을 뻔했다고 생각하며 자기도 모르게 미소를 짓는다. 그녀는 화단에 떨어진 나뭇조각과 쓰레기 파편을 몇 개 줍고 고향 집의 문을 연다. 늘 그렇듯 문은 잠겨 있지 않다. 전에는 이걸 아무렇지 않게 받아들였는데, 이제는 베어타운 주민만의 특이하고 이상한 습관이라는 생각이 든다.

집 안은 모든 면에서 평소와 같다. 가구도 같고 벽지도 같고 일상도 같다. 그녀의 부모님은 시간의 흐름을 인정하지 않으면 시간을 속일 수 있다고 생각하는 걸까. 마야는 계단 위에서 걸음을 멈추고 집 냄새를 깊이 들이마신 뒤, 벽에 걸린 그녀와 남동생 사진을 일일이 손끝으로 훑는다. 가장 오래된 사진은 이삭의 사진이다. 아이를 잃어본 부모는 절대 다시 세상을 믿지 않는다. 전에 마야는 아빠가 전화로 그렇게 고백하는 것을 들은 적이 있다. 통화 상대가 누구였는지는 모르겠지만, 아빠는 자신이 받은 그 많은 축복 때문에 불균형을 바로잡으러 나선 신인지 뭔지 모를 존재가 이삭을 데려간 거 같다는 생각이 가끔 든다고 했다. 페테르 안데르손에게는 자신을 사랑하는 아내와 세 명의 예쁜 아이들과 NHL 소속 프로 하키 선수에 이어 자신을 키워준 구단의 단장이라는 직함이 주어졌는데, 세상에 모든 것을 가질 수 있는 사람은 없다는 것이 그의 논리인 듯했다. 그 얘기를 듣고 마야는 놀랍도록 이타적인 동시에 황당하리만치 자기중심적인 발상이라고 생각했던 기억이 난다. 어떤 아이가 잘살거나 못사는 이유는, 그 아이의 부모가 우주의 어떤 규칙에 빚을 졌거나 덕을 보았기 때문이라는 것 아닌가. 하지만 아이를 낳으면 누구나 반드시 바보가 되어버리는 것일 수도 있다. 잘은 모르겠지만.

그녀는 계단에서 혼자 깊고 깊게 숨을 들이마신다. 과거의 모든 기억이 전기충격처럼 느껴질 때도 있고 한밤중에 비명을 지르며 깨어날 때도 있지만, 집에 올 때마다 전에 비해 케빈을 조금씩 잊을 수 있다. 조금씩 나이를 먹어서 전보다 튼튼하고 두툼한 갑옷으로 무장할 수 있다. 부모님과 통화할 때 목소리를 들어보면 그들은 그렇지 않다는 것을 번번이 느낄 수 있다. 그들은 그 순간에 갇혀서 아직도 자책하고 있다. 마야의 아빠는 성폭행 사건 이후에 그녀와 함께 병원에 갔을 때 자기가 어떻게 해주면 되겠느냐고 물었고, 그녀가 절망 속에서 할 수 있었던 말은 "저를 사랑해 주세요"밖에 없었다. 그는 그렇게 해주었다. 온 가족이 그렇게 해주었다. 그녀는 가끔 온 가족을 시커먼 구멍으로 끌고 들어가 밑바닥에 내버려두고 자기 혼자만 빠져나온 것 같다는 생각이 들 때도 있다. 그게 진짜인지 아닌지의 여부는 중요하지 않다. 죄책감이 항상 논리보다 강하다.

조용히 계단을 올라간다. 그녀와 레오만 그 계단을 소리 없이 밟을 수 있다. 부모님의 방 안으로 들어간다. 아빠가 거울 앞에서 넥타이 매는 연습을 하고 있는데, 손가락이 마음먹은 대로 움직여 주지 않아서 괴로워하는 표정을 짓고 있다.

"아빠, 저 왔어요."

페테르가 좋아하는 단어다. "아빠." 아빠는 잘못 들은 거라고 확신하기에 고개를 돌리지도 않는다. 그래서 좀 더 큰 목소리로 다시 인사를 건네야 한다. 그는 거울에 비친 그녀를 보고 어리둥절해하며 눈을 열심히 깜빡인다.

"딸……? 딸! 아니…… 아니, 네가 여긴 어쩐 일이야?"

"일요일에 열리는 라모나 장례식에 참석하려고요."

"그런데 어떻게…… 어떻게 왔어?"

"기차 타고요. 어, 기차역에서부터는 차를 얻어 타고 왔고요. 도로가 난장판이네요. 폭풍이 부는 동안에는 감당이 안 됐겠어요. 아빠는 별일 없었죠?"

이 많은 말들이 그녀의 입에서 한꺼번에 쏟아져 나오는데도 그는 딸이 눈앞에 있다는 사실을 여전히 받아들이지 못하고 있다.

"어…… 그러면 학교는 어쩌고?"

그래도 그는 역시 아빠답게 그녀를 끌어안으며 이렇게 묻는다.

"학교는 걱정 마세요."

그녀는 웃으며 대답한다.

"하지만…… 장례식 날짜가 이번 주말이라는 걸 어떻게 알았어?"

마야는 그의 천진한 질문을 듣고 으스대며 미소를 짓는다.

"엘크 사냥 시즌이 다음 주부터잖아요. 그다음은 하키 시즌이고요. 이번 주말이 아니면 언제 장례를 치를 수 있겠어요?"

그는 넥타이로 머리를 긁는다.

"하지만 라모나 장례식 때문에 굳이 내려올 필요는 없었는데. 라모나는······."

"아빠 생각해서 온 거예요."

마야는 조그맣게 속삭인다.

그녀의 눈에 비춰지는 아빠는 먼지 더미처럼 폭삭 주저앉을 것만 같다.

"고맙다."

그는 간신히 말한다.

"제가 뭘 하면 될까요, 아빠?"

페테르가 애써 미소를 지으며 어깨를 아주 느리게, 힘없이 으쓱하자 어깨가 꼭 낡은 경첩에 간신히 매달려 있는 헛간 문 같아 보인다. 다시 끌어안았을 때 이번에는 그녀가 어른, 그가 아이가 되어 있다.

"나 사랑해 주라, 말랭아."

"그야 당연하죠."

1층에서 현관문 열리는 소리가 들린다. 퇴근한 미라가 문을 열고 들어오다가 바닥에 놓인 딸의 신발을 보고 숨을 한 번 쉬는 시간만큼 멈칫한다. 엄마의 심장이 순간 멎는다. 아래에서 쿵 하는 소리와 비명이 들리자 마야는 어쩌면 좋으냐는 듯이 미소를 지으며 아빠를 놓고 침대를 등지고 선다. 계단을 달려 올라온 엄마가 방 안으로 들이닥쳐 그녀의 목을 끌어안을 때 뒤로 세게 넘어지는 사태를 미연에 방지하기 위해서다.

✻

그날 밤, 그가 돌아왔다는 사실을 가족 말고는 아무도 모를 때 벤이는 누나 집에서 살금살금 빠져나와 자전거를 타고 아이스링크로 간다. 도로에는 쓰러진 나무가 군데군데 흩뿌려져 있고 주차장은 잔해로 뒤덮였지만 아이스링크는 아주 멀쩡해 보인다. 마치 신이 응원하는 팀을 공개하기라도 한 것처럼. 뒤편의 화장실 창문을 강제로 열고 기어들어 간 벤이는 어린 시절 추억의 무차별 폭격을 감당하며 이리저리 서성인다. 여기서 보낸 시간이 과연 얼마나 될까? 그때처럼 다시 행복해질 수 있을까? 단짝 친구와 미끄러지듯 빙판 위로 나서 온 세상을 상대로 싸우던 것만큼 기분 좋은 일이 또 있을 수 있을까? 과연?

그는 어둠 속을 더듬어 펜스 옆에 달린 스위치를 찾는다. 지붕에 달린 메인 조명은 켜지 않는다. 집에 있던 관리인이 그걸 보고 달려오면 엄청난 소동이 벌어질 것이다. 창고 뒤편에서 그의 발에 맞는 낡은 스케이트를 찾아 발에서 모든 감각이 사라질 정도로 끈을 단단히 묶고 불빛을 향해 출발한다. 벤이는 몇 걸음을 걸은 다음 발을 들어야 빙판으로 올라갈 수 있는지 정확히 안다. 그가 하키를 사랑하는 수많은 이유 중에 이것보다 더 큰 이유는 없다. 수천 번의 경기와 수만 번의 연습을 거쳤어도 그의 허파와 위장은 번번이 낭떠러지에서 떨어지는 것처럼 생각한다는 것. 자유로웠던 어린 시절을 향해 빙판을 처음 지치는 순간 다른 모든 건 사라진다. 그곳만 남는다. 그가 누구이며 어떻게 해야 하는지 알 수 있는 곳은 온 세상을 통틀어 거기밖에 없었다. 혼란스러움도 두려움도 없었던 곳은.

벤이는 천천히, 힘겹게 원을 그려가며 점점 넓게, 점점 거칠게 빙판 위를 미끄러진다. 페널티박스 앞에 다다르자 잠시 멈추고 향수를 담아 유리를 톡톡 두드린다. 어렸을 때 처음으로 아이스링크에 왔을 때는 모든 게 너무나 단순하고 너무나 분명했다. 그는 하키라는 마법의 언어를 이해할 수 있도록 특별히 선택된 사람 같았다. 그는 다른 육체의 리듬, 몸싸움, 숨소리, 얼음이 파인 자국, 경기의 흐름이 갑자기 바뀔 때 관중석에서 터지는 비명을 사랑했다. 정신없이 부딪치는 스틱. 다 같이 돌진할 때면 그의 귓전을 때리던 함성. 막을 수도 갈라놓을 수도 없던 불멸의 그것이 그의 안을 분명히 차지하고 있었는데. 그 부분은 어디로 가버렸는지, 언제 그가 자기 자신을 완전히 잃어버렸는지…… 알 수는 없지만 케빈이 없는 빙판은 절대 이전과 같지 않았다. 벤이는 그런 마음에서 벗어나지 못하는 자기 자신을 용서할 수 없었다.

그래서 2년 전에 그는 퍽 하나를 가방에 넣고 계속 떠돌아다니다 술집 바 카운터에 그 퍽을 올려놓아도 그게 뭔지 아무도 모르는 곳에서 방랑을 멈췄다. 관광객이라고는 찾아볼 수 없는 곳이었다. 그는 내적으로 남들과 달랐던 곳을 떠나 외적으로 남들과 다른 곳을 찾았다. 그로써 뭘 이루려고 했는지는 모르겠다. 어쩌면 아무 기대도 없었을 것이다. 머릿속에서 들리는 소음과 가슴속의 혼란이 멈추기만을 바랐을지 모른다. 어떻게 보면 바라던 대로 됐을지 모른다. 이제 센터서클에 커다랗게 그려진 성난 곰을 바라보며 뭐라도 느낄 수 있길 바라지만 아무것도 느껴지질 않으니 말이다. 갈망도 미움도 소속감도 소외감도 없다. 그냥 피곤하다. 너무, 너무 피곤하다.

그는 스케이트를 벗어서 다시 창고에 넣은 뒤 불을 끄고 아까 그 창문으로 빠져나간다. 도심 반대편으로 주차장을 천천히 가로질러 숲속으로 들어간다. 땅바닥이 뜯기고 헤집어졌다. 자전거는 아이스 링크에 두었다. 그의 자전거도 아니다. 이제 이곳에 그의 것은 아무 것도 없다. 바람이 마을 반대편으로 고개를 돌렸을 때 벤이는 어렸 을 때 종종 그랬던 것처럼 나무 꼭대기에 앉아 있다.

✳

마테오는 폭풍이 불던 날 체인이 빠진 자전거를 버려두었던 일대 를 하루 종일 뒤지지만 다음 날 아침에서야 바람에 날려갔나 보다 고 생각할 수 없을 만큼 먼 곳에서 찾는다. 아이스링크 건물 벽에 깔 끔하게 기대어져 있다. 누군가가 버려진 자전거를 보고 체인을 다시 끼운 다음 타고 간 것이다. 나중에 숨기려는 시도조차 하지 않은 걸 보면 범인은 일말의 죄책감도 없었다. 마테오는 자전거를 바로 여 기, 이 아이스링크 옆에서 찾았을 때 전혀 놀라지 않는다. 하키맨들 은 어렸을 때부터 모든 게 자기들 거라고, 모든 사람이 자기들 거라 고 세뇌를 당한다.

✳

그날 밤 베어타운과 헤드에 첫 서리가 내린다. 온 세상이 좀 더 고 요해진다. 말로는 절대 표현할 수 없을 만큼 먹먹해서, 여기가 고향 인 사람을 붙잡고 숲의 어떤 게 제일 그립냐고 물으면 그들은 아마 겨울의 첫 느낌, 지나간 여름과 오다가 만 것 같은 가을이 남긴 옅은 슬픔이라고 대답할 것이다. 새들은 조심스러워지고 호수는 얼며 조만간 앞에서는 우리의 입김이, 뒤에서는 우리의 발자국이 보일 것이다. 공기는 상쾌해지고 아침마다 모든 게 바스라진다. 눈이 아직 본격적으로 쌓이지는 않지만, 누구 무덤인지 알아보려면 묘비를 얇게 덮은 하얀 가루를 쓸어내야 할 것이다. 조만간 한 비석에 "라모나"라고 적힐 텐데, 모르는 사람이 없으니 성은 쓸 필요가 없을 것이다. 거기서 조금만 더 가면 담벼락 근처, 거의 잊히다시피 한 모퉁이에 "알란 오비크"라고 적힌 비석이 있다. 그를 기억하는 사람은 훨씬 적기 때문에 성과 이름이 모두 적혀 있다. 몇 주 동안 찾아오는 사람이 단 한 명도 없을 때도 있지만 오늘은 동이 트는 순간 그의 아들이 거기 앉아서 담배를 피우고 있다.

아버지와 아들의 이야기는 나이와 장소를 막론하고 똑같다. 우리는 서로 사랑하고 미워하고 그리워하고 밀쳐내지만 사는 동안 서로의 영향에서 자유로울 수가 없다. 우리는 남자가 되려고 하지만 사실 방법을 모른다. 여기 사는 우리의 이야기는 모든 곳에 사는 모든 사람들의 이야기와 같다. 우리는 이야기의 주도권을 우리가 쥐고 있다고 생각하지만 그런 경우는 당연하게도 거의 없다. 이야기들이 원하는 곳으로 우리를 데려갈 따름이다. 해피엔드로 끝나는 이야기도 있고, 제발 거기만은 아니길 바라는 바로 그곳에서 끝나는 이야기도 있다.

34

승부욕이 강한 사람들

"하키에서는 모든 일이 눈 깜빡할 새 벌어진다.""절대 고개 숙이지 마라.""자만하면 항상 벌을 받는다."진부한 명언들은 지금은 진부할지 몰라도 맨 처음 등장했을 때는 진리로 간주됐을 것이다. 하키는 자신감이 하늘을 찌르는 사람마저 점점 더 창의적인 방식으로 끊임없이 겸손해지게 만드는 스포츠지만, 그래도 우리는 모든 승리가 다음 패배를 향한 카운트다운의 시작에 불과하다는 사실을 잊어버릴 때가 많다.

지난봄에 시즌이 막바지를 향해 가고 있었을 때 베어타운은 리그 1위였지만 레브는 아맛의 손목이 얼마나 부었는지 보았다. 날이 갈수록 더 심해지고 있었다.

"너, 뛰면 안 되겠다."

그가 말했다.

"안 돼요. 막판에 승수를 쌓아야 해요."

아맛이 말했다.

레브는 한 손을 그의 어깨에 얹고 심각하게 물었다.

"손목을 더 심하게 다쳐서 NHL에 드래프트되지 못하면 너희 어머니 식기세척기는 누가 사드리나?"

그 말에는 아맛도 말문이 막혔다. 그날 연습 시간에 라커 룸에서 레브를 두고 우스갯소리를 늘어놓았던 동료가 짜증을 부리며 아맛의 팔을 쳤다. 고의는 아니었을 것이다. 아맛이 자기 옆을 훨씬 빠르게 쌩하니 지나가자 굴욕을 느끼는 것도 지긋지긋해지면서 갑자기 이성을 잃었을 것이다. 아맛은 폭발했고 둘은 미친 듯이 싸웠다. 보보가 거구를 움직여 말리지 않았더라면 둘은 몇 군데 멍이 생기고 자존심에 상처를 입는 정도로 끝나지 않았을 것이다.

"왜 그래? 그렇게 세게 맞은 것도 아니었잖아."

빙판에서 나오는 길에 보보가 조심스럽게 물었다. 아맛은 달리 할 말이 없었기에 가장 해서는 안 될 말을 퍼부었다.

"이게 장난처럼 보여요? 내가 없으면 이 개떡 같은 팀이 뭐가 될 것 같아요? 저 구제불능이 나를 건드려도 되냐고요! 나는 NHL에서 뛰겠지만 저 인간은 뭐가 될까요? 슈퍼마켓 창고 정리를 맡으려나? 공장에 취직하려나? 결국 거지 같은…… 거지 같은……."

아맛은 하마터면 "거지 같은 차량 정비사"나 되고 말 거라고 내뱉을 뻔했지만 간신히 참았다. 보보의 아버지가 그 일을 했고 보보도 앞으로 그 일을 하게 될 가능성이 컸다. 당장 사과했어야 옳았겠지만 너무 화가 나서 타이밍을 놓쳐버렸다. 보보는 몸을 돌려서 그 넓은 어깨를 바닥에 닿을 듯이 늘어뜨린 채 걸어가 버렸고 아맛은 들고 있던 스틱을 두 동강 냈다. 그가 라커 룸에서 소지품을 챙겨 들고 씩씩대며 아이스링크를 박차고 나가는 동안 흘끗 쳐다본 선수는 한 명도 없었다.

아맛은 다음 경기에 출전하지 않았다. 사켈은 팀원들에게 그가 '부상을 당했다'고만 전했다. 상태가 얼마나 심각한지 치료하는 데 얼마나 걸릴지 아무도 몰랐다. 그는 그 경기에서 관중석에 앉아 있었고 그다음 경기에서도 마찬가지였지만 마지막 몇 경기에는 아예 나타나지 않았다. 그가 꾀병을 부리는 거라고, 그의 마음은 이미 NHL에 가 있다고, 그에게 모든 것을 준 구단은 안중에도 없다고 소문이 돌기 시작했다.

"가서 사람들한테 손목이라도 보여주고 뭐 그래야 하는 거예요?"

아맛은 레브와 나란히 차에 앉아서 울먹이며 이렇게 물었다. 베어타운은 마지막 경기에서 패배하며 모두가 꿈꾸었던 리그 승격에 실패했다. 원래 그 정도로 훌륭한 성적을 거둘 수 있었던 것도 아맛 덕분이었는데, 어떻게 갑자기 모든 걸 그에게 뒤집어씌울 수 있을까?

"신경 쓰지 마. 네가 아무리 열심히 해도 그들은 부족하다고만 할 테니까. 이건 저들의 경기, 저들의 판이고 너는 절대 그들의 일원이 될 수 없어. 너나 나 같은 사람은 우리만의 판을 만들어야 하는 거야, 응?"

레브는 말했다.

아맛은 마지막 훈련에 참여하지 않았고 시즌을 마무리하는 저녁 회식에도 참석하지 않았다. 보보가 여러 번 전화했지만 받지 않았다. 보보가 사과받고 싶어 한다는 걸 알았지만 아맛은 어느 누구에게도 사과할 생각이 없기 때문이었다. 지금까지 그만큼 사과했으면 됐고 그만큼 고마워했으면 충분했다. 숲속에서 혼자 연습할 때 말고는 사는 동네 밖으로 거의 나가지 않았고 통화도 레브하고만 했다. 레브가 하는 말은 전부 맞는 것 같았다.

"내 말 믿어, 아맛. 저들은 너에게 관심 없어. 네가 또 다쳐서 다시는 하키를 할 수 없게 돼도 저들이 너에게 관심을 보일까? 너희 어머니의 집세를 내줄까? 그럴 리가! 저들은 너를 자기들 마음대로 하고 싶은 생각뿐이야. 두고 보라고! 돈 많은 인간들은 너더러 드래프트에 참가하지 말라고 할 거야. 네 실력이 형편없다고 너를 세뇌하려고 할 거야. 그래야 너를 마음대로 할 수 있을 테고, 그래야 네가 여기 남아서 저들의 개똥 같은 구단을 위해 뛸 테니까! 저들은 네가 프로 선수가 되는 걸 원하지 않아. 그러면 모두 너에 대해 잘못 생각했다는 뜻이 될 테니까!"

늦봄이 되자 그의 말이 맞는 것으로 밝혀졌다. 파티마가 아파트 문을 열어보니 또다시 페테르 안데르손이 앞에 서 있었다. 전직 단장은 한심한 표정으로 아주 신중하게 말을 골랐다.

"아맛, 내가 왈가왈부하고 싶지는 않다만……."

그래서 아맛은 당장 쏘아붙였다.

"그럼 하지 마세요!"

페테르는 파티마를 흘끗 쳐다보았지만 그녀는 아들의 분노를 달래려고 하지 않았다. 그래봐야 소용없다는 걸 알았기 때문이겠지만 그가 그런 반응을 보일 만도 하다고 생각했기 때문일 수도 있었다.

페테르는 숨을 크게 들이마시고 마지막으로 설득을 시도했다.

"다른 사람들이 뭐라고 했는지 모르겠지만…… 그 레브라는 자가 네게 뭘 약속했는지 모르겠지만…… 내가 아는 그쪽 에이전트하고 통화를 했어. 아맛, 너도 통화해 보라고 권하고 싶다. 그리고 내가 거기서 같이 뛰었던 선수 중에 NHL의 어느 구단에서 스카우터로 일하는 친구가 있거든. 이제 경력이 한참 됐는데, 음…… 내가 네 속을 긁으려고 이런 말을 하는 게 아니라는 걸 알아줬으면 한다만…… 네 드래프트 순위가 한참 아래라고 하더라. 6 아니면 7라운드라고. 180번째쯤 된다고."

아맛은 코웃음을 쳤다.

"용기 북돋워 주셔서 참 감사하네요!"

페테르는 낙심한 표정을 지었다.

"내 말은…… 그 정도로 후순위면 구단과 개인적으로 면접조차 하지 못하는 경우가 태반이거든. 거기까지 갔는데 실망할까 봐 그러지. 여기 남아서 부상도 치료하고 훈련을 계속하는 편이 좋지 않을까? 네 실력이 훌륭하다고 생각하면 NHL에서 그래도 너를 뽑아줄 테고, 모든 드래프트 과정을 온라인으로 챙길 수도 있으니까……."

아맛은 험상궂은 눈빛으로 그의 말허리를 잘랐다.

"단장님이 안다는 에이전트들과 레브의 차이점이 있다면 레브는 비행기 푯값과 숙박비를 부담할 만큼 저를 믿는다는 거죠!"

페테르는 슬픈 표정으로 눈을 깜빡이며 단념했다. 그는 가려고 몸을 돌리다 말고 이렇게 말했다.

"알았다. 너도 이제 성인이니까 네가 하고 싶은 대로 해야지. 하지만…… 내가 충고 몇 개만 해도 되겠니?"

아맛이 어깨를 으쓱하자 페테르는 말을 이었다.

"그쪽 호텔에 가거든 헬스클럽에 가라. 그리고 아침 제대로 챙겨서 먹고. 스카우트들은 그런 걸 체크하거든. 누가 도넛을 먹고 탄산음료를 마시고, 누가 식단 관리를 제대로 하는지. 드래프트 전날 저녁에 비디오게임을 하거나 바에서 얼쩡거리는 대신 헬스클럽에 있다면, 네가 최고의 선수가 되기 위해서 뭐든 감당할 자세가 되어 있다는 걸 그들에게 알리는 셈이야."

아맛은 아무 대꾸 없이 문을 닫았다. 다음 날 아침에 그는 누군가가 문을 두드리는 소리에 자다 말고 깼다. 택배기사가 식기세척기와 함께 편지를 들고 서 있었다. "선물 아니다! 어머니께는 NHL에서 받은 첫 월급으로 샀다 그래. 레브 보냄."

당연히 어머니는 너무 과하다고 중얼거렸지만(그의 어머니에게는 모든 것이 과했다) 그것이 아맛에게 어떤 의미인지 알았기에 거절하지 않았다.

"제가 드래프트 다녀와서 성을 선물해 드릴게요."

그는 약속했고 그녀는 그의 뺨에 입을 맞추며 조그맣게 속삭였다.

"무슨 그런 소릴! 내 걱정은 하지 마!"

하지만 그는 그녀의 아들이었고 말릴 도리가 없었다.

아맛은 공항에 가서야 레브가 같이 대서양을 건너가지 않는다는 것을 알았다.

"나 같은 사람한테는 비자를 주지 않거든. 전과가 좀 있어서. 저들이 나 같은 사람을 얼마나 열심히 감시하는지 몰라. 그래도 걱정 마. 거기 내 친구가 있으니까, 응? 우리가 전부 준비했어! 너는 최고의 구단과 면접을 하게 될 거다. 네가 6순위나 7순위인데도 그 사람들이 네 면접을 보겠다고 하겠니? 페테르 말은 신경 쓰지 말고! 자기보다 엄청난 스타가 될까 봐 그러는 거니까. 그러면 너는 더 이상 고마워하지 않을 테고 그러면 페테르 같은 작자들이 너한테 아무 힘도 쓰지 못하게 되잖아! 응?"

아맛은 그쪽 공항에서 레브의 친구를 만났다. 짜증이 심한 중년의 남자가 이름을 틀리게 적은 팻말을 들고 서 있었다. 택시비는 아맛이 내야 했고, 시내로 가는 내내 그는 휴대전화에 코를 박고 있었으며, 호텔의 안내 데스크에서 헤어지면서 "내일 보자!" 하고는 끝이었다. 그날 저녁에 객실에 혼자 남은 아맛은 너무 불안해서 미니바를 싹쓸이할까 고민하다가 대신 헬스클럽에 갔다. 최대한 많은 무게를 들며 손목이 아프지 않다는 데 내심 기뻐했다. 한 시간쯤 지났을 때 아주 관리를 잘한 60대 남자가 들어왔다. 아무에게도 관심을 두지 않고 러닝머신 위에서 좀 뛰던 그는 나가기 전에 갑자기 아맛을 향해 고개를 끄덕이며 말했다.

"내일 행운을 빌겠네, 젊은이."

그러니까 페테르가 한 말 중에 맞는 말도 있었던 것이다.

다음 날 아침에 레브의 친구가 찾아와 객실 청소 담당에게 줄 돈을 달라고 했다. 아맛이 이유를 묻자 그는 짜증을 냈다.

"대형 구단들이 면접을 진행하는 호텔에 들어가려면 아무라도 구워삶아야지!"

아맛은 말을 더듬었다.

"레브가 면접은 다 잡아놨다고 했는데……."

친구는 눈을 부라렸다.

"레브 말로는 네가 스타라더니 하는 말을 들어보면 철없는 꼬맹이야! 그래서 할 거냐, 말 거냐?"

아맛은 내키지 않았지만 좀 더 넓은 호텔로 따라갔다. 거기서 그 친구는 사라졌다. 아맛은 로비에 앉아서 몇 시간 동안 그를 기다렸다. 그는 영영 자취를 감췄다. 아맛은 하루 종일 거기 앉아 있었다. 헬스클럽에서 본 남자가 비싼 양복을 입고 로비에 등장했지만 그는 아맛의 존재조차 알아차리지도 못했다. 다른 선수와 그 부모들을 상대하느라 바빴다. 그들은 세상이 자기들 것임을 아는 사람들답게 당당하고 자신감 넘쳤다. 오후 늦게 양복을 입은 그 남자가 혼자 돌아와 아맛 앞에 서서 그를 똑바로 쳐다봤다.

"아맛, 맞지?"

남자가 말했다. 아맛은 이제 호텔에서 쫓겨나나 보다고 생각하며 겁에 질린 눈빛으로 그를 바라보았지만 남자는 이렇게 말했다.

"잠깐 면접 볼 시간 되니?"

아맛은 멍하니 고개를 끄덕였다. 레브가 정말로 면접을 준비해 놓았다는 데 놀라서 할 말을 잃었다. 남자는 그를 데리고 복도를 지나 회의실로 들어갔다. 그 안에는 리그에서 손꼽히는 여러 구단에서 나온 사람들이 몇 명 있었다. 아맛은 머리가 핑핑 돌았고 손이 떨리는 만큼 영어도 불안했지만 모든 질문에 최선을 다해 답했다. 하키에 관련된 질문은 생각보다 적었고 어찌된 영문인지 알 수 없었지만 그들은 그에 대해 아는 것이 엄청나게 많았다. 홀어머니 아래에서 어린 시절을 어떻게 보냈는지, 베어타운에서 팀원들과의 관계는 어땠는지, 시즌 후반 경기에는 왜 출전하지 않았는지 물었다. 경찰 심문 같아서 진땀이 났다. 면접이 모두 끝난 다음에서야 양복을 입은 남자가 말했다.

"페테르 안데르손에게 안부 전해주게. 우리는 오랜 친구 사이거든. 그 친구가 자네를 주목하라고 하더군."

다른 사람들은 벌써부터 서류를 뒤적이며 다른 선수 얘기를 하기 시작했고 그에게 잘 가라는 인사조차 하지 않았다. 아맛은 멍하니 눈을 깜빡이며 후들거리는 다리를 딛고 자리에서 일어나 무너진 가슴을 안고 그 방에서 나왔다. 이 모든 것은 다 페테르의 부탁으로 이루어진 일이었다. 레브와 그의 친구는 호텔 직원 절반을 구워삶으려고 했지만 페테르는 베어타운에서 전화 한 통이면 끝이었다. 그는 생각했다.

'레브 말이 맞았어. 이건 저들의 경기고 저들의 판이야.'

그 친구는 다음 날 아침에 다시 찾아와서 돈이 있느냐고 묻고는 도로 사라졌다. NHL 드래프트가 시작됐을 때 아맛은 1라운드 내내 관중석에 혼자 앉아서 각 팀이 차세대 슈퍼스타를 선발하는 것을 지켜보았다. 그날 저녁에는 쓰러질 때까지 헬스클럽에서 진을 뺐다. 다음 날이 되자 오전 10시부터 저녁 6시까지 다시 관중석에 앉아서 200여 명의 열여덟 살짜리들이 호명되어 부모를 부둥켜안는 것을 지켜보았지만 아맛의 이름은 불리지 않았다. 그는 텅 빈 아이스링크에 혼자 남았다. 레브의 친구는 끝내 나타나지 않았다.

아맛은 레브에게 전화해 수화기에 대고 울었지만, 레브는 태평했다.

"신경 쓸 것 없어, 응? 미국인들은 장사할 줄 모른다니까! 러시아에 내 친구가 있거든! 그 친구가 너를 그쪽 팀에 넣어줄 거야, 응? 거기서 돈을 더 많이 벌 수 있고…….."

그는 계속 뭐라고 지껄였지만 아맛의 귀에는 왁자지껄한 소음처럼 들렸다. 이렇게 끝이라는 건가? 그는 전파가 잘 안 잡히는 척하며 전화를 끊었고 산산이 무너졌다.

호텔로 돌아가 보니 양복을 입은 남자가 로비에서 기다리고 있었다. 그는 아맛과 악수하며 진심이 담긴 미소를 지었다.

"일이 잘 풀리지 않아서 안타까울 따름일세. 우리도 자네가 진심으로 탐이 났지만 자네 삼촌이 원하는 그런 방식으로 거래하지는 않거든. 고향으로 돌아가서 열심히 훈련하고 페테르에게 제대로 된 에이전트를 소개해 달라고 해서 내년에 다시 만날 수 있기 바라네. 알겠나?"

아맛은 더듬더듬 물었다.

"삼촌…… 이라뇨? 그게 무슨 말씀이신지……. 무슨 삼촌이요? 무슨 거래요?"

양복을 입은 남자는 아무 대답 없이 그의 어깨만 토닥여 주고 떠났다. 아맛은 레브에게 다시 전화해 소리를 질렀다.

"도대체 무슨 짓을 저지른 거예요?"

레브의 목소리가 음침해졌다.

"너 많이 컸구나? 내가 지금까지 해준 게 얼만데 이렇게 소리를 질러, 응? 내가 비행기랑 호텔 값을 그냥 대줬겠어? 나는 다른 에이전트처럼 너한테 돈을 받는 게 아니라 너를 데려가는 구단한테 돈을 받아! 그런데 그 미국놈들은 우리를 얕잡아 본단 말이지, 응? 협상도 하지 않겠다고 하고. 너를 거저 데려갈 수 있다고 생각해! 내 말 잘 들어, 러시아에 있는 내 친구들이……."

아맛은 전화기를 바닥으로 내동댕이쳐 박살 내버렸다. 안내 데스크 전화로 어머니에게 연락해서 돌아오는 비행기 표를 살 수 있게 돈을 보내달라고 했다. 어머니는 옆집 사람에게 돈을 빌려야 했고 그는 자기 자신을 용서할 수가 없었다. 밤새도록 객실에서 울면서 술을 마셨다. 술을 마시고 마시고 또 마셨다. 다음 날 새벽에 누군가가 문을 두드렸을 때 그는 술이 떡이 된 채로 문을 열었다. 양복을 입은 남자가 서류 가방을 들고 문 앞에 서 있다가 코를 찌르는 술 냄새에 뒤로 움찔 물러났다. 아맛은 변명하려고 했지만 이미 엎질러진 물이라는 걸 알 수 있었다. 페테르가 이 남자에게 다시 전화해 선발되지 못한 선수들이 참가하는 트레이닝 캠프에서 마지막으로 한 번만 더 기회를 달라고 한 모양이었지만 지금은 때가 아니었다. 이렇게는 아니었다. 남자는 한숨을 쉬었다.

"페테르에게 나는 최선을 다했다고 전해주게. 그리고 자네는 정신을 좀 차리고. 페테르 말로는 자네처럼 실력이 좋은 선수는 여태껏 본 적이 없다는데, 그 친구를 거짓말쟁이로 만들면 쓰나."

남자는 가버렸다. 아맛은 그 자리에서 꼼짝도 하지 못했다. 모두 끝나버렸다. 이렇게. 그는 비행기와 버스를 타고 고향으로 돌아갔고 할로의 아파트에 틀어박혔다. 식기세척기를 있는 힘껏 걷어찼다가 발이 부러지는 줄 알았다. 다음 날 보니 발이 어마어마하게 부었고 그는 몇 달 동안 다시는 달리지 않았다.

그런데 지금은? 지금은 뭐가 달라진 걸까?

베어타운이 프리시즌 훈련을 시작했을 때 보보는 하루에도 몇 번씩 아맛에게 연락했다. 아맛은 전화를 받지 않고 부상을 입었다는 메시지만 보냈다. 일주일이 지나자 하루에 세 번이 두 번으로, 두 번이 한 번으로 줄었고, 결국에는 그의 전화가 아예 끊겼다. 할로의 아파트에는 정적이 자리 잡았고 아맛은 낮 동안은 잠들어 있다가 해가 지면 밤새도록 쏘다녔다. 지하실의 유리병 재활용함이 그 어느 때보다 금세 채워졌고 하루하루가 쏜살같이 지나가 여름을 통째로 날렸다.

그러다 어머니가 혼자 밖에서 폭풍 속을 헤매던 날 밤부터 아맛은 다시 달리기 시작했다. 몸이 버텨주었고 발도 버텨주었다. 그다음 날 아침에 그는 다시 숲속으로 나가서 토할 때까지 다시 달렸다.

토요일 아침 일찍, 아맛은 마침내 용기를 내서 보보에게 메시지를 보냈다. 딱 다섯 글자였다. **도와주세요.** 보보도 딱 다섯 글자로 답장을 보냈다. **지금 어디야?**

공터 뒤편에서 덩치 큰 친구의 320짜리 운동화에 나뭇가지가 밟혀서 부러지는 소리가 들린다. 아맛은 수천 개의 변명을 준비해 놓았지만 하나도 필요가 없다. 보보의 미소를 보면 이미 모든 걸 용서했음을 알 수 있다.

"혹시 내 친구 아맛 못 봤니? 너랑 닮았는데 몸무게가 13킬로그램, 14킬로그램쯤은 덜 나가!"

아맛은 자학개그 스타일로 자기 뱃살을 꼬집는다.

"내가 미국에서 형처럼 아침 먹는 법을 배워가지고 왔거든요!"

"네가 땅딸한 건 예전부터 알고 있었지만 이제는 세로보다 가로가 더 기네?"

보보는 웃음을 터뜨린다.

"나는 뚱뚱하고 형은 못생겼고. 하지만 살은 뺄 수라도 있지!"

"너는 빠르고 나는 힘이 세고. 그러다 다리가 부러질 수도 있다!"

"내 몸무게가 200킬로그램이 되더라도 형보다 내가 빠를걸요? 형은 바보 코끼리니까!"

보보는 껄껄대고 웃는다.

"연습 시간에 네가 없으니까 보고 싶더라."

아맛은 땅바닥을 내려다본다.

"전화 안 받아서 죄송해요. 제가…… 그동안…… 좀 재수 없게 굴었죠?"

보보는 뿌드득 소리가 날 정도로 목근육을 푼다.

"됐고. 우리 뛰려고 만났냐, 수다 떨려고 만났냐?"

보보 같은 친구를 되찾는 데에는, 세상에 둘도 없는 친구를 되찾는 데에는 그걸로 충분했다. 그들은 같이 달리기 시작했다. 언덕을 올라갔다가 내려갔다가, 올라갔다가 내려갔다가. 먼저 토한 쪽은 아맛이지만 보보도 금세 따라서 토한다. 그는 이제 코치라 선수 시절보다 몸이 엉망이기도 하거니와 원래 별로 그렇게 관리를 잘하는 편이 아니었다. 그들은 이후 10분 동안 계속 오르락내리락 달린다. 그리고 휘청휘청 집으로 발길을 돌리던 와중에 보보가 대로 옆 도랑에 대고 마지막으로 속을 게운다.

"루핀이 있네."

그가 토를 다 하고 나서 헉헉거리며 말한다.

"네?"

아맛은 끙끙대며 묻는다. 서서 기다릴 기운이 없어서 바로 옆 땅바닥에 누워 있다.

보보는 같은 말을 반복하고 방금 전에 아침을 게운 자리에 있는 보라색 꽃을 턱으로 가리킨다.

"루핀. 예전에 엄마가 저 꽃을 좋아했거든. 그런데 사실 좋아하면 안 돼. '외래침입종'이라서."

아맛은 그 말을 듣고 그가 느낀 모든 감정을 표현할 수 있는 방법을 찾는다.

"뭐, 뭐라고요?"

보보는 짜증을 낸다.

"저 꽃 이름이 루핀이라고! 엄마가 예전에 저 꽃을 보고 예쁘다고 했는데, 의회에서 일하는 우리 동네 할망구는 잡초라고 하더라. '토착 식물보다 경쟁 우위에 있다'나 뭐라나. 하여간 그래서 의회에서 없애려고 한다지만 없앨 수가 있나. 계속 다시 자라니까. 어떤 식물보다 끈질기거든."

아맛은 힘없이 웃는다.

"알겠어요. 그래서 하고 싶은 말이 뭔데요?"

보보는 허리를 편다. 키는 한참 작고 몸무게는 절반밖에 안 되는 친구에게 주먹을 내밀어 단박에 일으켜 세운다.

"너랑 비슷해."

무슨 말인지 알아듣지 못한 아맛이 그를 보며 씩 웃는다.

"뭐가요?"

보보는 어깨를 으쓱하고 걸음을 옮기기 시작한다.

"루핀 말이야. 너랑 비슷해. 너도 도랑에서 자랐고 아무것도 너를 막지 못하잖아."

그들은 아맛의 집 앞에서 헤어질 때까지 아무 말도 하지 않는다. 아맛은 보보가 잠시 후에 있을 A팀 훈련에 와달라고 해주길 바랐다는 걸 깨닫고 부끄러워진다. 보보는 그 말을 건넬 수 없다는 데 부끄러워진다. 보보로서는 그보다 더 바라는 것이 없지만 사켈 코치는 그런 식으로 일을 처리하지 않는다. 아맛이 훈련에 참가하고 싶으면 직접 아이스링크를 찾아와 그녀에게 요청해야 한다. 아맛도 속으로는 그렇다는 걸 알고 있다.

"내일도 또 뛸래요?"

대신 그는 이렇게 묻는다.

"당연하지."

보보는 고개를 끄덕인다.

그들은 잠깐 포옹을 하고, 아맛은 거구의 굼벵이가 힘없이 터덜터덜 멀어지는 것을 지켜본다. 보보가 얼른 아빠가 됐으면 좋겠다는 생각이 든다. 왜냐하면 그는 최고의 아빠가 될 수 있는 자질을 타고났기 때문이다. 마음은 넓고 기억은 짧다.

아맛는 집으로 올라가 휴대전화를 손에 들고 앉아 있다. 사켈의 번호가 화면에 떠 있지만 불어난 몸이 너무 부끄럽고, 연습하러 갔다가 느리고 실력이 형편없어진 게 티가 날까 봐 겁이 나서 전화를 걸지 못한다. 대신 신발 끈을 한 번 더 묶고 다시 밖으로 나간다. 라커 룸에서 오가는 다른 진부한 명언 중에 이 말도 있기 때문이다. "남들이 하지 못하는 것을 이루고 싶으면 남들은 하지 않으려는 것을 해야 한다." 전에는 이런 명언을 접하면 콧방귀를 뀌었지만 지금은 비틀비틀 언덕을 올라가는 내내 속으로 계속 반복해서 중얼거린다. 언덕 꼭대기 공터, 배 속에 더는 남은 게 없어서 헛구역질이 몇 자 그는 눈을 들어 아이스링크를 바라본다. 그가 꿈꾸었던 모든 것으로 돌아가려면 어느 정도를 가야 하는지 거기서 정확히 보인다. 다음 NHL 드래프트까지 열 달이 남았다. 그 전에 바꿀 수 있는 날은 하루뿐이다.

바로 오늘.

35

숨을 수 있는 곳

마테오는 자전거를 타고 집으로 돌아가 컴퓨터 앞에 앉는다. 게임에 접속하고, 모든 걸 억지로 잊으려고 할 때 늘 그러듯이 화면에 띄워진 무기의 모든 움직임에 백 퍼센트 집중한다. 누나의 목소리가 아직까지도 생생하게 들린다.

"그 인간들 근처에만 가지 마, 하키맨 말이야!"

여섯 살이 되어 맨 처음으로 등교하던 날, 누나에게 들은 가장 중요한 충고가 그거였다. 누나는 마테오가 작고 약하고 남들과 다르기 때문에 그들에게 괴롭힘을 당할 것을 알았다. 그는 자기 자신을 방어하지 못할 테니 별 도리가 없어서 누나는 학교에서 다치지 않고 지낼 수 있는 방법을 최대한 가르쳐주려고 했다. 어디 가면 숨을 수 있는지, 어떤 선생님이 쉬는 시간 동안 교실에 남아 있어도 된다고 하는지, 어느 길로 집에 가야 가장 안전한지.

"지금부터 고등학교를 졸업할 때까지 딱 13년만 버티면 돼. 그러면 너랑 나는 세상 밖으로 나갈 수 있어!"

그녀는 등교 첫날을 앞두고 이렇게 말했다.

"하키맨 근처에만 가지 마."

마테오는 누나를 사랑하고 믿었기에 누나가 시키는 대로 하키맨 근처에 가지 않았다. 그걸 어긴 사람은 누나였다.

36

근육

토요일 아침, 페테르가 일찍 일어나 보니 밤새 서리가 내려서 창문 밖 마당이 얇지만 아무도 건드리지 않은 하얀색 담요로 덮였다. 폭풍이 몰아친 지 이틀이 지났고 장례식 전날이라 라모나를 생각하면 슬픔으로 머리가 무겁지만 마음은 새털처럼 가볍다. 마야가 집에 있으니 걸어야 할지 춤을 추어야 할지 알 수 없어서 제 발에 걸려 넘어지기 직전이다. 그는 레코드플레이어를 부엌으로 들고 가서 정말 오래된 음반을 틀어놓고 다른 가족들은 자는 동안 혼자서 정말 맛있는 빵을 굽는다. 아주 짧은 동안이나마 일상을 회복한 척할 수 있다.

하지만 쓰레기를 버리려고 현관문을 연 순간 폭풍의 잔재가 눈앞에 펼쳐진다. 옆집의 깨진 유리창, 산산조각 난 울타리, 종잇장처럼 뜯겨나간 창고 문, 그리고 사방이 쓰레기, 쓰레기, 쓰레기 천지다. 페테르는 집 밖으로 몇 백 미터 굴러간 쓰레기통을 찾아서 다시 끌고 온 다음에서야 도로 저편에 주차된 미국산 자동차를 본다. 어제와 같은 차다. 운전석에 앉은 남자는 야구 모자와 선글라스를 썼고 어깨가 너무 넓어서 좌석 밖으로 넘친다.

"그냥 근육질이 아니라 아예 근육 덩어리야." 페테르의 예전 코치는 상대팀에서 가장 위험한 미치광이를 설명할 때 이런 식으로 표현하곤 했다. "그런 몸은 헬스클럽에서 근력운동을 한다고 만들 수있는 게 아니야. 여름 내내 나무를 나르고 겨울 내내 눈을 쓸며 변소에 다녀야 하지."

남자는 페테르를 쳐다보기만 할 뿐 움직이지는 않는다. 대신 조수석 문이 열리고 그보다 한참 나이가 많고 뚱뚱한 남자가 내리는데, 낡은 가죽 재킷을 입었고 폴로 스웨터 위에 묵직한 금 목걸이를 둘렀다. 페테르의 몸에 자기도 모르게 힘이 들어가고, 레브는 멀리서도 그걸 알아차린다. 그는 자신이 사람들에게 어떤 영향을 미치는지 안다. 소문이 이제는 페테르의 귀에 전해지지 않을지 몰라도 그런 그마저 이 남자에 대해서는 들은 얘기가 있다. 그렇기에 레브는 천천히 걸어가 페테르를 기다리게 한 다음 눈을 맞추고, 근육 덩어리인 남자와 한 차를 타고 온 사람만 지을 수 있는 미소를 짓는다.

"페테르 안데르손? 내 이름은 레브⋯⋯."

"누군지 압니다."

페테르는 의도했던 것보다 퉁명스럽게 말허리를 자르면서 심장의 쿵쾅거림이 목소리에서 드러나지 않았길 바란다.

"오?"

레브는 미소를 짓는다.

"무슨 일이죠?"

페테르는 참지 못하고 이렇게 묻는다.

레브는 좀 더 활짝 웃으며 불편할 정도로 바짝 페테르에게 다가

간다.

"고맙다고 인사하고 싶어서요! 친구분들한테 전화를 돌렸더군요, 에? 아맛이 NHL 드래프트에 참석했을 때요!"

그는 이렇게 말하며 손을 내민다. 페테르가 마지못해 악수에 응하자 레브는 페테르가 견딜 수 없을 만큼 세게 그리고 길게 그 손을 잡는다.

"별말씀을요."

페테르는 웅얼거리며 얼른 손을 뺀다.

레브는 페테르에게 몸을 바짝 붙인 채로 서서 살짝 비웃는 투로 말한다.

"아닙니다, 아닙니다. 겸손하게 그러실 것 있나요! 위대하신 페테르 안데르손 님인데! 그 이름이 그쪽에서는 유명하잖아요, 에? 어휴, 다들 놀라워했다니까요. 아맛이 당신과 아는 사이라는 데 모두들 놀라워했죠! 아주, 아주. 그런데 도움이 안 됐으니 안타까울 따름이죠, 에?"

페테르는 뺨 안쪽 살을 깨문다. 드래프트가 끝난 뒤에 예전 친구들과 NHL의 지인들이 전화해 아맛의 '에이전트'를 자처하며 그를 데려갈까 고민 중인 구단에게 뒷돈을 요구한 그 바보 같은 '삼촌'이 누구냐며 궁금해했던 것을 떠올린다.

"그러게요. 아주 안타까운 일이죠."

페테르는 남자의 입냄새를 맡으며 심각한 표정으로 고개를 끄덕인다. 그를 밀치고 싶지만 용기가 나질 않는다.

"아! 그 얘기는 그만하자는 건가요, 에? 사람들이 그러고 있나요? 에? 아맛 얘기는 그만하자고? 나는 하고 싶은 얘기가 있어서 왔어요. 어제 보니까 펠센에 티무랑 같이 있던데. 내가…… 그걸 뭐라고 하면 좋을까요? '민감한 문제'로 의논을 하고 싶다고 해야 하나? 그 문제를 가지고 티무랑 의논할 수는 없잖아요. 그 친구는…… 뭐…… 아시죠, 에?"

"아뇨, 아뇨. 무슨 말을 하고 싶은 건지 전혀 모르겠는데요."

페테르는 무서운 마음을 감추기 위해 상당히 짜증이 섞인 투로 이렇게 대꾸한다.

레브는 재밌다는 듯 10분의 1초 동안 눈썹을 위로 휙 들어올린다.

"티무는 난폭하잖아요. 댁은 두루뭉술하고. 그래서 댁을 찾아왔지요, 에?"

"그쪽은 어떤 사람인데요?"

페테르는 차에 앉아 있는 남자를 흘끗 쳐다보며 묻는다.

레브는 빙그레 웃는다.

"나는 양쪽 다 될 수 있지만 댁과 비슷한 사람이 되고 싶은 게 내 마음이죠, 에? 우리가 젊은 나이는 아니잖아요, 에? 한밤중에 오줌이 마려워서 일어나고, 치고 박고 싸우기에는 너무 늙었고. 하지만 라모나가 나한테 진 빚이 있단 말이지요. 그것도 거금이."

그는 페테르가 대꾸할 차례라는 듯 잠자코 기다린다. 너무 뻔한 덫이라 입 안이 바짝 마르지만 페테르는 가까스로 이렇게 반문한다.

"그게 나랑 무슨 상관입니까?"

레브는 손바닥을 위로 들고 보란 듯이 어깨를 으쓱한다.

"빚은 갚아야 하지 않겠어요, 에?"

"무슨 수로요? 라모나는 죽었는데!"

페테르는 이렇게 대꾸해 놓고 레브가 기다리고 있던 말이 이거라는 사실을 깨닫는다.

"하지만 펠센이 팔리지 않겠어요, 에?"

너무 어처구니없는 발상이라 페테르는 자기도 모르게 큰 소리로 외친다.

"펠센을 판다고요? 지금 미쳤…… 아니, 펠센을 누구한테 판다는 겁니까?"

레브는 한껏 과장해 가며 따뜻한 미소를 짓는다.

"나요. 내가 살게요. 그걸로 빚 탕감. 그러면 너도나도 윈윈 아닙니까, 에?"

페테르의 입이 살짝 벌어지고 한참 만에 한 단어가 튀어나온다.

"뭐라…… 고요?"

레브는 다시 미소를 짓지만 이번에는 아까보다 조금 더 짜증이 섞여 있다.

"내가 펠센을 인수하겠다고요. 빚 탕감 차원에서. 문제없어요. 내가 전에도 술집을 운영해 본 적이 있거든요."

"베어타운에서는…… 여기서는 한 적 없잖아요. 지금 당신은 아무것도 모르면서……."

"술꾼이야 어디든 똑같지. 댁이 도와줄 거지요, 에?"

묻는 말투가 아니다. 페테르는 이제 무섭다기보다 화가 난다.

"도와준다고요? 뭘요? 아니…… 심지어…… 라모나가 그쪽에게 돈을 빌렸다는 증거라도 댈 수 있습니까?"

레브는 여전히 미소를 짓고 있지만 입술이 딱딱하게 굳었고 이에도 힘이 들어갔다.

"서로 사인한 서류가 있어요. 하지만 댁 같은 사람한테 그런 건 상관없을 테죠, 에?"

"나 같은 사람?"

"법, 원칙, 계약, 그런 건 댁 같은 사람한테만 적용이 되잖아요, 에? 당신들 경기고 당신들 판이지. 거 당신, 아맛을 도운 거 맞아요? 혹시…… 그 반대 아니요? 댁 때문에 아맛이 드래프트에서 탈락한 거 아닌가?"

페테르는 갑작스러운 공격에 충격을 받은 나머지 지금까지 무슨 얘기를 하고 있었는지, 그리고 무엇보다도 상대가 누군지 까맣게 잊고 만다.

"그쪽이 까… 까… 깡패를 보내서 NHL 구단을 상대로 돈을 뜯어내려고 했잖아! 정말로 그게 통할 거라 생각했나?"

레브는 발을 움직이지는 않고 머리만 페테르 쪽으로 몇 센티미터 숙인다.

"나는 구단에서 돈을 뜯어내려 하고. 댁은 아맛한테서 돈을 뜯어내려 하고. 그게 그거 아닌가, 에?"

"나는 아맛한테서 바라는 게 아무것도 없어!"

레브는 킬킬거린다.

"내가 여기 왔을 때 배운 아주 재밌는 표현이 하나 있는데. '그 사람은 항상 주머니에 손을 넣고 다닌다'. 맞지요? 언제든 남을 도울 자세가 되어 있는 인심 좋은 사람을 두고 하는 말, 에?"

"당신 손은 당신 주머니가 아니라 아맛의 주머니에 들어 있겠지."

페테르는 쏘아붙이는 동시에 반걸음 뒤로 물러난다.

"그러는 댁은? 돈에는 관심이 없다면 그 주머니 안에서 뭘 찾으려는 거지?"

346

레브는 비웃는다.

"나는 그 아이를 도우려고 했을 뿐이야!"

"할로의 다른 애들을 도왔던 것처럼? 에? 댁은 아이스하키 잘하는 애만 돕는 사람이 아니니까? 그것참 희한한 우연의 일치란 말이지요, 에? 당신 같은 인간들은 가난한 집 아이들이 자기를 위해서 뭘 해줄 수 있을 때에만 선심을 쓰더라고. 하지만 난 어린애가 아니에요, 페테르. 그리고 난 권리를 찾겠어요. 펠센을 인수하고 라모나가 진 빚은 잊어주는 걸로, 에? 하지만 내가 상대를 잘못 고른 거 아닌가 모르겠네. 댁이 아니라 댁의 부인이랑 얘기를 나눠야 하나?"

페테르는 그때 자신에게 무슨 일이 벌어졌는지 설명할 수 없을 것이다. 그는 그냥 폭발해 버렸다.

"지금 그게 도대체 무슨 개소리야!"

페테르는 쩌렁쩌렁하게 외치며, 그 뚱뚱한 남자가 뒤로 휘청거릴 정도로 세게 레브의 가슴에 두 손을 얹는다.

딱 1초 만에 벌어진 일이지만 페테르는 백 분의 1초 단위로 그 장면을 설명할 수 있다. 차에 타고 있던 젊은 남자가 안주머니에 손을 넣은 채 총알같이 튀어나오고, 페테르는 그 주머니 안에 뭐가 들었을지 상상한다. 그는 두 손을 들어 얼굴을 가리려고 하지만 그럴 필요가 없다. 이미 몸을 일으켜 세운 레브가 두 손가락을 들어 보이자 뒤에서 남자가 다가오다 말고 갑자기 걸음을 멈춘다. 레브는 아무 일도 없었다는 듯이 가죽 재킷의 매무새를 가다듬고 페테르를 돌아본다.

"변호사 맞지, 에? 그쪽 부인 말이야. 나는 라모나랑 계약을 맺었어. 그 뭣이냐, 법조문이 내 편이라고. 나도 변호사를 사야 하나?"

"열 명이든 백 명이든 마음대로 사시지. 하지만 우리 가족 근처에
는 얼씬도 하지 말라고. 알아들어? 그리고 펠센은 꿈도 꾸지 마. 여
기 사람들이 절대……."

페테르는 말을 하다 말고 입술을 깨문다. 분노로 인해 이 말, 저
말이 뒤죽박죽으로 쏟아져 나오고 심장이 쿵쾅거리는 소리가 귓전
을 때린다.

레브는 그가 잠잠해질 때까지 기다렸다가 전혀 동요하는 기미 없
이 다시 미소를 지으며 결론을 내린다.

"생각해 봐요, 에? 다시 올게요! 이렇게 말하는 게 맞나? 아니다!
다시 연락할게요, 맞지? 다시 연락할게요!"

그는 페테르의 집을 한참 동안 흘끗거린다. 2층에 불이 켜져 있
다. 미라와 아이들이 일어난 것이다. 페테르는 온몸이 부들부들 떨
리지만 대답할 기회조차 누리지 못한다. 레브가 이미 미국산 자동차
에 올라타고 있다. 운전석의 젊은 남자는 느긋하게 출발하고, 그 차
가 시야에서 사라지자마자 페테르는 휴대전화를 꺼내지만 누구에
게 연락하면 좋을지 알 길이 없다. 그는 무거운 주먹과 텅 빈 머리를
달래며 그 자리에 서 있다가 결국 티무에게 전화한다.

경찰도 아니고 친구도 아니고 티무에게. 그해 가을에 베어타운의
모든 것과 모든 사람들이 얼마나 단단하게 연결되어 있는지를 보여
주는 대목이다.

❄

침대에서 몸을 일으킨 마야는 초록색의 낡은 후드 스웨터를 입고

졸린 눈을 비비며 얼른 방 밖으로 나간다. 이제 막 일어난 엄마가 현관홀에 임시로 가져다 놓은 책상 앞에 앉아서 벌써 고객인지 직원인지와 영상 통화를 하고 있다. 폭풍 때문에 회사 일이 엉망진창이 되었는데, 마야는 엄마에게 필요했던 건 그거였을지 모른다는 생각을 한다. 스트레스가 추가되는 것. 부엌에 들어가 보니 레오가 냉장고 너머에서 마녀와 사자라도 찾을 기세로 머리를 깊숙이 박고 있다. 갓 구운 빵 냄새가 온 집 안에 진동한다.

"누가 빵을 구웠어?"

마야는 놀라워하며 묻는다.

"아빠가."

레오는 그보다 희한할 수 없는 대답을 하면서도 말투만큼은 심드렁하다.

"아빠가?"

마야는 반문한다.

"응. 요즘 빵을 만드셔. 꼭 집착하는 사람처럼."

그녀의 남동생은 이렇게 대답한다.

마야가 부엌 창밖을 흘끗 내다보니 아빠가 있다. 우편함 옆에 서 있다. 자동차 한 대가 도로에 멈추어 서고 어떤 남자가 내린다. 마야도 아는 남자다. 아빠와 함께 있는 그림이 상상이 되지 않을 뿐이다.

"저 사람…… 티무 아니야?"

그녀는 외친다.

"응."

레오는 창밖을 흘끗 내다본 뒤 확답하고 다시 냉장고에 코를 박는다.

"저 사람이 아빠를…… 만난다고?"

"으응. 이제 서로 친해진 것 같아, 내가 보기에는."

마야는 레오를 빤히 쳐다보다 창밖으로 시선을 돌렸다가 다시 레오에게로 시선을 돌린다.

"그렇구나. 근데 미안하지만 내가 그렇게나 오랫동안 자고 있었던 거야?"

❄

차에서 내린 티무가 뭘 찾는 게 아니라 이 순간을 기억에 담으려는 사람처럼 좌우를 두리번거린다.

"레브가 왔었다고요?"

그가 단도직입적으로 묻는다.

페테르는 커피 두 잔을 들고 있다가 티무에게 한 잔을 내민다. 하도 자주 씻어서 초록색 곰이 이제는 거의 다 지워진 머그컵이다. 티무는 고맙다고 묵례하며 커피를 받아든다.

"라모나가 자기한테 빚을 졌대. 액수가 얼마나 되는지 모르겠지만 갚을 수 있긴 할 거야. 만약……."

티무는 화가 났다기보다 냉랭한 표정으로 고개를 젓는다.

"그자가 원하는 건 돈이 아니에요. 펠센이지. 라모나가 살아 있었을 때부터 거길 사려고 했어요. 워낙 알고 싶지도 않을 만큼 추잡한 일을 많이 저지르거든요. 그래서 법의 추적을 피할 보호막이 필요한데, 그런 용도로는 술집만 한 게 없으니까요."

"그럼 라모나가 그런 인간에게 돈을 빌린 이유가 뭔가?"

페테르는 비난조로 이렇게 물어놓고 단박에 후회한다.

티무는 커피 잔에 대고 한숨을 쉰다.

"지난겨울에 우리 애들 중에 한 명이 교도소 신세를 지게 됐어요. 그 집 월세와 공과금이 밀리게 생겨서 라모나가 저한테 '후원금'을 몽땅 줬거든요. 그게 빌린 돈이었을 줄은……."

그는 커피를 마신다. 더 이상 아무 말도 하지 않는다. 페테르가 기억하기로 민망해하는 티무를 본 것이 이번이 처음이다.

"그러니까 라모나가 자비로 지원을 했다?"

"네."

"그자는 뭣 때문에 교도소에 갔는데? 자네 친구 말이야."

페테르는 묻는다.

"가중 폭행이요."

티무의 대답이다.

이번에는 페테르가 민망해할 차례. 그가 요즘 그런 무리와 어울리게 됐다는 것 아닌가.

"레브는 어떻게 하면 좋지?"

그는 한숨을 쉰다.

"건드리지 마세요. 쓰레기 깡패단은 같이 말 섞고 그럴 만한 인간들이 아니에요."

페테르는 답변의 수위에 깜짝 놀란다.

"그럼 그냥 막 찾아와서 우리 가족을 협박하게 내버려두라고? 펠센도 넘기고? 라모나가 살아 있었으면……."

티무가 한 손을 들어 그의 말을 막는다.

"레브는 제가 처리할게요."

"좀 전에 같이 말 섞고 그럴……."

티무는 남은 커피를 마시고 머그컵을 돌려준다.

"단장님이 같이 말 섞고 그럴 만한 인간들이 아니라는 거죠."

페테르는 지금의 이 상황을 갑작스럽게 깨닫고 더듬더듬 할 말을 찾는다.

"알았네. 그래도 조심해. 괜히……."

"조심하라고요? 제가요?"

티무는 엄청난 모욕이라도 당한 것처럼 과장하며 외친다. 페테르는 끙 하고 앓는 소리를 냈다가 하마터면 컵으로 관자놀이를 칠 뻔한다.

"알았어, 알았어. 그럼 내일 장례식장에서 보면 되겠군? 목사님과 얘기한 것처럼 한 시간 전에."

티무는 고개를 끄덕이고 내일 보자고 한다. 페테르는 더 이상 아무것도 묻지 않는다. 그냥 이대로 묻어야 할 것이다. 그가 집으로 다시 들어가려고 몸을 돌리는데 티무가 궁금해하며 뒤에서 외친다.

"레브가 뭐라고 했길래 화가 나셨어요?"

"그게 무슨 말이야, 화가 났다니?"

페테르는 툴툴거린다.

티무는 씩 웃는다.

"애써 침착한 척해도 눈빛이 험악하신데요. 펠센을 그 정도로 아끼는 건 아닐 테고. 레브가 뭐랬길래요?"

"그자가…… 미라를 들먹였어."

티무는 페테르가 당황할 정도로 길게, 그리고 나지막이 의기양양한 웃음을 웃는다. 그리고 잠시 후, 훌리건이 전직 단장에게 말한다.

"남들은 안 믿을지 모르겠지만 완벽 선생에게도 개를 닮은 면모
가 있네요."

37

노새

요니는 하품을 하고 짜증 섞인 눈빛으로 시계를 흘끗 확인한다. 그는 꼭두새벽에 욕을 하며 집 앞에 서 있다. 베어타운까지 태워다 주기로 한 직장 동료가 늦는다. 테드는 가방을 다 싸놓고 현관홀에서 기다리고 있는 반면, 그의 형 토비아스는 아직 일어나지도 않은 눈치다. 테스는 막내 투레가 스케이트 챙기는 것을 돕고 떡과 주스 갑을 바깥쪽 주머니에 넣어주며 연습이 끝나기 전에는 주머니를 열지 않겠다는 다짐을 받아낸다. 투레는 형들이 연습하는 동안 몇 시간을 아이스링크에서 기다려야 하고, 테스는 헤드에서 가장 어린 연령대 아이들에게 피겨스케이팅을 가르치고 있다. 빙판 밖보다 빙판 위에서 보내는 시간이 더 많은 가족의 일상이 이렇다.

"다 잘 챙겼니? 병원에서 연락이 와서……."

이렇게 말하는 엄마의 목소리가 뒤에서 들리자 테스는 걱정하는 눈빛으로 그녀를 쳐다본다.

"엄마, 너무 피곤해 보여요. 오늘은 집에 계시면 안 돼요?"

"병가 낸 직원도 많고 또 폭풍 피해로 집을 치워야 하는 사람들도 있고 해서…….”

“오늘 밤에는 잠 좀 주무세요, 엄마. 꼭이요!”

한나는 딸에게 조그맣게 속삭인다.

“약속할게, 딸. 동생들 잘 부탁한다. 너도 알다시피 베어타운 분위기가 심상치 않아서…….”

“걱정 마세요. 그냥 하키 연습하러 가는 건데요, 뭐.”

“그래. 그래. ‘그냥’ 하키 연습이지. 그리고 미안해. 너한테 이런 일까지 맡겨서……. 어휴, 네 걱정하기도 바쁠 텐데. 수학 시험 어떻게 봤는지도 안 물어봤네!”

“잘 봤어요.”

“어련하겠어. 대단하다. 나는 평생 백 점 한번 못 받아본 것 같은데. 너 내 딸 맞니?”

오래전부터 해오던 농담이지만 테스는 매번 처음 듣는 것처럼 웃는다. 우리 가족에게는 과분한 아이야. 한나는 이런 생각을 한다. 전 과목 성적이 우수하지, 한 번도 말썽 일으킨 적 없지, 동생들 잘 챙기지. 어렸을 때부터 테스는 어찌나 깔끔했던지 흰옷을 입혀서 학교에 보내도 집에 올 때까지 그 아이 혼자 그 색을 그대로 유지했다. 다른 아이들이 나무를 타고 흙탕물 속에서 싸우는 동안 그 아이는 집에서 책을 읽었다. 심지어 헤어스타일마저 언제나 방금 빗은 것처럼 단정하다. 문서파쇄기에 넣은 수세미 같은 엄마의 헤어스타일과는 180도 다르다.

“네가 커서 좋지만 이렇게 커버리다니 싫다.”

그녀는 딸에게 조그맣게 속삭인다.

“그게 무슨 소리예요.”

딸은 미소를 짓는다.

"있잖아…… 모든 일에 그렇게 진지할 필요는 없어. 파티도 가고 남학생도 만나고……."

"남학생이요? 헤드에서? 여기에서는 세 달 동안 족보를 뒤져야 누구든 만날 수 있을 거예요."

테스는 피식 웃는다.

"아니, 그건 또 무슨 소리야."

한나는 미소를 짓는다.

"진짜로요. 여기 남자애들은 하나같이 얼마나 유치한지!"

테스가 이렇게 우긴 순간, 토비아스의 방에서 난 고함이 온 집을 흔든다. 투레와 테드가 2층으로 달려 올라가 물총으로 그를 깨웠기 때문이다. 테스는 그것 보라는 듯이 엄마를 향해 어깨를 으쓱하지만 한나는 창밖을 내다보느라 보지 못한다.

"아니, 저게……?"

그녀가 운을 뗀다.

"도대체 어떻게 된 거지???"

요니가 마당에서 문장을 마저 완성한다.

그들의 밴이 도로를 빠른 속도로 달려오고 있다. 한나와 테스가 밖으로 뛰쳐나가 계단 꼭대기에 섰을 때 끼이익 하며 차가 울타리 옆에 멈추어 서고 열여덟 살짜리 미친 아이가 거기서 폴짝 내린다.

"아나!"

한나가 반갑게 외치는 소리를 듣고 테스는 화들짝 놀란다.

"도대체 어떻게 된 거야?"

요니가 다시 한번 묻는다.

한나는 다들 처음 보는 여자아이를 두 팔로 감싸 안고 소개한다.

"아나야! 폭풍이 닥쳤을 때 숲속에서 나를 도와준 아이!"

요니의 표정이 부드러워진다.

"이런. 너희 아버님을 내가 아는데. 어떻게 지내시니?"

아나는 아무 대답도 하지 않고 밴 열쇠만 그에게 던진다.

"저희 집 마당이 주차장이 아니다 보니 제가 직접 몰고 와서 돌려 드리는 편이 낫겠다는 생각이 들었어요. 오늘 아침에 엔진을 점검했 는데, 정비소에 가서……."

"오오! 고맙다!"

요니가 발끈하며 말허리를 자르는 모습을 보고 한나는 웃음을 터 뜨린다.

"들어와, 아나! 커피 줄까?"

하지만 테스를 흘끗 본 아나는 경계하는 눈빛을 느낀다. 그런 아 이는 아나 같은 아이를 좋아하지 않는 것이다. 그래서 그녀는 퉁명 스럽게 대답한다.

"아니에요. 집에 가서 개들 살펴야 해서요."

"우리가…… 집까지 태워다 줄게. 여기서 잠깐 기다려, 애들 데려 올게."

요니는 예의를 갖춰서 말하지만 여전히 조금 마음이 상한 말투다.

"그러실 것 없어요. 뛰어가면 돼요."

아나는 말한다.

"뛰어간다고?! 베어타운까지?"

그는 되묻는다.

"별로 멀지도 않은걸요. 어차피 무릎 운동해야 해요. 다쳐서."

그녀는 턱으로 가리킨다.

"어쩌다 무릎을 다쳤어?"

한나는 묻는다.

"부딪혔어요."

"어디에?"

"어떤 남자애 이마에요."

"뭐라고?"

요니가 큰 소리로 외친다.

"진짜 재수 없게 굴었다고요. 그러니까 당해도 싸요!"

아나는 이렇게 방어한다.

한나는 웃음을 터뜨리며 그녀를 다시 한번 끌어안고, 나중에 꼭 또 와서 저녁을 같이 먹자고 한다. 아나는 건성으로 알았다고 하고 다시 한번 테스를 흘끗 쳐다본다. 테스는 그녀보다 한 살 아래고 흰색 바지를 입었으며 만화에 나오는 것 같은 헤어스타일을 하고 있다. 아나는 너무 찢어져서 옷이라고 보기 힘든 청바지를 입었고 이틀째 샤워를 하지 않았다. 꼭 성 안에 들어간 떠돌이가 된 기분이다. 그래서 몸을 돌려 도망친다.

한나는 그녀의 뒷모습을 한참 바라보고 테스는 그런 엄마를 한참 동안 바라본다. 내가 저런 딸이 되었어야 하는데. 테스는 이런 생각을 한다.

✳

보보가 사켈의 집 현관문을 두드린다. A팀 코치는 시가 연기로 만들어놓은 구름 안에서 문을 열어준다. 입고 있는 가운이 어찌나 꾀죄죄한지 그녀가 움직여도 찰랑거리지 않을 정도다. 부엌에서는 세 개의 화면을 통해 세 개의 하키 경기가 펼쳐지고 있고 식탁은 메모지로 뒤덮여 있다. 보보는 하키라는 스포츠에 대해 이보다 더 많이 아는 사람도, 그걸 플레이하는 사람들에 대해 이보다 더 모르는 사람도 만난 적이 없다. 사켈은 보보를 보조 코치로 임명하면서 어떤 면에서 그가 필요한지 백 퍼센트 공개했다.

"사람들 대하는 거, 사람들이랑 얘기하고 그런 거 말이야."

그녀의 관심사는 오로지 하키뿐이다.

"아맛이 오늘 아침에 전화했더라고요. 숲속에서 같이 달렸어요. 다시 와서 함께 연습하고 싶어 하는 것 같은데……."

보보는 운을 뗀다.

"걔 몸무게가 얼마야?"

사켈은 아무 감정 없이 묻는다.

"너무 많이 나가긴 해요."

보보는 솔직히 인정한다.

"토했어?"

"하수구처럼요."

그녀는 고개를 끄덕이고 시가를 피우다가 갑자기 놀란 표정을 짓는다.

"그런데?"

"그런데……?"

보보는 의아해한다.

"할 말 더 있어?"

"아뇨, 아뇨, 그건 아니에요. 저는 그냥⋯⋯."

"그럼 그건 됐고! 헤드 팀들이 전부 우리 링크에서 연습한다니까 우리 연습 시간을 오늘 저녁 맨 마지막 타임으로 옮겨줘."

"맨 마지막이요? 그렇게 늦게 연습한다고 하면 팀원들이 좋아하지 않을 텐데⋯⋯."

보보는 말문을 열었다가 그녀가 원하는 것이 바로 그거라는 사실을 깨닫는다. 그녀는 새로 팀원이 합류할 때마다 처음엔 이렇게 묻는다. "너희들 놀러 왔니? 아니면 하키 시합 이기러 왔니?"

"저녁 때 보자!"

사켈은 이렇게 말한 뒤 문을 닫으려고 한다.

보보는 침을 튀기며 묻는다.

"코치님께서 아맛한테 연락해 보실래요? 면목 없어 하더라고요! 직접 연락할 용기가 없는 것 같길래⋯⋯."

사켈은 그의 말을 이해하지 못하는 표정이다.

"걔한테 연락하라고?"

"저기, 코치님께서 *동기부여*라는 걸 믿지 않으시는 건 알아요. 우리들 모두 스스로 원해서 해야 한다고 설명하셨으니까요. 그 노새 이야기가 뭐였죠? 노새를 물가로 데려갈 수는 있지만 억지로 물을 먹일 수는 없다! 저도 알아요! 하지만 아맛은⋯⋯ *아맛*이잖아요! 살짝 용기를 북돋워 주기만 하면 될 테니까⋯⋯ 코치님께서⋯⋯."

사켈은 계속 얘기해 보라는 듯 아무 말 없이 시가만 피운다. 보보는 입을 벌리지만 더는 아무 말도 하지 못한다. 사켈은 '우리'라는 단어를 강조해 가며 최대한 참을성 있게 설명한다.

"우리는 선수들을 훈련하지 않아. 팀을 훈련하지. 아맛은 하키를 할 수 있다는 걸 증명할 게 아니라 자기가 바보가 아니라는 걸 증명해야 해. 평범하지만 영리한 선수들로는 이길 수 있어도 실력이 뛰어나지만 바보 같은 선수들로는 절대 이길 수가 없거든. 왜냐하면 영리한 선수들은 가끔 바보 같은 짓을 저지르지만 바보 같은 선수들은 절대 영리한 짓을 저지르지 못하니까."

"음……."

보보는 끙끙댄다. 그녀가 이런 식으로 말하면 머리가 아파지기 때문이다.

"누구라도 배워서 바보가 될 수 있어. 하지만 바보는 절대 아무것도 배우지 못하지."

웬일로 사켈은 선생님처럼 한 문장으로 요약한다.

"아맛은 바보 아니에요."

보보는 기분 상한 투로 말한다.

사켈은 가운 주머니에 대고 시가의 재를 떤다. 눈곱만큼이라도 깨끗하면 불이 붙겠지만 너무 더럽고 지저분해서 끄떡없다. 그녀가 말한다.

"그건 두고 봐야지. 우선 그 아이가 어떤 노새인지 그것부터 파악해야 하고."

이 말을 끝으로 그녀는 작별 인사도 없이 문을 닫는다. 아마 그게 예의에 어긋난다는 것도 모를 것이다.

❄

열두 번의 시도 끝에 밴의 시동을 거는 데 성공한 요니는 아나가 무슨 수작을 부렸다 보다고 중얼거린다. 아이들은 가방을 모두 안에 넣었고 막판에는 토비마저 준비가 끝나서 다 같이 베어타운으로 출발한다. 요니는 좌석 세팅이 마음에 들지 않는 데다 아나가 라디오 설정을 바꿔놓아서 가는 내내 입을 삐죽거린다.

"아빠, 제발요. 이 늙은이 노래를 꼭 들어야 하겠어요?"

그가 마침내 원하던 방송을 찾자 테스가 묻는다.

두말하면 잔소리지만 토비아스와 테드가 그 자리를 두고 싸우지 않도록 그녀가 조수석에 앉아 있다.

"브루스 스프링스틴을 모욕하지 마라. 내 인생을 통틀어서 나를 보고도 징징대지 않는 것이 이 사람 하나밖에 안 남았거든."

요니는 툴툴거린다.

테스는 한숨을 쉰다.

"아빠 너무 오버하는 거 알아요?"

그녀의 아빠는 볼륨을 높인다.

"브루스는 날 이해할 거야."

테스는 눈을 부라리고 뒷좌석 쪽으로 고개를 돌린다.

"영어 작문 숙제 다 했어, 테드?"

"응."

테드는 웅얼거린다.

"그럼 내가 읽어봐도 돼?"

그는 하키 가방에서 노트북을 꺼낸다. 그들은 한 노트북을 가지고 돌려 쓰며, 다른 형제가 연습하는 동안 관중석에서 숙제를 한다.

"누나가…… 문법이랑 그런 것 좀 고쳐줄 수 있어?"

그가 묻는다.

"그런 건 너 스스로 배워서 해야지."

그의 누나는 쏘아붙이지만 당연히 문법을 고쳐줄 것이다.

베어타운과의 마을 경계가 가까워지자 그들의 아빠는 헛기침을 하고, 테드와 토비아스와 테스는 착한 누나와 형답게 웃고 떠들고 심지어 노래까지 불러가며 투레가 창밖으로 표지판에 뭐라고 쓰여 있는지 읽을 수 없게 막는다.

어쨌든 오늘은 "잡것"이라는 단어를 듣지 않을 것처럼.

❄

엘리사베트 사켈은 부엌에서 새 시가에 불을 붙이고 삶은 감자를 냄비째로 먹으며 화면 세 개로 하키 경기를 본다. 사람들은 코치로써 그녀의 능력을 칭찬할 때 전략 수립과 분석에 초점을 맞출 때가 많지만, 사실 그녀의 가장 큰 재능은 놀라는 경우가 거의 없다는 것이다. 정보를 자신이 원하는 방향대로가 아니라 보이는 그대로 해석하기 때문이다. 사켈은 다른 코치들이 섣부른 짐작을 근거로 어떤 선수에게는 너무 많은 기회를 부여하고 어떤 선수에게는 아예 기회를 주지 않는 것을 수도 없이 보았다. 그들은 '본능'과 '직감'을 운운하지만 사켈이 걱정하는 직감은 설사의 전조뿐이다. 그녀는 하키와 관련된 모든 것을 머릿속에 저장한다. 개인적으로는 아무리 훌륭한 실력을 가진 선수라도 얼마든지 팀에서 뺄 수 있는 이유가 그 때문이다. 그의 실력이 좋은지 좋지 않은지 고민할 필요도 없다. 사켈에게 중요한 건 오로지 그가 알맞은 선수인지 여부다.

사람들은 사켈을 가리켜 '시니컬하다'고 하지만, 어떻게 시니컬하지 않고서 하키 시합에서 이길 수가 있는지 그녀로서는 이해되지 않는다. 그냥 이기길 기도하면 되나? 시의적절하고 설득력 있는 논리로 상대팀을 설득하면 승리를 쟁취할 수 있나? 그녀는 대부분의 시즌이 시작 전부터 결정된다고 확신한다. 팀에 승리를 가져다주는 것은 벤치 앞에 서서 뇌출혈을 일으킬 때까지 고함을 지르는 코치가 아니라 팀 구성이다. 지난봄에 베어타운이 승승장구하자 기자들이 갑자기 베어타운 하키팀은 '재능 공장'이라고, 사켈은 '천재'라고 부르기 시작했다. 그녀는 기자들이 마음의 결정을 내려야 한다고 본다. 그래서 재능 덕분이라는 건가, 코치 덕분이라는 건가? 게다가 사켈이 한 게 뭐가 있단 말인가? 그녀는 아맛을 스타로 만들지 않았다. 그냥 경기에서 뛰게 했을 뿐이다. 특출한 기술을 가르치지도 않았다. 그가 실수를 덜 할 수 있는 상황을 만들었을 뿐이다. 이 마을 사람들은 그녀가 선수들을 '시험'하길 좋아한다고, 선수들에게 '심리적인 테스트'를 거치도록 한다고 말하지만 그건 절대 아니다. 어떤 노새인지 파악해 희망을 당장 포기해도 되는 선수들을 골라내려는 것일 뿐이다.

그래서 보보가 집으로 찾아와 아맛 이야기를 꺼냈을 때 사켈은 온종일 부엌에서 시가를 피우며 화면 앞에서 메모한다. 그녀가 다른 사람들에 비해 감정은 무딜지 몰라도 공감을 아예 못하는 건 아니라 모든 선수, 그중에서도 특히 아맛이 잘되길 바라는 보보의 심정을 이해한다. 하지만 언론에 소개된 수많은 책자와 미사여구로 포장한 구단의 '가치 선언'에서 뭐라고 하건 간에, 코치의 근본적인 임무는 개별 선수의 육성이 아니다. 경기에서 이기는 것이다. 결과는 감정이 아니라 순위표로 매겨진다. 그렇기에 사켈은 비교를 위해 한 화면에는 아맛의 지난 시즌 경기를 틀어놓고, 나머지 두 화면에는 다른 팀에서 뛰는 다른 선수들의 경기를 틀어놓는다. 예전에 상대팀을 이해하고, 어느 선수가 아맛이 상대하기 곤란하겠는지 파악하려고 했을 때 애용한 방법이다. 지금 그렇게 하고 있는 이유는 그를 대체할 선수를 찾고 있기 때문이다.

그것이 시니컬한 데다가 감정이 결여된 반응인지는 모르지만, 그녀는 입수할 수 있는 모든 정보를 해석하고 있을 뿐이다. 보보는 아맛의 가장 친한 친구고 보보만큼 자기 친구들을 철석같이 믿는 사람도 없다. 그런 보보마저 아맛이 코치에게 격려의 전화를 받아야 집에 틀어박혀 술을 마시던 생활을 청산할 수 있을 만큼 불안정한 상태라고 생각한다면, 이미 가망이 없다는 뜻이다. 사켈도 알다시피 보보는 친구에게 마지막 기회를 주고 싶어서 이 집을 찾아왔지만 사실상 그 기회를 앗아가 버렸다.

부모가 된다는 것은 덫이요, 골탕 먹이기 위한 질문이며, 잔인한 농담이라고 알려주는 사람은 아무도 없다. 부모는 절대 충분할 수 없고 절대 이길 수 없다.

요니는 베어타운의 아이스링크 앞에 차를 세운다. 오는 내내 전화가 울려댔고 동료들이 숲속에서 기다리고 있지만 그래도 아이들과 함께 들어갈까 고민한다. 딸이 그걸 눈치챈다.

"괜찮아요, 아빠. 표지판의 그 낙서는 그냥 바보 같은 애들의 짓이에요. 아무 일 없을 거예요. 제가 말썽 일으키지 않게 토비 잘 감시할게요."

"그래? 그래도…… 내가 잠깐 들어가 봐도 되는데……."

토비아스와 테드는 밴 뒤편에서 가방을 끄집어낸다. 그 둘은 같은 부모 밑에서 두 살 터울로 태어났지만 아예 다른 종족이다. 한 아이는 바라는 게 너무 많고 다른 아이는 너무 없어서 요니는 늘 걱정이다. 지난봄에 테드의 경기를 보러 갔을 때, 그는 자리에 앉으라는 타박을 백 번쯤 들었다. 테드는 그날 컨디션이 완벽하지 않았지만 그래도 최고의 선수였다. 다만 제 기량을 백 퍼센트 발휘하지 못했다.

"소리를 질러서 그래요."

결국 테스가 콕 집어서 말했다. 늘 그렇듯 요니는 그 말뜻을 오해하고 상대팀 선수들의 부모를 노려보았다.

"그래, 나도 알아. 저 인간들 어지간히 소리를 지르네. 그래도 적응해서 실력을 발휘해야지!"

테스는 조용히 한숨을 쉬고 진실을 폭로했다.

"아빠, 저 사람들이 소리를 지르는 건 테드한테 아무 영향도 못 미쳐요. 아빠가 소리를 지르는 게 문제지."

요니는 딸의 눈을 쳐다볼 수가 없어서 주머니에 구멍이 날 정도로 세게 두 손을 찔러넣고 관중석에 서 있다가 결국 이렇게 중얼거렸다.

"토비한테도 그만큼 소리 지르는데 그 아이는 전혀……."

테스는 솔직하게 고개를 젓고 나지막이 말했다.

"아뇨. 아빠도 그러지 않는다는 거 아시잖아요."

요니는 그 뒤로 경기가 끝날 때까지 계속 앉아 있었다. 그건 사실이었다. 테드에게서는 열세 살짜리 아이의 잠재력이 보였기 때문에 소리를 더 질렀고, 토비아스에게서는 이미 한계에 도달했다는 것이 보였기 때문에 소리를 덜 질렀다.

"괜찮아요, 아빠. 제가 장담해요!"

이제 테스가 다시 말한다.

그녀는 투레가 안전벨트를 풀 수 있게 돕는다. 막내는 친구들을 만날 생각에 신나서 웃음을 터뜨린다. 그 아이는 귀엽고 순해 보이지만 회오리바람이다. 지난번에 투레가 말썽을 저지르자 폭발한 요니를 보고 한나가 왜 그렇게 속상해하느냐고 물은 적이 있었다. 그는 실망한 목소리로 불쑥 내뱉었다.

"걔는 우리 넷째고 이쯤 되면 나도 베테랑이 되어야 하니까!"

한나는 참지 못하고 웃음을 터뜨렸다가 그에게 입을 맞추고는 말했다.

"여보, 당신이 좋은 아빠가 됐다고 생각하는 날이 바로 끔찍한 아빠가 되는 날이야."

요니는 그 말이 떠오를 때마다 짜증이 난다. 아니, 심지어 그게 무슨 뜻일까? 그는 투레를 맞이할 준비가 되지 않았다. 아이는 더 이상 없다고 생각했다. 그래서 지금도 아이 이름을 '깜놀'이라고 지었어야 했다고 주장한다. 같은 소방서의 벵트에게 막내 소식을 전했을 때 벵트는 아이들을 다 키운 남자만 지을 수 있는 미소를 지으며 걱정 말라고, 아이들을 죽이지 않고 그럭저럭 깨끗한 속옷만 입히면 충분히 좋은 아빠가 될 수 있다고 했다. 말은 쉽지만 실제로는 그리 간단치 않다.

테스가 투레를 안아서 내려주고, 차 문을 닫은 뒤, 운전석 안으로 허리를 숙여 아빠의 뺨에 입을 맞춘다.

"우리의 일거수일투족을 감시하실 수도 없잖아요. 아무 일 없을 거예요. 얘네들 코치님도 있고 안에 어른들도 많을 거예요. 얼른 가세요, 숲에서 조심하시고요!"

"내 걱정은 접어둬라!"

그는 발끈한다.

"그냥 조심하시라고요, 네? 아빠가 살아 있어야 브루스 스프링스틴 노래를 듣는 사람도 있을 거 아녜요."

그는 웃음을 터뜨린다. 요니는 딸을 생각하면 가장 심하게 죄책감을 느낀다. 그 어떤 아이에게도 부족한 아빠 같지만 특히 딸에게 그렇다. 그는 딸아이가 아홉 살이 됐을 때부터 숙제를 도와줄 수 없었고, 이제 고등학교에 다니는 이 아이는 대학에서 법을 공부하고 싶다지만 그에게 그곳은 생경한 세상이다. 그래서 딸이 어느 도시로 가서 공부하고 싶은지 얘기할 때마다 요니는 어이없는 감정으로 자기방어를 한다. 왜 다른 데로 가고 싶어 하는 걸까? 헤드로는 부족한가? 어린 시절이 너무 끔찍해서 여기서 도망치고 싶은 마음뿐인 걸까? 이 아이가 대학을 잘못 선택하면 어쩐다? 그게 그의 탓이면 어쩐다? 이 아이가 다른 부모 밑에서 태어났으면 어땠을까? 이 아이가 자신과 좀 더 비슷한 부모 밑에서 태어났으면? 그랬으면 더 나았을까? 더 쭉쭉 뻗어나갔을까? 더 행복했을까? 토비아스와 테드와 투레는 어떨까? 그가 소리를 너무 많이 질렀을까? 너무 적게 질렀을까? 그가 최선을 다했을까?

"이제 가세요, 아빠."

테스가 조그맣게 속삭인다.

그 아이의 아빠는 정신을 차린다.

"최대한 일찍 데리러 올게. 토비아스 잘 감시해라. 그러니까……
나 같은 짓 저지르지 않게."

그의 딸은 웃으며 알겠다고 한다. 그는 뒤에서 클랙슨을 울려대거
나 말거나 주차장에서 대기하다가 아이들이 안으로 사라진 다음에
서야 출발한다.

❄

세상 모든 십 대들에게 해당되는 단순하고 가슴 아픈 진실이 있
다면 그들의 인생이 무엇을 했는지보다 무엇을 할 뻔했는지에 의해
결정된다는 것이다.

아맛이 집을 나서고 보니 눈이 쌓여 있다. 거의 겨울이고 거의 해
가 졌고 그는 거의 천 번쯤 사켈에게 전화를 걸 뻔한다. 머릿속에서
들리는 목소리를 가까스로 거의 잠재운다. 할로에서 거의 아이스링
크까지 걸어갔다가 주차장을 200미터쯤 앞두고 걸음을 멈춘다. 부
모님의 차를 타고 연습하러 온 아이들이 차에서 폴짝 뛰어내려 친
구들과 웃고 떠들고 있다. 대부분 아맛이 아는 얼굴이다. 그가 A팀
에서 골을 넣을 때마다 펜스 뒤편에서 환호성을 질렀던 아이들이다.
저들 대부분이 길에서 연습할 때는 자기가 아맛인 척한다는 걸 그
도 안다. 전성기 시절의 그, 슈퍼스타이자 아이돌이었던 그만을 기
억하기 때문이다. 하지만 지금은 어떨까? 만일 오늘 빙판 위로 나섰
다가 저들의 기대를 저버리면 그는 뭐가 될까? 뭔가가 될 뻔했던 사

람, 지난겨울에 베어타운과 함께 리그 우승을 차지할 뻔했던 사람, NHL로 드래프트될 뻔했던 사람만 한 명 더 추가될 뿐이다. 그는 거의 보보에게 전화할 뻔한다. 거의 주차장을 가로지를 뻔한다. 거의 안으로 들어가 사켈에게 그를 다시 팀원으로 받아주겠느냐고 물을 뻔한다. 대다수의 십 대들은 자기들 인생이 그 단어 하나로 결정된다는 것을 모르지만 집으로 가는 내내 아맛의 머릿속에서는 그 단어가 메아리친다. "거의, 거의, 거의." 그가 원하는 건 오로지 고독뿐이지만 머릿속에서 들리는 목소리는 잦아들 줄 모른다.

"너는 과대평가됐어. 사기꾼이야. 다들 그걸 알아. 집에 가서 다시 술을 마시는 게 좋겠다. 그러면 이런 기분을 전혀 느낄 필요가 없을 테니까. 더 이상 애쓰지 마. 더 이상 남들 실망시키지 마. 더 이상 괴로워하지 마."

아맛은 다시 집으로 들어가 옷장 깊숙한 데서 따지 않은 마지막 술병을 찾는다. 숲속으로 올라가 달리지 않고, 술병을 무릎에 얹은 채 아이스링크가 보이는 공터에 앉는다. 그 병을 거의 딸 뻔하는지 아니면 거의 따지 않을 뻔하는지에 따라 그의 남은 인생이 결정될 것이다.

38

급진주의

재활용품이 담긴 봉지를 들자 쨍그랑거리는 소리가 난다. 아나가 그 사이에 열심히 우유갑을 끼워 넣었지만, 이제는 우유를 개수대에 그냥 버린 우유갑이라는 방음재로 아빠의 음주가 남긴 증거를 감추기에는 역부족이다. 그녀는 앞문을 열고 마당으로 나간다. 마야가 기타 케이스를 어깨에 둘러메고 길을 걸어오고 있다. 어린 시절을 함께 보낸 두 친구는 서로를 동시에 발견한다. 마야가 생각하는 아나의 가장 큰 장점 가운데 하나가 바로 거추장스러운 인사를 생략할 줄 안다는 것이다.

"이거 나르는 것 좀 도와줘!"

아나는 둘이 마지막으로 본 게 몇 달 전이 아니라 몇 시간 전이라도 되는 듯이 그저 킥킥대며 봉지 하나를 마야에게 건넨다.

두 친구는 재활용품 수거함을 향해 걸어간다.

"보고 싶었어."

마야는 미소를 짓는다.

"그런 신발을 뭐라고 부르니? 너 무도회장이나 뭐 그런 데라도 가는 길이야?"

아나는 이렇게 대답한다.

"그러는 너는? 노숙자야, 뭐야?"

아나는 눈썹을 추어올린다.

"나는 원래부터 이렇게 입고 다녔거든? 속물이 되어버린 사람은 너야."

"속물? 좀비 영화 엑스트라처럼 보이지 않으면 다 속물이니?"

"엑스트라가 아니라 지진이 제일 심하게 났을 때 화장한 사람처럼 보이거든!"

둘은 깔깔대며 웃는다. 2분 만에 모든 게 예전으로 돌아간다. 똑같은 티격태격, 똑같은 웃음소리, 똑같은 팔뚝 위의 문신. 기타와 산탄총. 음악인과 사냥꾼. 이렇게 공통점 하나 없으면서 실과 바늘처럼 붙어 다니는 사이가 세상에 또 있을까. 둘은 동시에 조잘거린다. 자매의 끈끈한 정으로 동시 진행이 가능하기 때문에 입을 다물고 있지 않아도 상대방이 뭐라는지 들을 수 있다. 마야는 아나에게 받은 봉지를 열고 그 안에 담긴 수많은 병을 보았을 때만 할 말을 잃는다.

"오늘은 아빠 멀쩡해. 장례식이 내일인데 그 후에 있을 뒤풀이는 절대 놓치지 않을 생각이라."

아나가 이렇게 말할 수 있는 이유는 딱 한 명, 마야에게는 변명을 늘어놓을 필요가 없기 때문이다.

마야는 결연하게 고개를 끄덕이고 병을 재활용품 수거함에 담기 시작한다. 장례식 전날에는 다들 '고인을 추모하는 뜻에서' 술을 자제하지만 라모나가 땅에 묻히자마자 똑같은 이유로 다들 고주망태가 될 것이다.

"너희 아빠가 괜찮아지신 줄 알았는데."

마야는 조용히 말한다.

"한동안은 그랬어. 그러다 내가 그 대회에서 우승한 뒤에 집으로 전화해서 소식을 전했거든. 아빠는 술을 마시는 것 말고는 뭘 축하하는 방법을 몰라."

아나는 그게 마치 자기 탓이라도 되는 듯 이렇게 말한다.

"미안…… 나는……."

마야가 말문을 열지만 아나는 한숨을 쉰다.

"됐어. 뭐 어쩌겠니. 우리 다른 얘기하자."

전보다 딱딱해졌네. 마야는 이런 생각을 한다. 아니면 그냥 어른이 된 것일 수도 있다. 문을 꽁꽁 걸어 잠그며 모든 감정을 차단하기 시작한 것일 수도 있다. 원래 어른들이 그렇지 않은가. 어린애들이나 감정에 휘둘리며 사는 것이다.

"좀 더 자주 연락하지 못해서 미안해. 학교에서 워낙 이런저런 일들이 많았어. 그래도 좀 더 자주 왔어야 했는데."

"이렇게 왔잖아."

"응. 내 마음 알지?"

아나는 깔깔대며 웃다가 마야의 목을 와락 끌어안는다.

"사랑해, 이 바보 같은 당나귀야! 옆에 있으면서 멀리 있다고 미안해하는 사람은 너밖에 없다. 장난해? 지금보다 어떻게 더 가까이 있어, 안 그래?"

마야는 숨통이 조일 정도로 세게 친구를 끌어안는다.

"진짜 진짜 겁나 보고 싶어."

"너 지금 나 안고 있어. 이 당나귀 같은 기집애야!"

"조용히 해!"

다른 사람들은 어떻게 버틸까? 마야는 궁금해진다. 다른 사람들은 아나 없이 무슨 수로 살아갈까? 무슨 수로 감당할까? 둘은 팔짱을 끼고서 왔던 길을 되짚어 걸어간다. 아직까지도 여기저기 나무가 쓰러져 있고 마당에는 폭풍의 피해가 극명하다. 세상을 좌우할 수 있는 쪽은 우리 인간들이라는 착각을 바람은 이렇게 쉽게 박살 내버린다.

"이 많은 피해를 다 복구하려면 돈이 얼마나 들까?"

마야는 궁금해진다.

"나를 지금 새로 안면을 튼 경제학과 교수로 착각하고 있는 건 아니지?"

아나는 미소를 짓는다.

마야도 미소를 짓지만 입가에 힘이 들어간다.

"여긴 그나마 양호하지. 헤드는 어떤지 봤어?"

아나는 심각해진다.

"응. 아침에 다녀왔어. 그리고 아빠가 같이 사냥 다니는 분들이랑 얘기하는 것도 들었고. 거기 아이스링크는 완전 박살 나서 헤드 팀들이 전부 우리 링크에서 연습하게 된 모양이더라? 그래서 다들 열받았어. 아빠 말로는 앞으로 점점 더 심해질 거라는데."

마야는 그녀가 "우리 링크"라고 한 데 주목한다. 그것 역시 아나의 달라진 부분이다. 비다르가 죽은 이후로 헤드를 전보다 더 미워하게 된 것이다.

"오늘 아침에 아빠가 티무를 만나는 걸 봤는데……."

마야는 친구의 반응을 보기 위해 운을 뗀다.

"같이 라모나 장례식 의논하러 만났겠지."

아나는 별일 아니라는 듯 어깨를 으쓱한다.

"흐음."

마야는 자기도 그렇게 믿고 싶다는 듯이 이렇게 중얼거린다.

이제 대화를 어떤 식으로 이어나가면 좋을지 막막해진다. 그녀는 타지로 떠나면서 아나를 판단할 권리를 포기했다. 그녀가 떠남으로써 같이 비다르 얘기를 할 사람이 없어지자 아나는 대안으로 '그 일당'을 찾았다. 그들은 그녀가 어떤 상황을 겪고 있는지 알았다. 이제 마야가 새로운 생활에 적응하느라 정신이 없는 동안 아나의 대회가 열리면 그들이 검은 재킷을 입고 찾아가 관중석에 서 있는다.

"티무는 구단을 에워싼 소문에 대해서 너희 아빠랑 대화를 나누고 싶기도 할 거야. 아빠가 그러는데 같이 사냥 다니는 분들끼리도 의회에서 헤드 하키단은 해체하고 베어타운 하키단만 유지하고 싶어 한다는 얘기만 한대."

"뭐라고?"

"뭐, 그렇잖아. 헤드는 남은 후원자도 없고 돈도 없고 의회가 계속 먹여 살리고 있으니까. 그런데 우리가 낸 세금으로 자기들 아이스링크를 다시 짓겠다고? 말이 돼? 그보다는 구단을 하나로 합치는 게 훨씬 말이 되지!"

이건 아나의 생각이 아니라 아버지와 다른 아저씨들에게 들은 말이라는 것을 마야도 안다. 하지만 여기는 더 이상 그녀의 집이 아니기 때문에 왈가왈부할 수가 없다.

"얼마 전까지만 해도 베어타운 쪽에 후원자가 더 없었는데……."

그녀는 조용히 말한다.

"그랬지. 하지만 그건 그때고 지금은 달라."

아나는 다시 어깨를 으쓱한다.

"흐음."

마야가 중얼거리자 아나는 말다툼을 피하려고 그녀를 켕기는 듯한 눈빛으로 노려본다.

"그 기타, 장식처럼 계속 끌고 다닐 거야? 아니면 나를 위해서 한곡 뽑아줄 거야?"

이렇게 해서 그들은 집 안으로 들어가고 마야는 아나의 방에서 절친과 개들을 위해, 모든 게 조금도 달라지지 않은 듯이 노래를 부른다. 이후에 둘은 아나의 침대에 나란히 누워 천장을 올려다본다. 아나가 무슨 생각하느냐고 묻자 마야는 달리 둘러댈 말이 떠오르지 않아서 솔직하게 털어놓는다.

"학교에서 교회 종파에 대해 배웠거든. 급진주의에 대해서도. 테러리스트랑 같은 거야. '파국에 이르는 길' 등등. 처음부터 광분한 사람도, 폭력적으로 태어난 사람도 없어. 맨 처음 저지른 사소한 일 하나가 그다음으로 연결이 되는 거지. 개떡같이 토 나오는 일이 정상으로 간주되고 모두가 조금씩 위험해지다 급진주의자가 돼. 이 마을이 지금 그런 것 같아. 다들 자기가 옳은 방향을 위해 싸우고 있다고 생각하고, 다들 자기방어 차원의 행동이라고 생각하고……."

아나는 아무 말 없이 누워서 천장만 한참 동안 올려다본다. 그러다 천장에 시선을 고정한 채 마야의 손을 잡고 조그맣게 속삭인다.

"온 사방에서 그렇게 변해가고 있다면 우리가 어떻게 해야 해?"

"나도 모르겠어."

"그럼 고민하지 마."

"고민하지 않는 건 네가 나보다 잘하지."

"그야 나는 워낙 똑똑해서 고민할 일이 없으니까 그렇지."

"진심? 응? 픽이나 그렇겠다!"

아나는 피식 웃는다.

"신곡 좋다, 등신아."

마야도 마주 보고 피식 웃는다.

"고맙다, 노숙자야."

그들은 침대 위에서 깜빡 존다. 늘 그렇듯 등과 등을 맞대고 두 사람 모두 아주 오랜만에 단잠을 잔다.

39

총구멍

베어타운의 자동차 정비소에는 오늘 아침 손님이 없다. 그래서 사장이 차고 안에서 평소보다 오랫동안 커피를 마시며 신문을 읽고 있다. 그는 오래전 하키 선수 시절에 멧돼지처럼 뛰었다고 해서 '갈텐'°이라고 불리지만 뭘 고칠 때는 그 솥뚜껑 같은 손이 예상 밖으로 조심스럽고 섬세해진다. 그래서 사람들이 여기에 자동차 말고도 온갖 것들을 들고 온다. 스노 스쿠터, 잔디 깎는 기계, 에스프레소머신 그리고 가끔은 밀조한 술까지. 2년 전에 그의 아내가 세상을 떠난 뒤로 사람들의 발길이 더 잦아졌다. 그들은 보살핌이 필요하다는 말을 듣는 데 익숙하지 않은 남자에게 그런 식으로 마음을 전한다.

그의 아들 보보는 아이스링크에 있다. A팀 보조 코치라, 그의 아버지는 아내가 살아 있었다면 자랑스러워했을 거라는 생각이 들 때가 얼마나 많은지 들키지 않으려고 자동차 엔진 위로 깊숙이 허리를 숙인다. 보보의 남동생과 여동생은 이런 상황에서도 상심을 잘

○ 스웨덴어로 멧돼지라는 뜻이다.

극복해 이제 다시 웃는다. 더는 전처럼 질문 폭탄을 퍼붓지 않는다. 오늘은 둘 다 친구네 집에서 놀고 있다.

티무는 그걸 이미 알고 있다. 그는 갈텐을 워낙 존경하기 때문에 아이들이 없을 때만 찾아온다. 아이들은 자기 아빠가 티무 같은 사람과 아는 사이라는 것을 모르고 지낼 자격이 있다.

"오늘 휴가예요?"

그가 앞마당에서 외친다.

갈텐은 고개를 든다. 둘은 악수를 한다. 갈텐은 중년이고 티무와 한 패거리였던 적은 없지만 그와의 관계를 부끄러워하지도 않는다. 아내가 죽었을 때 어린 시절부터 친구였던 페테르가 가장 먼저 찾아와 도움의 손길을 내밀었고, 그 바로 다음에는 검은 재킷을 입은 남자들이 등장했다. 그들이 갈텐의 집 지붕을 수리하고 다시 칠했고, 아이들 때문에 가장 정신이 없었을 적에는 몇 주 동안 번갈아 가며 정비소에 무급으로 출근했다. 그런 은혜는 잊을 수 없는 법이다. 갈텐은 티무를 보고 웃으며 반쯤 비어 있는 주차장을 턱으로 가리킨다.

"이 동네 사람들이 엘크 사냥 시즌 전 주에 수리를 맡기겠어? 그중 절반은 나중에 차 지붕에 총구멍을 남기겠지. 엽총을 들고 있다는 걸 깜빡하고 술 취한 채 차를 몰고 숲길을 돌아다니다가……."

티무는 폭소를 터뜨린다.

"이 숲에서는 작정하고 쏜 총에 맞는 엘크보다 얼결에 쏜 총에 맞는 새가 더 많죠."

갈텐도 같이 폭소를 터뜨린다. 이 동네 사냥꾼들끼리는 이런 농담을 주거니 받거니 하지만 외부인이 그러는 건 절대 용납하지 않는다. 갈텐도 티무도 자기 무기 하나 건사하지 못하는 사람과 숲속으로 들어갈 일은 없을 것이다. 사냥을 할 때는 옆 사람을, 그리고 무엇보다 뒤에서 오는 사람을 맹목적으로 믿을 수 있어야 한다.

"커피 줄까?"

"좋죠."

그들은 같이 커피를 마신다. 스노 스쿠터와 하키를 두고 잡담을 나눈다. 갈텐은 두 잔째까지 기다렸다가 묻는다.

"그래서, 어쩐 일인가?"

티무는 거의 부끄러워하는 듯한 표정을 짓지만 어디까지나 '거의'다.

"부탁드릴 게 있어서요. 원치 않으면 거절하셔도 됩니다."

"자네 친구들 부탁인가? 아니면 자네 부탁?"

"제 부탁이요."

"그럼 내가 거절할 리 없다는 걸 자네도 알 텐데."

티무는 고맙다는 뜻으로 묵례한다. 그런 다음 정비소 앞에 주차되어 있는 몇 대의 차량 중에 하나를 가리킨다.

"저게 필요해서요."

40

협박

레브는 폐차장을 에워싼 높은 철책에서 엎어지면 코 닿을 데 있는 조그만 셋집에서 산다. 그의 부하들은 철책 안쪽의 트레일러하우스에서 산다. 대장인 그와 친구가 될 수는 없으니 이 정도 거리는 유지해야 불만이 있을 때 그에게 들킬 염려 없이 터뜨릴 수 있다. 그가 주는 일거리는 간단치 않아서 단순한 인간들은 맞지 않는다.

"대장님! 대장님!"

그중 한 남자가 폐차장에서 부른다.

그가 문을 두드리자 레브는 짜증난 얼굴로 문을 연다.

"왜?"

"어떤 양복쟁이가 찾아왔어요! 경찰 같아요!"

남자는 레브가 간단한 문장 정도는 알아들을 수 있는 수많은 외국어 중에서 한 나라의 말을 골라서 쓴다.

그는 문 틈새로 폐차장 입구를 쳐다본다. 과연 양복을 입은 남자가 그 앞에 서 있지만 겁에 질린 표정을 짓고 있다.

"경찰 아니야."

레브는 중얼거리고 안으로 들어가 재킷을 챙긴다.

양복을 입은 남자는 그가 다가갈 때까지 안절부절못하며 기다린다. 레브는 집 대문을 잠그고 여유를 부린다.

"뭐요?"

그는 바로 코앞으로 다가가 묻는다.

"아…… 저기, 제, 제 차가 여기 있는 것 같아서요. 베어타운에 있는 정비소에 수리를 맡겼는데, 오늘 아침에 다 끝났나 싶어서 전화를 했더니 누가 이미 끌고 가서 여기…… 갖다 놓겠다고 했다더라고요."

레브는 조금 경계하는 눈빛으로 좌우를 두리번거린다.

"누가 당신 차를 끌고 가서 여기에 갖다 놓겠다고 했다고요?"

"네, 네, 그랬어요."

"누가?"

"정비소 직원이요."

"베어타운의?"

"네."

레브는 양복을 입은 남자에게서 눈을 떼지 않는다.

"어떤 차인데요?"

"어…… 검은색이에요."

양복을 입은 남자는 말하고 헛기침을 한다.

레브는 무표정하게 고개를 끄덕인다.

"그렇군. 같이 가서 찾아봅시다, 에?"

그는 남자를 폐차장 안으로 안내하려고 한다.

"아뇨…… 아뇨, 괜찮습니다. 나중에, 나중에 다시 올게요……."

남자가 침을 튀겨가며 사양하지만 레브는 고집을 꺾지 않는다.

"갑시다. 걱정할 것 없어요. 우리는 살인자도 아니고 도둑도 아니에요. 무슨 소문을 들었는지 모르겠지만, 에?"

들어가는 입구는 하나뿐이고, 높은 철책 꼭대기에는 보안 카메라가 달려 있고, 안에서 뭔가가 타는 냄새가 난다. 레브는 아무도 밟지 않은 눈을 헤치며 터벅터벅 걸어간다. 양복을 입은 남자도 조용히 그를 따라간다. 수염이 덥수룩하고 얇은 티셔츠를 입은 남자가 그들을 맞이하자 레브가 뭐라고 지시를 내리는데, 양복 입은 남자는 어느 나라 말인지 알 수가 없다. 티셔츠는 트레일러하우스 안으로 사라지고 레브가 앞장서서 폐차장 가장자리를 한 바퀴 돈다. 생각보다 넓지만 양복 입은 남자가 본 것은 사실 일부분에 불과하다.

"여기 있습니까?"

폐차와 뭔지 모를 고철 더미를 지나 철책을 한 바퀴 돌았을 때 레브가 묻는다.

양복을 입은 남자는 걱정하며 고개를 젓는다. 레브의 눈이 가늘어지고 목에 힘이 들어간다. 티셔츠를 입은 남자가 트레일러하우스에서 돌아온다.

"어젯밤에 여기 누가 있었나? 경보장치가 울렸어?"

레브가 그에게 묻는다.

티셔츠를 입은 남자는 험상궂은 표정으로 고개를 젓는다. 레브는 양복 입은 남자를 다시 돌아본다.

"당신 직업이 뭐야?"

"네?"

"직업이 뭐냐고!"

남자는 침을 꿀꺽 삼킨다.

"베어타운에서 장의업체를 운영합니다."

레브는 그에게 좀 더 다가간다.

"그자가 뭐랬는지 말해봐, 에? 통화했다는 남자. 그자가 여기서 차를 가져가라고 하던가?"

남자는 매 음절마다 움찔하며 고개를 젓는다.

"아뇨, 아뇨. 그자는…… 당신 이름을 말했어요. 레브네 거기에 있다고."

레브는 이미 걸음을 옮기고 있다.

"여기서 기다려요, 에?"

양복을 입은 남자는 그가 시킨 대로 한다. 레브는 폐차장을 나서 지척에 있는 자기 집으로 다시 간다. 좀 전에 나오면서 분명히 문을 잠갔는데 그 문이 열려 있다. 식탁 위에 펠센 술집에서 쓰는 맥주잔이 있고 그 옆에 차 열쇠가 있다. 레브는 창밖으로 집 뒤편의 조그만 마당을 내다본다. 울타리 일부분이 제거됐다. 여럿이서 아주 잽싸게 움직인 모양이다. 그들은 자기들이 도처에 있고, 어디에든 닿을 수 있으며, 언제든 습격할 수 있다는 것을 이런 식으로 알린다. 이건 은근한 협박이 아니다. 티무는 은근한 사람이 아니다.

그가 레브의 마당 한복판에 영구차를 가져다 놓은 것이다.

41

문제

이후에 벌어진 일은 누구를 붙잡고 물어보느냐에 따라 백 가지로 달라질 수 있고, 두말하면 잔소리지만 그 백 가지는 대부분 실제로 벌어진 일이 아니라 각자의 생각에 따라 각색된 이야기일 것이다. 지난 50년 동안 양쪽 마을 사이에 쌓였던 앙금이 한꺼번에 폭발한 느낌이었다. 그렇기에 어디까지가 계획된 부분이고, 어디까지가 복수며, 어디까지가 단순한 우연의 일치인지 단정할 수가 없다. 이야기들은 결국 복잡하게 얽혀 있어서 이쪽 끝의 조그만 실을 잡아당겼다가는 저쪽 끝에서 우리의 상처를 봉합하고 있는 바늘땀이 터져버릴 것이다. 하지만 누가 마이크를 잡든, 그 사람이 어느 편이든 모두 한 가지만큼은 동의할 것이다. 베어타운과 헤드 간의 휴전 협정이라는 게 있었을지 몰라도 오늘을 기점으로 끝이 났다는 것만큼은.

테스와 남동생들이 안으로 들어가 보니 입구가 복잡하다. 테스가 속으로 걱정했던 것처럼 이미 말썽의 조짐이 보인다. 하지만 그녀가 속내를 드러냈다면 아빠가 같이 들어오겠다고 했을 테고 그러면 아수라장은 *떼 놓은 당상*이었을 것이다. 그래서 테스는 자기 선에서 처리할 수 있을 줄 알았다. 바보 같은 착각이었다.

그녀는 동생들을 자기와 함께 라커 룸 쪽으로 끌고 간다. 이제 막 연습을 마친 베어타운의 청소년 팀이 펜스 옆쪽으로 철수 중이고 헤드의 다른 팀이 빙판으로 올라가고 있다. 양쪽 팀의 엄마와 아빠들이 아이들과 장비를 당기고 밀친다. 테스와 형제들은 팔꿈치로 인파를 헤치며 들어가야 한다. 사람들이 오늘을 절대 줄을 서지 않는, 영역 선포의 날로 정했기 때문이다. 늘 그렇듯 최악은 어린애들이 아니라 그 부모다. 그들은 보온병과 간식 가방을 들고 삼삼오오 곳곳에 모여서 자기들이 헤드에서 온 아이들의 길을 막고 있다는 것을 알면서도 완벽하게 모르는 체한다.

'자기들도 애를 키우면서 어떻게 애들을 상대로 이럴 수가 있담?'

테스가 이렇게 생각하는 순간 누군가가 뭐라고 언성을 높이고 뭔가가 날아와 투레의 머리에 맞는다. 아이가 울음을 터뜨린다. 잠시 후에 헤드의 선수들이 노래를 부르기 시작하자 베어타운의 모든 부모들이 히스테릭하게 소리를 지른다.

"왜 그래, 투레? 왜 그래?"

테스는 토비아스와 테드를 잃어버리지 않게 꼭 잡으며 주변 소음을 뚫고 큰 소리로 묻는다.

밀치락달치락이 갑자기 심해지고 부모들의 반응이 격해지자 투레는 겁에 질린다. 테스는 막냇동생을 안으려고 하지만 동생의 가방과 자기 가방을 들고 있는 데다 어른들이 그녀의 위로 비틀거리고 있다. 다리가 꺾이자 그녀는 비명을 지른다. 눈 깜짝할 새 본격적인 공포가 테스를 덮친다. 그때 눈삽만 한 주먹이 첩첩이 쌓인 사람들의 몸을 헤치며 내려와 투레와 가방과 그녀를 들어올린다.

"이쪽으로!"

얼굴이 동그랗고 태평하게 생긴 그 주먹의 주인은 먼저 사 남매를 자기 뒤로 잡아당긴 다음 빨간 옷을 입은 아이들을 보이는 대로 끄집어낸다.

그는 살덩이로 이루어진 커튼이라도 되는 듯 인파를 헤치고 아이들을 위해 어느 라커 룸까지 길을 터준다. 일단 안으로 들어간 테스는 숨이 막히고 화가 나서 헉헉대며 그를 노려보다 두 가지 결론을 내린다. 첫째, 이 사람은 거인이다. 둘째, 이 사람은 초록색 윗도리를 입고 있다.

"다들 괜찮아?"

그녀는 동생들에게 묻는다.

동생들은 고개를 끄덕인다. 투레는 겁에 질렸고 토비아스는 화가 났지만 테드는 감탄하는 눈빛으로 거인을 쳐다보고만 있다.

"나 형 알아요! 이름이 보보죠, 맞죠?"

그 거인은 자기가 하키 선수로서 거둔 성과 덕분에 헤드에까지 이름을 떨쳤다고 생각하는지 얼굴을 붉힌다.

"응. 어……."

"형 아맛 알죠? 아맛 오늘 여기 있어요?"

테드는 말허리를 자르고, 흥분해서 깡충깡충 뛴다.

그 거인이 어쩌나 당혹스러워하는지 보고 있기가 딱할 지경이다. 그는 테스를 흘끗 쳐다보고 말한다.

"아니, 음, 확실하게는 모르겠지만 아맛은 오늘 오지 않을 거야. 그리고 A팀 훈련 시간이 바뀌어서 저녁 늦게야 시작해."

"우리 남아서 구경해도 돼요?"

테드는 묻는다.

"너 미쳤어? 저녁까지 여기 남아서 베어타운 훈련하는 걸 구경하겠다고?"

토비아스가 버럭 외친다.

테스는 미안해하며 보보를 쳐다본다.

"아까 저기서 도와줘서 고마워요. 우리 동생들도 고마울 텐데 안타깝게도 덜떨어져서 표현할 줄을 모르네요. 하지만 그쪽······ 그쪽이 우리를 살렸어요."

거인의 얼굴이 금세 시뻘게진다. 그는 테스의 눈을 쳐다볼 필요가 없도록 투레 앞에 무릎을 꿇고 앉는다. 그녀의 눈을 쳐다봤다가는 얼굴에서 불이 날 것 같기 때문이다.

"어디 다친 데는 없니? 저 밖에 바보 같은 인간들이 몇 명 있지만 내가 내쫓을게. 베어타운 사람들이 다 그런 건 아니야. 아이스링크에 너를 챙겨줄 좋은 사람들도 많으니까 무서워하지 마, 알았지?"

"바보 같은 인간들은 꺼지라고 해요!"

투레는 당장 대답하고 보보와 하이파이브를 한다.

"투레!"

테스가 외치고, 보보는 폭소를 터뜨린다.

그는 일어나 그녀를 흘끗 쳐다보고는 말한다.

"나도 남동생이랑 여동생이 있어요."

"그래 보여요."

테스는 감탄과 비난을 정확히 반씩 섞어서 이렇게 말한다.

그는 까칠까칠한 수염을 멍하니 긁는다. 보보가 테스보다 세 살 더 많은데도 테스가 더 성숙하게 느껴진다. 그녀의 것과 같은 눈동

자는 지금까지 한 번도 본 적이 없다. 당장 웃음을 터뜨릴 수도 있지만 당장 그를 나무랄 수도 있을 듯한 눈빛이다. 보보는 입을 열지만 목소리가 나오지 않는다.

"저기…… 만약 아맛이 오면 만날 수 있게 그쪽 동생한테 연락할게요. 그리고 그, 그러니까 다들 뭐 필요한 게 생기거나 하면 나를 불러요. 근처에 있을 테니까. 매점이나 뭐 그런 데 있을 수도 있지만…… 그래도……."

그는 말을 더듬는다.

"형은 어디 있든지 찾기가 쉽겠어요. 세로는 5미터, 가로는 7미터라서."

토비아스는 살짝 놀리는 투로 이렇게 말했다가 누나에게 정강이를 걷어차인다.

"고마웠어요! 정말로!"

테스는 말한다.

보보는 웃으며 고개를 끄덕이다 자기 신발을 내려다본다.

"바보같이 구는 사람들이 더러 있어서 미안해요. 하지만…… 전부 그런 건 아니에요."

그는 장담한다.

"우리도 마찬가지예요."

그녀는 대답한다.

두 사람 모두 자기가 거짓말쟁이가 된 것 같은 기분을 느낀다.

복도에는 아직도 사람이 많지만 이후로 다들 흥분을 가라앉힌다. 어린아이들이 먼저 시범을 보이고 부모들이 따라 한다. 양쪽 구단의 같은 연령대 팀이 링크를 나눠서 쓴다. 테드가 자기 팀 친구들과 이쪽 절반에서 훈련하는 동안 베어타운의 남학생들이 저쪽 절반을 쓴다. 그다음 차례로 투레가 다른 일곱 살짜리와 훈련하고 마침내 토비아스와 다른 열다섯 살짜리의 차례가 돌아온다. 그다음이 피겨스케이팅 차례다. 테스가 빙판으로 향하며 토비아스에게 마지막으로 남긴 말은 다음과 같다.

"테드랑 투레 데리고 라거 룸에서 기다려. 말썽 일으키지 말고! 내 훈련 끝나자마자 집에 갈 거니까!"

몇 분 뒤에 보보가 매점에서 아이스크림을 사고 있는데, 누가 들이닥쳐서 외친다.

"저기서 엄청난 싸움이 벌어졌어, 보보! 그 미친년이 먼저 시작했다고!"

이 모든 게 순식간에 벌어진 일이다.

그날 아이스링크에서 어떤 일이 벌어졌는지 사람들마다 각기 다르게 얘기할 테고 그중 완벽한 진실은 없을 것이다. 예컨대 베어타운에서는 많은 사람들이 사 남매가 링크에 도착했을 때 누가 던진 물병 뚜껑에 투레가 머리를 맞았고 누군가가 테스에게 "헤드 잡것"이라고 외쳤던 것을 빼놓고 얘기할 것이다. 그녀는 사람들에게 밝히지 않게 투레를, 싸우지 못하게 토비아스를 붙잡으려 했고 두 동생 모두를 붙드는 데 간신히 성공했지만, 복도가 헤드에서 온 다른 십대들로 그득했기 때문에 별 소득을 거두지는 못했다. 그중 일부가 노래를 흥얼거리기 시작하자 이내 다른 아이들도 같이 불렀다. 헤드에서는 그 노래가 2년 전 케빈 사건의 진상이 공개되고 양 구단 사이의 증오가 극에 달했을 때 헤드 응원석에서 부른 "베어타운: 강간범들!"이었다는 사실을 빼놓고 이야기하는 사람들이 어마어마하게 많을 것이다.

그리고 라커 룸 앞 복도, 그러니까 라모나의 사진 아래에 촛불이 켜져 있었다는 것과, 입구에서 첫 소동이 벌어지고 두어 시간 뒤에 헤드에서 온 어떤 아이가 그걸 발로 차서 넘어뜨렸다는 사실을 '깜빡하고' 얘기하지 않는 헤드 사람들도 많을 것이다. 그 대신에 베어타운 사람들은 헤드의 열일곱 살짜리 피겨스케이터가 어린 여자애들을 데리고 빙판 위로 올라가려던 찰나, 베어타운 청소년 팀 선수 엄마가 너희들 차례가 아니라며 그 아이를 붙잡았다는 건 쏙 빼놓을 것이다. 헤드 사람들은 그 엄마가 행패를 부리고 싶었을지 몰라도 상대를 잘못 골랐다고, 그 열일곱 살짜리는 요니와 한나의 딸 테스라고, 동생들에 비해 참을성이 있을지 몰라도 그래도 폭발하면 장난 아니라고 웃으며 얘기할 것이다. 베어타운 사람들은 이 테스가 그 엄마를 밀쳤다고 주장하며 경악하는 척을 할 것이다. 헤드 사람들은 그 엄마가 테스를 먼저 잡았다고, 테스는 자기를 잡은 손을 놓으려고 했을 뿐인데 그 엄마가 중심을 잃고 뒤로 넘어진 거라고 할 것이다. 베어타운 사람들은 그와 동시에 테스의 열다섯 살짜리 남동생이 라커 룸을 박차고 나와 라모나의 사진 아래에 켜놓았던 촛불을 모두 발로 차서 쓰러뜨렸다고 할 것이다. 헤드 사람들은 그 아이가 자기 누나가 공격당했다는 얘기를 듣고 누나를 지키려고 달려나오느라 촛불이 있는 것도 보지 못했다고 할 것이다.

역사는 승자들의 기록이라고들 하지만 여기에는 승자가 없다.

보보는 소식을 듣자마자 매점에서 달려나와, 복도를 메우고서 미친 듯이 팔다리를 휘저어 대는 열다섯 살짜리들의 물결을 헤치며 초록색은 이쪽으로 빨간색은 저쪽으로 열심히 던져보지만, 그가 가장 걱정하는 사람은 그들이 아니다. 링크에서 맨 처음 난전이 벌어진 뒤에 누군가가 전화를 했는지, 잠시 후 검은 재킷을 입은 남자 몇 명이 등장해 관중석 한쪽 끝에 사리를 잡았다. 아직은 '그 일당' 중에서 가장 나이가 어린 심부름꾼들만 왔지만 보보도 알다시피 더 나이가 많고 위험한 멤버들도 메시지 한 통이면 출동 완료. 이 와중에 티무와 최측근이 등장하면 이 안에 있는 사람들 모두 제 발로 걸어나갈 수 있을지 의문이다.

"그만 가는 게 좋겠어요."

그는 테스에게 얼른 말한다. 그녀는 보보의 눈빛을 보고 자기 걱정을 하는 게 아니라는 것을 알아차린다.

"토비! 테드! 투레!"

그녀는 당장 동생들을 부르고 링크를 가로질러 주차장으로 나가자마자 아빠에게 메시지를 보낸다. 훈련이 일찍 끝났어요. 지금 데리러 와주실 수 있어요?

그녀는 시끄러운 일이 벌어졌다고 얘기하면 안 된다는 걸 안다. 열두 살 때 어느 생일 파티에서 그랬다가 아빠가 여섯 명의 소방관과 함께 들이닥쳐 어떤 남학생이든 그녀를 쳐다보기만 해도 죽여버릴 듯이 굴었던 적이 있다. 테스는 숨을 헐떡이며 보보를 돌아보는데, 그는 이 모든 게 자기 잘못이라도 되는 듯이 난처해하고 있다. 테스는 하마터면 웃음을 터뜨릴 뻔한다.

"그쪽이…… 싸움을 말리는 역할이라 좋네요. 아무도 때리지 않는 것도 그렇고."

그녀는 말한다.

"나는 싸움은 잘 못해요. 그냥 덩치만 클 뿐이라서."

보보는 수줍게 미소를 짓는다.

"다행이네요. 나는 싸움 잘하는 사람을 좋아하지 않거든요."

보보는 어디를 쳐다보면 좋을지 알 수 없기에 그녀의 시선을 피하려고 거의 한 바퀴를 돈다. 그러다 눈에 시커멓게 멍이 든 토비아스가 보이자 붓기가 빠지게 대고 있으라고 아이스크림을 건넨다. 아이스크림을 손에 쥔 채 싸움을 말릴 수 있다니 보보에 대해 시사하는 부분이 많은 대목일지 모른다. 그렇게 아이스크림을 좋아하면서 테스의 남동생에게 넙죽 내주다니 그것 역시 시사하는 부분이 많은 대목이다.

"눈 좀 어때?"

그는 묻는다.

"괜찮아요."

토비아스는 여전히 씩씩대며 중얼거린다.

"손마디는?"

보보는 희미하게 미소를 짓다가 테스가 노려보자 얼른 거둔다.

"미친 듯이 아파요."

토비아스는 힘없이 씩 웃는다.

"내가 말썽 일으키지 말랬지!"

테스는 쏘아붙인다.

"말썽 일으킨 사람은 누나잖아. 나는 누나를 도우러 나갔을 뿐이라고!"

토비아스도 마주 쏘아붙인다.

테드는 아무 말 없이 가만히 서서 아이스링크 입구만 흘끗 쳐다본다. 헤드의 다른 아이들이 주차장으로 쏟아져 나오고 있다. 입구는 "헤드 잡것들!"과 그보다 더 심한 말을 외치는 초록색 옷을 입은 아이들로 가득하다. 토비아스 쪽으로 건너와서 그들이 시작한 싸움을 끝내고 싶어 하는 기미가 역력하지만, 보보가 지키고 있는 동안은 불가능한 일이다.

"이제 안으로 들어가세요."

밴이 오는 것을 보고 테스가 말한다. 요니는 그 차가 훔친 차라도 되는 듯이 몰고 있다.

"정말 괜찮겠어요? 나는……."

"내가 장담하는데 아빠가 등장하면 우리한테 무슨 일이 벌어질까, 그건 걱정 안 해요. 여기서 당장 끌고 나가지 않으면 아빠가 아이스링크 안으로 들어가서 무슨 짓을 저지를까, 그게 걱정이지."

테스는 말한다.

그녀의 짐작이 맞는다. 그녀의 아빠는 아무 무기나 손에 집히는 대로 들고 자기 아이들을 공격한 이들을 모두 들이받으려고 한다. 하지만 그녀가 자신의 말발과 투레의 겁에 질린 눈빛을 총동원해서 막는다. 아빠는 몸무게가 세 배 더 나가지만 그래도 테스는 아빠를 말리는 데 성공한다.

화가 나면 다른 사람을 인간으로 보지 못하는 남자들이 더러 있다. 테스는 아빠의 눈빛에서 그것을 선명하게 느끼고, 폭력적인 성향보다 유일하게 강한 것을 소환해서 그를 설득한다. 바로 보호본능이다.

"아빠! 아빠! 제 말 좀 들어보세요!!! 헤드 아이들을 집에 보내야 해요. 또 무슨 일이 벌어지기 전에 다들 여기서 피하게 해야 해요, 아시겠어요? 아빠가 여기 이 아이들을 모두 책임져야 한다고요!"

요니의 어깨에서 마침내 힘이 빠진다. 그는 빨간색 윗도리를 입고 겁에 질려서 당황한 표정을 지은 채 주차장에 삼삼오오 서 있는 아이들을 둘러본다. 코치와 학부모도 몇 명 있지만 그들 역시 아이들만큼이나 겁에 질린 표정이다. 요니는 링크 입구를 흘끗 쳐다본다. 스무 살쯤 된 베어타운의 청년이 그 한가운데에 서 있다. 얼굴은 동그라니 정이 많게 생겼고 체격이 워낙 좋아서 혼자서도 초록색 옷을 입은 멍청이들을 나오지 못하게 막을 수 있을 것처럼 보인다. 요니가 전화기를 꺼내 동료 전원을 호출하자 잠시 후 차량이 꼬리에 꼬리를 물고 굉음과 함께 숲에서 등장한다.

그 순간부터 모든 게 걷잡을 수 없는 방향으로 치달을 수 있었지만, 차를 몰고 온 남자들이 뛰어내려 분란을 일으키려고 시도할 겨를도 없이 테스와 요니가 헤드에서 온 아이들을 얼른 모든 차의 뒷좌석에 태우고 다시 출발하게 한다. 금세 주차장이 비워진다. 요니와 아이들은 맨 마지막까지 기다린 다음 똑같이 한다. 테스는 스프링스틴 노래를 틀고 아빠의 팔에 손을 얹는다. 룸미러로 확인해 보니 보보가 아이스링크 입구를 계속 막고 있다. 아무도 그를 밀치고 빠져나오지 못했다. 하지만 그도 사람들이 전화를 거는 것까지 막지는 못한다.

요니와 테스와 삼 형제는 베어타운과 숲의 경계까지 가는 동안 아무 말도 하지 않는다. 이제는 날이 급속도로 짧아지고 있다. 오늘은 숲이 햇빛을 쪼이기 무섭게 다시 어두워졌지만 그래도 사람의 형체는 선명하게 보인다. 검은 재킷을 입은 남자들이, 티무만 빼고 모두 마스크를 쓴 채 도로 양옆의 표지판 옆에 서 있다. 티무는 밴이 지나가자 그 안을 응시한다. 요니는 그와 대화를 나눈 적은 없어도 그가 누군지는 안다. 헤드에서 모르는 사람이 없다. 이 동네에서 스포츠 경기가 열릴 때마다 아이들에게 조심하라고 주의를 주는 남자다. 이제는 티무도 요니가 누군지 안다.

티무의 옆에 서 있던 남자 중 한 명이 숲속으로 달려가는 밴을 향해 유리병을 던지자 뒷문에 맞고 박살이 난다. 그것이 마지막 작별 선물이다. 그 소리에 다른 셋은 펄쩍 뛰고 투레는 울음을 터뜨리지만 토비아스는 눈 하나 꿈쩍하지 않는다.

"내가 얘기했잖아요. 저 마을 사람들은 모두 우리를 싫어한다고!"

이렇게 선포하고는 그만이다.

그는 머리를 뒤로 기대고 눈을 감는다. 2분이 지나자 코를 곤다. 사 남매의 엄마는 이것이 토비아스의 진정한 능력이라고 한다. 아무 데서나 아무 때고 잠을 잘 수 있는 것. 꼭 자기 아빠처럼.

42

골키퍼

프락은 의회 의원들과 통화하고 있을 때 아이스링크에서 싸움이 벌어지는 소리를 듣는다. 그는 허겁지겁 달려 나가지만 링크에 도착하고 보니 아무도 없다. 헤드에서 온 사람들은 모두 집으로 돌아갔고 싸움은 시작됐을 때처럼 갑작스럽게 막을 내린 모양이었다. 베어타운의 가장 어린 팀 학부모들이 아직까지 어슬렁거리며 "그 인간들 누구라도" 감히 면상을 다시 들이밀면 가만두지 않겠다고 서로 다짐하지만, 늘 그렇듯 이 일대에서 말로 나불대는 쪽은 요주의 인물이 아니다. A팀 훈련 시간이 다가오자 관리인이 그들을 모두 밖으로 내쫓는다. 그들은 이제 집으로 돌아가 그림자에 대고 터프한 척해야 할 것이다. 프락은 찾는 게 뭔지도 알지 못하면서 초조하게 링크를 한 바퀴 돈다. 그러고는 관중석 꼭대기에 앉아서 A팀의 훈련을 구경하며 생각하고 생각하고 또 생각한다. 스웨이드 재킷에 누가 탄산음료라도 쏟은 것처럼 눈 아래에 다크서클이 생겼다. 프락은 원래 불안을 감추는 데 도사지만, 오늘은 그러질 못한다. 연민의 파도를 느낀 관리인이 관중석 꼭대기로 올라가 정말 맛없는 커피가 가득 담긴 종이컵을 내민다.

"기운 내, 밤비! 꼭 누가 자네 버터를 훔쳐 가고 똥구멍에 돈을 쑤셔 박은 듯한 표정이네. 여기 링크에서 싸움이 벌어진 게 이번이 처음도 아니잖아."

프락은 두툼한 목이 좀 더 편안하게 접힐 수 있게 넥타이를 조금 푼다.

"그렇죠, 그렇죠. 하지만 이번은 달라요. 걸려 있는 것이 더 많거든요."

"아, 그럼 들리던 소문이 이번에는 진짜인 모양이로구먼. 모르는 사람이 없어서 비밀이라고 할 수도 없겠던데. 그러니까 정말로 의회 의원들이 양쪽 구단을 하나로 합칠 생각을 다시 하고 있나?"

프락은 딱 잡아뗄 시도조차 하지 않는다. 그래봐야 더는 소용이 없다.

"양쪽을 하나로 합치는 게 아니라 한쪽을 없애는 거예요. 헤드 아니면 베어타운을요."

"우리일 리는 없겠지? 저쪽은 아이스링크도 없는데."

"그렇죠. 게다가 우리는 후원자도 있고 팀도 훨씬 훌륭하니까요."

프락은 고개를 끄덕이지만 자신 없어 하는 눈치다.

"그런데……?"

프락은 끙 하는 소리를 낸다.

"그런데 이 일에 엮인 정치인들이 똥구멍이랑 팔꿈치도 구분 못 하는 인간들이에요! 전에는 우리더러 돈이 없지 않으냐고 하더니 돈이 생기니까 이제는 '훌리건' 어쩌고 하며 잃는 소리를 해요. 우리가 헤드의 자원을 흡수하면 양쪽 응원단 사이에 문제가 생기는 거 아니냐고. 그래서 홍보회사에 의뢰해 방안을 마련했다는데 뭔지 아세요? 양쪽 구단을 모두 없애고 여기 이 베어타운에 새로운 구단을 설립하겠대요, 새로운 이름으로!"

관리인은 하마터면 커피를 뿜을 뻔한다.

"그러니까…… 헤드 하키팀도 베어타운 하키팀도 모두 없애겠다는 건가? 살다 살다 이렇게 어이없는 얘기는 처음 듣는구먼!"

"저는 뭐라고 했겠어요? 지금까지 상황을 이해시키고 이 구단을 살리려고 의회 건물에서 그 머저리들과 수백 번 회의했고 어떤 폭력 사태도 없을 거라고 그들에게 약속까지 했는데! 그런데 제가 오늘 어떤 소식을 들었게요? 여기서 폭동이 벌어졌고 티무와 그 무식한 것들이 숲속에서 기다리고 있다가 가족을 태우고 지나가는 차에 병을 던졌다잖아요! 그걸 어떤 식으로 해명할 수 있겠어요? 네?"

관리인은 한참 동안 아무 말도 하지 않다가 요란하게 폭소를 터뜨린다.

"지금 나더러 답을 해달라는 건가?"

아니다, 당연히 그건 아니다. 프락은 그저 생각해 보려는 건데, 말을 하면서 생각을 하면 더 잘될 때가 있기에 컵을 들어 보이며 이렇게 말한다.

"어르신께서 고민할 일은 아니죠. 커피 잘 마셨습니다. 역시 맛이 끔찍하네요. 팀은 언제 보여요?"

관리인은 고개를 좌우로 저으며 중얼거린다.

"아맛이 없으니 대체 선수를 찾아야 할 텐데. 안 그러면 훌륭한 골키퍼가 있다는 걸 다행으로 여기게 될 거야. 험난한 여정이 저 아이를 기다리고 있을 테니 말이지!"

프락은 빙판을 흘끗 내려다보며 맞장구를 친다. 이 팀에 지난 시즌의 스타가 아맛 말고 또 있다면 '옹알이'라는 별명이 입에 붙어서 이 마을 사람 절반은 이름도 모르는 열아홉 살짜리 수문장일 것이다. 그가 그 별명을 못마땅하게 여겼다 한들 당연히 아무도 몰랐을 테지만 별로 싫어하지는 않는 눈치다. 그는 말이 없고 실력이 좋아서 베어타운 팬들에게 쉽사리 호감을 얻을 수 있었는데, 전임자가 형 티무와 함께 아이스링크 관중석에서 어린 시절을 보낸 비다르였다는 사실을 감안하면 대단한 업적이다. 게다가 이 옹알이가 헤드 출신이라는 것을 감안하면 더욱 엄청나진다. 그는 비다르가 교통사고로 죽었을 때 팀을 이적했다. 그 당시에는 헤드에서 별로 실력을 인정받지 못했지만 지금 도로 데려갈 수 있다면 헤드 측에서는 A팀의 절반이라도 내놓을 것이다. 프락은 그들의 판단 착오를 떠올릴 때마다 세상 둘도 없는 쾌감을 느낀다. 어떤 아이가 최고의 선수로 자라는지 예측할 수 있다고 확신하는 사람들이 있지만, 하키라는 스포츠는 마음이 동하면 얼마든지 우리를 놀라게 한다.

"맞아요, 저 녀석이 골문을 지키는 한 어느 팀이든 승산이 있죠. 승자의 자세를 갖추고 있으니까요!"

프락은 고개를 끄덕인다.

관리인은 씹는담배 한 덩이를 뺨 안에 쑤셔넣는다. 덩어리가 어찌나 큰지 욕조에 넣어도 다 들어갈 수 있을까 싶을 정도다.

"그러게. 나도 여기서 골문을 지키는 희한한 녀석들을 볼 만큼 봤는데 이 녀석이 으뜸이야. 경기에서 이겨도 말 한마디 없고 심지어 좋아하는 것 같지도 않아. 꼭 엄청나게 커다란…… 어둠을 마음속에 품고 경기에 나서기라도 하는 것처럼."

"훌륭한 선수들은 원래 그렇죠."

프락은 당연하지 않으냐는 투다.

"그래?"

관리인은 반문한다.

프락은 빙판 위의 골키퍼를 내려다본다.

"예전에 페테르는 집에서 우유만 쏟아도 두들겨 맞았어요. 벤이는 자기가 동성애자라는 걸 아무한테도 얘기하지 못했고요. 아맛은 돈 많은 집 애들이 하는 스포츠에 발을 담그고 있는 청소부의 아들이에요. 훌륭한 선수들은 모두 마음속에 어둠이 있어요. 그래서 최고가 될 수 있는 거예요. 이기고 또 이기면 그 어둠이 사라질 거라고 생각하기 때문에……."

관리인은 맨 마지막 말은 선수들이 아니라 그에게 해당하는 말이지 않나 싶지만 아무 말도 하지 않는다. 프락이 케빈도 동일한 예로 언급할 생각인지 궁금해지지만 역시 이번에도 아무 말도 하지 않는다. 대신 프락의 어깨를 토닥이며 이렇게 얘기한다.

"기운 내, 밤비. 정치인들을 상대할 방법을 생각해 낼 수 있겠지. 자네는 늘 그렇잖나!"

프락은 온 마을을 어깨에 짊어지고 혼자 거기 앉아 있다. 자신감을 뿜어내는 데 일가견이 있는 그지만 오늘은 휘청거린다. 이 숲 속에서는 자원을 둘러싼 갈등이 있어왔고 정치인들은 수십 년 전부터 한쪽 하키팀을 정리하는 문제를 논의했지만, 양쪽을 모두 없애고 새로운 구단을 만들겠다는 방안에는 대처하기가 쉽지 않다.

"당신이 원하던 게 그거 아니었어요?"

좀 전에 한 의원이 놀라며 물었을 때 프락은 하마터면 벽에 대고 휴대전화를 던질 뻔했다.

"내가 원한 건 헤드 팀을 없애는 거였죠! 우리 팀이 아니라!"

그는 고함을 질렀다가 이런 대답만 들었다.

"왜 이래요? 원래 이렇게 감상적인 사람이었어요?"

그와 프락이 한 공간에 있지 않은 게 다행이었다. 그랬다면 휴대전화가 아니라 그 의원이 벽으로 내동댕이쳐졌을 것이다. 감상적이라고? 프락은 평생을 여기서 살며 그 구단에서 선수로 뛰었고 이 마을을 차곡차곡 발전시켰다. 지구상의 어느 한 곳에 특별한 감정을 느끼지 않으면 어디 살아도 다를 게 없다. 감상적이라고? 프락이 자랑스럽게 여기는 성과들은 모두 베어타운 하키단과 이렇게 혹은 저렇게 연결되어 있다. 그의 구단의 이름이 바뀌면 그의 정체성이 통째로 지워진다. 그건 용납할 수 없으니 모든 능력을 동원해 싸워야 한다. 그는 기발한 방법을 생각해 낼 시간이 없으니 대신 간단한 방법을 하나 생각해 낸다.

훈련이 끝나자 프락은 펜스로 내려가 옹알이가 나올 때까지 기다리고, 온 얼굴이 거대한 구멍이 될 만큼 커다랗게 함박웃음을 지으며 그 아이를 헤드까지 태워다 주겠다고 한다.

"네가 안전하게 집에 들어가는 걸 보고 싶어서!"

옹알이는 아무 말도 하지 않지만 다른 속셈이 있다는 걸 이미 알고 있을 것이다.

43

형제

요니와 한나는 밤새도록 부엌에서 어린 자녀를 둔 부모만 할 수 있는 방식으로 싸운다. 아주 치열하게, 하지만 동시에 아주 조용하게 싸운다.

한나는 토비아스가 아이스링크에서 싸움에 휘말렸다는 얘기를 듣고 당연히 화를 내지만 요니가 그녀만큼 아들에게 속상해하지 않는다는 데에도 화를 낸다. 그의 분노는 오로지 베어타운을 향하고 있다. 토비아스는 자기방어 차원에서 싸운 거라고 주장한다. 그러면 모든 게 정당화된다는 듯이. 한나도 내심 그의 말이 맞을지 모른다는 생각이 자꾸 드는 게 가장 짜증 나는 부분일 수도 있다.

베어타운에 다녀온 뒤에 요니와 다른 소방관들은 차고에서 두 시간 동안 맥주를 마시며 밴의 엔진을 살폈다. 물론 아무것도 손을 대지는 않았고 잘 타일러서 말을 듣게 하려는 듯 아주 심각한 표정으로 들여다보기만 했다. 한나도 그걸 보고 어지간하면 웃었겠지만 그들이 어떤 대화를 나누는지 듣고 말았다. 전에도 들은 적 있는 대화였다. 사람들은 헤드의 소방관들을 보고 아이스링크에서 곧바로 신입을 뽑는다고 농담처럼 얘기하지만 백 퍼센트 농담만은 아닌 것이, 대다수가 함께 선수로 뛰었던 사이라 소방서는 라커 룸의 연장선상에 있다. 그중 한 명과 싸우면 그들 전부와 싸우는 셈이다. 한나는 변화를 두려워한다고, 평생 같은 음식과 같은 브랜드의 맥주와 같은 안락의자를 고집한다고 종종 요니를 놀린다. 그러면 그는 대개 그녀에게 진심으로 행복해해야 한다고, 변화를 질색하는 사람은 아내도 바꾸지 않는 성향이 있다고 중얼거린다. 그 말을 들으면 그녀는 웃으며 "우리, 라단 술집에 가서 누가 더 데이트 신청을 많이 받는지 볼까?" 하고 말하고, 그러면 그는 입을 다문다. 솔직히 그녀도 그 못지않게 변화를 싫어한다. 변화가 필요하지 않다는 건 현재 문제가 없다는 뜻이기 때문인데, 요니가 그렇듯 그녀 역시 병원의 동료들을 믿어야 한다. 아이들을 봐주는 동네 이웃을 믿어야 하고, 사는 게 엉망진창일 때 연락할 수 있는 어린 시절 친구들을 믿어야 한다. 한나는 바보가 아니다. 요니가 가끔 옛날을 그리워하고 보수적이며 편견이 심한 전형적인 노인네처럼 굴 때도 있지만 가끔 그의 말이 맞을 때도 있다. 가끔 그가 옳은 편을 들 때도 있다.

그렇기에 이건 최악의 말다툼이다. 서로를 이해하기에.

"앞으로 당신 친구들이 바보 같은 짓을 저지르지 않게 단속해야 해……."

한나는 식탁 너머로 조그맣게 속삭인다.

그가 어찌나 득달같이 쏘아붙이는지 한나마저 움찔할 정도다.

"우리? 지금 우리더러 바보 같은 짓을 저지르지 말라는 거야? 오늘 분란이 시작됐을 때 토비네 팀의 학부모가 경찰에 신고한 거 알아? 그랬더니 경찰에서 뭐랬는지 알아? 누가 다친 게 아닌 이상 출동할 인력이 없다고 했대! 이걸 시작한 쪽은 어른들이야, 한나. 어른들이라고! 무면허 사냥꾼이 한 명만 숲속을 돌아다녀도 무장 경찰 50명을 출동시키면서, 그 인간들이 우리 아이들을 공격하는데 아무 처벌도 내리지 않는다고?"

이제 보니 그는 커피 잔을 쥔 손을 부들부들 떨고 있다. 한나는 요니와 어렸을 때부터 함께 자란 친구의 90퍼센트가 대책 없는 바보들이라고 입버릇처럼 말해왔는데, 지금 그들의 아이들이 대부분 하키팀에서 뛰고 있다. 사회에서 자기 가족을 보호해 주리라고 믿지 못해서 그 바보들이 스스로 보호하겠다고 나서면 그 반대편에 있는 사람은 누구든 신의 가호를 빌어야 한다.

"당신이 화가 난 건 이해해. 나라고 거기로 달려가서 베어타운 엄마들 면상에 주먹을 날리고 싶지 않은 줄 알아? 하지만 애들을 생각해야지!"

한나는 쏘아붙인다.

"나도 애들을 생각해서 이러는 거야!"

그는 물러서지 않는다.

"그래? 토비아스는 당신이 하라는 대로 하는 애가 아니라 당신이 하는 대로 따라 하는 애야! 당신이 그 아이의 영웅이라고! 당신은 싸우면서 무슨 수로 개한테는 싸우면 안 된다고 가르칠 건데?"

그들이 집에 들어왔을 때 한나는 창문이 덜커덩거릴 정도로 토비아스에게 소리를 질렀지만 요니는 아무 말 없이 그녀의 옆에 앉아 있기만 했다. 그러면 그녀가 아무리 큰 소리로 고함을 질러도 소용없게 된다.

"아니, 자기 누나를 보호하겠다는데 하면 안 되는 짓이라고 가르칠 수는 없…….”

“내가 그 말을 하는 게 아니잖아! 아무튼 걔를 혼내야 해. 당신도 그건 알지? 싸움을 걸고 말썽을 일으켜도 된다고 생각하게 내버려 두면 안 된다고.”

“이미 야단 쳤잖…….”

“아니! 나 혼자 야단 쳤잖아!”

“여보, 그 아이는 당분간 하키팀 훈련에 참여하지 못할 거야! 우리가 그보다 더 심한 벌을 줄 수 있겠어?”

요니는 대꾸한다. 그의 표정은 점점 슬퍼지고 그의 잔에 담긴 커피는 점점 식어간다.

그들은 한 20분 동안 아무 말 없이 앉아 있다. 잠시 후에 요니가 시무룩하게 전화기를 집어서 직장 동료와 하키팀의 다른 아빠들에게 흥분하지 말자고 전화를 돌린다. 하룻밤 자면서 고민해 보자고, 불필요한 소동은 자제하자고 한다. 그가 전화를 끊고 “이제 됐어?”라고 묻는 듯이 두 팔을 벌리자 한나는 짜증 섞인 콧방귀와 함께 “애를 다섯 명 키우는 것도 지긋지긋하다!”라고 외치고 자러 들어간다. 그는 30분 뒤에 따라 들어온다. 발소리를 들어보면 후회하고 있다는 것을 알 수 있다. 한나는 자정이 한참 지난 다음에서야 그와 멀찌감치 떨어져서 잠이 들지만 다음 날 아침 일찍 눈을 떠보니 요니의 우람한 팔이 그녀를 감싸안고 있다. 그녀는 적어도 그것만큼은 아이들에게 가르칠 수 있으면 좋겠다는 생각을 한다. 우리가 티격태격할 수는 있지만 똘똘 뭉친 사이라는 것. 아주, 아주, 아주 똘똘 뭉친 사이라는 것.

＊

아맛은 그날 저녁 A팀 훈련 시간에 찾아오지 않는다. 사켈은 놀라지 않는다. 보보는 슬퍼하지만 그래도 휴대전화를 손에 쥔 채 아이스링크에서 집까지 가벼운 걸음으로 성큼성큼 걸어가며 테스에게 받은 문자메시지를 백 번쯤 읽는다. 인터넷에서 그쪽 번호 찾았어요. 오늘 같은 식으로 만난 건 좀 그랬지만 그래도 만나서 기뻐요. 생각 있으면 전화 걸어줘요.

그는 전화한다. 테스는 침대에 앉아서 다른 가족을 깨우지 않게 조용히 속삭이다 그의 말에 웃음을 터뜨린다. 보보의 일생을 통틀어 이렇게 행복한 통화는 처음이다.

＊

늦은 밤, 온 집안이 완벽한 정적에 휩싸여 있을 때 토비아스의 방문이 조용히 열린다. 테드가 문 앞에 서서 형의 이름을 조그맣게 부르다 아무 소용이 없자 결국에는 터벅터벅 안으로 들어가 형의 발가락을 꼬집는다. 토비아스는 움찔하며 깬다.

"무슨 일……?"

토비아스는 비몽사몽간에 묻는다.

"어…… 그게…… 오늘 고마웠다고 인사하고 싶어서."

테드는 조그맣게 속삭인다.

토비아스는 하품하며 벽에 기대 앉아 동생이 침대 위로 올라올 수 있게 자리를 만들어준다. 테드는 다른 열세 살에 비해 덩치는 크지만 눈빛은 상당히 어리다. 속은 그냥 겁에 질린 어린애다. 토비아스는 동생의 어깨를 주먹으로 살짝 친다.

"별소리를 다 하네, 테디베어. 이제 가서 잠이나 자."

"형이 그럴 필요는 없었는데."

테드는 시커멓게 멍이 든 형의 눈을 보고 우울해하며 조그맣게 속삭인다.

"아니야, 그랬어야 했어."

토비아스는 하품한다.

오늘 집으로 돌아왔을 때 그는 엄마에게 심하게 야단을 맞았지만, 그 정도로 심하게 그를 야단칠 수 있는 사람은 엄마밖에 없었지만, 그래도 보람이 있었다. 다들 항상 토비아스가 싸움을 시작한다고 생각하고 대개는 그 짐작이 맞지만 이번은 아니었다. 밖에서 테스에게 문제가 생겼다는 얘기를 들었을 때 흥분해서 물불 안 가리고 라커룸을 박차고 나간 사람은 그가 아니었다. 그는 누나가 시킨 대로 침착하게 투레를 지켰다. 이성을 잃고 복도로 뛰쳐나가 베어타운의 두 아이에게 곧장 달려든 사람은 테드였다. 토비아스는 가만히 있으라고 소리를 질렀지만 테드는, 귀엽고 다정다감하고 어설픈 테디베어는 오로지 본능적으로 한 베어타운 아이의 가슴팍을 있는 힘껏 밀쳤다. 당연히 그 아이는 더 세게 반격했고 테드는 뒤로 비틀거리다 라모나의 사진 아래에 켜놓은 촛불을 발로 차버렸다. 테드는 다시 일어나 싸울 줄도 모르면서 첫 번째 베어타운 아이의 얼굴을 주먹으로 한 대 치려고 했다. 당연히 두 번째 아이가 당장 가세하려고 했지만 싸움을 시작해 보기도 전에 바닥에 쓰러졌다. 라커 룸에서 등장한 토비아스는 동생과 다르게 싸움이라면 대환영이었다. 그는 달려온 두 번째 상대도 바닥에 때려눕혔다. 이 상황을 엄마에게 설명할 수 있을지 모른다는 희망은 아예 접었다.

"라커 룸에 들어가서 문 잠그고 투레 챙겨! 내가 누나 데려올게!"

그는 테드에게 외쳤다.

테드는 형이 시킨 대로 했고 토비아스는 밖에서 눈에 멍이 들었고 손마디에 금이 갔다. 그리고 모든 게 그렇게 끝이 났다.

"형이 그럴 필요는 없었는데."

침대 위로 올라온 테드가 그의 옆에서 다시 한번 말한다.

"아니야, 그랬어야 했어. 맨 처음 주먹을 날린 사람이 너였다는 게 밝혀지면 네가 당분간 훈련에 참여하지 못할 거 아냐."

토비아스는 하품하며 설명한다.

"하지만 나 대신 형이 형네 팀 훈련에 참여하지 못하게 됐잖아."

테드는 우울해한다.

"됐어. 걔네는 나 없어도 돼. 너는 너희 팀에서 제일 잘하는 중요한 선수잖아. 나는 그냥…… 나는 아빠랑 비슷해."

평온하게 말한 토비아스는 얘기 끝났다는 듯이 베개 하나를 바닥으로 옮긴다.

"나는 아니고?"

테드는 속상해하며 조그맣게 묻는다. 토비아스가 테드는 아빠처럼 용감하지 않다는 뜻에서 그렇게 말한 줄 아는 것이다.

토비아스는 진지한 표정으로 동생을 쳐다보며 손을 내밀고 그의 귀를 세게 하지만 애정을 담아서 잡는다.

"뭐라는 거냐? 나는 아빠랑 비슷하다고. 나는 몇 년 더 하키를 하다가 평범한 일을 하게 될 거야. 이 동네 여자랑 결혼해서 집 안에서

뚝딱거리고, 차를 만지작거리고, 주말이면 라단에서 맥주를 마시며 황당한 이야기를 늘어놓는. 나는 그걸로 충분해."

"그럼 나는?"

테드는 궁금해한다.

토비아스는 바닥에 눕는다. 지금까지 수천 번 그랬듯 동생은 침대에서 재운다. 형은 평소처럼 곯아떨어지기 직전에 하품과 함께 진실을 전한다.

"너는 뭐든 되고 싶은 대로 될 수 있어, 테디베어. 뭐든."

44

늑대

스포츠를 사랑하는 사람이 반드시 스포츠 선수를 사랑하는 건 아니다. 그들을 향한 우리의 사랑은 조건적이다. 그들이 우리 편일 때, 우리 팀에서 뛸 때, 우리 상징색을 입고 경기할 때만 사랑한다. 상대 팀 선수를 보고 감탄할 수는 있지만, 우리 선수를 사랑하듯 사랑하지는 않는다. 우리 선수들이 이기면 우리가 이긴 것 같다. 그들은 우리가 되고 싶은 모든 것의 상징이 된다.

여기에 딱 한 가지 문제가 있다면 스포츠 선수들에게는 그런 애정의 대상이 될지 말지 선택할 기회가 주어지지 않는다는 것이다.

✳

옹알이는 헤드의 집까지 버스를 타고 가는 편이 훨씬 좋지만, 프락이 이 구단에서 워낙 중요한 인물이라 태워다 주겠다는 것을 차마 거절하지 못한다. 베어타운에도 시내가 있다고 할 수 있을지는 모르겠으나 아무튼 그들은 그곳을 관통한다.

"지금은 황폐해 보이겠지만 미래를 내다보아야지! 내가 장담하는데, 이 일대 부동산에 투자하는 사람은 제법 큰 수익을 거두게 될 거야! 몇 년 안으로 노른자 땅이 될 테니까!"

프락은 명랑하게 외친다. 옹알이에게 어디 투자할 만한 돈이라도 있는 줄 아는 걸까?

열아홉 살의 하키 선수는 조심스럽게 고개를 끄덕이며 그런 반응을 보이면 되는 것이길 바란다. 프락은 그걸 관심이 아주 많다는 뜻으로 해석하고 열심히 창밖을 가리킨다.

"저기, 내 슈퍼마켓 근처에 베어타운 비즈니스 파크를 건설할 거거든. 들어봤니? 사무용 건물이 들어설 테지만 주거용 건물도 지을 거야. 내가 너랑 너희 어머니가 지낼 수 있게 아주 근사한 아파트를 한 채 빼놓을 수도 있는데, 어때? 헤드에서 이사할 때도 되지 않았어? 이제는 우리 팀인데!"

옹알이는 감히 아니라고 하지 못한다. 프락은 열띤 목소리로 말을 잇는다.

"헤드의 사업체에게 베어타운으로 사무실을 옮기라고 설득할 때 너를 예로 드는 거 아니? '베어타운으로 오면 모든 게 좋아져요. 우리 골키퍼를 보세요!' 하면서. 헤드에서는 아무도 너의 재능을 알아보지 못했지만 우리 팀에서 뛰면서 네가 슈퍼스타가 됐잖아. 가끔은 기회가 한 번만 주어지면 될 때도 있지. 그리고 약간의 자신감! 그러면 얼마나 대단한 걸 이룰 수 있는지 몰라. 베어타운을 봐라! 몇 년 전까지만 해도 파산 직전이었는데, 지금은 얼마 전에 새롭게 단장한 아이스링크도 있고 이 일대에서 가장 어마어마한 사무실과 주택 건설 사업을 추진하게 됐잖니! 언젠가는 공항이랑 화랑도 생길 거야!"

으리으리한 스키 대회도 열리고 정말 으리으리한 아이스하키 학교도 생기고. 내 말을 못 믿는 사람들한테 내가 뭐라는지 아니? 우리 마을은 진작 죽었어야 한다고! 아예 존재하지도 않았어야 한다고! 하지만 이렇게 존재하고 있는 이유가 뭔지 아니? 야망이 있는 마을만 살아남을 수 있기 때문이야!"

옹알이는 다른 선수들이 그들의 후원자를 두고 어떤 식으로 우스갯소리를 늘어놓는지 들었지만, 대부분은 그를 어느 정도 존경한다는 것도 느꼈다. 프락은 헛소리를 많이 늘어놓지만 그 헛소리의 상당 부분을 현실에서 이루었다. 사람들이 존경하는 부분이 그거다. 그는 승리하는 사람이라는 것.

그러니까 그 야망 어쩌고 하는 말은 맞을지 모른다고, 옹알이는 생각한다. 세상을 다르게 보기 시작하면 달라질지 모른다고. 옹알이는 과거도 그럴 수 있는지, 순전히 의지로 과거를 지울 수도 있는지 프락에게 물어보고 싶지만 아무 말도 내뱉을 수가 없다. 하지만 프락은 계속 내뱉고 또 내뱉는다.

"오늘 아이스링크에서 싸움이 벌어졌다는 얘기 들었니?"

옹알이는 조심스럽게 고개를 끄덕인다. 프락은 턱살이 흔들릴 정도로 힘차게 미소를 짓는다.

"내가 그래서 너를 태워다 줘야겠다고 생각했지. 우리 팀의 스타를 안전하게 집까지 모시기 위해서!"

옹알이는 뒤 유리창에 베어타운 하키팀 스티커가 붙어 있는 차를 타고 헤드에 가느니 버스를 타는 편이 훨씬 안전했을 거라는 생각을 하지 않을 수가 없다.

"선수들끼리도 양쪽 구단을 합친다는 소문에 대해서 얘기하고 그러니?"

프락은 계속해서 묻는다.

옹알이는 얼른 고개를 끄덕인다. 거짓말할 이유가 없어 보인다. 프락은 핸들을 잡은 손에 좀 더 힘을 주고 아까보다 천천히 말한다. 적어도 그의 기준에서는 그렇다.

"너희 선수들은 이해하기 힘들지 모르겠지만 둘이 합쳐지면 좀 더 강해질 수 있을지 몰라. 무슨 말인지 알겠니?"

옹알이는 무슨 말인지 모르겠지만 그래도 고개를 끄덕인다. 그는 하키만 할 수 있으면 된다. 그게 뭐 그리 복잡한 일은 아니기만을 바랄 따름이다. 프락은 갑자기 신나 하며 손바닥으로 핸들을 친다.

"그들은 우리를 무서워해야 할 거야! 대도시의 잘나가는 구단들 말이다! 내가 선수로 뛰던 시절에는 그들이 우리를 질색한다는 사실에 기뻐했지. 우리더러 하키를 할 줄 모르는 촌놈들이라고 하기에 알겠다고 하고는 그들이 상상할 수 없을 만큼 추하고 격렬하게 플레이했지. 온갖 꼼수를 써가며. 그쪽 팀 코치들은 이 길을 따라서 숲을 지나느라…… 어둠을 뚫고 달리다가…… 겁에 질렸어. 이 세상에 자기 혼자밖에 없는 것처럼 느껴졌으니까. 우리가 이길 수 있었던 게 그 때문이야. 그리고 그거 아니? 우리가 그 시절을 되찾을 거야! 우리 팀 최고의 선수들과 헤드 팀 최고의 선수들이 합쳐지고 여기에 의회의 전폭적인 지원이 더해지면 얼마나 훌륭한 팀이 되겠어? 우리는 다시 잘나가는 구단이 될 수 있어!"

옹알이는 고개를 끄덕이지만 실은 겁이 난다. 그런 팀에 자기 자리가 있을지 자신이 없기 때문이다. 그는 하키를 그만둘 뻔했던 적이 있기 때문에 기회의 문이 얼마나 좁은지 안다. 그는 원래 늦깎이였다. 동네에서도 제일 늦게 자전거를 배웠고 반에서도 제일 늦게 글을 깨우쳤다. 스케이트도 헤드를 통틀어 제일 꼴찌로 배운 느낌이었다. 그가 골잡이가 된 이유도 그 때문이었다. 2년 전에는 거기에서도 밀려날 정도로 실력이 형편없었기에 사켈이 여기 이 베어타운에서 기회를 주었을 때 처음에는 농담인 줄 알았다. 무엇보다도 비다르의 후임이라 다들 그를 싫어할 줄 알았다. 처음 몇 번의 경기에서는 너무 긴장한 바람에 제대로 날아오지도 않은 골까지 허용했다. 한번은 사켈의 손짓을 보고 교체 신호인 줄 알고 벤치로 간 적도 있었다. 하지만 그녀는 놀라서 코웃음을 치며 말했다.

"교체한다고? 이런 식으로 플레이하는데? 안 돼, 그 자리를 지키면서 쪽팔린 게 뭔지 알아야지!"

어쩌면 그것이 최고의 하키 선수를 키우는 사켈의 방식일 수도 있겠다. 옹알이는 곰곰이 돌이켜 보며, 대부분의 구단에서는 선수들이 쪽팔림을 충분히 느끼지 못한다는 생각을 한다.

다음 날 옹알이보다 먼저 아이스링크로 출근한 선수도, 저녁에 그보다 늦게 퇴근한 선수도 아맛 한 명뿐이었다. 이내 그 둘은 서로 질세라 미친 듯이 오랜 시간 동안 연습에 매진했다. 옹알이는 감히 아맛에게 같이 연습하겠냐고 물어볼 수 없었지만 아맛이 먼저 얘기를 꺼냈다. 그가 아침저녁으로 온갖 각도에서 슛을 수천 개씩 날려댔으니 옹알이는 훌륭한 골키퍼가 될 수밖에 없었다. 이내 응원단이 그의 이름을 연호하기 시작했다. 처음에는 좌석에 앉은 나이 많은 응원단이, 이후에는 비다르의 형과 함께 스탠딩석에 서 있는 젊은 응원단까지. 사켈이 비다르의 등번호를 쓰겠느냐고 했지만 옹알이는 거절했고, 그 소문이 '그 일당'의 귀에 들어가자 그들이 그를 사랑하는 이유가 무실점 행진 외에 하나 더 생겼다. 작년, 옹알이의 열여덟 번째 생일날에 그들은 한쪽에는 곰을, 다른 쪽에는 비다르의 이니셜을 손으로 그려 넣은 마스크를 선물했다. 옹알이는 그때까지 살면서 남들에게 선물을 받아본 적이 없었다. 스탠딩석의 그들이 옹알이의 등 뒤에 있었으니 이후에는 아무리 완전무장한 선수라도 그가 지키는 골문을 뚫을 수 없었다.

"어떻게 생각하니?"

프락이 옆에서 큰 소리로 묻자 옹알이는 뭐라고 대답하면 좋을지 알 수 없기에 에라 모르겠다는 심정으로 고개를 끄덕이는데, 그게 정답인 모양이다.

"그렇지!"

프락이 외친다.

숲을 가로지르는 동안 그는 이 일대의 어느 부분이 누구 땅인지 설명하기 시작한다. 하지만 거의 대부분이 시 소유라고 한다.

"심지어 우리가 살고 있는 숲도 우리 것이 아니야! 그러니까 우리 스스로 챙기지 않으면 누가 우리를 챙겨주겠니, 그렇지? 정치인들은 저쪽으로 몇 킬로미터 가면 나오는 곳에 풍력발전소를 짓겠대! 높이 200미터짜리를! 그 흉물스러운 것들이 얼마나 시끄러운지 아니? 그리고 거기서 생산되는 전기를 판 돈이 과연 이 지역에 남아 있을까? 젠장, 우리는 그 전기조차 쓰지 못할 거다! 정부는 친환경 전기를 사랑한다면서 풍력발전소는 어디에 짓겠다는지 알아? 자기들 사는 데 말고 다른 데! 우리가 여기에 우리만의 기반 시설을 구축하고, 성장하고, 일자리와 자본을 창출해야 하는 이유가 그 때문이야. 그런 결정에 반대할 수 있게! 사람들은 나더러 자본주의자라고 하지만 아니야. 나는 현실주의자일 뿐이야. 자본주의는 늑대하고 비슷한 거 알지?"

옹알이는 사실 모르지만 그래도 상관없다. 프락은 이제 자문자답의 궤도에 진입했다.

"늑대를 둘러싼 최악의 오해가 뭔지 아니? 늑대는 필요한 것만 가져간다는 거야. 그 말을 믿는 사람은 울타리 안으로 들어온 늑대를 본 적이 없는 거지. 사실 늑대는 자기한테 필요한 것만 가져가는 게 아니고 뭐든 닥치는 대로 죽이거든. 거기서 쫓겨날 때까지. 정부에서는 그걸 몰라. 늑대야말로 우리에게 가장 엄청난 협박이 된다는 사실을 몰라! 포식동물 사냥을 금지하겠다고? 좋다 이거야. 하지만 그 타격은 누가 입는데? 대도시는 아니겠지! 풍력발전소를 짓겠다고? 좋다 이거야. 그런데 어디 지을 건데? 그래서 양쪽 하키팀을 합쳐야 한다는 거야. 그래야 일말의 가망이라도 있을 테니까! 우리는 이쪽에는 황소, 저쪽에는 곰이 있는 지역인데 늑대들이 온 사방에서 설친단 말이지!"

옹알이는 창밖을 내다본다. 어렸을 때 버스를 타고 이 길을 지날 때면 나무 수를 세어보곤 했다. 나무가 셀 수 없을 만큼 많다는 데서, 숫자로 감당할 수 없을 만큼 많다는 데서 왠지 모를 위안을 느꼈다. 만약 그에게 말주변이 좀 더 있었다면 프락에게 어린 시절을 헤드에서 보내고 베어타운 하키팀에서 선수로 뛰며 무엇을 배웠는지 얘기할 수 있었을지 모른다. 헤드 사람들에게는 프락이 늑대라고. 헤드에서는 이제 베어타운이 대도시라고.

프락의 이야기는 계속 이어지지만 이제는 대부분 했던 말의 반복이다. 옹알이는 이 남자가 왜 집까지 태워다 주겠다고 했는지 아직 알지 못한다. 중요한 건 그가 아니라 헤드로 건너갈 핑계가 필요했을 뿐이라는 사실을 말이다.

숲길이 끝나갈수록 나무들이 듬성듬성해지고 앞이 탁 트인다. 프락의 차가 헤드로 진입하고 마지막 구간 동안 그는 말없이 차를 몬다. 무려 몇 분 동안. 분명 개인 최고 기록일 것이다. 어두컴컴하고 인적이 없는 길거리를 보고 옹알이는 안도한다. 차의 뒤 유리창에 붙어 있는 곰 스티커가 엉뚱한 사람들의 눈에 띄지 않기만을 바란다. 프락은 옹알이의 집 앞에 차를 세우지만 여유만만이다. 오히려 옹알이를 돌아보며 베어타운에 그들 모자를 위해 근사한 아파트를 제공하겠다는 제안을 되풀이한다.

"감사합니다."

옹알이는 말한다. 여기까지 오는 동안 그가 처음으로 한 말이다.

프락은 함박웃음을 짓는다.

"이제 들어가서 쉬어라. 내일 훈련해야지!"

옹알이는 꾸벅 인사를 하고 가방을 챙겨 들고 차에서 내린다. 동네 사람 몇 명이 이미 커튼 뒤에서 창밖을 내다보고 있다. 그는 프락이 얼른 사라져 주길 바란다.

✳

당연히 프락은 전혀 서두르지 않는다. 오히려 아주 크게 한 바퀴를 돌며 헤드의 곳곳에서 자질구레한 볼일을 처리한다. 가판대에서 신문을 사고 피자가게에서 화장실을 쓴다. 아는 사업가의 집을 찾아가 커피를 마신다. 그들은 오래전부터 아는 사이고 둘이서 거래도 많이 했는데, 공교롭게도 이 사업가는 친구를 잘 둔 덕분에 베어타운의 사무실을 아주 싸게 임대해 주겠다는 제안을 얼마 전에 받았다. 이제 프락은 그에 대한 보답을 받고자 한다. 그는 사업가의 집에서 가까운 막다른 골목 끝에 차를 대고 친구의 집 부엌에서 커피를 마시다가 그 일대에 인적이 끊겼다는 확신이 들자 친구와 같이 뒷문으로 살금살금 빠져나와 적당한 크기의 돌을 찾는다. 친구가 망을 보고 프락은 그 돌을 던진다. 잠시 후에 프락은 차가 테러를 당했다고 경찰에 연락한다. 당연히 경찰은 출동할 만한 여유도 인력도 없지만 신고 접수는 한다. 한 시간 뒤에 지역 신문사에서 소식을 듣고 그에게 연락한다. 프락이 예상했던 것보다 45분이 더 걸린 셈이다.

45

벌집

라모나의 장례식이 열리기 전날 밤은 가을 들어서 처음으로 추워진 날이다. 기온이 처음으로 영하로 떨어지거나 심지어 첫눈이 내린 날은 아니지만, 아무리 여러 해 동안 겪어도 말로 설명할 수 없는 첫날이다. 이미 익숙해진 첫날, 추위가 비정상이 아니라 정상으로 느껴지는 첫날이다. 여름은 오래전에 지나갔지만 여름의 추억이 지워지는 것은 이날 밤이다. 마지막 빛이 슬그머니 사라지고 큰 자루가 마을을 덮는다. 내일이 되면 우리의 손은 장갑을 끼지 않던 날을 기억하지 못할 테고, 귀는 새들의 노랫소리를 기억하지 못할 테고, 발바닥은 밟아도 으드득거리지 않던 물웅덩이의 존재를 모조리 잊어버릴 것이다.

이 지역 신문사 편집장은 여러 군데를 경험했지만 이 숲에서는 왠지 모르게 추위가 더욱 원초적으로 느껴진다. 추위가 살 속으로 파고들어 몸이 녹는 날이 없는데, 그녀가 상투적인 표현을 질색하는 성격이 아니었다면 이곳 사람들도 마찬가지라고 했을 것이다. 저 남쪽에서 같이 근무했던 직장 동료들은 편집장이 이 자리를 수락했을 때 미쳤다고 했다. 그들의 생각에 반론을 제기할 방법은 없다. 자원이라는 것이 존재하지 않는 산간벽지와, 기자라는 직업군에 대한 증오를 태생적으로 물려받은 것처럼 보이는 주민들에게 에워싸인 조그마한 신문사. 그런데 그녀는 왜 이 자리를 수락했을까? 글쎄, 우리 인간이 뭔가를 저지르는 이유는 다 똑같지 않을까? 이건 도전이었다. 어려운 일이었다. 모든 정체성이 기자라는 직업에 의해 규정되는 사람의 경우, 살다 보면 불가능한 싸움만이 싸울 가치가 있게 느껴지는 시점이 찾아올지 모른다.

편집장은 전화기를 내려놓는다. 사무실은 어둡고 아무도 없다. 아직 퇴근하지 않은 사람은 그녀와 아빠뿐이다. 그는 산더미 같은 서류와 형광펜을 앞에 놓고 온종일 앉아 있던 창가의 비좁은 의자에 지금까지 앉아 있다.

"무슨 전화야?"

그가 궁금해하며 묻는다.

"헤드에서 차량 테러를 당했다는 신고가 경찰서에 접수됐대요. 프락의 차인가 봐요."

그는 그걸 어떻게 알아냈느냐고 묻지 않는다. 사람들이 하는 얘기와 소문은 어디에서나 번지기 마련이다. 그 속도가 여기에서는 조금 빠를 따름이다.

"그 후원자?"

"네."

그는 뺨을 일그러뜨려 가며 야유의 휘파람을 분다.

"다른 날도 아닌 오늘, 다른 사람도 아닌 그의 차가 그런 테러를 당하다니 무슨 이런 엄청난 우연의 일치가 있을까!"

편집장은 냉소적인 표정을 지으며 고개를 갸우뚱한다.

"아빠! 정직하고 법을 준수하며 세금을 꼬박꼬박 납부하는 프락이라는 시민을 거짓말쟁이로 몰고 가는 거예요?"

그녀의 아빠는 코웃음을 친다.

"거짓말인지는 잘 모르겠고, 그의 집에 찾아가 보면 차가 정말로 망가졌을 거야. 하지만 어쩌다 그렇게 됐는가는 별개의 문제지. 하지만 너는 그게 거짓말인지의 여부가 아니라 그걸 기사로 써야 하는지의 여부가 궁금한 거겠지?"

그녀는 미소를 지으며 한숨을 쉰다. 그가 지금까지 만난 사람 중에 딸보다 이 소리를 완벽하게 내는 사람은 없다.

"그건 뉴스잖아요. 여기는 그런 뉴스를 소개하는 신문사고요."

"넌 이럴 때 보면 나를 똑 닮았더라."

아빠가 이러면서 뿌듯해하고 있는지 미안해하고 있는지, 그녀로서는 확인할 방법이 없다.

"그럴 리가요, 조금 비슷하면 모를까."

"이번에는 네 엄마를 똑 닮았네."

편집장은 또 미소를 지으며 한숨을 쉰다.

"'기자의 유일한 의무는 진실 공개밖에 없다'고 가르치신 아버님, 제가 사실 여부를 확신할 길이 없는 기사를 써야 할까요?"

"유도해서 네가 원하는 답을 들으려는 한심한 수작 부리지 마! 이 프락이라는 사람한테 연락해 봤니?"

"아뇨."

"그럼 연락해. 그런 다음 어떤 사건이 벌어졌는지가 아니라 그는 어떤 사건이 벌어졌다고 생각하는지를 기사로 써라."

그녀는 의자에 몸을 기댄다.

"아빠한테는 윤리적인 문제에 대해서 조언을 구해도 될지 잘 모르겠네요."

그녀의 아빠는 그냥 웃고 만다. 편집장은 아빠가 열차에서 마야 안데르손을 유도신문한 것에 대해 지금도 화가 나 있지만 그의 의도는 이해한다. 어렸을 때부터 딸은 아빠가 어떤 식으로 스캔들을 파헤쳐서 유력한 인사들의 앞길뿐 아니라 그들의 인생, 그리고 그 가족과 아이들의 인생까지 망쳐놓았는지 들으며 자랐다. 권력층을 낱낱이 살피는 것이 그의 직업이기는 했지만 무고한 사람들에게조차 막대한 영향을 미칠 정도로 워낙 능력이 출중했으니 밤에 무슨 수로 잠을 청하나 싶었다. 정답은 간단한 동시에 복잡했다. 그는 오로지 전하려는 이야기에만 충실했다. 인간은 고차원적인 목적의식이 있어야 진정으로 잔인해질 수 있다. 그녀는 자기에게도 그런 목적의식이 있다고 말할 수 있을지 솔직히 자신이 없다.

어머니는 어린 딸에게 상처를 주고 싶을 때마다 "너는 아빠를 꼭 닮았어!"라고 했지만 그 말은 시간이 지날수록 점점 칭찬이 되었다.

"너는 항상 싸움을 걸어야 직성이 풀리지?"

선생님들은 이렇게 말했지만 이윽고 그 말을 들어도 더는 수치심을 느끼지 않게 되었다. 한번은 손으로 공을 건드려 놓고 아니라고 우기는 같은 팀 친구에게 싸움을 걸었다가 축구팀에서 쫓겨난 적도 있었다. 어머니는 그저 한숨을 쉬었다.

"너는 거짓말을 그냥 두고 보지 못해. 그게 문제야. 세상은 회색인 부분들로 이루어져 있다는 걸 받아들이지 않는 거."

나중에 신문사 편집장이 될 아이를 소개하기에 이보다 더 훌륭한 문구는 없을 것이다.

"프락에게 전화한 김에 회계보고서에 대해서 단도직입적으로 물어볼까요? 그걸 뭐라고 하더라? 벌집을 건드린다? 이보다 더 훌륭한 기회도 없지 않겠어요?"

그녀는 아빠에게 묻는다.

그들은 만난 순간부터 지금까지 계속 회계보고서의 수입과 지출을 놓고 대화를 나누는 중이다. 그는 베어타운 하키팀의 모든 결산 보고서를 일일이 들여다보며 계속 중얼거린다.

"여기도 비고, 여기도 비고, 여기도…….."

하키단을 걸고 넘어지려면 사소하게 액수가 안 맞는 걸로는 부족하다. 노골적인 범죄행위를 입증할 수 있어야 하기에 먼저 최종 책임자가 누군지 알아내야 한다. 아이스링크는 의회의 것이고 하키단은 회원들의 것이지만, 돈을 쥐고 있는 쪽은 후원자다. 그들 사이 어딘가에 범인이 있다.

"그 딱한 인간이 늘어놓는 차량 테러 사건의 전말을 먼저 들은 다음 맨 마지막에 물어보도록 해!"

그녀의 아버지는 고개를 끄덕인다.

편집장은 프락의 번호로 전화를 건다. 그는 전화를 예상하고 있었고 경찰에 신고했을 때 자신이 어떤 도발을 했는지도 충분히 인지하고 있었음에도 그녀의 목소리를 듣고 놀란다.

"편집장님이 직접 연락을?"

그들은 예전에 일로 몇 번 엮인 적이 있었다. 프락은 "완전히 헛다리를 짚은" 기사가 있다 싶으면 "오류를 바로잡겠다"며 보도국에 상습적으로 연락하는 편이다.

"소문의 진위를 파악하고 싶어서요."

편집장은 말한다.

"무슨 소문이요?"

프락은 아무것도 모르는 척하는 데 일가견이 있지만 그녀는 그의 목소리에서 일말의 불안해하는 기미를 감지한다. 경험이 별로 없는 기자가 연락하길 바라고 있었던 것이다.

"당신 차가 헤드의 훌리건들에게 테러를 당했다는 소문이요."

그녀의 아빠는 유도신문에 미소를 짓는다. 그녀는 아빠도 프락의 겸손하고 배포가 큰 답변을 들을 수 있게 스피커폰으로 설정한다.

"누군가가…… 음, 맞아요…… 누군가가 내 차 앞 유리창에 돌을 던졌어요. 하지만 범인을 유추하는 건 무책임한 행동이 되리라고 생각합니다."

"하지만 당신 차에는 베어타운 하키팀 스티커가 붙어 있었고, 헤드에 사는 베어타운 선수를 집까지 태워다 준 길이었죠?"

그녀는 집요하게 묻는다.

대답하기 전에 프락은 잠깐 고민하는 척한다.

"네, 맞아요. 우리 선수가, 아주 어린 골키퍼인데요, 버스에서 공격당할까 봐 걱정이 돼서요."

"왜 그런 걱정을 하셨는데요?"

"헤드의 아이들이 훈련하러 왔을 때 우리 아이스링크가 일부 훼손됐고, 우리 청소년 팀 선수 두 명이 실제로 폭행을 당했거든요!"

그녀는 메모한다. 자기 아빠를 흘끗 쳐다본다. 잠시 후에 묻는다.

"베어타운의 학부모들이 아이들의 안전에 대해 걱정을 해야 한다는 말씀인가요?"

프락은 연극배우처럼 언성을 낮춘다.

"나는 어느 부모라도 아이의 안전에 대해 걱정할 필요가 없으면 좋겠어요, 사는 지역에 관계없이요. 그리고 창문에 붙인 스티커 때문에 차가 테러를 당하지는 않을지 걱정해서도 안 된다고 보고요. 우리 베어타운에서는 폭력과 협박의 힘을 믿지 않아요. 협력과 공조의 힘을 믿지. 그건 지역 사업과 스포츠, 양쪽 모두에 해당합니다. 헤드 주민들도 똑같은 생각이면 좋겠네요. 내가 이렇게 말했다고 보도하셔도 돼요!"

그녀는 그가 기다리고 있었을 질문을 한다.

"의회에서 헤드와 베어타운, 양쪽 마을의 하키단을 모두 정리하고 새로운 하키단을 설립하고 싶어 한다는 소문이 있죠. 당신의 차가 테러를 당한 것이 이런 소문과 연관이 있다고 보십니까?"

프락은 한참 동안 생각하는 척한다.

"의회에서 스포츠 단체를 정리할 수는 없죠. 그건 회원들의 것이니까요."

편집장은 그가 중요한 위인이 된 듯한 기분을 느낄 수 있도록 결정적인 질문을 하는 척한다.

"그러니까 의회 소유의 아이스링크를 쓰는 베어타운 하키단이 의회 돈은 필요 없다는 건가요? 그 소식을 듣고 기뻐할 납세자들이 많겠는데요!"

프락은 안타까워하는 척 목소리를 깐다.

"하키로 인해 의회가 챙기는 이득이 들이는 비용보다 훨씬 많다는 걸 편집장님도 아시잖아요. 우리 청소년 프로그램만 해도 그래요! 여학생 하키에 투자하는 것도 그렇고! 이번 사건이 이런 것들에

지장을 초래하면 되겠습니까? 안 되죠. 의회 안의 실력자들이 우리 스포츠를 두고 정책을 결정할 때 몇 가지 폭력적인 요소가 영향을 미치지는 않았으면 합니다. 우리가 기물 파손과 협박을 당한 *피해자* 측인데 우리 손으로 뽑은 정치인들이 베어타운을 처벌하겠다고 하면, 조직적인 반항의 기미가 보이는 정도로는 끝나지 않을걸요? 이 마을 주민들이 받아들이지 않을 겁니다."

그는 이것으로 됐다고, 편집장을 설득하는 데 성공했다고 생각하지만 그녀는 메모를 좀 더 받아 적고 다시 아빠를 흘끗 쳐다본다. 그녀의 아빠는 이제 알맞은 타이밍이 됐다는 뜻에서 고개를 끄덕인다.

"프락, 통화가 된 김에 하나 더 물어볼게요. 우리가 지금 베어타운 하키단의 지난 몇 년 치 회계보고서를 검토하고 있는데요……."

프락이 쥐 죽은 듯 조용해지는 바람에 그녀는 그가 의자에서 굴러 떨어진 건 아닌지 확인하느라 "여보세요?" 하고 부른다.

"아…… 저기…… 음……. 그건 왜 보고 있는 것인지 물어봐도 될까요?"

"저희는 기자잖아요. 뉴스를 전하는 게 저희 임무니까요."

"그렇죠…… 그렇죠……. 하지만 거기서 뭘 찾으려고요? 모든 걸 정확하게 처리했다고 장담할 수 있는데요!"

이렇게 해서 편집장은 그의 말을 가지고 덫을 놓기 시작한다.

"그래요? 그걸 어떻게 아세요? 운영위원도 아니시잖아요. 후원자는 회원이 소유한 구단의 재정에 관여하면 안 되는 거 맞죠? 얼마 전에 세무 당국의 조사를 받은 당신은 특히 그렇고요."

프락은 이례적으로 잠시 평정심을 잃는다.

"이봐요! 첫째, 나는 탈세로 단 한 번도 유죄판결을 받은 적이 없고 둘째, 하키단의 회계하고는 아무런 연관이 없어요!"

"그런데 왜 그렇게 흥분하세요?"

"흥분한 게 아니라…… 그래요…… 좋아요, 이제 보니 부정적인 면만 파헤치려는 것 같은데, 이번만큼은 긍정적인 기사를 좀 써보면 어때요? 네? 우리가 여학생 하키에 투자하는 거! 통합! 우리가 새롭게 선포한 핵심 가치!"

"그건 이미 다뤘어요. 지난 몇 달 동안 계속 긍정적인 기사만 썼다고요. 하지만 이번에는 회계에 대해 몇 가지 물어보고 싶은 게 있어요."

프락은 그녀가 겪어본 적 없을 만큼 오랜 시간 동안 아무 말도 하지 않다가 으르렁거린다.

"나는 회계에 대해서 아무것도 몰라요. 당신도 지적했다시피 후원자에 불과하니까."

편집장의 말투는 부드럽지만 타협의 여지가 없다.

"그럼 어느 운영위원과 통화를 하면 될지 추천해 주시겠어요? 의회에서 베어타운의 리그 내 위치를 기반으로 전혀 새로운 구단을 설립하려 한다는 소문이 사실이라면 외부감사를 통해 구단의 회계를 철저하게 점검해야……"

"알겠어요, 알겠어요! 내가 알아볼게요!"

프락은 소리를 지르지만 후회하는 기미가 느껴진다. 폭발하는 바람에 약점을 무수히 드러내고 만 것이다.

그녀는 미소를 짓는다.

"감사해요. 차가 그렇게 된 건 안타깝네요. 제가 직접 기사를 쓸 거고 내일 아침 일찍 인터넷에 뜰 거예요. 그러니까 추가하고 싶은 사항이 생각나시거든 저한테 직접 알려주세요."

프락은 퉁명스럽게 "그러죠!" 하고는 전화를 끊는다. 그녀도 전화기를 내려놓는다.

"이런 밥맛을 보았나!"

그녀의 아빠는 툴툴댄다.

"에이, 그 정도는 아니에요. 그래도 매력적인 구석이 있다고요. 놀랍게도 이 하키맨들이 대부분 그래서 눈곱만큼 좋아지려고 해요."

"진심이니?"

"네. 보면 아빠 생각이 나거든요."

편집장은 웃음을 터뜨린다.

백 퍼센트 농담이 아니라 진심이 섞여 있다. 그녀는 사실 페테르 안데르손을 존경하듯 프락도 어느 정도 존경한다. 그들은 보이지 않는 것을 위해 싸우고, 자기들 구단과 마을에 목숨을 건다. 거기에 호감을 느낄 수밖에 없다. 그녀는 좋은 쪽이건 나쁜 쪽이건 다른 부류의 사람들, 그 어떤 것에도 미치지 않는 사람들에게 공감하지 못하는 편이다.

"밥맛이다!"

그녀의 아빠가 다시 말한다.

"어떻게 할까요?"

편집장이 묻는다.

"뭘?"

"그의 차에 대해서 기사를 써야 할까요?"

"당연하지. 뉴스잖니."

편집장은 생각에 잠긴 표정을 지으며 손끝으로 관자놀이를 두드린다.

"프락은 어떤 사람 같아요?"

그녀의 아빠는 깍지 낀 손을 배에 올려놓는다.

"궁지에 몰린 눈치야. 지는 데 익숙하지 않은 인간인 것 같은데. 그러면 그 작자 같은 밥맛들은 위험해지거든. 하지만 네가 벌집을 건드렸으니 어떻게 될지 두고 봐야겠지……."

"아빠가 그렇게 하라고 하셨잖아요!"

"뭐 하러 내 말을 듣니? 나는 정상이 아닌데!"

그녀는 웃음을 터뜨린다. 그도 따라 웃는다.

"장부에 누락된 부분이 얼마나 돼요?"

편집장이 묻는다.

그는 안경을 이마 위로 올리고 서류 더미를 가리킨다.

"수도 없어! 뒤처리를 제법 잘해놔서 아주 자세히 들여다보아야 알 수 있는데…… 지금까지 알아낸 바로는 지난 2년 동안 베어타운 하키단이 쓴, 출처를 알 수 없는 돈이 수십 만이야. 공장도 당연히 후원자로 등록이 돼 있지만 입출금 내역을 따져보니 장부상의 금액보다 훨씬 적어. 그러니까 돈이 들어오고 있긴 하지만 출처가 공장이 아니라는 거지. 무슨 뜻인지 알겠니?"

"검은 시장의 돈이 유입됐다고 보세요?"

"뭐, 빌어먹을 회색시장 정도 되는 건 맞아! 그중 일부는 돈세탁 같기도 하고. 의회 부동산 사업 추진 위원회의 일부 회원이 베어타운 하키단 운영위원인데 현재는 양쪽 위원회에서 함께 사업을 추진 중이야. 의회와 거래하는 건설회사 소유의 컨설팅 업체도 저 서류에 등장하는데, 여태껏 아주 수상한 방식으로 베어타운 하키단에 임의로 송금을 했더란 말이지. 좀 더 깊숙이 파헤쳐 보아야겠지만……
이것 좀 봐라…… 이거야말로 정말 엄청난 건이라고 생각하는데.
'이 트레이닝 시설'에 대해 들어본 적 있니?"

"무슨 트레이닝 시설이요?"

"그러니까, 내 말이 그 말이야! 의회에서 2, 3년 전에 베어타운 하
키단으로부터 트레이닝 시설을 매입했다고 하고, 의회 공무원이 그
건과 관련해서 구단에 보낸 이메일은 입수했지만 그것 말고는 매매
정보가 전혀 없어. 모든 서류가 증발된 상태야."

편집장의 미간에 잡힌 주름이 더욱 깊어진다.

"돈세탁…… 부패…… 아빠가 말씀하신 것의 절반만 사실이라 해
도 이 구단은 하키연맹 차원에서 강등 조치가 이루어지고 심지어
파산에 직면할 수도 있겠는데요……."

그녀의 아빠는 아주 심각한 눈빛으로 딸을 쳐다본다.

"딸, 이게 만약 사실이면 몇몇 사람들이 철창신세를 지게 될 거다.
일단 페테르 안데르손부터. 모든 서류에 그의 서명이 있거든. 그리
고 어마어마한 우연의 일치다만 그자가 프락과 어렸을 때부터 친구
사이지? 연기가 얼마나 나면 불이라고 믿을 수 있겠니? 응?"

그녀는 의자에 기대고 앉아서 천장을 올려다보다가 중얼거린다.

"좀 더 파헤쳐 봐야겠네요."

그녀의 아빠는 이 말을 듣고 아주, 아주 이례적인 반응을 보인다.
머뭇거린 것이다.

"먼저 짚고 넘어가야 할 게 있다만…… 네가 지금 정당한 이유에
서 이 사건을 파헤치고 있는 거 맞니?"

"지금 아빠가 저한테 그걸 물으시는 거예요?"

그는 천천히 고개를 끄덕인다. 도착한 뒤로 술을 한 모금도 마시지 않아서 멀쩡한 정신으로 있자니 괴로워서 미칠 지경이지만 딸을 위해 마지막으로 가진 모든 것을 쏟아붓기로 작정한 참이다.

"너는 나랑 달라서 양심의 스위치를 그냥 내려버리질 못하잖니. 그러니까 이기고 싶어서 이러는 거라면 그냥 덮고 지나가. 내가 이 사건을 파헤치면 페테르와 프락이 제일 먼저 똥을 뒤집어쓰게 될 텐데, 아까 이 두 사람을 좋아한다고 그러지 않았니?"

그녀의 목소리가 민망할 정도로 심하게 갈라진다. 마치 어린애가 축구 시합 이후에 두 주먹을 불끈 쥐고서 말하는 것처럼 들린다.

"맞아요! 좋아…… 해요. 두 사람 다 하키를 위해서, 마을을 위해서 좋은 일을 많이 했거든요……. 하지만 정의롭지 않다면 스포츠가 무슨 의미겠어요? 공동체가 무슨 의미겠어요? 거짓말과 부당 거래를 바탕으로 이 구단을 건설했다면 그건…… 그건…… 사기예요, 아빠! 그걸 알면서도 눈감고 지나가면 우리가 뭐가 되겠어요?"

46

종복

이 세상에 정의는 없다. 적어도 이 마을에서 모두에게 적용되는 정의는 없다는 것을 마테오는 일찌감치 터득했다.

그는 이제 열네 살이고, 누나가 누누이 강조하길 이 나이대가 최악이라고 했다. 인간들이 그때 가장 못돼지니 잘 버텨야 된다고 했다. 하지만 버티지 못한 쪽은 누나였다. 누나는 마테오에게 뭐든 원하는 대로 될 수 있다고 했지만 그건 이제 물 건너간 얘기다. 그가 원하는 건 행복해지는 것이기에.

마테오는 그림 그리는 걸 좋아하기도 해서 지난 며칠 동안 누나를 그려보려고 했다. 하지만 누나의 여러 부분이 뒤죽박죽이다. 더는 기억이 나지 않고 마치 도자기 인형 같은 이미지만 떠오른다. 나무를 깎아서 만든 머리칼, 인형 같은 눈. 누군가에게 설명을 들어가며 그리는 것처럼 누나를 그린다.

장례식 전날 저녁 늦게 돌아온 부모님은 아무 말도 하지 않는다. 교회나 슈퍼마켓이라도 다녀온 것처럼 그냥 집에 들어오고는 끝이다. 그의 누나는 현관 앞 서랍장 위에 놓인 상자 안에 잠들어 있다.

마테오는 슬그머니 나가서 조심스럽게 상자를 들어보지만 너무 가볍다. 그 안에 누나가 들어갈 만한 공간이 있을 리 없다. 누나는 웃으면 현관까지 쩌렁쩌렁 울렸고 유머 감각은 지붕을 들썩일 정도로 엄청났던 사람이다. 어머니가 부엌에서 부르는 소리에 하마터면 마테오는 상자를 떨어뜨릴 뻔한다.

"학교 친구 불러서 밖에서 같이 자전거나 타지 그러니, 마테오?"

마테오는 침을 꿀꺽 삼킨다. 마치 허파에 얼음 덩어리가 든 것 같다. 예전에 누나가 항상 말하길 어머니는 상상의 세계에서 산다고, 구멍으로 고개를 내밀면 만화 속의 사자도 되고 뚱뚱한 아주머니도 되는 그 웃기는 사진 체험판 같다고 했었다.

"엄마한테는 인생이 그런 거야. 그냥 혼자 상상한 장면 속으로 고개를 내미는 거지."

이런 누나의 말을 들으면 마테오는 화가 머리끝까지 났었다. 누나한테가 아니라 부당한 세상에 화가 났었다. 그는 친구가 한 명도 없었고 같은 반 친구에게 연락한 적도 한 번도 없었다. 어머니는 다른 아이들이 길에서 자전거를 타는 것을 보고 자기 아들도 그렇게 노는가 보다고 짐작한 것이다.

"네, 엄마."

그는 큰 소리로 대답한다.

밖에서는 눈이 내리고 집 안은 얼음장이다. 가끔 답답하다는 생각이 들면 어머니가 며칠 동안 모든 창문을 활짝 열어놓기 때문이다. 안 좋은 것을 모두 빠져나가게 하려는 듯이. 어머니는 아무도 보고 싶지 않을 때 늘 그렇듯 부엌에서 빵을 굽고 있고, 아버지는 다른 방에서 책을 읽고 있다. 아버지는 스위치를 내리기만 하면 모든 감정이 차단되는 또 다른 상상의 세계에서 살고 있다.

"엄마 아빠는 우리가 하느님의 종복이 되어야 한다지만 그건 노예를 다르게 부를 때 쓰는 단어예요!"

마테오의 누나는 예전에 부모님에게 이렇게 소리를 지른 적이 있었다. 그 말을 듣고 흥분한 어머니는 온몸을 부들부들 떨며 귀를 막은 채 비명을 질렀다. 마테오는 밤새 어머니를 안고 있었다. 다음 날 아침이 되자 누나가 그에게 사과했다. 그날 밤에 누나가 조그맣게 속삭였다.

"엄마 아빠는 뭐에 대해서든 아무에게도 말을 하지 않아, 마테오. 직장 상사에게도, 교회 사람들에게도, 심지어 하느님에게도! 그냥 포기하고 순종하며 이런 식으로 살 수밖에 없는 현실을 받아들이고 있어! 빌어먹을 온갖 원칙과 규율을 지키면서 땡전 한 푼 없이. 너는 그렇게 살고 싶니? 좀 더 누리면서 살고 싶지 않아?"

마테오는 다른 대안이 있을지 모른다고 생각해 본 적이 없었기에 그 말에 뭐라고 대답하면 좋을지 알 수 없었지만, 누나가 술을 마시기 시작한 건 이해했다. 그것이 여기서 탈출하는 방편이었다. 얼마 지나지 않아 어머니가 누나의 방에서 술과 노출이 심한 속옷을 발견했고 그때 처음으로 '걸레'라는 단어가 집 안에서 등장했다. 어머니는 매일 밤 들으라는 듯이 큰 소리로 딸의 영혼을 위해 기도하기 시작했다. 그러자 그녀의 딸은 더 이상 집에 들어오지 않았다. 마테오는 너무 어려서 지난 몇 달 동안 벌어진 일과 누나에게 닥친 일을 전부 이해하지 못했지만, 누나가 외국으로 사라졌을 때 누나의 방에 있는 옷장 안에 들어가 문을 걸어 잠그고 누나의 체취를 맡다가 잠이 든 적이 있었다. 일어나 보니 그는 한쪽 구석에 처박혀 있었다.

바닥에 있는 뭔지 모를 뾰족한 것이 뺨을 긁길래 들어서 보니 일기장의 모서리였다. 이렇게 해서 그는 모든 전말을 알게 되었다. 누나는 다른 나라에서 죽었고 경찰에서는 약물 때문이라고 했지만 마테오는 그게 아니라는 것을 아는 이유가 그 때문이다. 누나는 여기 이 베어타운에서 살해됐다. 여기 사람들이 누나를 죽였다. 산산이 부서진 심장의 파편들이 온 세상으로 퍼졌다.

이제 그녀의 부모님은 몇 시간 거리에 있는 출석 교회에 딸을 묻지 않고 항상 경멸했던 여기 이 베어타운의 교회에서 처리할 생각이다. 그래야 교회 사람들에게 딸이 외국에서 약물 남용으로 죽었다는 사실을 알리지 않을 수 있고, 아직 살아서 세상 밖 어딘가를 여행하며 엽서를 보내는 척할 수 있다.

마테오는 누나의 일기장을 그의 컴퓨터와 함께 지하실의 고장 난 건조기 뒤편에 숨겨놓았다. 그 일기장은 한 번밖에 읽지 않았지만 모든 낱말과 모든 느낌표와 누나가 흘린 눈물 자국을 기억한다. "아무도 내 말을 믿지 않는다. 여기서는 한 남자와 자면 모든 남자에게 몸을 허락하는 셈이라고 생각한다. 베어타운 스타일의 개빡치는 민주주의다! 여기서는 처녀들만 성폭행을 당할 수 있다!! 엄마도 내 말을 안 믿어주는데 경찰이 내 말을 어떻게 믿어줄까?? 걸레! 걸레! 걸레!! 나는 엄마와 다른 모든 사람들에게 그저 걸레 걸레 걸레일 뿐이고 걸레는 성폭행을 당해도 성폭행으로 성립되지 않는다!! 이 마을에서는."

누나가 짐을 싸서 교회에 간다고 거짓말하고 사라진 지 2년 반이 지났다. 사실 누나는 마야 안데르손이 케빈 에르달에게 성폭행당한 직후에 베어타운을 떠났지만, 갑자기 온 마을이 날마다 수시로 성범죄를 운운하는 동안에도 부모님은 마테오 앞에서 거기에 대해 한

마디도 한 적이 없었다. 처음에는 부모님이 부끄러워하는 건가, 딸의 말을 믿지 않은 걸 후회하는 건가 싶었지만 마야는 어떻게 됐는지 확인했을 때 그 생각은 사라졌다. 그녀는 정의를 구현하고 응징과 복수에 성공했다. 뭐 그리 어렵지도 않게. 그렇다. 뭐 그리 어렵지도 않았다. 성폭행범의 친구들에게 당장 두들겨 맞고 공격을 당할 게 뻔한 이 마을에서, 아맛이라는 단 한 명의 목격자가 용기를 내서 사건의 전말을 공개한 게 전부였다. 온 마을을 상대로 안데르손 가족이 똘똘 뭉친 게 전부였다. 마야가 병원에 가서 그 끔찍한 온갖 검사를 받고 경찰에 고소장을 접수한 게 전부였다. 덕분에 그녀가 약을 했다는 둥, 애매한 신호를 보냈을지 모른다는 둥, 이 일이 케빈의 앞날에 어떤 영향을 미칠지 모르냐는 둥 온갖 굴욕적인 억측에 시달려야 했지만. 수백 명이 온라인에서 익명으로 그녀가 관심을 받고 싶어서 거짓말을 하는 거라고, 그녀가 케빈을 좋아한 거지 그 반대는 아니었다고, 술이 떡이 돼서 어차피 성폭행을 당할 수도 없었다고, 성폭행당해도 할 말 없는 걸레라고, 누가 죽여버려야 한다고 떠들어댄 게 전부였다. 그게 전부였다! 마야의 아버지는 하마터면 실업자가 될 뻔했고 하키단은 하마터면 파산할 뻔한 게 전부였다. 증거와 증인과 돈과 힘 있는 친구와 한 번의 재판이 전부였다. 그런데 그런 다음에도, 그런 다음에도 케빈은 유죄 선고를 받지 않았다! 그의 가족은 그냥 이사를 가버렸고 다들 아무 일도 없었던 척했고 어찌어찌 그것이 정의 구현으로 간주됐다. 마야는 눈곱만한 응징으로 만족해야 했다. 그리고 그 대가로 모든 것을 잃었다.

정말 모든 것을.

그러니 마테오의 누나는 가망이 있었을까? 천만의 말씀. 마테오
는 누나의 일기장을 읽기 전에는 누나가 집을 나간 이유를 몰랐다.
지금은 일기장을 읽은 것을, 누나의 어둠 속에서 살게 된 것을 후회
한다. 누나가 멀리 훨훨 날아갈 수 있길 온 마음을 다해 소망했지만
지금은 이 마을의 남자들이 이미 감옥을 만들었다는 것을, 누나에게
절대 벗어날 수 없는 족쇄를 씌웠다는 것을 안다. 마테오는 이제 겨
우 열네 살이지만, 하느님의 종복인 부모님이 누나의 복수를 시도할
리 없으니 그가 나서야 한다.

그는 책가방에서 조그만 볼펜을 꺼내 누나가 잠들어 있는 상자
위에 조심스럽게, 조심스럽게 조그만 나비를 그린다. 그런 다음 나
가서 눈을 맞으며 자전거를 탄다. 가로등 불빛 아래를 지날 때 창밖
을 내다보고 있던 어머니와 눈이 마주치자 손을 흔든다. 그러자 어
머니도 마주 손을 흔든다.

〈2권에서 계속〉

옮긴이 이은선

연세대학교에서 중어중문학을, 국제학대학원에서 동아시아학을 전공했다. 편집자, 저작권 담당자를 거쳐 전문 번역가로 활동 중이다. 옮긴 책으로는 『베어타운』, 『우리와 당신들』, 『불안한 사람들』, 『키르케』, 『아킬레우스의 노래』, 『페어리 테일』, 『도둑 신부』 등이 있다.

위너 1

초판 1쇄 발행 2023년 12월 4일
초판 3쇄 발행 2024년 2월 5일

지은이 프레드릭 배크만
옮긴이 이은선
펴낸이 김선식

경영총괄 김은영
콘텐츠사업본부장 임보윤
책임편집 채윤지 **디자인** 윤신혜 **책임마케터** 배한진
콘텐츠사업2팀장 김보람 **콘텐츠사업2팀** 박하빈, 이상화, 채윤지, 윤신혜
마케팅본부장 권장규 **마케팅2팀** 이고은, 배한진, 양지환 **채널2팀** 권오권
미디어홍보본부장 정명찬 **브랜드관리팀** 안지혜, 오수미, 김은지, 이소영
뉴미디어팀 김민정, 이지은, 홍수경, 서가을, 문윤정, 이예주
크리에이티브팀 임유나, 박지수, 변승주, 김화정, 장세진, 박장미, 박주현
지식교양팀 이수인, 염아라, 석찬미, 김혜원, 백지은
편집관리팀 조세현, 김호주, 백설희 **저작권팀** 한승빈, 이슬, 윤제희
재무관리팀 하미선, 윤이경, 김재경, 이보람, 임혜정
인사총무팀 강미숙, 지석배, 김혜진, 황종원
제작관리팀 이소현, 김소영, 김진경, 최완규, 이지우, 박예찬
물류관리팀 김형기, 김선민, 주정훈, 김선진, 한유현, 전태연, 양문현, 이민운

펴낸곳 다산북스 **출판등록** 2005년 12월 23일 제313-2005-00277호
주소 경기도 파주시 회동길 490
대표전화 02-704-1724 **팩스** 02-703-2219 **이메일** dasanbooks@dasanbooks.com
홈페이지 www.dasanbooks.com **블로그** blog.naver.com/dasan_books
종이 신승지류 **인쇄** 북토리 **제본** 다온바인텍 **후가공** 평창피앤지
ISBN 979-11-306-4917-7 (03850)